LETICIA WIERZCHOWSKI

ESTRELAS FRITAS COM AÇÚCAR

Uma história de amor e de coragem, costurada pelas mãos de uma mulher visionária

Copyright © Leticia Wierzchowski, 2020
Copyright © Editora Planeta do Brasil, 2020
Todos os direitos reservados

Preparação: Mariana Rimoli
Revisão: Opus Editorial e Bárbara Parente
Diagramação: Vivian Oliveira
Capa: Rafael Brum
Imagem de capa: Richard Tuschman / Trevillion Images

DADOS INTERNACIONAIS DE CATALOGAÇÃO NA PUBLICAÇÃO (CIP)
Angélica Ilacqua CRB-8/7057

Wierzchowski, Leticia
    Estrelas fritas com açúcar: uma história de amor e de coragem, costurada pelas mãos de uma mulher visionária / Leticia Wierzchowski. – São Paulo: Planeta, 2020.
    352 p.

ISBN 978-65-5535-200-9

1. Ficção brasileira I. Título

20-3625   CDD B869.3

ÍNDICES PARA CATÁLOGO SISTEMÁTICO:
1. Ficção brasileira

2020
Todos os direitos desta edição reservados à
Editora Planeta do Brasil Ltda.
R. Bela Cintra, 986 — 4º andar — Consolação
01415-002 — São Paulo-SP
www.planetadelivros.com.br
faleconosco@editoraplaneta.com.br

Para Victor, que brilhe muito nesta vida.

⋆ ★ ⋆

*"Assim o amor
Espantando meu olhar com teus cabelos
Espantando meu olhar com teus cavalos
E grandes praias fluidas avenidas
Tardes que oscilam demoradas
E um confuso rumor de obscuras vidas
E o tempo sentado no limiar dos campos
Com seu fuso, sua faca e seus novelos [...]"*

Sophia de Mello Breyner Andresen

"O amor é para heróis."

Valter Hugo Mãe

1

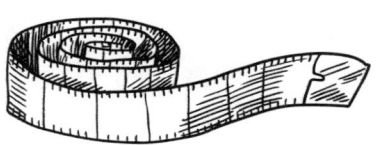

Cloto

Blumenau, primeiros dias de outubro de 2008

Adelina levantou-se com cuidado da cama e caminhou até a janela do quarto 719 do Hotel Himmelblau. Embora tivesse passado anos da sua vida ali, em jornadas de mais de dez horas para reformar o hotel que comprara sucateado, trocando carpetes, mesas, quadros, refazendo salas, quartos e até o restaurante – para o qual organizara um café da tarde domingueiro que ficara famoso para além da própria cidade de Blumenau –, agora sentia-se uma estranha naquele lugar.

A mão longa, de dedos finos – mão acostumada ao trabalho, aos acertos de negócio, mão que cortara tecidos, ninara crianças e assinara contratos –, agora pálida, manchada no torso, abriu a cortina de voal com um gesto longo e trêmulo.

O dia estava bonito lá fora, mas Adelina sentiu um arrepio de desconforto. Pensou na sua casa, pertinho dali, nas suas rosas. Era primavera, as rosas e as gérberas começavam a florir, desenhando os caminhos do jardim que lhe era tão caro. Ah, sempre tinha amado as flores... Mas gostava delas vivas, pulsantes, bebendo da terra e do sol. Virou-se e viu um punhado de gérberas no vaso em cima da mesinha. Qual dos filhos tinha lhe mandado aquelas flores?

Não sabia, não conseguia se lembrar.

Sentou-se na cama outra vez, olhando a camisola elegante através de um fino véu de lágrimas. Tudo estava embaralhado. Sentia-se péssima. Não era apenas a falta de Duda, o amor da sua vida. A falta que ela arrastava como uma cruz havia já mais de uma dezena de anos. Não... Estava doente, exausta. As coisas escapavam da sua cabeça, que fazia contas dificílimas em segundos. Da sua cabeça! Ela riu baixinho, um riso amargo que se transformou num curto acesso de tosse. A tosse que ia e vinha, e que Adelina tentava esconder dos filhos.

Olhou as gérberas. Quem teria sido? Tida, Sônia, Denise, Scheila, Nana? Suspirou fundo. Poderia ter sido Tida... Se Duda estivesse vivo, teria sido ele. Ah, Duda, o poeta da sua vida... Seu coração confrangeu-se, mas, depois, num sopro, pareceu se expandir dentro do peito, como um pássaro que subitamente abria as asas.

Prestes a voar, o seu coração.

Ela não queria morrer. Amava a vida com todas as suas forças! Amava a vida, os risos, a exaustão do trabalho, o pão com manteiga, a terra nos dedos, vermelha como se fosse um outro tipo de sangue. Amava a vida com a mesma intensidade que a amara em menina, quando corria pelas ruas de chão batido de Luís Alves com Elvira, as duas rindo, rindo... Ela e a irmã, fugidas do controle rígido da mãe por algum tempo, seguindo no rumo da queda d'água onde gostavam de se banhar nos dias de calor forte. Amava a vida como a amara dentro de si. Vinte vezes tivera outra vida nas suas entranhas. E, a cada nova gravidez, ao contrário das mulheres que conhecia, ao contrário das outras mulheres do mundo – pois, sim, ela era diferente de todas! – sentia-se mais cheia de viço e de energia. Grávida, ela era duas.

E ali, sentada na cama do hotel que também era seu, vendo a manhã azul e dourada brilhar lá fora, ela não queria morrer.

No entanto, sentia aquilo. Como uma intuição, um aviso.

A areia da ampulheta estava se esgotando.

Shiss, shisss... Quase podia ouvir a areia escorregando pelo fino orifício da sua existência.

Adelina suspirou fundo, tentando acalmar os pensamentos.

Se morresse, Duda estaria esperando por ela. Duda, o jovem caboclo cuja chegada a cigana predissera assim que Adelina tinha nascido... Sua mãe gostava tanto de contar aquela história! A cigana, que vira sua rechonchuda mãozinha de bebê, avisara Verônica de que sua filha jamais se casaria com um descendente alemão, como ela imaginava, mas com o belo jovem moreno que lhe atravessaria a vida pelo meio feito um raio.

— Assim, feito o destino — Adelina disse, numa voz enfraquecida.

E sorriu.

Sorriu sozinha no quarto que Sônia tinha escolhido para ela. Sozinha ali, com suas pernas exaustas, marcadas de varizes, aquelas gérberas cheias de cor, o sol lá fora, a camareira que não vinha, Duda e todos os partos como se estivessem acontecendo naquele exato momento.

Apesar de ainda não passar das nove horas da manhã, o cansaço tornava seus membros pesados. O tempo, como incontáveis peças de tecido abrindo-se diante dos seus olhos, pareceu mostrar-se inteiro para ela. Uma existência diante dos olhos, os filhos pequenos, a venda em Luís Alves, a camisaria nascendo no quarto dos meninos como uma semente que ela regara durante toda a sua vida, agora exuberante, cheia de flores, com milhares de funcionários, o sucesso, o orgulho... Tinha sido uma longa, maravilhosa peleia.

Adelina sentiu-se subitamente muito tonta e deitou-se outra vez na cama, pensando em chamar Carmem ou a cuidadora que Sônia lhe contratara. Talvez Carmem pudesse lhe dar um antitérmico, porque estava com febre. Ela conhecia bem a febre, durante anos medicara seus filhos um a um, seus dezesseis filhos – "dezesseis!", diziam os outros, espantados, como se tivessem visto os Jardins Suspensos da Babilônia.

Dezesseis filhos.

E ela amara a todos com toda a sua alma, embora não tivesse muito tempo; estava sempre tão ocupada vendendo camisas, pagando colégios, viajando por estradas esburacadas atrás de clientes. E quantas idas a São Paulo, e quantas noites insones marcando preços em mercadorias?

Tudo se misturava agora na sua cabeça, tudo.

Era a febre, já a conhecia bem.

Mas, antes de fechar os olhos, ela soube. As gérberas haviam sido obra da Nana. E, assim, pacificada pela memória, Adelina Hess de Souza mergulhou num sono inquieto. O último sono que ela dormiria na cama do quarto 719 do Hotel Himmelblau.

Luís Alves, fevereiro de 1944

A manhã de sábado derramava suas luzes lá fora, mas, dentro da venda ainda fechada, havia um frescor penumbroso. Pelo chão perfeitamente encerado, pequenos riscos de luz dançavam como gavinhas agitadas por uma brisa que só existia nos pensamentos de Adelina.

Era muito cedo ainda, mas a jovem, alta e elegante, estava bem-composta e com um sorriso no rosto, pronta para o longo dia de trabalho. Ela era sempre assim, e essa constatação, de que Adelina – a terceira dos sete filhos – tinha nascido para os negócios da venda, deixava seu pai tranquilo para tratar dos outros assuntos da família, como o pequeno açougue e os ônibus que circulavam de Luís Alves a Itajaí. Ele saíra muito cedo naquela manhã, ainda antes do raiar do dia.

Seria um dia quente. Mais um... Adelina abriu as portas da venda depois de conferir que ali dentro tudo estava em perfeita ordem para os primeiros clientes. Eles vendiam de um tudo – farinha, grãos, tecidos, bebidas alcoólicas, utensílios de cozinha, roupas de cama e mesa, vestuário, materiais agrícolas, chocolates, leite condensado e outras iguarias, às quais Adelina mantinha sempre um olho espichado, para que Almiro ou o sapeca irmão caçula, Ade, não viessem roubar nenhuma doçura.

O ar quente tocou o seu rosto como um bafejar e Adelina respirou fundo, sentindo a manhã de verão. A rua ainda estava deserta, a cidadezinha despertando aos poucos no torpor do sábado; uma carroça passava adiante, seguindo para os lados do rio lenta e desajeitadamente. A escola, com os postigos fechados, parecia dormir preguiçosamente. Adelina ouviu um ruído atrás de si, virou-se e deu com Ana.

— Bom dia — disse.

Ana olhou-a com seus olhinhos apertados. Era uma moça compacta, sem atrativos, feita para o trabalho.

— Acabei de dar o café para Nair.

— A maninha já acordou? — perguntou Adelina, com um meio sorriso, pensando na garotinha loira e bonita. Ela sabia bem o motivo pelo qual Nair saíra da cama tão cedo naquela manhã. — Deve ser por causa do Anselmo. Ele volta ao Rio de Janeiro na segunda-feira.

Ana suspirou discretamente enquanto ajeitava as sacas de grãos num canto da loja. O primo Anselmo era um jovem garboso e divertido, por quem seu coração palpitava mais forte, e esse segredo, tão constrangedor como o sangue mensal que lhe descia pelo meio das pernas, era mantido a sete chaves pela moça tímida que viera trabalhar na casa dos tios havia já algum tempo, vivendo numa condição que oscilava entre o status de familiar e as mil obrigações de uma empregada de casa e balcão.

— Anselmo volta em dois dias? — perguntou Ana, com uma pitada de nervosismo na voz.

— Sim, acabaram-se as férias do nosso sargento.

Adelina disfarçou um sorriso enquanto arrumava a pilha de bacias de alumínio por ordem de tamanho, pois gostava da perfeição em todos os seus detalhes. Era perspicaz e vira os olhares espichados da outra para o seu irmão. Anselmo era um homem elegante e, na vivacidade dos seus vinte anos, tinha uma bonita namorada no Rio de Janeiro. Adelina não a conhecia, a não ser pelo retrato que a mãe trouxera de lá alguns meses antes. Nela, via-se dona Verônica, de vestido azul e com um chapéu combinando, abraçada ao filho mais velho e de braço dado com o esposo engravatado e sério. Num canto, a moça miúda, morena, de olhos claros, sorria um pouco assustada para a câmera.

Anselmo dizia que aquilo daria em casamento, embora não tão cedo. Jovem, ele gostava da vida agitada da capital, onde tinha a patente de segundo sargento e cursava o quarto ano de Engenharia. Eram tempos duros, a guerra assolava a Europa e, depois de submarinos alemães terem afundado navios mercantes brasileiros, a mobilização popular forçara Getúlio Vargas a declarar-se contra o Eixo. Dizia-se que, em breve, uma força expedicionária brasileira seguiria para a Europa a fim de unir-se às tropas aliadas. Tal fato causava uma grande angústia a Verônica e Adelina – e se Anselmo fosse para a guerra? Mas toda vez que lhe faziam essa pergunta, o jovem respondia com efusão, demonstrando o desejo de lutar.

A vida era agitada e efervescente para Anselmo Hess e tudo parecia acontecer longe demais dali, da pequena Luís Alves, regida pelo sol e pela chuva, pelas colheitas e pelas missas, onde a guerra se perdia em conversas no balcão do bar regadas a capilé, e onde um ônibus atolado no caminho para Blumenau, por causa dos enormes transtornos das frequentes chuvaradas de verão, causava mais exclamações de tristeza do que uma bomba explodindo na quase impensável Londres, a corajosa e resistente cidade europeia.

Adelina olhou a rua de chão batido, as casas de madeira, os morros ao fundo, verdes contra o céu de um azul lavado. Se forçasse os ouvidos, poderia escutar o ruído das águas do Rio Luís Alves, que descia atrás da venda até o Salto e dividia o lugar em sete braços, nos quais moradores aglutinavam-se por nacionalidades e escolhas religiosas. Era um lugar simples, pacato, habitado por colonos alemães, italianos, portugueses e uns poucos poloneses. Tudo parecia longe demais, mas Adelina amava aquele lugar com as fibras da sua alma.

Ela ajeitou os cabelos, alisou a saia do vestido amarelo, recostou-se no balcão e abriu um sorriso. Lá fora, o senhor José Kraisch apeava em frente à venda, dando início ao dia de trabalho. Era sábado e ele parecia feliz. Sua filha mais nova contraíra noivado com um rapaz de Itajaí, era o que se dizia. Adelina ouvia tantas conversas no balcão que, às vezes, confundia tudo. Ela abriu o livro-caixa e espiou a conta do senhor Kraisch para ver a quantas andava. Da casa, no andar de cima, vieram os trinados de uma risada infantil e passos acelerados, ruídos de brincadeiras. Decerto a pequena Nair já acordara o irmão mais velho para bagunças na cama.

— Bom dia, Adelina! — O velho Kraisch adentrou a venda, tirando o chapéu. — Hoje vim buscar uma caixa de Brahma.

Adelina abriu um sorriso simpático. Sim, haveria noivado. Ela deixou o livro no balcão e começou a pensar no que mais poderia sugerir ao feliz pai que casava a última das filhas. Ela era uma boa vendedora, e um noivado que se prezasse não poderia ser feito apenas ao redor de uma caixa de cerveja, afinal de contas.

Nair passou pela cozinha pisando na ponta dos pés, mas espichou um olho e pôde ver a empregada já envolvidíssima com o preparo das cucas de sábado. Em breve, o ar da casa se encheria do perfume doce, almiscarado pela noz-moscada, daqueles bolos que ela e os irmãos amavam. Sentiu uma pontada de fome na boca do estômago, mas não prestou muita atenção. A grande fornada de cucas, que depois descansaria na janela que dava para o quintal, espalhando seu perfume de delícia até quase o rio, ficaria pronta apenas no fim da manhã. Ela sabia, e a mãe dizia sempre, era preciso paciência, deixar a massa crescer como crescem as plantas, no tempo de Deus.

A menina segurou um sorriso. Deus? Ele sempre vinha atrapalhar as coisas, era isso que ela pensava. Ajeitou os cabelos, acomodando-os atrás das orelhas, e subiu novamente a escada para o andar superior, onde ficavam os seis quartos da casa. No último deles, dormia Anselmo.

Nair tinha conseguido correr até o jardim, saindo pela portinha lateral, escolher uma flor, arrancá-la quase sem danos e voltar para o corredor da cozinha, o caminho de serviço. Estava com os pés sujos de terra, mas Anselmo certamente não se incomodaria; ele, que amava o mar e a tal praia de Copacabana. Nair subiu os degraus de madeira e seguiu caminhando. Sabia que os pais tinham ido até Itajaí buscar uma encomenda e voltariam apenas com o ônibus no fim do dia. Elvira devia estar se arrumando para a visita do noivo, pois Leonardo viria depois do almoço; Alzira ainda estava em seu quarto, aquela preguiçosa malvada, que a beliscava sem dó na hora de colocá-la para dormir. Adelina estava na venda, e os dois meninos, Almiro e Ademar, dormiriam até que Luci subisse, logo mais, para arrancá-los da cama, aqueles bobocas. Ela até gostava dos dois. Mas não como amava Anselmo, o seu mano grande, bonito e educado, que morava na capital e sabia coisas difíceis. Ele usava ternos caros que a mãe mandava fazer em Blumenau, ia a jogos de futebol do Fluminense, tinha um uniforme do Exército e até medalhas. Ah, como ela adorava Anselmo, pois, apesar disso tudo, ele a tratava como uma princesa, sempre a enchendo de beijos e cócegas, disposto a tomar banho de rio com ela e, até mesmo, a cuidar das suas bonecas enquanto dormiam.

Caminhou pé ante pé pelo corredor de piso encerado, sentindo a madeira fria e boa entre seus dedos. Lá fora, já começava a fazer calor. Nair ajeitou a camisola branca, limpou um pouco da terra dos pés, segurou a florzinha com a mão apertada. Algumas pétalas tinham caído, aquilo a deixava triste. Mas tivera de ser rápida por causa de Luci. Se a empregada a visse de camisola no jardim, quando os pais chegassem à noite, ela levaria umas palmadas.

Nair tinha medo do pai. Ele era um bom homem, era sim, mas tão sério e quieto... E quando se enfurecia? A menina sentiu o coração latejando no peito. Ainda naquela semana, Leopoldo perdera as estribeiras com o filho caçula. Ade era terrível, Nair sabia bem. Puxava-lhe os cabelos e até cuspia no seu prato de sopa quando os grandes não estavam olhando, mas a surra que ele levara do pai, a carraspana diante de todos, aquilo tinha sido demais... Ade e um amigo, Toto, tinham pegado bombinhas e se escondido sob a ponte que cruzava o rio para o Braço Serafim, e ficaram ali esperando alguém passar. A vítima fora o senhor Ildo Zachel, que acabara de sair da venda carregado de compras. Os meninos tinham explodido a bombinha sob as patas do cavalo do senhor Zachel, o pobre bicho se assustara, dera um pinote, derrubara a montaria e as mercadorias todas tinham ido parar no fundo do Luís Alves.

Pobre senhor Zachel! Caíra de costados na ponte e por pouco não fora parar no fundo do rio junto com as coisas que Adelina cuidadosamente embalara ainda na venda. Ele ficara furioso! Sabia que aquilo havia sido uma travessura de menino. E, assim, furioso, o homem correra até a embocadura da ponte a tempo de ver Ademar fugir aos risos para os lados do Salto. Depois, fora se queixar com Leopoldo: por causa do filho, perdera todas as compras e ainda poderia ter morrido!

Nair vira o pai mandar que embalassem novamente as mercadorias do senhor Zachel. Devolvera-lhe cada item sem anotar nada no caderno e depois prometera que Ademar teria o seu castigo. Naquela noite, Leopoldo reunira todos – família e funcionários de balcão e da casa. Chamara até os rapazes dos ônibus e do açougue da família. Na sala grande de jantar, diante de todos, num silêncio que quase provocara engulhos a Nair, aplicara uns tapas no levado Ademar.

A vergonha de ver o irmão apanhar diante de toda aquela gente não saía da cabeça da menina. Ela encolhera-se toda, como se pudesse desaparecer, postada entre a mãe e o irmão mais velho, Anselmo, que apertava as mãos uma contra a outra, sem poder intervir. Depois daquele triste espetáculo, foram todos dormir, menos Nair, que ficara escondida num canto da escada, ouvindo, do corredor, o choro fino e sentido de Ade. Tinha pena dele, mas não chegara nem perto do menino, com medo de que o contato com o irmão a fizesse culpada também.

Ah, como temia o pai quando ele estava bravo! Pensando nisso, olhou para os pés sujos, a terra espalhada pelo piso. Com a mãozinha livre, empurrou os grãos escuros para debaixo de um tapete, tentando deixar o lugar em perfeitas condições. Ela não queria apanhar, tinha tanto medo! Então ouviu ruídos no quarto de Anselmo. O irmão finalmente acordara.

Com jeitinho, Nair abriu a porta e entrou. Sentia um calor no rosto, uma alegria. Anselmo estava recostado na cama, usando o pijama de linho cinzento que a mãe lhe dera no último Natal. Ao vê-la, abriu um sorriso no seu rosto bonito.

— Maninha! Vem aqui! — ele disse, rindo.

Aquela era a senha para Nair sair correndo, pular na cama do irmão e misturar-se aos cobertores, recebendo dele a atenção masculina e amistosa que seu pai, generoso, mas rígido, criado nos velhos costumes alemães, jamais soubera lhe dar.

Nair correu e jogou-se na cama. No impulso, caiu sobre a flor que colhera havia pouco no jardim, transformando-a num emaranhado de pétalas e folhas esmagadas, o que arrancou uma risada alta de Anselmo. Contente de ver o brilho nos olhos escuros do irmão que amava tanto, Nair também desatou em risadas, jogando a cabecinha redonda para trás, atirada entre os travesseiros de penas. O riso dos dois misturou-se numa só música enquanto o sol entrava pela janela aberta, revelando o dia lindo e caloroso que esperava por eles naquele fevereiro, o penúltimo dia das férias de Anselmo na casa dos pais.

Adelina já estava bastante atarefada àquela altura da manhã. Os funcionários tinham trazido mais farinha do paiol, e ela mandara que recolhessem o açúcar que já secara na eira, substituindo-o por nova leva, ainda molhada, para aproveitar o calor daquele sábado.

Sentia-se um pouco cansada, dolorida. Era o incômodo mensal que estava por chegar. Às vezes, as cólicas prostravam-na na cama por horas, logo ela que era tão ativa. A mãe dizia-lhe que, depois que tivesse filhos, aquele sofrimento mensal seria amenizado. Adelina, organizando o livro-caixa enquanto Ana pesava farinha e arroz para um colono, ruborizou-se levemente ao se lembrar da conversa com Verônica. Tinha já dezoito anos e não parecia que o amor a tivesse escolhido. Embora fosse uma mulher alta, de traços finos e olhar intenso, ainda que andasse sempre vestida de modo impecável, as roupas passadas, a moda em dia, as luvas sem um grão de pó, não tinha muitos interesses românticos em ninguém por ali. É verdade que vários clientes da venda espichavam o olho para a bonita filha de Leopoldo Hess, mas Adelina era muito exigente.

Houvera José Coelho, o moço que conhecera naquele casamento em Ituporanga, que acabara se revelando aparentado de sua mãe. Chegaram a namorar, e José a visitara algumas vezes em Luís Alves. Mas logo Adelina entendera que seu coração não batia mais forte pelo rapaz, encerrando aquele assunto sem muitas delongas. A mãe a aconselhara que desse uma chance ao moço, que o amor não era como nos livros, mas Adelina não cedera. Guardava dentro de si a ideia de que, quando o homem da sua vida aparecesse, ela o reconheceria sem qualquer dúvida. Verônica tentava dissuadir a filha dessas ideias românticas, fruto das leituras de Adelina após o jantar, quando passava longas horas entre romances de autores com nomes estranhos, como Tolstói e Flaubert.

Mas Adelina era uma moça teimosa e determinada. Desde os quatorze anos, quando deixara o colégio interno em Blumenau, decidida a trabalhar no negócio dos pais e receber uma comissão, ela assumira um papel na vida adulta da família, e esforçava-se profundamente para cumpri-lo. Das três irmãs mais velhas, era a única que trabalhava diariamente na venda, e também a responsável por toda a contabilidade dos negócios familiares – a venda, o açougue e os ônibus. Alzira e Elvira ajudavam, ora na venda, ora na casa com os irmãos pequenos, mas Leopoldo e Verônica sabiam que era com Adelina que eles podiam contar. Assim como naquele sábado, quando os pais tinham ido para Itajaí buscar algumas encomendas. Só voltariam à noitinha. Adelina cuidaria de tudo por ali.

Ela sorriu, virando a grande página do livro-caixa, enquanto escutava sopros da música que Luci cantava na cozinha, misturados aos trechos de sua conversa com dona Juvelina, ordenando que ela matasse as cinco galinhas necessárias para o almoço de domingo.

Enquanto o mundo estava convulsionado pela guerra e as tropas aliadas desembarcavam na Itália, não acontecia muita coisa em Luís Alves. Era sempre o trabalho na venda, as lavouras e o negócio das serrarias que movimentavam um pouco a frágil economia. Claro, no Vale do Itajaí, florescia com viço a indústria têxtil. Adelina gostava muito das pequenas viagens que fazia a Blumenau, Itajaí e Brusque, quando comprava mercadorias para a venda e pequenas prendas para si mesma. As grandes fábricas, como a Hering e a Renaux, moviam cidades inteiras, transformando a rotina das pessoas e até mesmo a geografia dos lugares, criando bairros, ruas, estradas, empregos e futuro. Adelina gostava disso, da euforia do trabalho, da transformação. Não era como as outras moças da sua idade, que só pensavam em se casar. Queria algum romance, é claro, um belo jovem que agradasse seus olhos, cortês, elegante, que soubesse dançar e contar histórias divertidas, alguém que a acompanhasse à missa. Mas queria mais... Gostava de trabalhar. Sentia-se viva ali na venda, lidando com as gentes, com o dinheiro, com as mercadorias que chegavam e precisavam ser desembaladas e etiquetadas. Aquele movimento contínuo fazia palpitar mais o seu coração. Não, não era dada ao pacato, às suavidades de uma casa e, embora soubesse todas as lidas – tinha aprendido a costurar, bordar e cozinhar com as freiras –, preferia sempre atravessar a porta que levava à venda e imiscuir-se na rotina do comércio. Ali era o seu lugar.

Guardou o livro-caixa, dando bons-dias à senhora Haulk, quando Anselmo entrou na venda, vestido e barbeado. Adelina sorriu ao ver o irmão. Era um homem alto, com alguns traços da mãe no rosto forte. Adelina e ele eram parecidos. Desde que fora para o Rio de Janeiro, Anselmo refinara-se muito. Usava um chapéu claro de palha, ternos leves, elegantes, sapatos sempre lustrosos. Ela ria quando ele voltava dos passeios pela cidade, os belos sapatos comprados na capital federal sujos do barro vermelho de Luís Alves. Era preciso que Luci os polisse muitas vezes para que recuperassem sua dignidade burguesa. Mas Anselmo era um jovem alegre e simples, e as pequenas estadas na sua cidade natal o enchiam de alegria. Gostava de todos, era querido pelos colonos e clientes do pai, amado pelos irmãos, respeitado por Leopoldo, que via no filho talvez um futuro político que pudesse levar adiante as suas ideias progressistas na região.

— Adelina — disse Anselmo, com sua voz grave e límpida —, já na lida, minha irmã?

Adelina sorriu, cativada. Adorava aquele rapaz com uma força incontrolável. Mas Anselmo parecia não notar quanto todos o amavam. Ele fluía pelos ambientes com a sua doçura, tratando de cuidar dos pequenos, que viviam pululando ao seu redor, como Nair, que agora chegava correndo, ainda descabelada e descalça.

— Desde cedo, irmãozinho. Acordei antes do sol — ela respondeu.

— Não se canse tanto — brincou Anselmo. — O papai devia lhe pagar o dobro de comissão. Este negócio não funciona mais sem a sua mão firme.

Nair andava por ali, com medo de interromper a conversa dos mais velhos, mas ansiosa com alguma coisa. Adelina viu os olhares gulosos da menina para uma pilha de chocolates Buschie que ela acabara de arrumar no balcão. Num rompante, olhou de soslaio para Ana e teve de segurar o riso. Ana olhava para Anselmo com o mesmo ardor que Nair para os chocolates.

— Pegue um — disse Adelina à irmãzinha. — Mas só pode comer depois do almoço, hein? E não conte para a mamãe.

Nair esticou a mãozinha e, com os olhos brilhando, pegou com cuidado a primeira barra de Buschie da pilha, enfiando-a rapidamente num bolso do vestido lilás.

— Obrigada! — disse ela, com sua voz fina. E, depois, virando-se para Anselmo, acrescentou: — Mano, você me prometeu que íamos ao Salto! Está muito quente hoje, um calor terrível.

Adelina e Anselmo riram. Ele virou-se para a garotinha e respondeu:

— Mande os meninos aprontarem as coisas, vamos tomar banho de rio e pescar.

Nair não conteve um gritinho.

— Mas só depois do almoço, meu anjo... Agora, eu tenho um ou dois afazeres que papai me pediu para resolver. Vou até a estrebaria para que me selem um cavalo.

Adelina viu o irmão sair pela porta da frente da venda, lançando um rápido olhar à rua de chão batido e ao casario; depois, aproveitando a sombra da grande araucária que ficava ao lado do armazém, Anselmo cruzou o caminho para os fundos do terreno, no rumo da estrebaria, onde seu Donato deveria estar cuidando dos cavalos e burros de carga.

— Vá dar as ordens de Anselmo aos meninos — disse Adelina, com doçura, pois adorava a irmã caçula. — Depois pegue um livro para ler. Almoçaremos cedo hoje, não se preocupe. E, Nair, hoje à noite temos novena. Mamãe quer todos prontos para irmos à igreja. Vocês precisam voltar cedo do Salto.

Nair escutou as palavras da irmã com um leve dar de ombros. Gostava das novenas, mas preferia ficar no Salto com Anselmo até tarde. Porém, não era boba. Tinha medo das brabezas do pai e das admoestações da mãe.

— Se Anselmo vai à novena, eu também vou — ela respondeu com um meio sorriso.

— Vamos todos. Amanhã Anselmo tem que voltar pro Rio de Janeiro. A mamãe quer todos rezando juntos.

— Está bem — disse a menina, um pouco triste.

Não queria que o irmão fosse embora nunca mais. Odiava o Rio de Janeiro. Enfiando a mãozinha no bolso do vestido onde guardava seu pequeno tesouro, cruzou a venda e entrou na casa silenciosamente, como se o dia tivesse perdido um pouquinho do seu brilho de verão.

O mundo inteiro segurava a respiração naquele 1944. A guerra devastava a Europa havia já quase cinco anos, mas a hora da virada chegara. O Eixo começava a perder a força, enquanto os Aliados iam ficando gradativamente mais fortes. Fazia alguns meses que o general americano Eisenhower fora nomeado Comandante Supremo das Forças Expedicionárias Aliadas, e havia uma grande concentração de soldados sendo treinados para uma manobra gigantesca e secreta.

Esse não era um assunto que corresse à boca solta, e Anselmo só tinha conhecimento de tais boatos porque no quartel onde fazia o CPOR se falava disso dia e noite. Os brasileiros finalmente haviam decidido mandar suas tropas para a guerra. Anselmo Hess colocara seu nome entre os voluntários para a luta e não comentara nada disso com seus pais. Sabia que Verônica teria uma crise emocional e que Leopoldo, sempre quieto, o recriminaria com algumas poucas palavras, dizendo que a juventude era irresponsável, pensando sempre em glória e aventura.

Anselmo cruzou o terreno e entrou na estrebaria, onde a sombra fresca tinha cheiro de feno e de fezes, um cheiro animal e revigorante que ele conhecia tão bem. No fundo do lugar, seu Donato acabava de selar um baio. Era o cavalo que Anselmo costumava usar. Tinha que ir dar uns recados e buscar uma encomenda para o pai. Mas a guerra não lhe saía da cabeça. Escondido em Luís Alves, sentia-se afastado das coisas do mundo. No entanto, até mesmo ali, na pacata cidadezinha encravada no Vale do Itajaí, a guerra fazia seus estragos. Sabia que um colono que fora pego falando alemão em público vira-se obrigado por alguns patriotas furiosos a beber óleo quente. E que um velho tinha levado uma coça de um grupo de meninos, também por falar alemão com a nora na igreja. Seu próprio pai chegara a ser detido, acusado por um tal de Gil Teles de ouvir rádios alemãs durante a noite, e de ser, portanto, um espião de Hitler. Aquelas mentiras doíam-lhe. O pai ficara um dia inteiro na delegacia até explicar que carregava seu rádio com o gerador movido a água – ele canalizara a água do rio que passava atrás da propriedade – apenas para ouvir um pouco de música clássica depois do jantar.

Ele era filho de alemães e crescera com os pais falando a língua natal da família. Agora, evitavam qualquer comentário a esse respeito, mantendo uma discrição quase envergonhada. No Rio de Janeiro, porém, entre os seus no Exército, Anselmo era visto como um homem corajoso, de capacidades reconhecidas pelos superiores.

Seu Donato aproximou-se, arrastando levemente a perna direita e, com um sorriso na boca onde dançava um cigarro de palha, falou:

— Está prontinho o animal, seu Anselmo. — E, olhando o céu, disse numa voz mansa: — O calor hoje vai ser brabo.

Anselmo agradeceu-lhe. Conhecia o velho desde sempre, seu Donato trabalhava para o pai havia muitos anos. Em Luís Alves, todos se conheciam. As casas não passavam de três dezenas, e todos os moradores, da Sede ao Salto, sabiam uns dos outros. Havia as famílias que moravam nos braços do rio, estas eram mais distantes, desconhecidas da gente da cidade, mas vinham à venda do pai todo domingo, após a missa, para as compras da semana.

Anselmo montou no cavalo considerando a simplicidade daquilo tudo. As gentes dali não pensavam muito na guerra, nos milhares de mortos, nas batalhas furiosas na Europa e na Rússia. Evitavam, tão somente, falar alemão. E assim seguiam seus dias pacatos... Mas ele, ele tinha mudado. Agora, ficar em Luís Alves por muito tempo lhe trazia aquela inquietação, como se um fogo interior o cozinhasse lentamente. Claro, havia a família. Ele amava os irmãos pequenos, as três irmãs moças, os pais. Adorava brincar com a linda Nair, jogar bola com Ade e conversar com Adelina, que era sempre tão inteligente e pragmática a ponto de lhe parecer quase deslocada no contexto de Luís Alves; mas ele precisava voltar. Sentia saudades de Laís, a namorada que vivia no Cosme Velho. Porém, mais do que isso, queria lutar na Europa. Queria dar a sua contribuição ao mundo naquele momento crucial em que o bem e o mal lutavam tão furiosamente pelo domínio do futuro.

Montou no cavalo e, com a perna direita, cutucou levemente o animal, que saiu num trote suave, descendo o caminho que levava à rua principal. Ainda era cedo, não passava das oito horas da manhã, mas o sol era quente e brilhava num céu azul sem nuvens, recortado apenas pelos morros verdes, luzidios de vegetação. Seguindo pelo caminho que levava ao Braço Francês, chegaria à propriedade dos Tomaz, onde a encomenda do pai o esperava. Anselmo atiçou o cavalo e começou a cantar baixinho "Mamãe eu quero", a marchinha de Carnaval que Carmen Miranda colocara na boca de todos.

O fio da vida: Cloto

Eu sou uma das três Moiras, que tudo fiam e tudo tramam. Chamam-me destino, mas eu não faço nada sozinha.

Minhas duas irmãs e eu tecemos o fado dos homens desde o limiar do mundo, sentadas à sombra dos séculos numa das curvas do tempo.

Dizem que somos donzelas eternas, e já temos vivido tanto quanto este céu e este chão... Longas são as nossas unhas de arranhar, afiados são os nossos dentes de morder. Brancos são os nossos cabelos de trançar.

Nem bonitas nem feias, alheias a qualquer idade, nós, as três filhas de Moros e Ananques, tramamos o tecido da vida, posto que há um fio que costura o destino de cada homem sob o céu.

Eu sou Cloto, a primeira das irmãs. Meu vestido é branco como meus cabelos, longo como as minhas unhas e pesado como o meu trabalho que nunca para. Eu sou aquela que fia o fio da vida no fuso do tempo. A responsável pelos nascimentos e partos, e toda vida nasce do meu fuso incansável. Todo aquele que ri e que chora passou pelos meus dedos eternos, cada fibra do seu corpo de ossos e de sangue, cada desvão da sua alma por mim foi concebido e fiado em toda a sua tragédia e toda a sua beleza.

Eu, Cloto, a mais velha das Três Moiras.

Eu sou o útero do mundo, e Átropos, minha irmã mais moça, é o seu túmulo.

Entre nós, existe Láquesis, aquela que trama o fio da vida na Roda da Fortuna, distribuindo o bem e o mal ao seu prazer, como sói acontecer com os deuses primordiais. Pois nem mesmo Zeus tem o direito de se intrometer no nosso sagrado trabalho. Nem mesmo Zeus pode conceder favores aos seus eleitos sem que as Três Moiras permitam que um ponto ou um nó seja feito ou desfeito no fio da vida de qualquer mortal.

Trabalhamos em conjunto, chorando e cantando, e os séculos e as mortes não nos pesam.

Porque tudo que vem, vai...

E tudo que nasce, morre e torna a nascer outra vez, assim como o sol e a lua e as estrelas e o infinito imutável que nunca para de se transformar a fim de voltar a ser exatamente o que era.

Nós criamos, preservamos e destruímos.

Este é o nosso fado: sortear a vida, o destino e a morte, olhando por aqueles que vão e vêm segundo nossos gostos e desejos imortais. Vistas por olhos inferiores, seremos reduzidas a condições inferiores, mas, lhes digo, caros leitores, não somos carpideiras, parteiras ou assassinas. Não somos boas ou más.

Somos a própria existência com todas as suas maravilhas e fatalidades. Se alcançarem a importância do que fazemos, entenderão que a vida é um fio eterno cuja trama nunca acaba nem nunca começa.

O movimento na venda diminuiu bastante depois das onze horas da manhã. Adelina guardou uma peça de tecido da qual cortara alguns metros para dona Leila, que morava no Braço Serafim. Ela fizera boas compras. Tecidos, panelas, farinha, açúcar e biscoitos. Pegou o livro-caixa e começou a anotar os itens da compra com a sua letra bem-feita, elegante e criteriosa. Os anos de caligrafia no colégio interno tinham deixado alguns frutos, embora, sempre que a moça se lembrasse do seu último dia na escola, sentisse um arrepio desagradável descer pelo corpo.

Adelina ergueu os olhos do livro e olhou a rua praticamente deserta. Era quase hora do almoço, e o sol abrasava as árvores e o casario. Somente os morros, como um pano de fundo verde e rugoso, pareciam manter a sua frescura, imunes ao calor úmido daquele sábado de fevereiro.

Luci já deveria ter posto a mesa e, decerto, andava atrás dos meninos para que se lavassem. Mas Anselmo ainda não tinha voltado das diligências para o pai. Adelina pensou no irmão mais velho e sentiu-se estranhamente incomodada. Tinha já se acostumado às suas visitas sempre curtas demais, às despedidas que acabrunhavam a todos; mas, daquela vez, era diferente. Não queria que Anselmo voltasse para o Rio de Janeiro.

Tiveram uma longa conversa na noite anterior, depois do triste espetáculo da surra que o pai dera em Ademar. Anselmo, que era um filho obediente e generoso, revoltara-se com aquilo. Dizia que, no Rio de Janeiro aquelas coisas não aconteciam mais. Adelina não tivera qualquer prazer em ver o irmãozinho apanhar, embora a travessura dele pudesse ter tido sérias consequências. Concordava que era uma coisa triste, quase vergonhosa, mas entendia que o pai, um homem bom e calado, estava tentando educar os meninos da melhor maneira possível. Naquela conversa, Adelina vira um Anselmo diferente, e compreendera que o convívio com a cidade grande e moderna o estava transformando. Ele já não lia a Bíblia, mas fingia passar os olhos pelas páginas. Já não cantava na missa, obrigando-se a comungar por exigência de Verônica. Seria apenas isso? Aquilo era muito pouco para o seu coração estar tão confrangido.

Adelina olhou o céu azul; fazia um calor pesado, talvez o dia não terminasse sem uma pequena tempestade, daquelas que transformavam os caminhos do vale em barrais intransponíveis. Se isso acontecesse, os pais chegariam tarde demais para a novena na igreja. Mas, por outro lado, talvez Anselmo tivesse que retardar sua volta ao Rio de Janeiro.

— Vou ver a quantas anda o almoço — disse Ana, interrompendo-lhe os pensamentos. — Onde está Elvira que não deu as caras por aqui hoje?

Adelina sorriu, dando de ombros.

— Hoje é sábado, o Leonardo vai voltar com o ônibus e dormir aqui, você sabe. Elvira deve estar enrolando os cabelos e passando a ferro seu vestido mais bonito para ver o noivinho.

Adelina guardou o livro-caixa, pedindo que a outra averiguasse se as crianças tinham se lavado para a refeição. Quando os pais não estavam, era Adelina quem assumia o controle da casa e da família, embora Elvira fosse a mais velha das mulheres. Desde pequena era assim. Adelina estava sempre tomando a frente das decisões dos irmãos, a ponto de ser a porta-voz dos assuntos que eles tinham que tratar com os pais. Além disso, depois que passara a trabalhar na venda, cuidando também das finanças do pai, Adelina conseguira aumentar muito os lucros da família. Agora, Leopoldo Hess consultava a filha de apenas dezoito anos como a uma igual, seguindo os seus conselhos e acatando as suas ideias. Ela era arrojada e trabalhadora, e Leopoldo dizia sempre que a garota tinha saído de seu sangue.

Ana entrou na casa, fechando suavemente atrás de si a porta que dividia o estabelecimento comercial da grande residência dos Hess. Adelina baixou os postigos da janela lateral da venda e viu, ainda longe, o vulto do irmão que vinha do Braço Comprido, decerto com todas as tarefas já cumpridas. Olhando-o, garboso e ereto no seu baio, entendeu subitamente o que a incomodava.

A guerra.

Anselmo confessara a ela que tinha se alistado como voluntário para seguir com as tropas brasileiras para a Europa. Só de pensar nisso, Adelina sentiu os olhos úmidos de lágrimas, que se esforçou em conter, mesmo que a venda estivesse vazia àquela hora. Ouvia no rádio do pai as notícias da terrível guerra na Europa. Embora não gostassem de Hitler, eles sentiam tanta pena do povo alemão como de qualquer outro. Bombas caíam dia e noite sobre Berlim, Londres tinha sido atacada cruelmente por meses, países inteiros estavam destruídos, e as mortes em tantos campos de batalha eram incontáveis. Adelina odiava a guerra, queria o irmão longe daquilo. Mas Anselmo tinha um coração corajoso; desde pequeno, era altruísta e determinado, e ele lhe jurara que voltaria vivo. "Por vocês", dissera, com o belo sorriso, assim meio de lado, naquele rosto de olhos negros como a noite em Luís Alves, onde a falta de eletricidade apagava o mundo todos os dias depois que o sol se punha.

Adelina viu o irmão cruzar o terreno ao lado da venda, passar pelo depósito, pela eira e sumir com o cavalo sob o sol que brilhava como um olho no centro do céu.

Estava para chamar Ana a ocupar o seu lugar quando o senhor Helmut entrou na venda para pagar a conta. Adelina abriu o livro-caixa, que mantinha impecável, e o acerto aconteceu em poucos minutos. Depois de guardar o dinheiro na gaveta à chave, Adelina ofereceu um copo de cerveja ao vizinho. Ele sorriu, negaceando.

— Só depois que o sol se pôr... — E, então, encostou-se ao balcão e perguntou: — E a senhorita Adelina, como anda a vida? Tenho um sobrinho em Itajaí que faria muito gosto em lhe apresentar.

Adelina sentiu um queimor invadir seu rosto. Gostava muito do velho Helmut, sempre com suas tiradas divertidas e o rosto afogueado dos trabalhos na serraria. Mas sentia-se tão tímida para tais assuntos que desconversou:

— Tenho já afazeres demais por aqui. Me falta tempo para um namorado.

Helmut Sperb riu alto, balançando a cabeça de cabelos brancos.

— Ah, minha boa menina, a juventude é como uma flor. Murcha e perde o seu perfume de um dia para o outro. Veja sua irmã, já noiva do Leonardo Martendal. Anselmo também não tarda a casar, como me contou o seu pai...

Adelina pensou que ele tinha lá a sua razão. Dezoito anos era uma boa conta. Mas, de fato, seus dias eram tomados pelo trabalho e pelos cuidados com os irmãos menores.

— Senhor Helmut, Deus sabe o que faz. E eu fico esperando que Ele decida.

— Deus tem muito trabalho, Adelina. Às vezes, a gente tem que fazer uma forcinha por Ele. Pense na ideia de conhecer o meu bom sobrinho, ele é um jovem trabalhador. Em breve, terá seu próprio negócio em Itajaí.

E, então, Ana voltou da casa, abrindo a porta da venda como quem encerra uma questão. Atrás dela, os risos dos irmãos indicavam que o almoço seria servido. A voz de Anselmo juntara-se a eles numa cantoria carnavalesca; ele gostava de ensinar aos pequenos as famosas marchinhas de Carnaval que faziam Verônica torcer o nariz de desgosto. Mas a mãe não estava ali, e Adelina admirou, com um sorriso, a capacidade que o irmão tinha para a alegria.

Despediu-se de Helmut Sperb, anunciando que iria atender a família, e acompanhou o ferreiro até a porta da venda. Adelina tirou o avental que usava ao balcão, ajeitou os cabelos presos atrás da orelhas, alisou as saias do vestido e mergulhou nos aposentos familiares, sentindo o cheiro do pão recém-tirado do forno, das cucas e da massa caseira que Luci tinha preparado para a refeição.

Anselmo recostou-se no tronco da árvore e encolheu as pernas, fugindo do sol. Ali, de onde estava, tinha total visão dos pequenos. Mergulhados na água límpida do rio, que naquele local formava uma pequena piscina sobre o lajeado antes de seguir no rumo da queda d'água que todos chamavam de Salto, Almiro, Nair e Ade brincavam aos gritos. Pareciam antigos guerreiros em uma batalha bíblica, e Anselmo não pôde deixar de rir alto. Os três pestinhas o cansavam, de fato, mas como sentia saudades deles na capital.

Anselmo acomodou-se melhor e fechou os olhos, sentindo o frescor do corpo molhado sob a sombra da ramada da árvore. O prazer momentâneo lembrou-o de Laís, a namorada que morava no Cosme Velho. Depois de duas semanas com a família, sentia já falta da agitação da cidade grande, de tomar o bonde após cumprir o serviço no quartel, seguindo até a casa da namorada. Aos sábados, iam ao Cine Plaza ou ao Odeon assistir aos filmes recém-lançados. Laís gostava de passear de braço dado com ele pela Rua do Passeio. Seu pai, um arquiteto importante, conhecera pessoalmente Ferruccio Brasini, o italiano que projetara o Plaza. Ela era uma moça elegante e daria uma boa esposa. Mas Anselmo também gostava das noites com os amigos do quartel, quando iam para a gafieira Estudantina, no bairro do Flamengo, e dançavam até a exaustão.

Ele respirou fundo, enchendo seus pulmões com o ar puro, perfumado, que parecia descer da encosta verde até onde estava. Partiria no dia seguinte. Sempre se sentia dividido nessas ocasiões: deixar a família que tanto amava, a pequena cidade onde nascera e crescera, as crianças da casa... Mas agora tinha uma vida no Rio de Janeiro, uma carreira no Exército. Contara ao pai, em segredo, que se alistara como voluntário para seguir com as Forças Expedicionárias Brasileiras para a guerra na Europa.

Anselmo deixou o corpo escorregar na grama macia, olhando as crianças que ainda pulavam na água. Almiro puxava Nair pelo braço, querendo que a menina mergulhasse à força.

— Miro! — gritou Anselmo. — Deixe a Nair em paz.

O garoto olhou-o de longe, obedecendo imediatamente. Anselmo acomodou-se, pensando que fechar os olhos por um instante não seria mal algum. Quem poderia dormir com aquela gritaria toda, afinal de contas? Mas, na sua mente, formou-se a imagem do pai, o rosto aflito, pálido diante da confissão do filho primogênito: não voltaria a viver em Luís Alves e, mais do que isso, tinha se alistado para a guerra? Leopoldo Hess primeiro empalidecera; depois, seu rosto quadrado, a boca de lábios finos, todo ele parecera se avermelhar como se o sangue lhe tivesse subido para as faces. Mas Anselmo vira o pai conter-se, usando de toda a sua fleuma alemã. Sem dizer palavra por longos minutos, controlara o terror e a decepção, para então dizer que Adelina tinha nascido para os negócios, que eles ficariam bem em Luís Alves com a venda, o açougue e os ônibus que faziam o transporte Luís Alves/Blumenau/Itajaí... Quanto a isso, ele entendia, o filho nascera para a carreira militar e crescia na hierarquia do Exército a olhos vistos. Mas a guerra?

Anselmo abriu os olhos. Nair tinha saído da água e, enrolada numa toalha, sentara-se perto dele, quietinha. Olhava-o com seus belos olhos castanho-claros, perscrutando seus segredos.

Ele riu.

— O que houve, sua pestinha?

A menina deu de ombros.

— Adelina me disse que você vai embora amanhã. Estou triste.

Anselmo puxou a irmã para perto, abraçando-a com força. Sentiu a maciez do seu corpo, as perninhas frescas, gorduchinhas e douradas, esticadas na grama, o enterneceram, e ele sentiu os olhos úmidos de lágrimas. Iria para a guerra porque era corajoso, e o mundo precisava de todos aqueles de coragem, mas voltaria, são e salvo, para visitar a família por vezes incontáveis.

Ele suspirou e disse, meio emocionado sem saber por quê:

— Eu voltarei, Nair. Pode me esperar. Antes que você sinta saudades de mim, estarei aqui de volta.

A menina fez um muxoxo.

— Mentira. Amanhã mesmo, quando o ônibus sumir na curva da estrada, eu já estarei com saudades.

E os dois ficaram ali, abraçados, por longos minutos. O sol começava a descer suavemente pelo céu, amainando a violência com que assolara os morros e as casas e o arvoredo cansado e ressequido. Havia um grande silêncio ao redor deles. Quietos, talvez cansados das brincadeiras na água, Almiro e Ademar estavam à beira do rio conversando baixinho. E Anselmo pensou que era como se os dois meninos estivessem conversando com o próprio rio, pois podia ouvir os gorgulhos da água, o suave cantarolar do rio nos pedregulhos do leito. Ao longe, esperando, a boca do Salto engolia a torrente que descia desde os morros, fazendo um suave rumor, como um instrumento musical tocado por algum deus distraído.

Verônica e Leopoldo Hess chegaram ao entardecer, e Verônica não pôde deixar de sorrir quando Elvira passou por eles, distraída, correndo para cumprimentar o jovem Leonardo Martendal, motorista de um dos ônibus da família e seu noivo havia alguns meses. Não adiantava, aquela era a ordem da vida, os filhos cresciam e deixavam de ser propriedade dos pais. Ela já tinha visto aquele alheamento nos olhos de Anselmo, borboleteando ao lado da namorada carioca.

Verônica passou as mãos pela saia, tentando tirar um pouco da poeira da viagem, enquanto orientava Almiro e Alzira com as compras. Tinham pouco tempo para se limpar e sair de novo, talvez ela conseguisse tomar uma xícara de chá sentada na cozinha. Ah, como desejava o conforto de uma chávena quente entre as mãos... Mas haveria novena naquela noite na igreja, e ela queria que a família estivesse toda reunida. Os meninos já estavam limpos e banhados. Verônica sorriu, sabia que Adelina resolveria tudo enquanto estivesse fora.

— Ade, cuidado com esse pacote! — ela falou.

O garoto equilibrou melhor a caixa nos seus bracinhos miúdos, mas Leonardo correu a ajudá-lo. Era um rapaz solícito, e ela gostava dele. Estava feliz pela escolha da filha. Sentia, no entanto, um certo aperto no peito por Anselmo, que partiria no dia seguinte.

— Vamos entrar — disse Leopoldo, abrindo um sorriso cansado e fugaz. — Preciso de uma bebida gelada.

O marido era um homem sério, trabalhador e muito ativo. Mas de poucos sorrisos. Apenas as três filhas mulheres arrancavam dele aqueles brilhos passageiros, um leve menear de lábios, uma luz que se acendia em seus olhos... Verônica deu a mão ao marido e subiu os três degraus que levavam ao avarandado. Sentiu os odores conhecidos, o cheiro adocicado do açúcar e dos grãos em suas sacas, um leve sopro de tinta que se emanava dos tecidos expostos e, acima de tudo, o perfume do café e da cuca servidos no balcão para os últimos clientes do sábado.

Entrou na venda. Estava tudo em perfeita ordem.

— Adelina está onde? — perguntou para Ana, que dobrava algumas peças de roupa sobre o balcão.

Num canto da grande peça, três ou quatro homens tomavam o seu capilé e riam alto, as alegrias aquecidas pela cachaça fabricada ali mesmo num dos vários alambiques da cidade. Todo fim de dia era aquilo, o leve conforto do álcool, as histórias que arrancavam risos, o descanso do trabalho duro que toda a gente da cidade exercia de sol a sol. Verônica era complacente com aqueles homens e a labuta deles, mas evitava que as filhas mulheres permanecessem por ali quando o capilé começava a ser servido.

Antes que a moça deixasse de lado o trabalho para lhe responder, ela viu Adelina erguer-se de trás do balcão no fundo da venda, trazendo as cervejas geladas do pai. Era uma menina incansável, e os pruridos de Verônica não a tocavam: Adelina era quase sempre a última a deixar a loja, e apenas depois que tudo estava em completa ordem, o livro-caixa com os devidos registros.

Verônica avançou para a filha e deu-lhe um beijo rápido na testa, recebendo um sorriso de volta.

— Minha filha, deixe as coisas por aqui com a Ana. Nós temos que seguir para a novena, vá se arrumar.

Adelina deixou as garrafas perto do pai.

— Eu já vou, *mama*. Minha *toilette* está pronta e passada, me arrumo rapidinho.

Dizendo isso, a jovem saiu pela porta que levava à casa. Como uma sombra, Verônica a seguiu sem dar as devidas ordens a Ana. Cruzou a sala silenciosa ouvindo as conversas infantis que vinham do andar superior e seguiu para os fundos, até a cozinha. Luci estava ali, envolvida com os preparativos da ceia das crianças, e Verônica, sentando-se numa cadeira, pediu-lhe que lhe preparasse um chá de capim-cidreira da horta.

Estava moída da viagem. Tinha acordado antes do sol e, embora fosse uma mulher de fibra, os anos começavam a lhe pesar. Ouviu a voz de Adelina, grave e modulada, ralhando com as crianças para que calçassem seus sapatos. Sorriu intimamente. Adelina era diferente das outras de uma forma bastante sutil. Determinada, com uma cabeça boa para os cálculos, e trabalhava de modo incansável. Diferente das outras meninas da sua idade, Adelina sempre prescindira da segurança da casa e dos afazeres domésticos, avançando para o comércio, onde se sentia no seu elemento. Era, dos filhos mais velhos, a mais arrojada e trabalhadeira.

Verônica ainda se lembrava do sábado em que, aos treze anos, Adelina voltara do colégio interno com os olhos em fogo, o orgulho à flor da pele. Eram uma família de relativas posses, graças ao trabalho duro dela e do marido, mas, naquele mês, Leopoldo atrasara o envio do dinheiro ao Colégio Sagrado Coração. E, quando Adelina se preparava para passar o fim de semana em casa, uma das freiras proibira-lhe que levasse a sua mala. Ela ficaria como penhor pelo pagamento que Leopoldo não enviara. Verônica sorriu, lembrando-se da fúria da filha. Aquilo tinha sido uma tolice das freiras, obviamente o marido estava com o valor separado num envelope, pronto para ser entregue à diretora pela própria Adelina na segunda-feira bem cedinho, quando a menina voltasse a Blumenau.

Mas Adelina era uma garota de temperamento forte, orgulhosa e determinada. No fim da manhã de sábado, ao chegar em casa sem os seus pertences, ela chamara os pais e, com o rosto ardente de revolta, avisara que jamais retornaria ao colégio interno. Queria trabalhar na venda, queria cuidar dos negócios. Para isso, pedira um percentual do lucro total, coisa pouca, um por cento. Alegando que já tinha aprendido mais do que precisava sobre as lidas femininas – cerzir, bordar, cozinhar –, o colégio era uma perda de tempo. Leopoldo, não sem uma pontada de orgulho, cedera aos desejos da filha e, desde então, Adelina trabalhava ali com determinação, e seu olhar sagaz para os negócios tinha, inclusive, aumentado o lucro da família.

Luci entregou-lhe a chávena de chá e Verônica bebericou um gole. Tinha tirado os sapatos por alguns minutos, descansando os pés exaustos. Luci ofereceu-lhe um pedaço de pão, mas ela não estava com fome.

— Por favor, avise Adelina e os outros que saímos em quinze minutos. Ana vai fechar a venda hoje.

— Sim, senhora — respondeu Luci, ajeitando os cabelos castanhos atrás das orelhas. — Vou levar o pão com manteiga pras crianças comerem.

— Não deixe que se sujem — pediu Verônica.

Os eventos da igreja de São Vicente aglutinavam praticamente toda a vida social de Luís Alves. Depois disso, havia apenas os casamentos e os cafés de neném, quando as mamães recém-paridas abriam suas casas para apresentar os rebentos. Havia também a quermesse, uma grande festa que envolvia toda a população local, onde as meninas casadouras buscavam os rapazes solteiros da região. Verônica era muito devota, e tinha criado os filhos na Igreja Católica, participando de todo o calendário religioso da cidade.

Porém, ela se lembrava de uma tarde, muitos anos antes... A venda ainda estava no início, Leopoldo não tinha o açougue nem as linhas de ônibus. Ela sentara-se em frente à casa, com Adelina, pequena, acomodada no carrinho. Não conseguia saber em qual dia da semana tinha sido aquilo, mas o sol baixava no horizonte e os morros, fulgurosos, rebrilhavam contra o céu ardente como lascas de pedras preciosas. Era a sua hora preferida do dia, e aquela cigana viera não se sabia de onde.

Eram raras as ciganas por ali. Mas aquela, magra, sorridente, de longos cabelos escuros, cacheados, aproximou-se de Adelina e, sem pedir permissão à mãe, tomou-lhe a mãozinha rosada, ainda rechonchuda. Verônica sentiu um medo ancestral nascer no seu estômago, porque a avó sempre lhe dissera que as ciganas roubavam crianças. Mas aquela era tão doce, e sua voz soou-lhe muito afetuosa quando disse:

— Esta menina não vai ser igual às outras...

Verônica arregalou os olhos e, num acesso de curiosidade, quis saber:

— Por que você me diz isso?

A cigana olhou a minúscula palma da mão de Adelina e acrescentou:

— Ela não vai casar com um alemão. Vocês não gostam de misturar as raças, mas essa menina vai casar com um caboclo bonito que vai roubar seu coração feito um pirata. É a sina, e a sina chega como um raio, partindo a vida em dois.

Verônica abriu um sorriso de alívio e agradeceu. Por um instante, esperara alguma revelação grave. Depois, a cigana partira, tão misteriosa como chegara. Disseram que um grupo de ciganos tinha acampado por uns dias no Ribeirão Canoas, perto dali. Decerto, a moça viera de lá.

Agora, com Adelina adulta, bonita e tão determinada, as palavras da cigana pareciam tolas para Verônica. *Como um raio*, ela sorriu. Adelina era pragmática e determinada, e a mãe duvidava muito de que seu coração agreste fosse, um dia, dominado por algum homem. No entanto, via-a casada com algum comerciante tão hábil quanto ela, e tinha certeza de que a filha iria longe na vida. *Um caboclo*, ela riu baixinho.

Terminou o seu chá e, com desalento, calçou novamente os sapatos de salto. Fazia muito tempo que não se lembrava daquela história. Não acreditava em tolices assim... Ficou pensando, por um momento, quem seria o tal caboclo. E, então, Leopoldo chamou-a da rua. Estava na hora de partir.

O carro de molas estava pronto. Seu Donato já havia atrelado os cavalos, e Anselmo o conduziria até a igreja, na Sede. Mais uma vez, a constatação da elegância do filho, sentado com as rédeas na mão, encheu Verônica de orgulho. Leopoldo sentou-se no seu lugar à frente, e ela reconheceu seu ar um pouco alheado, de quem já havia bebido algumas cervejas. Elvira e Alzira acomodaram-se também, vestidas com boas roupas, penteadas e perfumadas, mas Adelina, que cuidava da sua aparência com extremo zelo, era a mais bem-apanhada das três: usava um vestido rosa, impecável no caimento, luvas da mesma cor e bolsa branca. Verônica sorriu diante da imagem da filha. Com aquela *toilette*, ela poderia estar no Rio de Janeiro. Muitas vezes, pensava em como Adelina parecia refinada demais para a pequena Luís Alves, embora fosse feliz ali, em meio ao barro e ao verde.

Os meninos vieram por último, fazendo algazarra, e Verônica mandou que Almiro e Ademar se acomodassem sem mais bagunça.

— Cadê Nair? — ela perguntou, impaciente.

Não queria que se atrasassem. Estava quase na hora da novena e a cidade deveria estar toda lá. O sol se punha, escondendo-se sob os morros e acendendo seus contornos. A beleza do entardecer, no entanto, não tocou o coração de Verônica. Nair era tão distraída! Verônica olhou ao redor, a menina não estava por ali. Então, chamou Luci e pediu-lhe que fosse buscar a filha caçula dentro da casa.

Esperaram alguns instantes, o cansaço de Verônica transmutava-se em irritação e uma leve dor de cabeça. Estavam atrasados, Anselmo partiria no dia seguinte, Leopoldo tinha bebido demais antes de ir à igreja e seus pés latejavam. Luci não deveria ter demorado mais do que alguns minutos para localizar Nair e levá-la à rua; porém, para Verônica, aquilo tinha sido uma eternidade.

Quando olhou a menina, bonita em seu vestido azul-claro, mas com os cabelos soltos, e não atados com uma fita como era a regra para a igreja, ela se enfureceu:

— Nair, cadê a sua fita?

A garotinha enrubesceu, segurando a mão de Luci.

— Esqueci, mamãe. Elas estão lá na caixa, posso ir buscar.

Todos no carro de molas estavam em silêncio, esperando o fim da pequena contenda feminina. Almiro e o pequeno Ade, que ainda tinha nas coxas os vergões da surra que tomara do pai, nem respiravam direito. Sabiam bem o limite dos pais, e ele era curto. Verônica olhou a filha e, com uma pontada de tristeza no peito, disse o que sabia ser o certo:

— Pois, então, você não vai à novena. A sua única obrigação é cuidar das suas fitas de cabelo. Passá-las a ferro e estar sempre asseada e penteada para sair.

— Mamãe... — disse a menina. — Mas eu queria tanto!

A novena era um acontecimento. Todos reunidos na igreja, as velas acesas, os cânticos. E, depois, no pátio lateral, havia bebidas geladas e petiscos para os fiéis. As crianças correriam, gritando e rindo, os adultos contariam as últimas novidades, os noivados, as mortes, e falariam sobre suas lavouras e seus negócios.

Mas Verônica estava decidida. Não era fácil educar um filho. Ela tinha sete para criar, e Nair, tão bonita e doce, às vezes burlava as regras, protegida pelos mais velhos. Sabia que Anselmo e Adelina estavam com pena da garotinha.

Mas foi rígida:

— Você fica com Ana e Luci. E, quando voltarmos da igreja, quero ver a sua caixa, com as fitas bem passadas e organizadas. — Ela suspirou. — Pode ir, Anselmo. Estamos já bastante atrasados.

Anselmo, com um peso no coração, ergueu os braços fortes e, com um estalido de lábios, atiçou os cavalos. A parelha começou a andar, preguiçosa. Havia um olor de umidade, descia dos morros um cheiro de mato e de flores, a beleza gloriosa de um fim de dia de verão. Mas, sentada em seu lugar, Verônica concluiu que tudo aquilo era apenas distração da natureza: durante a noite, cairia um temporal furioso, ela conhecia bem o clima da região. Disse um salmo em voz baixa, pedindo que todos já estivessem em suas camas na hora da tempestade.

Quando o carro de molas partiu, ela não olhou para trás, mas tinha certeza de que a filhinha ficara chorando no meio da rua, de mãos dadas com a boa Luci. Verônica ergueu os olhos para o céu e viu as primeiras estrelas cintilando, plácidas, como um consolo divino para as suas infinitas tribulações do corpo e da alma.

Que ninguém discuta a sabedoria silenciosa de uma mulher. Quando voltaram da novena, depois que todos os filhos estavam acomodados e os últimos lampiões apagados em seus quartos, depois que fez a higiene, trançou os cabelos e, finalmente, escorregou para os lençóis cheirando a lavanda, Verônica ouviu o retumbar dos trovões para além dos morros.

Embora se tivesse gastado em um rosário, os mistérios gozosos não a acalmaram. Choveu forte durante algumas horas e, enquanto ela rolava na cama, imaginando a estrada cheia de lama e as tribulações que o pobre Leonardo teria que enfrentar com o ônibus no dia seguinte – pensava isso tentando desviar sua mente do fato de que Anselmo estaria naquele ônibus – a água descia dos morros, acumulando-se pelos caminhos barrentos. As enchentes ali eram coisa corriqueira. Muitas vezes, saíam da cama durante a noite para recolher as sacas do depósito e levar os animais até um lugar seguro, porque a água subia com rapidez, pegando todos em desprevenção. Já tinham perdido vários estoques de grãos, incontáveis sacas de açúcar, tudo lavado pela água que o rio vertia com fúria naquelas noites tempestuosas.

Verônica queria manter-se alerta, como se a sua consciência fosse uma espécie de controle divino e ela pudesse evitar os esparramos do Rio Luís Alves, mas Deus tinha feito Seus filhos falíveis, e ela dormiu profundamente em algum momento da madrugada. Quando acordou, as primeiras luzes do dia pintavam os morros lá fora. O céu estava plenamente azul, desmentindo a fúria da noite anterior.

Ela sentiu-se jubilosa por alguns instantes, pensou na missa, em agradecer a Deus aquele presente, mas era o dia de Anselmo ir embora para a capital. Essa lembrança a atingiu como um raio. Sentou-se na cama, ouvindo os ruídos que vinham da cozinha, sabia que as moças já preparavam o café e o farnel que o filho levaria na viagem. Geralmente, nenhum ônibus partia no domingo, mas Leonardo tinha marcado aquela saída para seguir com Anselmo até Itajaí.

A partida de Anselmo era um evento triste para todos. Elvira era uma mulher gentil e trabalhadora; Adelina era a cabeça da família, determinada e enérgica; Alzira era distraída, amável; as crianças eram aquela euforia alegre que logo se transformava em dor de cabeça. Mas Anselmo era o sorriso leve e a generosidade. Quando se olhava para ele, via-se um pouco da graça da vida. Alto, moreno, de traços bem-feitos, tinha uns olhos de brilhar e uma boca de sorrir. Desde pequeno, sua generosidade encantava as gentes e, quando Leopoldo abrira a venda, era Anselmo quem se oferecia para carregar as compras das senhoras, que sempre o agraciavam com algum regalo.

Mas ele tinha ido estudar no Rio aos quinze anos, entrara na universidade lá, e Luís Alves, com algumas dezenas de casas, um prático-dentista, as suas chácaras e lavouras, os seus alambiques, tafonas e eternas picuinhas entre católicos e protestantes, ficara pequena demais para Anselmo. Além disso, pensava Verônica, vestindo-se com desânimo naquela fresca manhã dominical, o filho iria para a guerra.

A guerra...

Aquela palavra a amedrontava. Era uma mulher corajosa, labutara ao lado do marido de sol a sol, criando os filhos com determinação. Mas a guerra? Aquela palavra parecia despertar fantasmas escondidos, medos centenários, atávicos... Olhou para as mãos e notou que estavam trêmulas. Por que Anselmo tinha de partir para a Europa em pleno conflito? Era aquela mania dele, aquela mania de querer ajudar, de querer melhorar o mundo. Não havia mais compras a carregar para senhoras cansadas e, então, homem feito, Anselmo precisava embarcar naquele navio, atravessar o Atlântico infestado de submarinos alemães e se meter em meio às bombas e aos tiros e todos aqueles horrores cujo desfecho ela ouvia no rádio, batalhas nas quais centenas, milhares de homens pereciam como moscas.

— Ah... — ela gemeu, baixinho.

Não foi mais do que um ruído, mas Leopoldo abriu os olhos, deitado na cama. Apoiando-se num cotovelo, o marido a olhou.

— O que houve?

Decerto, ele estava acordado havia muito. Conhecia Leopoldo. Ele nunca, jamais abriria o flanco. A guerra também o apavorava. Mas, de pijama listrado, os olhos ainda esgazeados de sono, mirava-a com uma serena atenção na penumbra do quarto.

— Eu não queria que Anselmo fosse...

Ela foi incapaz de terminar a frase. Leopoldo sentou-se na cama com um sorriso cansado, mas compreensivo. Ele sabia exatamente o que a esposa queria dizer. Depois, num impulso, ergueu-se, abriu a porta de duas folhas da pequena varanda, deixando o sol da manhãzinha adentrar a peça como se ele pudesse espantar fantasmas e medos.

Sentada à penteadeira, Verônica fitou o marido. Ele aproximou-se e disse:

— Não podemos parar o mundo, *mein liebe*.

Disse as últimas palavras num tom mais baixo. Era proibido falar alemão desde que a guerra começara, mas ali, dentro de casa, protegidos pelas grossas paredes daquele mundo só deles, os Hess costumavam trocar pequenas frases na língua dos seus antepassados. Ambas as família tinham emigrado da Alemanha no século XIX e, depois de incontáveis tribulações, fincaram raízes em Santa Catarina, no Vale do Itajaí. Leopoldo Hess apreciava seu sangue alemão e ensinava tal orgulho aos filhos.

Verônica tocou-lhe a mão de dedos longos:

— Nenhuma mãe quer um filho na guerra, Leopoldo.

Ele deu de ombros e foi vestir seu traje domingueiro, que Adelina tinha passado e deixado sobre a cadeira perto da varanda.

— Eu sei, eu sei... — Leopoldo respondeu. — Mas você conhece Anselmo. Onde houver uma oportunidade de lutar pela justiça, lá estará ele. — Verônica viu o esposo vestir as calças, as meias, os sapatos lustrosos. — Agora, vamos à missa. Teremos tempo para lágrimas quando o ônibus partir. Eu voltarei à noite, você sabe.

Verônica aquiesceu, terminando de ajeitar os cabelos e os brincos. Ia à missa de domingo com suas joias. Lá fora, o alarido dos filhos pequenos havia começado. Decerto, estavam vestidos e prontos para a igreja, de café tomado. Ela respirou fundo, como um nadador que se prepara para mergulhar num rio de águas frias e profundas, e então ergueu-se, abriu a porta e ganhou o corredor.

Sentada no banco ao fundo da nave, Adelina tentava se concentrar nas palavras do padre Afonso. Ele falava do púlpito com sua voz elástica, modulada, *Teus filhos serão como mudas de oliveiras ao redor da tua mesa.* Mas ela não conseguia registrar as palavras do Salmo.

Dormira mal por causa do calor e de constantes pesadelos. O vestido apertava seu peito, suas regras estavam chegando e já sentia as primeiras cólicas. Era um suplício mensal, as cólicas que a derrubavam por horas na cama. Mas ainda tinha que cuidar da venda assim que a missa acabasse.

Adelina ergueu os olhos e procurou Anselmo na ponta oposta do banco que a família ocupara, e viu que ele estava com Nair em seu colo. Antes de sair de casa, ela notara as malas do irmão já na sala de jantar, prontas para a viagem.

Ao fim da missa, enquanto alguns fiéis se reuniam no salão paroquial para comer cuca e tomar café quente, outros seguiriam até a venda a fim de abastecer-se para a semana. Por isso, Adelina sempre se sentava perto do corredor da nave. Embora fosse muito católica, era uma das primeiras a sair da igreja aos domingos. Seu Donato a esperava lá fora com o carro de molas, e ela estaria na venda antes dos primeiros colonos. Domingo era um dia de bons negócios; porém, teria de despedir-se rapidamente do irmão. A viagem até Itajaí levaria umas poucas horas, mas, com a chuvarada do dia anterior, a estrada estaria péssima. Anselmo tinha de tomar o navio na segunda-feira bem cedinho. Ela sabia que o irmão ficaria apenas alguns dias no Rio de Janeiro, seguindo, logo depois, para o Espírito Santo, onde seria submetido, com outros jovens, aos treinos de guerra para o embarque da Força Expedicionária Brasileira. Adelina suspirou fundo. Quanto tempo ficaria sem ver o irmão? Estavam no fim de fevereiro... Quando ele embarcaria com as tropas? Quanto tempo ainda duraria aquela guerra maldita?

O padre finalmente terminou o salmo. Algumas crianças da paróquia, vestidas de branco e guiadas pelo coroinha, começaram a passar pela nave com as cestinhas de donativos. Adelina abriu sua bolsa e pegou uma nota de cinco cruzeiros. Sorriu ao estender o dinheiro, dobrado com rigor, para a menina que lhe ofereceu a cesta. Então, pensando no irmão que partia, inquieta, abriu a bolsa rapidamente e acrescentou mais algumas moedas à oferenda. Deus sabia que Anselmo era um rapaz especial, e Adelina ia rezar por ele todas as noites. Mas, ainda assim, seu coração confrangia-se.

O padre fez um gesto, e dona Celeste, sentada ao piano, muito atenta, começou a tocar um dos cânticos. Adelina cantou baixinho, olhando os fiéis que se levantavam com discrição, encaminhando-se para a fila da comunhão em um silêncio humilde. Quando achou adequado, ela também ergueu-se, sentindo que a mãe e as irmãs vinham atrás. Olhou para o banco por um instante, e então viu que Anselmo permanecera sentado em seu lugar com a cabeça baixa em sinal de reverência, mas decidido a não comungar. Teve ganas de puxar o irmão consigo, mas isso não seria certo.

Encaminhou-se, então, seguindo um homem de terno puído, para o altar onde o padre Afonso distribuía silenciosamente o corpo de Jesus. Tentou regozijar-se na alegria daquele encontro, mas só sentia uma profunda angústia, teimosa e pesada como um rochedo, forçando suas entranhas e acabrunhando seus pensamentos. Porém, quem olhasse a jovem Adelina Hess em seus passos comedidos veria apenas seu belo rosto serenamente contido, as mãos unidas em prece, o vestido impecável que ela passara a ferro ainda naquela manhã. Um fogo a queimava por dentro, um negro violino tocava em seus ouvidos, mas Adelina era a imagem da perfeição, seguindo naquela manhã de domingo pela nave da igreja onde fora batizada e onde, um dia, também iria se casar.

O fio da vida: Láquesis

Eu sou uma das três Moiras, que tudo fiam e tudo tramam. Chamam-me vida, mas eu não faço nada sozinha.

Minhas duas irmãs e eu tecemos o fado dos homens desde o limiar do mundo. Dizem que somos donzelas eternas, e já temos vivido tanto quanto este céu e este chão... Longas são as nossas unhas de arranhar, afiados são os nossos dentes de morder. Brancos são os nossos cabelos de trançar.

Nem bonitas nem feias, alheias a qualquer idade, nós, as três filhas de Moros e Ananques, tramamos o tecido da vida, posto que há um fio que costura o destino de cada homem sob o céu.

Eu sou Láquesis, a segunda das irmãs. Sou a trançadeira, aquela que tece o fio, tramando a história de cada homem e de cada mulher. Posto que tudo são histórias, e toda criatura mortal já vive muito antes de nascer, fio do fio que vem sendo tramado por mim desde o princípio dos tempos. Assim, cada homem é resultado de muitos outros, num tecido sem fim nem começo.

Muito antes dessa manhã de domingo, muito antes dessa missa nessa cidadezinha no interior do Vale do Itajaí, tudo começou a ser tramado. Estas minhas mãos de dedos longos, mãos encarquilhadas de séculos, muito antes já teciam o fio que levaria Anselmo a estudar na grande capital do Brasil. Eu teci a vida de Adelina desde o seu primeiro pranto, quando Cloto a fiou na roca eterna; eu teci a história de Verônica desde uma distante vila nos limites da Alemanha com a França. As alegrias e tristezas de Leopoldo também saíram da faina destes meus dedos. Eu sou aquela que pedala a Roda da Fortuna e trama e tece e costura a história dos mortais.

E a história dessa família começou muito antes desse domingo de 1944, um domingo fatídico, embora ninguém ainda o soubesse – mas Adelina e Verônica o pressentissem, posto que são as mulheres que sabem escutar a voz que vem de dentro, a voz que vem do fundo, do âmago da minha Roda.

Desfaço o que já fiz e volto no tempo e na trama para vos contar essa história. Ponto por ponto, a minha memória é eterna.

Da fronteira de Luxemburgo com a Alemanha, vieram os Hess. Por volta de 1870, embarcaram eles num navio, deixando a Europa com destino às *terras brasileiras. Ana e José Hess eram recém-casados quando eu teci a longa viagem que dividiria sua vida em duas. Durante muitos dias, o navio que os levou cruzou as águas, até aportar no Paranaguá. Os Hess foram viver em Curitiba, ao sul do Brasil, e lá, Ana começou a dar à luz. Os filhos que Cloto fiou para ela foram Valentim, João, Jorge, Ernesto, Rosa e Benvenuto. Cada um deles teve um fado por mim tecido, mas me atenho a Valentim, o mais velho dos seis.*

Inquieto, Valentim deixou Curitiba quando adulto e desceu mais ao sul, fixando residência nas terras que viriam a se tornar Luís Alves. Foi ele um dos fundadores dessa pequena cidade onde, hoje, seus netos ouvem a missa, sentados todos no comprido e incômodo banco de igreja, cada um deles perdido em seus próprios pensamentos.

Valentim casou cedo, como costumava acontecer naqueles tempos. Da sua união com Tereza Kosa, jovem nascida em Pomerode – sim, aqueles eram tempos de viagens longas e derradeiras –, nasceram nove filhos que Cloto fiou na sua roca. O terceiro deles foi Leopoldo Hess, hoje sentado ao lado da mulher, um chefe de família exemplar, exceto por uns pequenos excessos alcoólicos – mas o que seria da vida, esta sina cheia de espinhos, sem o consolo das pequenas alegrias?

Leopoldo Hess herdou do pai o tino comercial, posto que foi Valentim quem primeiro abriu uma casa de comércio na região, ali mesmo na Vila do Salto, lugarzinho encravado em meio a terras acidentadas e ainda virgens, aos poucos desbravadas pelos imigrantes que não paravam de chegar ao sul do Brasil. As lides de negócios, Leopoldo aprendeu no balcão da venda do pai, e a família fez dinheiro, fruto de trabalho constante e de inúmeras dificuldades vencidas.

O menino Leopoldo foi estudar em Blumenau por desejo do pai – que também destinou um trabalho, uma renda a cada filho. Valentim era um homem de fibra, e Leopoldo não saiu diferente. Nos primeiros tempos de internato, fugiu do colégio decidido a voltar para a casa. E assim o fez. Quando Valentim deu com o menino de volta à venda, obrigou-o a refazer a pé os trinta e dois quilômetros que o separavam do colégio interno. Muitos anos depois, nesta Roda que sobe e desce, Adelina também abandonaria o colégio interno para trabalhar com o pai, pois a vida é uma história que se repetirá até o fim dos tempos.

Quando finalmente terminou seus estudos, Leopoldo Hess voltou a Luís Alves decidido a capitanear seu destino. E foi então que coloquei Verônica Trierweiler em seu caminho.

Desde longe, eu trouxe o fio que laçaria esses dois...

Os Trierweiler viviam em uma vila chamada Trierweiler-Dorf; mas, no fim do século XIX, eles também decidiram partir para a tão falada América, e vieram dar no Brasil, aportando no Desterro. Não era o seu destino final e, como imigrantes colonizadores das terras do sul, fixaram residência em São Pedro de Alcântara. Um dos filhos dos Trierweiler, Nicolau Cristóvão, um jovem muito bonito, casou-se com Ana Nekel e mudou-se para a pequena localidade de Belchior. Lá, eles plantaram, colheram, labutaram de sol a sol e, à noite, entregando-se ao fogo que nunca se apaga, fizeram filhos que, ao seu tempo, deveriam rir e sofrer o mesmo tanto, girando mais uma vez a pesada Roda da Fortuna.

O primeiro dos nove rebentos que Nicolau e Ana colocaram neste mundo foi Verônica... E a vida se costurou. O destino dando voltas como o fio do tempo, aqui estamos na igreja mais uma vez.

O padre Afonso acabou de dizer as últimas palavras da sua missa. Os fiéis se erguem, a mais rápida deles é Adelina. Ela sabe que precisa estar na venda antes de todos, e retira-se da igrejinha como um sopro, ganhando a rua ensolarada.

Anselmo pega a mão da pequena Nair, o coração apertado pela despedida que tem pela frente. Leopoldo, muito composto, espera no corredor que Alzira, Elvira e Verônica saiam dos seus lugares, e agora escolta as mulheres da família com orgulho. Almiro e Ademar já saíram correndo para brincar com os outros meninos lá fora.

É assim que mais um domingo começa em Luís Alves...

Sou eu, Láquesis, quem lhes conta esta história, visto que a tramei ponto por ponto, ano após ano, sentada numa das curvas do Tempo sob uma pilha de séculos, a fiandeira dos destinos.

No fim da manhã, o ônibus estava pronto. Não era uma saída habitual, mas ir com o carro de molas até Blumenau estava fora de cogitação. Havia apenas uns dois ou três passageiros que aproveitavam a viagem inesperada, além de Leonardo, Leopoldo e Anselmo. As malas de Anselmo já tinham sido guardadas, Leonardo dava uma última olhada em tudo e conferia se tinha trazido as correntes que usava para o ônibus não atolar, sabendo que teriam muito barro pela frente.

Na varanda da venda, Verônica torcia as mãos, silenciosamente. Nair estava sentada a um canto, com cara de tristeza, como uma menina daquelas histórias de contos de fada, vestida de branco e com rendas, embora estivesse descalça e sem a fita no cabelo. Pagaria por aquilo com algum castigo mais tarde, mas estava pouco se importando. Amava Anselmo com todo o seu coração infantil, e um castigo até seria bom motivo para chorar a sua partida. Os meninos pulavam ao redor do ônibus tentando convencer Leonardo a levá-los escondido do pai. Mas o jovem motorista, que logo entraria para a família, fazia ouvidos moucos aos dois irmãos.

Alzira e Elvira, ainda com suas roupas domingueiras, surgiram juntas de dentro da casa, mas todos sabiam que Elvira estava mais preocupada com ficar a sós alguns segundos com o noivo do que dar adeus ao irmão mais velho. Quanto a Alzira, andava enrabichada por um rapaz que vivia para os lados do Escalvado.

Adelina apareceu por último. Envolvida nos assuntos do balcão, deixara Ana fechando a última venda para despedir-se de Anselmo. Sem meias palavras, Adelina pendurou-se no pescoço do irmão, dizendo-lhe em voz baixa que se cuidasse, que rezasse todas as noites.

— Pode deixar — disse Anselmo, sorrindo para a irmã. — E você, cuide deles por aqui. Cada vez mais, papai e mamãe precisam da sua ajuda.

Adelina aquiesceu, emocionada.

Sentiu quando a mãe se aproximou dela, parando ao seu lado como quem busca um esteio. Abraçou-a. Verônica ainda era uma mulher forte e bem disposta, mas parecia frágil ao ver o filho entrar no ônibus, acomodando-se ao lado de Leopoldo.

Era cedo ainda, o sol ia alto no céu. A viagem levaria algumas horas e eles pernoitariam na cidade. Adelina tocou de leve no ombro da mãe, guiando-a para a venda. Fazia bastante calor, os morros luziam, amplos e majestosos. No horizonte, uma fina camada de nuvens adensava-se.

— Talvez chova esta noite — disse Adelina, tentando distrair Verônica.

A mãe estremeceu de leve, dizendo:

— Deus queira que não. Ando com medo destas noites tempestuosas de verão, não sei dizer o motivo.

As duas entraram na venda, e Adelina registrou mentalmente que precisava mandar Nair lavar os pés e calçar as sandálias. Verônica detestava ver os filhos descalços. Mas ela nem tinha notado o desleixo da filha.

Sentou a mãe numa cadeira e pediu que Ana lhe trouxesse um refresco gelado. A outra deixou de lado o caderno onde anotava as encomendas e seguiu pelo corredor que levava à casa, mas não sem antes lançar um olhar melancólico para Adelina, no qual brilhavam restos de lágrimas. A partida de Anselmo entristecera a todos, mas os motivos de Ana eram diferentes.

Adelina fechou os postigos laterais da venda, evitando que o sol aquecesse demais o lugar. Àquela hora, já não havia clientes ali. Então, como de hábito, ela dirigiu-se à porta da frente e encerrou o dia de trabalho. Antes de passar o ferrolho, procurou pela irmãzinha, mas Nair já tinha saído correndo com Ade e Almiro, decerto iam se refrescar no rio. Adelina espichou o rosto, olhando a cidade assolada pelo calor. Não viu sinal dos irmãos, mas os gritos furiosos de Alzira, ordenando que os três esperassem por ela, davam a entender que estava certa.

Não demorou muito, depois que Anselmo voltou ao Rio, para que Adelina recebesse carta dando conta de que ele fora transferido para o Espírito Santo, onde treinava com outros soldados. Manobras de guerra, era o que a letra bonita do irmão registrara na folha de papel.

Todos os dias, por volta das cinco da manhã, a maior parte da família já estava de pé, começando a lida cotidiana. Os carroceiros tratavam dos animais, pois a rotina incluía muitas viagens até os fornecedores da venda em busca de produtos agrícolas que os Hess comerciavam em toda a região. Verônica tinha sido sempre a primeira a saracotear pela casa, acordava os empregados antes do sol: Luci ia para a cozinha, Ana ficava na venda, dona Juvelina fazia a limpeza dos quartos, da venda e dos arredores – galpão, depósito, eira e toda a sorte de recantos que funcionavam em perfeita sintonia, como um corpo humano saudável. Verônica ordenava que o açúcar fosse posto na eira ainda bem cedo, quando o dia amanhecia bonito, assim tinha mais tempo para secar ao sol, sendo revolvido a cada tanto de horas pelos filhos pequenos quando não estavam na escola, ou por Rosa e Luci. Leopoldo saía cedo, sempre havia viagens a fazer, compras a realizar, pagamentos à espera.

Nos primeiros dias que Verônica atrasou a engrenagem da casa, alegando cansaço ou indisposição, Adelina logo pensou em Anselmo. A mãe temia a guerra, assim como ela. E o rádio exibia boletins assustadores sobre batalhas em toda a Europa, a Alemanha ardente, finalmente assediada pelos Aliados que a queriam dobrada, de joelhos, depois de todos os horrores que impingira ao mundo com a sua sanha bélica comandada por aquele homem de aparência estranha chamado Adolf Hitler. Adelina assumiu naturalmente o trabalho quando a mãe deu as primeiras mostras do seu desalento. Porém, com o passar dos dias, embora a venda, o açougue e os ônibus continuassem funcionando perfeitamente sob o controle de Adelina, logo ficou claro que Verônica não sofria apenas de tristeza: dores começaram a surgir no seu baixo ventre, queixas ficavam presas nos seus lábios, uma palidez meio esverdeada veio pintar-lhe o rosto bonito, de matrona.

Numa noite, a mãe, gemendo, alegou que não podia comer nada, que jantassem sem ela. Sua palidez chegara ao ápice e mal podia se mover por causa da dor. Foi então que Leopoldo saiu com o carro de molas em busca do médico que morava mais perto. Nair chorou, finalmente entendendo que a mamãezinha estava mesmo doente. E as doenças, naquele canto do mundo, quase sempre terminavam no cemitério. Havia um medo estranho e silencioso entre os Hess quando o médico, o doutor Walter, subiu até o quarto dos pais com seu estetoscópio e a fatídica maleta de couro negro – e até o pequeno Ade, sempre arteiro, aquietou-se num sofá, enrodilhado nas próprias pernas e com os olhos úmidos.

Alzira foi a primeira a ouvir a voz do doutor, que saíra às pressas do quarto, dizendo que precisavam levar dona Verônica para Blumenau para uma cirurgia. Inflamação, dissera ele. Antigamente, o mal do lado era quase sempre fatal. Mas, se conseguissem transferir dona Verônica para o hospital Santa Isabel, ela poderia ser operada antes que a infecção se espalhasse pelo sangue, contaminando-lhe o corpo todo.

Assim foi feito. Leonardo, acordado às pressas, improvisou uma cama no ônibus para levar a futura sogra, Leopoldo juntou suas coisas, Adelina preparou a mala da mãe, as crianças lacrimejavam pelos cantos, cuidadas por Luci e Ana, sempre tão generosas. E, antes que os primeiros raios de sol desenhassem suas belezas nos morros ao derredor, Verônica partiu para a viagem de cura.

Havia, é claro, muito medo. Uma cirurgia era coisa perigosa, e a mãe já não era mais uma mocinha. Mas Adelina assumiu as rédeas da coisa e, ainda ao entardecer daquele mesmo longo, longuíssimo dia, foi até o Correio na Sede e despachou para o Espírito Santo um telegrama no qual informava Anselmo da situação.

Foram uns dias atribulados. Entre rezas e trabalhos, Adelina viu passarem as horas, a semana inteira. Fazia dois meses desde a partida de Anselmo, quando a mãe caíra em prostração. Tinha perdido um pouco as contas do tempo, mas era abril, o outono espalhava pelos caminhos a sua luz mágica e as folhas das árvores pintavam-se de dourado e prata, atenuando as angústias do mundo. Os alemães tinham ocupado a Hungria, mas, por todos os lados, sofriam perdas e derrotas. E, entre as notícias que escutava no rádio, Adelina rezava pela recuperação da mãe.

Verônica fora bem cuidada pelas freiras e saíra do hospital sem o apêndice, alguns quilos mais magra, mas completamente curada. Foi-lhe imposta uma dieta de sopas e de chás, várias semanas de repouso e algumas rezas matinais, posto que era um tempo em que a alma não podia ser dissociada do corpo, e o padre Afonso viera, em pessoa, receber a senhora Hess em sua casa quando o ônibus surgiu, levantando poeira pelo caminho de chão batido que ligava a Sede ao Salto.

Duas semanas após a cirurgia, Anselmo apareceu em Luís Alves. Tinha ganho cinco dias de licença para visitar a mãe doente. Ao ver o irmão entrar na venda, assim sem avisos, o coração de Adelina disparou-lhe no peito feito uma daquelas galinhas alvoroçadas pelos gritos de Luci quando ela invadia o quintal disposta a começar os preparativos do almoço dominical.

Adelina recostou-se no balcão, levando as mãos ao colo. Anselmo, vestido com seu melhor uniforme, sorriu-lhe sob o fino bigode, as faces tão bronzeadas de sol que parecia um daqueles caboclos catarinenses cuja beleza Verônica execrava, com medo de que uma das filhas caísse de amores.

Ele agora abraçava Adelina, girando com ela pela venda, parecia que os dois estavam numa daquelas fitas que o cinema de Blumenau levava aos domingos de matinê.

— Maninha, maninha... — dizia ele, rindo. — Como está bonita a minha irmã!

Adelina deixou-se abraçar, afogueada. As últimas semanas tinham sido difíceis na casa. As febres da mãe, a doença, a cirurgia na qual lhe abriram a barriga a fim de extrair aquele órgão inútil, inflamado e dolorido, depois a lenta recuperação, as crianças inquietas, o trabalho em dobro que lhe coubera. Tinha rezado até gastar os olhos, mas não havia uma única conta do rosário que a pudesse acalmar como fazia aquele irmão alto e forte que a cingia com carinho.

Pelo canto do olho, Adelina viu que Ana os observava sorrindo. Então, acarinhou de leve o rosto bem escanhoado de Anselmo e disse:

— Mamãe poderia ter morrido. Abriram a barriga dela, tomou uma dezena e meia de pontos. Ade não queria comer, Nair não queria ir à escola. A vida virou de pernas pro ar.

— Posso bem imaginar — respondeu Anselmo, subitamente dando-se conta da presença de Ana. Foi até ela e a abraçou, sentindo-lhe o calor de brasa, os braços roliços, o peitilho meio gordo, de pomba. E perguntou, solícito: — Como vai, Ana?

Ana respondeu numa voz meio derretida:

— Vou bem, depois do susto que sua mãe nos deu.

— O pior já passou — respondeu Anselmo, olhando as duas. E, num suspiro: — Quero ver mamãe, vamos até ela.

A venda estava calma, e Adelina levou o irmão para a casa. As crianças andavam na escola, onde todos dividiam a mesma classe, aprendendo sob os cuidados de dona Gertrudes a tabuada e as regras de acentuação, e a casa, silenciosa e imersa em penumbra, pareceu a Anselmo um santuário, um lugar de profunda paz, que o atraía e também lhe causava repulsa, longe demais do mundo e das suas euforias para que pudesse permanecer por muito tempo ali, embora se sentisse feliz entre suas grossas paredes.

Subiram as escadas com rapidez e Anselmo viu o corredor dos quartos. Tudo estava limpo e calmo. A primeira porta, entreaberta, deixava entrar a luz da varanda. Fazia sol lá fora, e o fim da manhã era morno, suave. Em maio, havia uma luz diferente. Anselmo pensou no sol agudo dos trópicos, no brilho que cegava, fazendo a areia branca rebrilhar quase como prata granulada. Ali, a luz era mais suave e oblíqua, parecia abraçar cada objeto, escorrendo sinuosa pelos morros.

— Pode entrar — disse Adelina, abrindo a porta do quarto dos pais com suavidade. — Vai ser uma linda surpresa.

Verônica estava deitada na cama, de olhos fechados. Os cabelos, espalhados pelo travesseiro, emolduravam seu rosto. Anselmo achou-a envelhecida.

Disse baixinho:

— Que susto a senhora nos pregou...

Verônica arregalou os olhos ao mesmo tempo que um sorriso nascia nos seus lábios finos. O filho mais velho estava sentado na ponta da cama, lindo em seu uniforme de viagem, um homem feito. Ela recostou-se nos travesseiros, sentindo os pontos repuxarem sua carne cansada, mas nada doía-lhe sob o efeito da presença reconfortante de seu Anselmo.

— Filho... — ela balbuciou. — Se eu morresse sem lhe dar adeus, como seria?

Anselmo riu alto.

— A senhora não morre nunca, mamãe. Tudo isso foi uma armação para que eu voltasse a Luís Alves, seja sincera comigo.

Adelina riu dessa vez.

— Pobre mamãe — ela falou. — Sofreu um calvário.

— Mas você está aqui conosco, Anselmo. Isso já me conforta — completou Verônica.

Anselmo segurou-lhe as mãos:

— Eu não podia partir para a Europa sem ver a mãezinha.

Logo, ele se arrependeu: a menção ao continente deflagrado encheu os olhos de Verônica de uma névoa úmida, que se condensou em lágrimas miúdas como contas. Anselmo tirou do bolso um lenço branco, impecável, e secou as lágrimas maternas uma a uma.

— Não chore, mamãe. Não vale a pena. Vou cumprir minha tarefa de soldado. Voltarei ileso, prometo-lhe.

Verônica devolveu-lhe um sorriso triste, sentindo a mão morna do filho no rosto. Estava muito frágil, era por isso que chorava, explicou-se. E todos aqueles remédios, as gotas de hora em hora, as palpitações que sentia no ventre, como se tivesse dois corações em seu corpo.

— Eu sei, meu filho. Mas tenho medo por você.

— Não tema, mamãe — Anselmo respondeu, piscando um olho. — Ficarei dois dias aqui com a senhora. Então, voltarei ao Espírito Santo. Estamos preparando umas tropas. Embarcamos no começo de julho.

Anselmo ficou mesmo dois dias, nos quais desdobrou-se em atender a família. Brincava com os pequenos, zelava à cabeceira da mãe, achou tempo para ajudar o pai a consertar o gerador que abastecia a casa, permitindo que a família ainda tivesse algumas horas de luz após o pôr do sol. Teve largas conversas com Adelina, nas quais confidenciou-lhe que tencionava noivar quando voltasse da guerra, e que jamais conseguiria deixar o Rio de Janeiro. Pretendia se estabelecer por lá, seguindo carreira no Exército depois de casado.

Adelina aproveitou aqueles dias com o irmão. Sentia que a família voltara aos eixos outra vez. A vida parecia regrada com todos eles ali, reunidos para as refeições.

Mas o turbilhão da presença luminosa de Anselmo foi curto; ele partiu, mais uma vez, levado de ônibus por Leopoldo e Leonardo. Verônica despediu-se do primogênito na varanda, amparada por Luci, os cabelos numa trança cheia de mechas brancas que luziam ao amanhecer daquele outono. Olhando o brilho nos olhos de Anselmo quando ele embarcou no ônibus, Adelina entendeu que o irmão tinha já uma vida longe deles, uma vida cheia de aventuras, elegâncias e modernidades, e sentiu um pinguinho de desejo de encontrar seu caminho também, enquanto Leonardo manobrava o veículo em frente à venda, tomando o caminho da Sede.

Balneário Camboriú, meados de julho de 1944

Rodolfo era um nome pomposo, ele preferia que o chamassem de Duda. Caçula de treze filhos, fora cuidado por uma legião de irmãs amorosas, que o envolveram em abraços, rendas, perfumes e segredos, protegendo-o da braveza paterna, do sol inclemente, das implicâncias comezinhas dos irmãos homens. Da mãe, as irmãs não precisaram apartar o pequeno Duda, visto que Maria Antônia, desde sempre, caíra de amores pelo caçula com aqueles olhos luminosos e um sorriso, ela dizia, feito para sequestrar corações.

Malgrado os exageros maternos e os carinhos fraternais, Duda sempre tivera jeito com as pessoas, talvez fossem mesmo os seus belos olhos... Até ali, na aridez do Exército, onde as palavras eram cuspidas, as ordens incontornáveis e a hierarquia quase divina, até mesmo ali ele fazia amigos com a mesma facilidade que tinha para fazer rimas.

Duda sorriu, pisando na areia, olhando o mar como um lençol de prata estendido com esmero. Uma lua nova pendurava-se no céu. Ele duvidava que algum submarino alemão viesse conspurcar aquela beleza quase perfeita em sua serenidade. Mas tinha de cumprir as seis horas de ronda com o máximo de atenção e depois escrever seu relatório. Gastava o tempo na praia fazendo rimas mentais. E, às vezes, compunha um poema de amor para um ou outro colega que estivesse precisando agradar a namorada saudosa. Era bom com palavras assim como era bom com sorrisos, e logo a sua facilidade para escrever ganhou fama entre os homens do pelotão, todos apartados das suas famílias e namoradas.

Fazia alguns meses que Rodolfo Francisco de Souza Filho estava ali, integrando as forças de defesa do litoral catarinense, servindo no Destacamento de Itajaí, Pelotão III do Vigésimo RI, sob a patente de cabo. Hospedava-se, com dezenas de outros soldados, no Hotel Balneário, e fazia as rondas noturnas na praia em noites alternadas, mas também tinha algum serviço de caserna. Não era um trabalho duro, porém as suas obrigações guardavam algumas sutilezas inconvenientes. Como a maioria dos moradores do Vale do Itajaí era composta de alemães e de italianos, havia a ordem implícita de que os soldados do Pelotão III deviam vigiar as pessoas, suas conversas e seus movimentos. O Exército deveria ficar de olho naquela gente toda, pois o presidente Getúlio Vargas temia algum tipo de revolta, de levante dos imigrantes da região.

Era claro que Duda não levava aquilo a sério, mas cumpria suas tarefas com exatidão. Durante o dia, observava as gentes, ouvia suas conversas quase sempre inocentes e cotidianas – até mesmo para os alemães de Itajaí, a guerra era menos premente que a vida de todo dia, o trabalho, o pão sovado, os lençóis quarando sob o sol, a febre das crianças e a carestia da vida. Era uma gente boa, pacata e trabalhadeira, e Duda gostava do clima da pequena cidade litorânea, embora sentisse falta dos seus cavalos lá no Escalvadinho. Quando estava de folga, ele ia beber com os amigos no Hotel Miramar. Verdade que sentia saudade da família, que pensava na mãe e na sua tristeza por causa de Toga – ele também, às vezes, experimentava um aperto na garganta, e então as lágrimas corriam soltas pelo seu rosto moreno. Apesar disso, fizera tantos amigos em Balneário quanto possível para um rapaz que, como ele, sabia falar sorrindo.

Duda sentiu o vento morno, quente demais para o começo do inverno, bater em seu rosto como a saia de um vestido de mulher. Ah, que saudade tinha das saias femininas, do cadenciado dos quadris, das rendas secretas, apenas prometidas pela fina pele das meias de seda. Entre dezenas de homens, dividindo o alojamento pesado de odores masculinos, palavrões, coturnos e armas, mais do que nunca voltava a ser aquele menino dengoso que pulava de colo em colo, de irmã em irmã, acarinhado e mimado. De fato, era um homem que gostava de mulheres. Mas, ali estava ele, caminhando pela areia seca e dura, sob o olhar imutável daquele céu estrelado, vigiando a praia deserta. A linha de casas que nascia depois da areia agora estava escura e silente. Eram as ordens de apagar as luzes e fechar os postigos, de manter a costa na escuridão para o caso de um ataque inesperado dos inimigos.

Duda escolheu uma pedra perto da água e sentou-se. Ficaria ali alguns minutos, enquanto dois outros cabos seguiam pela areia. Podia ver longe, e tudo que seus olhos abarcavam era a bendita paz daquela praia. Embora os alemães tivessem aprontado das suas no litoral brasileiro – dois anos antes, um submarino alemão levara a pique o Cairu e, alguns meses depois, o Parnaíba, ambos pertencentes à Companhia de Navegação Lloyd Brasileiro –, ele duvidava muito de novos ataques. A guerra na Europa tinha virado de curso, os alemães estavam perdendo. Lutavam contra o terrível inverno russo, atacados pelos aviões da RAF em seu próprio território, brigavam com os Aliados na França... Hitler tinha problemas demais. Matar civis inocentes na América do Sul agora era um luxo ao qual o Reich não se podia dar.

Ele ouviu um ruído vago subindo na noite. Um farfalhar de tecido ou algo assim, mas, antes que pudesse se virar, uma voz masculina interrompeu-lhe os pensamentos:

— Boa noite, cabo.

Duda sorriu no escuro; conhecia aquele modo de falar, a voz macia, escandindo cada palavra sem pressa. Sabia que era Ernesto e sentiu-o aproximar-se, acomodando-se ao seu lado na pedra achatada e fria que era como uma espécie de camarote de teatro naquele espetáculo de beleza marinha.

— Sem cervejas hoje — disse Duda, rindo. Na noite anterior, durante a folga, os dois tinham se divertido no Miramar. — Apenas estrelas, meu amigo.

— Bem se vê que o cabo Rodolfo é o nosso poeta — disse Ernesto, com admiração.

Duda ergueu-se, estalou os dedos, arqueou as costas. Tantas horas de vigília noturna cansavam seus ossos, embora fosse jovem e forte. Era a umidade, ele sabia. A brisa marinha e salgada, insidiosa e mal-intencionada, ia penetrando o tecido grosso do uniforme, lambendo sua pele.

— Vamos seguir? — ele perguntou ao amigo. — Estou com uma dor nos ossos hoje como se eu tivesse cem anos.

Ernesto ergueu-se em prontidão. Era um jovem de ascendência portuguesa, baixo, atarracado, com dois olhos negros, redondos e lustrosos como azeitonas em óleo.

— Pela pátria sempre — disse o outro, rindo. — Vamos em frente, poeta ancião.

— Ainda temos quatro horas de ronda — respondeu Duda, desarmado.

Quando voltaram para o Hotel Balneário, o dia amanhecia. Uma tênue luz dourada misturava-se à névoa fina que subia do mar. Duda e Ernesto, exaustos, subiram a escada até o andar superior, onde os quartos tinham sido transformados em alojamento para o batalhão. No térreo, ficavam os escritórios. Uma arrumadeira jovem e bem apanhada acabava de limpar o corredor e passou, sorridente, pelos dois cabos. Ernesto deu um assovio baixo e Duda riu.

— Um peixão — disse ele, piscando o olho. — Mas estou tão cansado que só consigo pensar em dormir. Depois faço o relatório.

— Eu estou sem sono — retrucou Ernesto. — Deixa que eu faço o maldito relatório. Você me cobre numa próxima.

Duda concordou com alívio, assim poderia dormir um pouco mais. Tinha de se apresentar ao primeiro-tenente Rocha no começo da tarde. Não sabia qual era o assunto. Esperava que não o mandassem para outro lugar, estava feliz em Balneário, as acomodações eram boas e a comida decente. Nada comparado à comida da mãe, é claro. E só de pensar em Maria Antônia fritando suas roscas de polvilho, ele sentiu água na boca. Estava com fome, mas o cansaço era bem maior.

Caminhou pelo quarto que dividia com outros dez soldados e subiu no beliche. Ocupava a cama superior. Jogou os coturnos no chão, mexeu os dedos dos pés, frios e endurecidos pelas horas de marcha contínua, puxou as cobertas e deitou-se. De algum lugar, ao longe, vinha uma música. Alguém escutava rádio, e Duda ouviu a voz forte e grave de Nélson Gonçalves. *E os casais enamorados vão passando em plena rua a jurar lindas juras de amor sem par...*

Acomodou-se na cama estreita, sentindo outra vez aquela angústia inesperada que às vezes lhe vinha. Lembrou-se da ex-noiva, Helena, mas a imagem do seu rosto redondo, de cabelos escuros caindo-lhe pelas costas, não lhe causou emoção maior. Nélson Gonçalves seguia cantando e a melodia ia e vinha, abafada pelas paredes de alvenaria. *Quando faz noite de lua*, dizia a música. De repente, Duda entendeu que aquela tristeza era por Toga... Às vezes, a saudade do irmão mais velho, talvez o mais semelhante a ele tanto em aparência quanto em temperamento, assaltava-o sem avisos. O irmão assassinado na entrada de uma domingueira por um sujeito covarde, que lhe enfiara uma faca entre as costelas, ferindo de morte o querido Toga. Tudo por causa de uma mocinha, uma jovem de treze anos do Escalvado, que Toga começara a namorar havia algumas semanas.

Como um filme, aquela tarde de domingo desfilou diante dos olhos cerrados de Duda. A chegada no baile, as gentes em rebuliço. Ele entrara primeiro, animado com as danças, de braço dado com Helena e levando junto uma prima da sua noiva. Toga vinha logo atrás, com a tal namorada. Duda não vira bem como tudo tinha acontecido, mas, assim que Helena encontrou uma vizinha, ele ouviu atrás de si, na entrada do salão, uns gritos e um choro de mulher. Curioso, Duda correu até lá no exato momento em que um homem saía aos trambolhões com uma faca ensanguentada. Num canto, amparado por dois jovens, estava Toga. Sua camisa branca, engomada com cuidado pela mãe, tingia-se rapidamente de vermelho. Duda aproximara-se do irmão com pavor, mas ele dissera estar bem. Mesmo ferido, Toga saíra atrás do agressor, vencendo a rua de chão batido, enquanto o outro se sumia entre os matagais. Um instante depois, Toga caíra no chão, desacordado. Alguém trouxera uma carroça, e Duda e mais dois amigos saíram em desabalada pressa para Itajaí, onde ficava o hospital mais próximo. Na viagem desesperada, a carroça sacolejando, Duda conversou com Toga o tempo todo, enquanto o irmão, tão bonito, de pele trigueira como a dele, ia empalidecendo, esvaindo-se em sangue. Quando finalmente chegaram ao hospital Santa Beatriz, uma hora mais tarde, o médico não estava lá, porque era domingo.

Toga morrera nos braços de Duda, e aquele momento ele jamais esqueceria em toda a sua vida. Toga era briguento, metia-se em encrencas, principalmente por causa de garotas, pois era muito namorador. Porém, seu coração de ouro era famoso no Escalvadinho, ele estava sempre pronto a ajudar numa lavoura, a domar um cavalo xucro para algum dos vizinhos... Tinha sido terrível voltar para a casa na noite daquele domingo maldito, e dar a notícia à mãe e às irmãs. Os vizinhos vararam a madrugada em vigília, cuidando de Maria Antônia, de Carlota e de Josefina, pois as duas irmãs desmaiaram de choque quase ao mesmo tempo, tendo sido amparadas pelos maridos. A mãe, forte e calada, segurara a dor. Porém, Maricotinha nunca mais tinha sido a mesma, alguma coisa do seu brilho se tinha apagado aquele dia.

Duda puxou as cobertas até o queixo, inquieto. Era essa música que tocava naquele dia no momento em que ele ouvira os gritos na entrada do salão. Finalmente, Nélson Gonçalves acabou o seu refrão e os últimos acordes soaram no andar superior do Hotel Balneário. Veio então um longo silêncio, quase era possível ouvir o ronronar do mar lá na praia. Quem quer que fosse, finalmente tinha desligado aquele maldito rádio. Duda virou-se de lado, secou as lágrimas e, com um suspiro fundo, sentindo a cantiga marinha, mergulhou num sono sem sonhos.

A sala de jantar do hotel fora transformada em refeitório para os soldados, e as mesas, unidas ao longo de duas compridas fileiras, iam terminar nas janelas que davam para a rua.

Passava um pouco do meio-dia quando Duda desceu. Estava morto de fome, mas exibia um semblante tranquilo depois de seis horas de sono. Ele entrou no refeitório cumprimentando alguns dos rapazes que estavam por ali, pois a ronda constante gerava uma alternância de horários entre todos os componentes da chamada "polícia de praia". O almoço estava sendo servido. Um carreteiro de charque, pão ainda quente, café, suco. Duda olhou as mulheres da cozinha, que andavam de lá para cá, enquanto os soldados chegavam, atraídos pelo cheiro das panelas. Nenhuma das cozinheiras era bonita, mas havia uma, miúda e magra, que o fazia lembrar-se da mãe. Ela não estava por ali àquela hora.

Duda trocou algumas piadas com uns e outros, serviu-se de carreteiro e sentou-se a um canto, perto da janela. Tinha trazido uma caderneta e lápis. Os outros já sabiam que ele gostava de ficar rabiscando rimas após a comida. Um segundo sargento de Criciúma aproximou-se. Era um rapaz espadaúdo que tinha fama de galanteador.

— Duda, preciso de um poema... Uma moça loira, sobrinha do dono da mercearia, aquele alemão, o Heins. — Ele revirou os olhos. — Parece que ela veio ver a família por ocasião das férias de inverno ou algo assim. Estou apaixonado!

Duda deixou o garfo sobre o prato e, engolindo um último bocado de comida, riu alto.

— Você se apaixona toda semana, Alceu. Vai ter que entrar na fila. Prometi algo pro Ernesto, pro Rogério e pro Biriba.

Alceu deu de ombros.

— Me coloca na sua lista então. Mas tenho pressa... — Ele espichou os olhos para a caderneta aberta a um canto da mesa. — Está escrevendo o quê aí?

O semblante de Duda entristeceu-se quando ele disse:

— Coisa minha. Sobre o meu irmão, o Toga.

Alceu deu um tapinha no ombro do colega. A hierarquia militar só valia nas horas de trabalho, e todos ali conheciam a triste história de Toga, o irmão de Duda. Conversador e alegre, Duda fizera muitos amigos. Alceu gostava daquele cabo com ares de caboclo. Seus olhos, sempre lustrosos, rebrilhavam no rosto mesmo quando ele estava triste.

— Vou deixar você então, amigo — disse Alceu, afastando-se. — Mas não esqueça da minha garota, hein?

Duda aquiesceu. Colocando o prato de lado, pegou o lápis no bolso da camisa e começou a reler o que já havia escrito. Tinha tempo, faltava ainda uma hora para comparecer ao escritório do tenente Rocha.

Era um moço trabalhador, mau gênio, por pouco brigava,
Não escolhia filha de família, com qualquer uma namorava.
Nas encrencas que fazia, inimigos gratuitos arranjava.

Toga... Heitor.

Às vezes, quase podia senti-lo ao seu lado, sorrindo como um pirata. Alegre e tempestuoso. Toga era um temporal de verão. Duda afinou mais a ponta do lápis, sem olhar para os lados, enquanto os outros soldados riam e falavam alto, continuou sua escrita.

Era um homem valente, não tinha medo de nada,
Enfrentava qualquer um, topava qualquer parada.

Lembrava-se do tempo em que Toga morava em Itajaí com um dos irmãos mais velhos. Ele arranjara um emprego numa olaria, voltava para casa em finais de semana alternados, forte, viçoso como uma fruta da estação. Quando chegava, a casa do Escalvadinho era pura alegria.

Duda olhou pela janela. Lá fora, o sol brilhava placidamente. Havia pouco movimento na rua; a cidade, desde o começo da guerra e da chegada do Exército, parecia acabrunhada e tensa. As gentes andavam com desconfiança pelas ruas, com medo dos soldados, da ameaça dos submarinos alemães. Duda gostava dali, as ruas quietas, a enseada tão perfeita, o mar verde e manso. As longas marchas noturnas enchiam sua cabeça de rimas. Ele pensou que Toga também gostaria de estar ali, entre os homens da caserna, nas noites de folga, quando iam beber e ver as garotas. Pois, se os pais e mães de família temiam os jovens da "polícia de praia", as garotas os adoravam. Não era difícil arranjar uma namorada em Balneário ou qualquer outro lugar da região se você usasse uma farda. Toga já teria várias, pensou Duda, sorrindo.

E foi então que Ernesto surgiu. Ele trazia sua bandeja de almoço, estava de cabelos úmidos e rosto descansado. Tinha dormido depois de entregar o relatório ao superior.

— Rindo do quê? — Ernesto quis saber.

Duda fechou o caderno e respondeu que estava pensando no irmão morto. Ernesto já o conhecia o suficiente para não necessitar maiores esclarecimentos. Ele sentou-se à mesa de Duda e, dando de ombros, falou:

— Você parece entristecido ultimamente...

— Eu gosto de estar aqui — respondeu Duda. — Mas, às vezes, me sinto solitário.

— Sem uma noiva, nenhuma namorada... Elas adoram seus poemas, você sabe. — Ernesto bateu na mesa, rindo. — Hoje à noite é nossa folga. Vamos beber no Miramar, jogar um carteado e paquerar umas garotas.

— As boas garotas a gente só acha na missa — disse Duda. — As garotas de família.

— E quem está falando em garotas de família? — retrucou o amigo, rindo alto. — Estou falando em divertimento, esquecer as tristezas. Somos jovens, Duda.

Duda ficou olhando Ernesto. O que lhe dizer? Ele tivera algumas namoradas, dava-se bem com as mulheres, pois desde cedo aprendera a entender o seu mundo. Vivera cercado de irmãs, gostava das suas risadinhas, dos olhares, das rendas, das sedas e dos sussurros. Mas sentia o desejo de encontrar alguém especial, com quem pudesse, talvez, partilhar um futuro. Uma moça que merecesse as suas rimas, as mais verdadeiras e pungentes, aquelas que ele ainda não havia escrito.

— Está bem — ele disse por fim. — Hoje à noite, vamos ao Miramar e nos divertimos com as garotas que estiverem por lá. Mas, agora, preciso ver o meu superior.

Ernesto sorriu.

— Espero que não seja um puxão de orelha.

Duda deu de ombros.

— Só Deus sabe o que será — disse ele.

E, recolhendo a caderneta de rimas, guardou-a no bolso do casaco e saiu do refeitório.

O ruído das máquinas de escrever assemelhava-se a um enxame de abelhas, foi o que Duda pensou ao entrar na sala onde vários rapazes datilografavam em suas mesas, compenetrados. Um leve odor masculino, de couro e de fumo, pairava no ar. Pareciam todos ocupados, como se a guerra estivesse nas suas barbas.

Duda espiou por uma janela aberta e viu a rua calma lá fora, ao longe, o corpo do mar, espalhando azul no dia, misturando-se ao céu limpo. Achou graça na discrepância entre a paz de Balneário e a balbúrdia daquela sala. Às vezes, tudo aquilo lhe parecia uma grande brincadeira, uma espécie de piada. Deveria estar em casa, no Escalvadinho, domando seus cavalos, cuidando da serraria onde trabalhava com o primo Ari. Lá, sim, ele era útil, e lá, sim, havia urgência. Sustentava a mãe e ajudava algumas das irmãs. Houvera um tempo de fartura, era o que contava Maricotinha. Um tempo onde tiveram armazéns e terras e cabeças de gado. Duda não se lembrava disso. Suas primeiras memórias já eram da casa simples, a mãe trabalhando de sol a sol. O pai perdera muito dinheiro num negócio com o governo. Milhares de postes para uma rede elétrica que nunca fora feita, e assim esvaíra-se a reserva de futuro dos Souza.

Uma voz masculina cortou os seus pensamentos, anunciando:

— O tenente Rocha pediu que me acompanhe. — Era um soldado raso. — Por aqui.

Duda seguiu o rapaz e entrou em outra sala, mais silenciosa. Três mesas abrigavam alguns oficiais imersos em papeladas. A guerra era uma grande burocracia.

Um deles, o tenente Rocha, ergueu-se detrás de uma pilha de pastas negras e perguntou:

— Rodolfo Francisco de Souza Filho?

— Sim, senhor — respondeu Duda, prestando continência.

O outro sorriu levemente, indicando-lhe uma cadeira.

— Sente-se. Tenho uma missão para você. Pode aceitar ou negar, mas, pelo que sei da sua ficha, concluí que seria o homem indicado para representar o Exército Brasileiro neste caso.

Duda sentou-se. Estava confuso. Era apenas um cabo de vinte e três anos que gostava mesmo de rimas e de cavalos. Mas respirou fundo e perguntou:

— E como posso ser útil ao Exército, senhor?

O tenente Rocha recostou-se na cadeira e seu semblante pareceu nublar-se.

— Tenho uma missão para você, Rodolfo. Uma missão delicada, é verdade. O Pelotão III do Vigésimo RI foi designado pelo Estado-Maior para levar o corpo de um oficial que morreu em serviço a uma cidade aqui no Vale do Itajaí. Era um oficial jovem, de muito futuro. Mas acidentes acontecem.

Duda entendeu na hora. Pensou na morte trágica de Toga, na tarefa de contar à mãe e às irmãs, nas palavras que escolhera. Ele sentiu um aperto no peito, mas aquiesceu.

— Aceito a indicação, senhor — foi o que ele disse.

Rocha abriu um sorriso aliviado.

— Vou lhe passar as instruções, tenente. Você e cinco homens partirão amanhã com o corpo para a cidade de Luís Alves. A família já foi informada do acidente. O nome do oficial cujo corpo o batalhão vai escoltar é Anselmo Hess.

Duda concordou tristemente. Luís Alves era muito perto de Escalvadinho, apenas algumas horas a cavalo. Pensou na família que receberia aquela triste notícia e sentiu uma onda violenta de saudades da mãe. Para além da janela da sala dos oficiais, o dia continuava a brilhar como uma joia, alheio ao que acontecia ali dentro.

Campo de treinamento, Espírito Santo, fim de junho de 1944

Fazia calor, embora fosse junho. Se estivesse em Luís Alves, Anselmo usaria um casaco grosso para se proteger da umidade e do frio. Mas, em Vitória, o sol ardia como uma fogueira. E ele estava sob aquele fogo celeste, sentindo o suor escorrendo pela pele, o uniforme úmido, os pés inchados dentro dos coturnos pesados, de couro rígido.

Duzentos soldados estavam diante de Anselmo Hess enquanto ele fazia a última exposição daquela manhã. *O uso de granadas de mão*. Era o seu trabalho ali naquele QG, ensinar os soldados rasos a utilizarem granadas e outros artefatos de guerra.

Só mais dois dias. Mais dois dias sob o sol, repetindo gestos e instruções com a sua voz calma e pausada. Ele era bom naquilo e falava devagar, tinha paciência com os rapazes. Sabia que todos estavam com muito calor, e que as altas temperaturas confundiam as ideias. Sentia vontade de encerrar o treinamento uns minutos antes e chamar a todos para umas cervejas geladas. Lembrou-se das Brahmas que o pai mantinha sempre frias no alçapão perto da caixa registradora, na venda em Luís Alves. Queria meter-se inteiro naquele buraco úmido, cercado de engradados de cerveja, e beber até se fartar, até esquecer o sol. Mas os soldados o miravam, o calor fazia seus olhos arderem, gotas de suor rolavam por suas têmporas, indo sumir atrás da gola do uniforme, já empapado à altura do peito, e sob as axilas.

Ele acelerou o trabalho. Erguendo uma granada bem no alto, diante dos rapazes, falou com voz pausada:

— A granada não passa de uma pequena bomba com um sistema de segurança. Graças a esse sistema, temos de quatro a seis segundos depois de retirar este pino para arremessá-la. Ela não explodirá antes de atingir o alvo.

Atrás de Anselmo, havia um terreno de chão batido, uma trincheira cavada com perfeição, e, para além dela, um largo espaço de terra agreste com algumas crateras em meio à vegetação ressecada pelo calor. Era lá que ele atirava a granada para que explodisse, depois da sua demonstração, diante dos olhares meio pasmos dos jovens soldados.

Anselmo correu os olhos pela plateia. Lavradores, meninos que tinham passado a vida com uma enxada na mão, ajudantes de ferreiros, filhos de marceneiros e de quitandeiros enfileiravam-se diante dele, exaustos e atentos. Os rapazes que estavam na faculdade, como Anselmo Hess, que terminava o curso de Engenharia, eram oficiais do CPOR. Mas aqueles garotos, caso a guerra realmente prosseguisse, seriam a massa de manobra das tropas brasileiras. Anselmo sorriu por um instante; gostava daqueles rostos avermelhados de sol, entendia-os, vira-os aos montes no Vale do Itajaí. Eles visitavam a venda da família com seus pais agricultores, enchendo as carroças de mantimentos após a missa de domingo.

Ele pigarreou, voltando a se concentrar. Movimentou a granada com cuidado, depositando-a sobre a bancada que havia à sua frente.

— As granadas são armas muito antigas — falou. Todos os rapazes o ouviam atentamente. — Os primeiros registros do uso de granadas em batalhas vêm da China, por volta do ano 1000. Hoje, somos muito mais modernos, e as granadas continuam sendo importantes nas manobras de avanço de tropas por terreno inimigo. As granadas modernas garantem o máximo de ferimentos, lançando fragmentos de metal que causam lesões parecidas às das balas de revólver.

Anselmo pegou a granada mais uma vez, erguendo-a bem no alto, diante dos jovens. Virou-a de um lado a outro, mostrando como era inofensiva quando estava com o pino de segurança. Ouviu-se um murmúrio nervoso na plateia, e Anselmo sorriu.

— Não tenham medo, rapazes. Em poucos minutos, teremos detonado esta granada e estaremos no refeitório, almoçando. E espero que os ventiladores estejam ligados por lá.

Os soldados riram, suando sob o sol.

Anselmo girou a granada algumas vezes entre suas mãos, no alto da cabeça. E voltou a falar:

— O processo de detonação só começa quando retiramos o pino de segurança, ele destrava o sistema mecânico que faz a granada explodir. Mas não basta puxar o pino, é preciso também soltar o gatilho, esta alavanca na parte externa. — Ele mostrou à plateia a pequena alavanca. — Para fazer isso, é preciso lançar a granada. O movimento solta o gatilho e um pequeno peso de metal despenca dentro da granada. Quando o peso se choca com a base, gera uma faísca no interior da arma. A faísca acende um pavio que vai até a pólvora, e as chamas fazem a nitroglicerina explodir. Pum!

Anselmo gritou alto, imitando a explosão.

Num movimento tantas vezes repetido diante dos soldados, ele baixou os braços, tirou o pino de segurança e, virando-se, preparou-se para arremessar o artefato no terreno após a trincheira. Porém, contrariando tudo que ele tinha dito havia poucos minutos, a pequena granada não esperou seis segundos, explodindo com absurda violência na sua mão.

Os soldados das primeiras fileiras atiraram-se ao chão num reflexo coletivo de sobrevivência. Então, após alguns instantes que pareceram eternos, os rapazes das fileiras mais afastadas, nervosos, correram para socorrer o instrutor Hess. Um cabo que estava por ali tomou a dianteira da situação, aproximando-se cautelosamente de Anselmo.

O que ele viu foi horrível, e foi o mais perto da guerra que chegou em todo o seu tempo de serviço. Anselmo Hess estava no chão, uma massa de carne e sangue, os cabelos negros encimando a cabeça onde já não se podiam divisar os traços do rosto que fora outrora bonito e bem desenhado. A mão que segurara a granada tinha simplesmente desaparecido, e o braço direito do rapaz estava separado do corpo.

Caído de lado, Anselmo era um volume estranho. Todo o seu corpo sangrava, ferido em pontos incontáveis pelos fragmentos da granada, cujo poder destrutivo ele explicara aos soldados havia tão pouco.

— Anselmo, Anselmo! — gritou o cabo, esquecendo as formalidades do Exército. — Chamem um médico! Chamem uma ambulância!

Os soldados corriam, aparvalhados. Um jovem vomitava a um canto, havia sangue por vários metros ao redor do ferido.

Anselmo estava inconsciente.

O cabo levou a mão ao pescoço de Anselmo, procurando sua pulsação. Pelo coto do braço direito, o sangue de Anselmo Hess esvaía-se rapidamente, formando uma poça.

O cabo tateou até achar o lugar correto. Sua mão escorregava no sangue pastoso, ele todo tremia, ajoelhado, pálido, chorando. Não achou nenhum batimento no lugar onde estava a artéria carótida. Viu que a granada destroçara também parte do dorso superior de Anselmo. O cabo começou a chorar como um menino. Um soldado raso, o filho de um peixeiro, aproximou-se em silêncio e, sem receio do sangue nem da morte, tomou o cabo pelo braço e tirou-o dali.

Quando finalmente chegou, a ambulância do Exército não teve mais serventia. Naquele dia fatídico, vinte e sete de junho, às doze horas e treze minutos, anotou mentalmente o soldado raso para um relatório posterior, morria o oficial Anselmo Hess em meio a um exercício demonstrativo.

Decretou-se luto para todos os batalhões loteados naquela zona. No começo da tarde, um telegrama curto e pungente foi despachado do escritório central para a pequena cidade de Luís Alves, onde vivia a família do jovem morto.

Luís Alves, meados de julho de 1944

A pequena agência dos correios fechava às cinco da tarde. Alma Mees olhou o relógio pendurado na parede, o ponteiro dos minutos precisava de apenas três voltas para chegar ao ápice do mostrador. Três minutos... A tarde caía lá fora, fria. Uma garoa fina, insistente, escabelada por rajadas de vento, descia dos morros que pareciam se fundir com o céu plúmbeo e ia morrer no chão de terra. O dia declinava rapidamente, e Alma fechou as janelas da agência. Não haveria mais trabalho, nada de despachos nem de telegramas. Pensou numa sopa quente, na sua cama de grossas cobertas de lã. Mas, antes, os filhos pequenos, o jantar sempre atribulado, as rezas.

Alma foi até a porta e, olhando a ruazinha deserta e molhada uma última vez, fechou a loja dois minutos antes de o relógio marcar dezessete horas. Era uma pequena transgressão, ela sabia, mas o inverno e a noite desciam sobre a cidade, maiores do que tudo.

— Como assombrações — ela disse baixinho.

Balançou a cabeça. Às vezes, falava sozinha, o marido ria dela por causa disso. Recolheu o pouco dinheiro que havia na caixa registradora e chamou por Aldo, seu filho mais velho. Aldo saía da escola e ia esperá-la para que voltassem juntos. Moravam longe da Sede, para o lado oposto ao Salto, uma caminhada acelerada de trinta minutos até em casa. Naquele frio.

— Está pronto? — ela perguntou quando o garoto surgiu à sua frente, caderno sob o braço. — Vista o casaco e o gorro que vamos embora.

Aldo era um menino bonito, esguio. Tinha quatorze anos e já uma leve sombra começava a encimar-lhe a boca cheia de sorrisos, revelando a Alma o homem que ele seria dentro em breve.

— Vou guardar os livros, mamãe.

A voz dele também mudava cotidianamente. Alma sorriu com tristeza, pensando no menino cujos cueiros ela trocara com tamanha diligência. Mas ainda tinha dois em casa, pequenos demônios que a esperavam ao anoitecer.

— Deixei a sopa pronta, Aldo. Vamos jantar cedo e dormir, está muito frio. Acho que estou me gripando.

Mas aquela noite não seria tão pacata como Alma desejava. Quando Aldo voltou, pronto para partir, o telégrafo começou a soar na sua mesa. Ela correu a anotar a transmissão, usando o Código Morse que o próprio aparelho exibia na face central, numa placa de metal dourado. *Ponto, ponto, traço, ponto, ponto, traço, ponto, ponto, ponto, traço.* À medida que Alma registrava as letras, uma atrás da outra, seu rosto se foi transfigurando.

A mensagem, clara e terrível, devastadora como um raio, surgiu inteira na tirinha de papel.

— Meu Deus! — ela gemeu.

— O que houve? — quis saber Aldo, aproximando-se.

As mensagens do telégrafo eram pessoais e sigilosas, mas Alma não pôde se conter. Olhou o menino que amava e disse:

— Uma tragédia, meu filho. É preciso levar este documento até o Salto, à casa dos Hess.

— Mas já é tarde, mamãe.

Alma aquiesceu, uma leve sombra da noite descia sobre tudo, acinzentando as casas, escurecendo o perfil dos morros sob a chuva miúda. Ela suspirou fundo. Com as mãos trêmulas, colou as tirinhas de papel uma a uma. A mensagem trágica transformada em meia dúzia de frases oficiais. Um telegrama do Exército Brasileiro.

— Anselmo, o filho mais velho dos Hess, acabou de falecer — disse ela, num fio de voz. — Sofreu um acidente num treino militar.

O garoto ficou olhando a mãe. A morte era ainda vaga para ele. Tinha visto animais morrerem no pequeno campo da família. Conhecia o cemitério local, onde brincava de esconder com os outros meninos da escola. Os velhos da cidade morriam, ele ouvia falar dos enterros, das conversas de velório, mas nunca tinha visto a morte de perto. Lembrava-se bem de Anselmo. Alto, forte, sempre atencioso, até para com as crianças pequenas.

Alma segurou o filho pelos ombros, arrancando-o do seu devaneio. Sua voz era trêmula quando disse:

— Aldo, é você quem vai levar este telegrama. Eu preciso voltar por causa dos seus irmãos. Quando eu chegar em casa, pedirei ao seu pai que vá buscá-lo em frente à venda dos Hess... — E, sem que Aldo pudesse proferir palavra, acrescentou: — É uma grande responsabilidade, meu filho. Só a transfiro para você porque sei que pode cumpri-la.

Aldo sorriu de leve, orgulhoso do elogio. Mas uma semente de medo pareceu brotar no seu estômago. Alma tirou do pescoço o cachecol que usava e o envolveu no filho amorosamente. Depois, colocou o telegrama num envelope, que selou com cuidado, entregando-o ao menino.

— Só dê isso nas mãos do senhor Leopoldo ou de Adelina. De mais ninguém, entendido? — Aldo aquiesceu com um leve movimento de cabeça. — Agora vá. E tome cuidado com os cães, não há outro perigo por estas bandas.

Mas havia, foi o que Aldo pensou.

A noitinha, úmida e escura, parecia-lhe prenhe de perigos.

Ele saiu para a rua deserta sentindo a garoa no rosto. E era como se levasse a própria morte no bolso do casaco, andando rápido para vencer os dois quilômetros que o separavam da venda dos Hess no Salto. Dois quilômetros na noite cada vez mais escura, silente e triste. Sentia que desviava dos fantasmas, seguindo o caminho barrento e infinito, sem nem ao menos ter o consolo das estrelas no céu alto.

Não havia luz elétrica em Luís Alves, mas a venda dos Hess contava com um pequeno gerador. Assim, uma lâmpada brilhava na varanda, sacudida pelas rajadas de vento frio que desciam dos morros, serpenteantes e traiçoeiras.

A luz pareceu a Aldo um porto seguro. Ele acelerou ainda mais o passo, sentindo-se já um pouco ofegante. Quase corria. Mas sua mente ágil se lembrava da classe da professora Ruth. Ela falara dos navegadores portugueses que tinham cruzado o Atlântico para dar no Brasil. Era como ele se sentia agora, um desbravador. Vencera dois quilômetros na densa noite e agora estava a poucos passos da casa de Leopoldo Hess.

Mas não queria chegar.

Acreditava que, enquanto aquele telegrama estivesse guardado no seu bolso, Anselmo ainda poderia viver. Quando o entregasse ao senhor Leopoldo ou a Adelina – "à mãe não, pelo amor de Deus", pedira-lhe Alma –, o filho mais velho dos Hess daria o seu último suspiro.

Mas Aldo finalmente estava diante da venda. Assim, subiu os dois degraus da varanda; respirava rápido, sorvendo o ar úmido, como se tivesse cumprido alguma prova esportiva. Sentiu um aperto na garganta quando tocou o pequeno sino de ferro fundido, já que a venda estava cerrada.

O objeto de bronze cantou na noite. Um murmúrio leve, elegante... Aldo escutou movimento dentro da venda e o som de passos. Havia alguém ainda. Um instante depois, uma das folhas da porta de madeira dupla abriu-se e, iluminado por um pequeno lampião, surgiu-lhe o rosto bonito e imponente de Adelina, mirando-o com curiosidade.

Todos se conheciam ali, e ela disse, abrindo um leve sorriso:

— Algum problema, Aldo? Seus irmãos estão doentes?

Como não havia farmácia ou hospital na cidade, a venda dos Hess era o único entreposto onde os moradores podiam comprar alguns poucos medicamentos. Aldo devolveu o sorriso à jovem mulher – como ela era bonita! –, mas sentia-se constrangido.

— Não, os manos estão bem — ele disse, baixinho.

Adelina abriu a porta de todo:

— Entre, Aldo. Está frio e chove. Você precisa de alguma coisa?

Ali dentro, o ar estava agradável. Aldo viu que Adelina trabalhava a uma mesa, fazendo cálculos num grande livro-caixa. Ele sentiu vontade de abraçar a jovem alta e esguia; apenas quatro anos os separavam, mas ele ainda estava nas brumas da puberdade, enquanto ela era uma mulher feita. O que fez foi dizer:

— Vim desde a Sede por causa de um telegrama, Adelina. A mãe mandou eu entregar pra você ou pro seu pai. É urgente.

Um brilho estranho surgiu nos olhos da moça e seu rosto alarmou-se. Porém, antes de dizer qualquer coisa, Adelina foi até os fundos da venda, abriu uma espécie de alçapão e tirou dali uma garrafinha de vidro. Aldo nunca tinha bebido aquilo, mas sabia o que era. Coca-Cola. Custava caro, dez tostões. Não imaginara que a venda tivesse tal coisa.

Adelina aproximou-se dele e, gentilmente, disse:

— O pai trouxe algumas destas do Rio de Janeiro. Você fez uma longa caminhada nesta noite fria... — Entregou-lhe a bebida: — Vamos, prove. Vai gostar.

Aldo pegou a garrafa e tomou um gole. O sabor era estranho, mas a bebida borbulhou na sua boca. Era um pouco como o mar, ele pensou, mas doce, profundo. Estava sedento, bebeu tudo demorando-se no último gole por pena e por causa do telegrama.

Enfim, era chegada a hora. Deixou a garrafinha sobre o balcão e, com extremo cuidado, como se pegasse alguma coisa viva, resgatou o telegrama selado no fundo do bolso.

— Aqui está — disse ele. Adelina segurou o pequeno envelope com um tremor de medo. — Me desculpe... — acrescentou Aldo num fio de voz.

Adelina abriu o envelope, com cuidado. Aldo viu-a devorando o seu conteúdo em um lance de olhos. Foi como se o tempo parasse... Ele diria, muito mais tarde, quando sua filha Lindáuria se casasse com um dos filhos de Adelina, que nunca pudera esquecer aquele momento. Quando Adelina tomara consciência da perda do irmão mais velho. Um acidente trágico, violento. Aquela interrupção de vida para a qual ninguém jamais estaria preparado.

Adelina ficou um segundo imóvel, os olhos abertos de horror, e então suas mãos começaram a tremer feito dois passarinhos encurralados por um gato.
Foi neste momento que ela gritou.
Um grito longo, fundo. Escuro como a noite lá fora.
A sua voz era pura dor. Aldo deu um passo à frente, mas não teve coragem de abraçá-la, Adelina parecia isolada do mundo, sozinha naquele desespero.
As coisas se precipitaram depois daquele grito.
A porta que ligava a venda à casa abriu-se de supetão e, um a um, empregados e integrantes da família surgiram, assustados. O grito de Adelina varara a noite quieta do Salto.
Almiro, Nair e Ade vieram aos risos, aos trambolhões; mas, ao perceberem o rosto exangue de Adelina, agora já banhado em lágrimas, ela recostada ao balcão, sem forças de ficar em pé, os pequenos se calaram, assustados. Nair começou imediatamente a chorar. Foi Leopoldo Hess quem tomou as rédeas da coisa. Passando por Elvira, Ana, Luci e Alzira, indagou:
— O que houve aqui, Aldo?
Sua voz era límpida, paciente. Antes que Aldo respondesse, porém, Adelina entregou ao pai o telegrama. O pedaço de papel parecia ter queimado seus dedos quando ela disse:
— Aldo veio trazer, pai...
Então, sem um suspiro, Adelina desfaleceu. Era alta, magra, e caiu no chão, amolecida como uma boneca de pano. A gritaria recomeçou na venda, agora aumentada pelos gemidos de Elvira e pelos choros descontrolados da pequena Nair. Ana tratou de pegar a garotinha e tirá-la dali, enquanto Verônica e Alzira acomodavam Adelina num banco com a ajuda de Aldo e de Luci.
No canto da venda, Leopoldo olhava o telegrama sem poder acreditar, cercado pelos dois meninos menores. Mas, depois que Adelina voltou a si, após o uso de sais de cheiro, Aldo viu dona Verônica aprumar-se. Havia uma sombra dura nos seus olhos. Como um pressentimento... Com calma, ela ergueu-se e foi até o esposo. Embora o tempo parecesse se dilatar, tudo aquilo durara uns pouquíssimos minutos.
— Deixe-me ler — Verônica falou com voz firme, estendendo o braço.
Leopoldo entregou-lhe o papel. Verônica leu os signos que certificavam a morte do filho, do primogênito que ela amava tanto. Que tinha vindo

vê-la ainda havia pouco, quando se operara. Alguma coisa primordial fora arrancada dela naquele momento. Verônica pareceu diminuir, encolhendo-se, apoiada à parede. Amassou o telegrama com dedos raivosos, mas sua voz era calma:

— Deus pode ser muito mau.

E desatou a chorar.

O pai de Aldo chegou pouco tempo depois, e já a venda e a casa dos Hess eram um pandemônio. Os vizinhos, acordados pela notícia, apareciam para dar suas condolências. Empregados serviam um caldo quente para as mulheres e copinhos de aguardente para os homens. O próprio Aldo foi encorajado a beber uns goles antes de partir:

— Você pegou muito frio — disse-lhe o pai.

A bebida desceu-lhe como fogo. Mas o que mais ardiam eram os olhos de Aldo, marcados de imagens. Soubera que Adelina tinha sido levada para o quarto. O padre Afonso, a quem Aldo temia por conta dos seus jacarés de estimação, fora chamado para atender as moças da casa. Dona Verônica precisara dos cuidados de um médico.

Era já bem tarde quando o pai de Aldo preparou a carroça para a partida. A venda agora estava cheia como se fosse domingo depois da missa. Leopoldo Hess bebia, cercado por amigos, falando baixo, o rosto vermelho. Ademar estava escondido sob o balcão, chorando sem entender muito bem aquilo tudo. Aldo foi dar adeus ao menino quando viu, embolado no chão, um pedaço de papel. Desamassou-o para ver que se tratava de um pedaço do telegrama que estivera no seu bolso por quase duas horas. *O nosso mais sincero pesar pt Corpo chegará em duas semanas pt Favor confirmar o embalsamento pt*

Aldo guardou o pedaço de papel no bolso novamente. Lugar de onde nunca deveria ter saído, pensou com tristeza, ao ganhar a noite de mãos dadas com o pai.

O fio da vida: Átropos

Eu sou a terceira das três Moiras, que tudo fiam e tudo tramam. Chamam-me Morte, mas sou apenas o supremo medo do recomeço que vem com o fim.

Minhas duas irmãs e eu tecemos o fado dos homens desde o limiar do mundo, sentadas à sombra dos séculos numa das curvas do tempo...

Longas são as nossas unhas de arranhar, afiados são os nossos dentes de morder. Brancos são os nossos cabelos de trançar.

Somos cegas, as três.

Triste condição que a eternidade nos impôs, visto que é pelos olhos que a paixão entra, que a pena assedia, que a beleza seduz. Tivesse eu olhos, que dor seria cortar o fio da vida de suaves criancinhas, de belas moças tão frescas quanto a mais tenra das maçãs, de jovens mancebos de beleza lendária. Ah, não... A morte não pode ter gostos, desejos ou pruridos. Não pode ter olhos.

De não ver é que funciono. Século empilhado sobre século, o fio da vida de cada mortal chega até mim no seu momento justo. Pelos meus dedos encarquilhados de tempo, passam os últimos suspiros deste mundo.

Afinal, morre-se de tantos modos...

Quando não há suspense, de velhice. Morre-se dormindo em doces sonhos, morre-se de boca cheia, de pés descalços, sem ter onde cair morto. Alguns morrem logo ao nascer, que triste sopro; outros hão de viver tanto quanto Matusalém, e partem quando o fio das suas vidas se desfaz entre meus dedos, cansado, fino, frouxo fio – nem um esforço de mim demanda... Morre-se de susto, de amor malogrado, de doença prolongada, de assalto, de tristeza, de nós nas tripas.

Morre-se de tantas maneiras quantas se pode viver.

Para escolher-se a morte é que eu existo. Como um juiz cujo veredicto vem da lâmina da sua tesoura. Plact. Séculos de plact. Um sopro, um ai, e mais um mortal sobe ao céu do imponderável, esperando que a Roda da Fortuna gire para ele uma outra vez, máquina eterna.

Morreu Anselmo naquela manhã...

À flor da idade, não me precisam dizer. Cada vida nasce com o fio tramado, um tamanho justo marcando o instante exato da sua morte e, de resto, para escolher a causa, é preciso sim um pouco de criatividade neste meu lavor.

Morreu Anselmo, aos vinte anos, na flor da idade.
Mas não me culpem por tudo...
Afinal de contas, a morte costura a vida.

Balneário Camboriú, meados de agosto de 1944

Um mês.

Durante um mês inteiro, Duda tinha esperado que o tenente Rocha o chamasse de volta ao seu escritório para executar a missão que lhe havia sido destinada. Apesar desta espera, o inverno em Camboriú era doce e lânguido. Seguiram-se muitos dias e noites de rondas, intercalados de bebedeiras no Hotel Miramar, de tardes entediantes no Hotel Balneário, de treinos e marchas e poemas para soldados tão loucos por garotas como pulgas por cachorros.

Da guerra, somente as notícias de jornal e as conversas do refeitório dos soldados. Outro navio brasileiro tinha sido torpedeado por submarinos alemães. E, fazia alguns dias, a Força Expedicionária Brasileira incorporara-se ao Quinto Exército dos Estados Unidos.

Ainda assim, para Duda, a guerra estava longe demais. As saudades de casa, da vida no Escalvadinho e do trabalho na serraria apertavam. Ele sentia falta dos seus cavalos e da sua liberdade. Gostava de ser dono do seu tempo. Assim, já quase ansiava pela viagem até Luís Alves. Tinha conseguido que Ernesto o acompanhasse com outros quatro soldados. Iriam num caminhão, levando o corpo. Dois dias, não mais do que isso, mas eram dois dias, pensava Duda.

A demora para a chegada do corpo tinha um motivo. O esquife ficara retido no Rio de Janeiro, onde sofrera novo processo de embalsamento. Mas, numa manhã cinzenta, finalmente, o tenente Rocha mandou chamá-lo ao escritório. E, em meio ao burburinho das máquinas de escrever, ordenou que o cabo Rodolfo Francisco de Souza Filho fosse com o pelotão selecionado ao Porto de Itajaí: o corpo de Anselmo Hess chegaria ainda naquela tarde.

Quando Duda deu por si, estava em posição de continência olhando o esquife ser baixado do convés do enorme navio do Exército. Coberto pela bandeira do Brasil, o jovem oficial tinha honras de herói naquela guerra que, para eles, parecia uma grande pantomima. Apesar disso, sob a garoa fina que viera saudar o morto, Duda derramou algumas lágrimas disfarçadas. Um soldado chorando, de farda e tudo, era muito mole mesmo! As manas sempre diziam dele, coração de açúcar.

Porém, quando o intrincado processo de baixar o esquife teve fim, Duda assumiu a posição de comando e ordenou que acomodassem o caixão na traseira do Lumar. Dois soldados foram designados para seguir no caminhão com o esquife. Duda, Ernesto e outros dois soldados seguiram atrás num Ford.

A viagem não era longa, em três horas estariam na casa dos Hess. Duda conhecia o Salto, mas não a família Hess. Pensou naquela gente enlutada, na espera angustiosa... Chegariam lá ao entardecer. O QG tinha mandado avisá-los, por telegrama, de que o esquife estava já em terra.

Uma garoa fina caía quando eles deixaram Itajaí; mas, à medida que avançavam, percorrendo as estradas de terra, deixando a região litorânea no rumo dos morros verdes do coração do Vale, pequenas nesgas de azul surgiram no céu e um arco-íris perfeito nasceu no horizonte, como o prenúncio de alguma alegria que Duda não soube entender.

Mas entenderia, em breve.

Eram cinco horas da tarde quando o caminhão adentrou a rua principal de Luís Alves, a veia aorta da cidadezinha. Eles avançavam devagar e, com espanto, notaram que as pessoas saíam das suas casas para observar o comboio que avançava no rumo do Salto. Havia tristeza em todos os semblantes, e Duda viu algumas mulheres chorando.

— Hoje, somos os mensageiros da morte — disse Duda, com a garganta apertada. — Triste desfile esse.

Mas ele se manteve firme. Numa curva do caminho, o Ford assumiu a liderança. Duda queria descer antes e preparar a família Hess para o momento em que o esquife do primogênito fosse baixado em frente à casa. Ele pensava em seu irmão Toga quando, depois de cruzar os dois quilômetros da Sede, chegaram às primeiras casas do Salto.

Ali, um cheiro de verde e de água inundou os seus pulmões. Já não chovia mais, e o céu, como se tivesse se vestido de festa, fosforescia em tons rubros, deixando as luzes de um sol pálido desenhar riscos nos costados dos morros ao derredor.

Foi Adelina quem os viu primeiro, como não haveria de ser? O Ford surgiu numa curva do caminho; atrás dele, um caminhão levantava poeira, e a luz do sol poente criava matizes de cores nas partículas de terra que flutuavam no ar da tardinha.

Adelina sabia... *Eram eles.*

O dia inteiro, aquela espera. O mês inteiro. Sentiu um aperto na boca do estômago, uma onda de frio atravessou seu corpo, arrepiando-lhe a pele sob o casaco leve. Era um dia ameno de fim de inverno, um daqueles dias que parecem mostrar a possibilidade sempre renovada da primavera. Tinha chovido por muitas horas, mas o entardecer rubro era um espetáculo de esperança.

Adelina deu de ombros. Esperança? Aquela inversão súbita da vida arrancara-lhe alguma coisa primordial. Vira a mãe fenecer no último mês – abatida, magra, Verônica abandonara seu rosário, as missas não a tinham arrancado da segurança da casa, a loja deixara de existir e só a companhia dos filhos, depois de horas de dores de cabeça diárias, parecia evocar uma leve sombra do que ela fora outrora. Leopoldo seguira firme no trabalho, mas seus olhos eram baços e ele vinha bebendo demais. A própria Adelina emagrecera, chorava à noite, tinha longas horas insones rolando na cama. Às vezes, só se acalmava no quarto de Anselmo, entre os seus antigos pertences, como se alguma coisa do irmão ainda palpitasse ali naquelas paredes.

Os dois veículos aproximavam-se devagar. Adelina recostou-se na parede da venda, tentando reunir forças. Elvira saiu da loja, postando-se ao seu lado.

— São eles — disse Adelina num fiapo de voz.

Elvira suspirou fundo, ajeitando as dobras do vestido negro.

— Vou avisar o papai — ela falou.

Os vizinhos iam surgindo, aos poucos. Antes que o Ford estacionasse a alguns metros da venda, Adelina viu que seu Donato chegava, mancando, os olhos vermelhos, inchados. O bom senhor pôs-se ao lado dela, tocando seu braço de leve. O caminhão parou ao longe, como se esperasse um sinal.

Adelina empertigou-se. Usava negro, como todos da casa, o que lhe parecia muito natural. Tinham sido dias terríveis. Uma morte incorpórea, e ela lutava com as últimas memórias, onde Anselmo aparecia tão garboso, feliz, mesmo, em sua nova vida de homem adulto na capital fluminense. Mas o pequeno cortejo estava ali com a sua verdade absurda e inevitável. Finalmente, o corpo do irmão tinha chegado.

Não havia mais Anselmo, ela forçou-se a aceitar. Adelina jurara não chorar em público. Porém, o caminhão, coberto por uma lona negra, era grande demais, triste demais.

— Demais... — ela gemeu.

Seu Donato segurou-lhe o braço, dessa vez com força.

— Coragem, minha filha — disse ele. — Você é forte.

Adelina recompôs-se.

Não choraria, mas sentiu seu corpo todo tremer quando desceu os três degraus que separavam a varanda da rua e foi caminhando com cuidado até os dois jovens oficiais que a esperavam alguns metros antes do caminhão. Atrás de si, ouviu as vozes das irmãs maiores, e soube que Ana também estava ali, trajando luto como todos da família. Ela tinha visto Ana chorar pelos cantos nos últimos dias, um choro tímido, um choro de quem nem ao menos tinha direito àquelas lágrimas.

Adelina virou o rosto e viu as três moças ali paradas – Elvira, Alzira e Ana. Pareciam uns querubins sem asas, vestidas de negro. Então, respirou fundo e pôs-se a caminhar na direção do Ford; afinal de contas, era aquilo que esperavam dela.

Duda estava parado, em posição de sentido, ao lado do Ford do Exército. Sentia a presença de Ernesto por ali como um apoio. Os raios de um sol retardatário começavam a se esconder, multiplicando sombras pelo caminho.

Havia algumas pessoas por ali esperando. Duda teve certeza de que todos sabiam, de que aguardavam alguma coisa, algum sinal, para se aproximarem do pequeno comboio que trazia o corpo do vizinho, do amigo, do jovem que ali crescera, entre todos eles, rindo, brincando, jogando bola e tomando banho de rio nas tardes de pasmaceira de antigos verões.

Duda estava em meio a esses pensamentos quando a viu. E soube, no mesmo instante, que ela era o sinal. As pessoas inquietaram-se, falando em voz baixa umas com as outras. Todos ali esperavam pela moça alta, esguia e séria, elegante num sóbrio vestido de crepe preto, que se aproximava a passos lentos e decididos. De longe, seus cabelos soltos pareciam captar as luzes remanescentes do dia que findava, e Duda pôde sentir a dor, a tristeza, o esforço hercúleo que ela fazia para dar cada um daqueles passos.

Quando ela se postou à sua frente, como se entendesse tacitamente que ele era o oficial responsável por aquela triste pantomima, Duda compreendeu que, misteriosamente, também esperara por ela. Que a esperava sem sabê-lo, desde sempre.

A moça mirou-o, ajeitando os cabelos que o vento do entardecer descompunha, e, fitando-o nos olhos, disse numa voz contida:

— Boa noite... Sou Adelina, irmã de Anselmo.

Duda prestou continência, como achou ser devido naquele momento. Depois, soltando o corpo, estendeu-lhe a mão com galanteria, tomou os dedos dela entre os seus e roçou seu lábios naquela pele alva, cheirando levemente a lavanda.

— Rodolfo Francisco de Souza Filho. Ao seu dispor, senhorita Adelina.

Ela teve um levíssimo tremor e, antes que dissesse qualquer outra coisa, um homem alto e corpulento surgiu a passos largos, o rosto afogueado de espanto, como se jamais esperasse vê-los ali reunidos, trazendo a encomenda que lhes tinha sido confiada.

— Um mês! — gritou o homem. — Um mês esperando pelo meu filho.

Adelina virou-se para ele e, com um gesto discreto, segurou-lhe o braço:

— Calma, papai. Anselmo chegou... Agora, tudo vai se resolver.

Leopoldo Hess soltou um longo suspiro e, como se fosse apenas um menino crescido demais, abraçou-se à filha e começou a chorar diante de todos.

Das sombras do anoitecer, surgiu uma segunda moça. Era parecida com Adelina, mas não tão bonita. Com voz calma, ajudando a irmã a dar conta daquela situação, ela disse:

— Senhores, tragam o caixão para nossa casa. Já mandamos preparar o galpão com acomodações para vocês. Faremos o enterro amanhã cedo, em breve será noite fechada. — E, lançando a Duda e a Ernesto um sorriso triste, fez um gesto com a mão: — Venham por aqui, por favor.

Duda viu que Adelina seguia para a casa, amparando o pai com a ajuda de um senhor manco. Ao vê-la se distanciar, sentiu um peso na alma, como se a noite chegasse mais cedo no seu peito.

Então, virando-se, deu ordem aos homens para que baixassem o esquife e começou a tomar as providências para o pernoite.

Acaso lhe perguntassem, Adelina não saberia dizer como tudo tinha se sucedido. Sua memória falhava, embaralhava-se nos eventos daquele dia... O caixão na sala, disposto sobre a grande mesa onde a família costumava cear nas datas importantes... A mãe chorando à cabeceira, sua mão acarinhando a bandeira sobre o tampo envernizado, o mais perto que eles tinham podido chegar de Anselmo.

E todas as gentes, um desfile das gentes da cidade, de amigos e clientes do pai. Carroças enfileiradas na rua de chão batido, e a viagem que Leonardo fizera com o ônibus apenas para trazer amigos de Blumenau, pessoas que queriam dar suas condolências à família. Walmor viera também, mas dessa vez não houvera trocas de beijinhos escondido com Alzira. Os garotos não tinham feito algaravia, e a pequena Nair passara a madrugada inteira sentada no alto da escada, olhos arregalados e secos, espiando o padre confortar sua mãe, as irmãs, seu pai, sem que ninguém a colocasse na cama. Adelina, num canto, olhava tudo como num sonho. Naquela noite, nem as palavras do padre lhe haviam trazido alguma paz.

No meio de tudo isso, das longas horas que escorriam como os pingos das grossas velas de cera nos quatro cantos da mesa, Adelina lembrava-se daquele homem. Não entendia de insígnias, mas Walmor dissera-lhe que era um cabo. *Rodolfo*. Aqueles olhos úmidos, tão bonitos como as folhas do arvoredo na primavera. Misteriosos como os morros, aqueles olhos. E, dentro dela, uma angústia, o irmão ali, morto, o irmão que ela amava. As gentes, as velas, o padre, as vozes, o pai chorando.

Disseram-lhe que desfalecera antes do alvorecer. Cansaço, tinha sido o veredicto. Ana estivera ao seu lado na cama durante algumas horas inquietas. A febre viera depois, como se a dor fosse alguma doença.

No alvorecer do dia seguinte, abandonara as compressas de álcool e dedicara-se à lenta *toilette* para o enterro. O sol fraco da manhã de fim de inverno derramava uma beleza quase absurda sobre o féretro. A mãe fraquejava, apoiada por Leonardo e por Elvira. Adelina, de braço dado com o pai, podia sentir seu tremor, a tristeza que se evolava em soluços. E os homens do Exército, com seus uniformes impecáveis, levando o caixão da venda até o cemitério naquele trajeto impensável.

Não se lembrava nem da passagem bíblica escolhida pelo padre. O pó de arroz desfizera-se com as suas lágrimas. Ela, de mãos dadas com Nair, a menina morta de medo, coitadinha. Como explicar a morte a uma garotinha? Como explicar que a mãe estava doente de tristeza, que a perda do filho a anestesiara para as crianças naqueles últimos dias? E o cabo Souza... Diante do caixão, olhos baixos, o perfil bonito, a pele trigueira. Como ela podia ter pensamentos assim quando a alma do irmão estava sendo encomendada pelo padre Afonso?

O cemitério era pequeno demais para tanta gente, Adelina tinha medo de desmaiar outra vez. Segurava firmemente a mãozinha suada de Nair. A pequena chorava. Ela chorava também. Desconfiando de Deus, de tudo em que acreditara até então, doída de saudade. Parada ali.

Ao fim, os soldados baixaram o esquife para a grande cova preparada no dia anterior. A bandeira foi dobrada com cuidado e desceu à terra com Anselmo. Mas aquele era um consolo pequeno.

— Do pó ao pó — disse o padre Afonso, e sua voz evolou-se na manhã silenciosa de suspiros.

Adelina ouviu o grito seco de Verônica cortando o ar, um lamento terrível. Viu seu pai ampará-la, com a ajuda de Leonardo e Walmor. Viu os olhos do cabo Souza úmidos de tristeza.

Nair começou a chorar alto e Adelina tomou-a em seus braços, sentindo o seu perfume adocicado de infância, o cheiro de sabonete do banho ao qual Luci a obrigara ainda ao alvorecer. E assim, agarrada à pequenina, com uma energia que não sabia existir, ela saiu correndo por entre as gentes, os olhos embaçados, a cabeça leve, os pés ágeis, abrindo caminho em desespero, *por favor, por favor, por favor.*

E ela correu e correu. Com a irmãzinha no colo.

Só parou de correr quando tomou o caminho do Salto. Depositou Nair no chão e as duas seguiram até a beira da água. A menina parecia confusa e aliviada ao mesmo tempo. Ali ninguém chorava. Apenas o rio, descendo para a queda d'água, cantava suavemente na manhã, e as árvores dançavam ao sabor do vento.

— O que viemos fazer aqui, Nina? — ela ouviu Nair perguntar.

Adelina abaixou-se, olhando a pequena nos olhos. Correu seus dedos pelo rosto bonito da irmã. Pensando em Anselmo, pensando no cabo, pensando num turbilhão de coisas desconexas, abriu um sorriso triste e respondeu:

— Viemos aqui respirar um pouco. — Olhou ao redor: — Anselmo adorava este lugar, é aqui que nós duas vamos nos despedir dele.

Nair aquiesceu. Tirando os sapatos e as meias, ela sorriu:

— Então vamos molhar os pés no rio. Se vamos fazer isso, vamos fazer direitinho, né? Anselmo adorava o rio.

Adelina deu um abraço na irmãzinha. E as duas ficaram ali muito tempo, ninguém procurou por elas. Quando finalmente voltaram para casa, descalças e quietas, apaziguadas, as últimas pessoas deixavam a venda após o longo café de condolências.

Sentado na varanda, fumando um cigarro, estava Leonardo.

— Vocês sumiram — ele disse.

— Eu precisava pensar um pouco... — Adelina olhou a pequena e acrescentou: — Nair deve estar morrendo de fome.

— Luci e dona Juvelina estão na cozinha. Tem muita comida lá.

Após uma troca de olhares com a irmã mais velha, Nair desapareceu na venda. Adelina sentou-se ao lado de Leonardo suspirando fundo.

— Eu ainda não posso acreditar — disse ela, baixinho.

Leonardo abriu um sorriso pesaroso. Ele e Anselmo eram amigos desde pequenos.

— A vida nem sempre é justa, Adelina. Mas, às vezes, ela é surpreendente.
— O que você quer dizer com isso?

Ele deu de ombros.

— Coisas boas virão, é o que minha avó falava.

Adelina deu de ombros. Os mais velhos deviam saber. Eles tinham vivido mais. Mas o que perguntou foi:

— E os oficiais que trouxeram Anselmo?
— Partiram há meia hora — respondeu Leonardo. — Voltaram para Balneário Camboriú, onde estão aquartelados.

E os dois ficaram ali, vendo o vento descabelar as árvores e as nuvens correrem no céu limpo. Tudo continuava igual, mas Anselmo já não estava mais entre eles.

Blumenau, primeiros dias de outubro de 2008

— Dona Adelina, dona Adelina!

A voz parecia vir de muito longe, mas ela forçou-se a abrir os olhos. Sorriu ao ver que era Carmem, a sua secretária de tantos anos, uma verdadeira amiga. Zélia, sua ajudante, estava com ela. As duas olhavam-na com preocupação. Adelina fez força para sentar-se, mas seu corpo parecia desobedecê-la. Resmungou baixinho, o peito pesado, lutando com o ar.

— Carmem... — ela sussurrou. — Zélia...

Embora estivesse confusa, pôde ver a angústia nos olhos de Carmem. Ela sentou-se na cadeira perto da cama e olhou-a longamente.

— Fique deitada, dona Adelina... — pediu Zélia. — A senhora está muito abatida.

— Vou chamar algum dos seus filhos — atalhou Carmem.

Filhos... Aquela palavra confortou-a.

Tinha muitos filhos. O rosto deles desfilou diante dos seus olhos, todos eles... Eram tão bonitos, tão... tão seus! Pensou em pedir que Carmem os chamasse a todos, os dezesseis filhos que ela pusera neste mundo, mas seu quarto no hotel era pequeno demais.

Adelina riu baixinho. Tornou a fechar os olhos, sentindo aquele cansaço ancestral, ouvindo os ruídos da vida lá fora e a voz de alguma camareira no corredor conversando com um hóspede... A camareira era educada, gentil, como ela tinha ensinado a todos os funcionários. Recostou-se nos travesseiros novamente, reconfortada em saber que eles tinham aprendido. Sempre gostara de tudo absolutamente perfeito, ali no hotel, na camisaria Dudalina, na casa da família, na vida.

Carmem estava ocupada ao telefone. Falava baixinho. Sua voz ponderada era macia, convidava ao sono. Adelina fechou os olhos... Um instante de descanso... Tinha oitenta e dois anos e estava cansada. Fizera tantas coisas na vida! Mas não ia dormir, apenas relaxar.

Seu corpo, porém, não a obedecia mais.

Caiu num sono denso, povoado de memórias. Anselmo, seu irmão mais velho... Duda com o uniforme do Exército, comandando o pequeno grupo de soldados que levava o esquife do irmão. Luís Alves, tantos anos atrás! O sol nos seus olhos, as lágrimas, e Nair apertando firmemente a sua mão; Nair tão pequena, tão bonita. Tudo banhado pela tristeza daquela morte, e o grito da mãe ao baixarem o caixão embandeirado a terra.

Acordou num susto.

Quando tornou a abrir os olhos, Alemão estava lá, aquele a quem dera o mesmo nome do marido, Rodolfo. De costas para ela, Alemão falava baixinho ao telefone. Ao ver o filho, sentiu um calor bom tomar conta do seu peito, empurrando para longe aquela maldita falta de ar.

Ainda se lembrava do dia em que Alemão tinha nascido... Quase perdera o menino com uma hemorragia gravíssima. Sua mãe, desesperada, enrolara a criança num xale e se mandara para o hospital. *Salvem meu neto, salvem meu neto!*, diziam que ela gritava pelos corredores. Mas o pequeno Rodolfo, tão clarinho que ganhara a alcunha de Alemão, acabara vingando. Forte como um touro. Sangue não era água, e Adelina tinha um sangue forte.

Alemão desligou o telefone e virou-se para ela com um sorriso doce no rosto.

— Mãe, como a senhora está?

— Estou só um pouco cansada — ela disse.

Carmem juntava coisas num armário, parecia ocupada. Nice tinha saído. O filho sentou-se ao seu lado e, com seu jeito sereno, falou:

— Liguei pro Beto, mãe. A senhora precisa baixar ao hospital. O Beto vai vir de Florianópolis, enquanto isso vou levá-la pro Santa Catarina.

Espantada, num rompante de energia, ela sentou-se na cama. Hospital Santa Catarina? Estava muito bem ali no hotel! Sentiu seu rosto acalorado pela fúria. Os filhos decidindo por ela. A falta de ar foi esquecida por alguns instantes e Adelina disse, firme:

— Mas não vou.

Alemão abriu um sorriso.

— Vamos sim, mãe. O Beto é seu filho e é seu médico. Se ele falou, vamos obedecer... — Alemão suspirou fundo, preparando-se para a peleia. — A senhora *vai ir*, nem que seja à força. Ordens do Beto.

E então ela entendeu que Carmem fazia a sua mala. Que eles tinham combinado tudo. Estaria assim tão doente? Ela, Adelina Hess de Souza, que nunca ficava doente! Nunca. Sempre a primeira a acordar, sempre a última a deixar o trabalho. Quando as crianças eram pequenas, depois de colocá-las para dormir, depois do terço e das bênçãos, ficava horas e horas trabalhando, fazendo contas, etiquetando peças. Não, ela nunca ficava doente. Aquilo tudo era apenas uma brincadeira de mau gosto.

Tornou a recostar-se nos travesseiros, o peito pesado outra vez, um desânimo crescente. Queria que Duda estivesse ali. Ele passaria uma carraspana no filho e tudo ficaria bem.

Mas Duda não estava. Fazia já tantos anos que ele não estava... Ela suspirou fundo, sentindo outra vez os pulmões lutarem com o ar. Teve um curto acesso de tosse, durante o qual Alemão olhou-a com um ar preocupado, grave. Quando seu corpo se acalmou, Adelina pensou por alguns instantes. Melhor ceder, não estava em posição de brigar com os filhos. Seria um confronto desnecessário. Iria para o Santa Catarina, faria uns exames e depois voltaria para o hotel. Ou, quem sabe, para casa. Estava com saudades do seu jardim.

— Está bem, meu filho — respondeu finalmente. — Vamos fazer o que o Beto disse.

Alemão aquiesceu, aliviado.

Em poucos minutos, o motorista entrou para buscar as coisas de Adelina, e o filho telefonou ao hospital, dizendo que chegariam lá em meia hora.

Deitada na sua cama, Adelina olhava tudo com uns olhos tristes. Aquele sonho com a morte do Anselmo tinha deixado uma sensação ruim na sua alma. Tentando confortar-se um pouco, ela lembrou a si mesma que aquele dia tinha sido também o começo da sua história com Duda. O começo da sua longa história com o poeta dos seus dias.

O fio da vida: Láquesis

Fiandeira dos destinos que sou, teço fios à revelia dos humanos. Imaginem a inquietação nos espíritos ao saberem-se parte de uma trama, como se a vida fosse uma enorme malha que aqui e ali se rompe sem avisos. Como rompeu-se a vida de Anselmo Hess quando minha irmã Átropos empunhou a sua tesoura.
    Ah, eterno trabalho temos nós...
    Cercada de fios, fiandeira infinita, entrelaço destinos ao bel-prazer, escolhendo matizes de gentes, posto que para cada um há o seu outro, nada nunca neste mundo carecerá de seu complemento – o equilíbrio eterno é também nossa tarefa.
    Assim sucedeu-se com aqueles dois,
    Adelina e Rodolfo.
    Houve uma cigana e seus presságios. Sim, eu tramei também essa vida em minha Roda. A cigana viveu mais um tantinho, até que Átropos deu de comer à sua lâmina.
    Mas Adelina e Rodolfo viveram muito mais...
    Assim estava escrito nos signos que meus olhos cegos desenham. Uma morte os aproximou, mas cabia a mim uni-los pelo destino, até que carne com carne se encontrassem na dança eterna que faz girar o moinho dos séculos, a minha Roda da Fortuna, a ciranda dos dias sem fim.
    E houve coisas, pequenas, por certo, mas relevantes. Ainda não era o tempo dessa doença, da fadiga e da falta de ar que sufoca aqueles que já não têm muito pela frente; pois, o carinho da tesoura de Átropos se faz sentir às vezes antes da sua lâmina.
    Não, ainda não era esse tempo.
    Mas deixemos para lá céu, inferno e purgatório. Tanto se queixam as gentes do inferno, sem saber que o mais difícil de tudo é a vida mesma, esta labuta...
    Precisei tecer mais de quatrocentos dias até dar a laçada que mudaria a história desses dois. Afinal, aquele foi só o primeiro encontro.
    Muitos tinham adiante deles.
    A violenta guerra estava por findar-se, faltava pouco. Em um ano, a máquina nazista acabaria por entregar seus pontos... Sim, vejam quantas

metáforas a nós se referem – a nós, as três Moiras eternas – sem que vocês, mortais, sequer se apercebam disso.

Mas, voltemos ao fio dos acontecimentos. Depois do enterro de Anselmo Hess, Rodolfo retornou com seus homens ao quartel-general, cumprindo suas tarefas para com o Exército, e Adelina dedicou-se outra vez ao lavor na loja, ao consolo da família, que se foi recuperando aos poucos, posto que só há um caminho a ser trilhado, e é para a frente que gira o tempo.

Enquanto os Hess se recompunham de tão grave dor, as tropas Aliadas chegavam a Paris. Em setembro, os Aliados já estavam na fronteira alemã; em dezembro de 1944, quase toda a França, a Bélgica e parte dos Países Baixos tinham sido libertados. O mundo recuperava seu tento e, no Brasil, as notícias que os rádios transmitiam alcançavam fisionomias aliviadas. As gentes comemoravam o fim próximo. E o ano de 1945 entrou para que todos vissem a ofensiva final dos soviéticos a Berlim.

Ah, morria-se muito naquele tempo. Pobre Átropos, que trabalhos hercúleos teve com tantos fios a cortar, tantas vidas a ceifar, centenas, milhares de almas cujas tramas eram diaceradas pela guerra.

Por fim, morreu ele, Hitler. Matou-se; mas a tesoura de minha irmã, desembainhada, foi sim a responsável pelo seu fim. Átropos sempre teve um humor fino, que a Morte também sabe fazer troça.

Depois da rendição da Alemanha, das bombas atômicas, aquela grande pantomima se extinguiu. Minha irmã mais nova, exausta de trabalheiras sem fim, pôde finalmente retomar o ritmo eterno do seu lavor cotidiano.

Quanto a mim, Láquesis, a vida é um cansaço de costuras que se desfiam aqui para que eu as remende ali adiante. Nunca tive um minuto de paz. Estes olhos que não veem por tudo passeiam, atando fios e desfazendo nós, o tecido da vida é um eterno recomeçar.

Com o fim da guerra, Rodolfo voltou para a sua família no Escalvadinho, retomando os trabalhos na serraria com o primo Ari. Em Luís Alves, posso garantir-lhes que Adelina pensava em Rodolfo quando a azáfama do dia findava. Pensava nele com uma pontinha de saudade e um travo de tristeza, visto que o acidente com o seu tão adorado irmão ainda nublava os sentimentos de moça. Mas algo fez com que ela decidisse um câmbio e, uns tempos depois, findo o luto, Adelina foi passar um período em Blumenau. Lá, aprendeu corte e costura, coisa que as freiras do colégio interno lhe tinham ensinado, mas não o tanto que ela achava necessário, visto que Adelina sempre tinha sido perfeccionista.

Se o mundo se debruçava sobre os acontecimentos na Europa, no Brasil as coisas também não paravam de se suceder. O Estado Novo vivia seus estertores e, apesar das manobras de Getúlio Vargas, em outubro de 1945, um golpe liderado pelos generais Góes Monteiro e Eurico Gaspar Dutra depôs Vargas do poder. Começavam os movimentos para uma eleição presidencial e Dutra, do PSD, concorria ao cargo de presidente da República com o Brigadeiro Gomes, que era da UDN.

Ah, não pensem de mim que tais picuinhas políticas me interessam, meus olhos cegos quase se fecham de sono com as brigas dos humanos pelo poder – que eles jamais terão, posto que nós apenas deixamos que joguem, que se cansem, que estirem o fio da vida até o seu último centímetro, encarnação de sopro, ilusão de eternidade que sempre se acaba na tesoura de Átropos, a inflexível.

Mas eu escrevo a vida nas paredes de bronze do tempo, e o que eu escrevo nem Zeus pode apagar. Escrevo aqui, portanto, a vida de Adelina. E sucede que as peripécias políticas do Brasil acabariam por juntar essas duas linhas, essas duas vidas.

Adelina e Rodolfo.
Rodolfo e Adelina.

Eu sou Láquesis, filha da Noite, a Moira que trama a vida. E esta é a história que eu quero contar a vocês.

Escalvadinho, 9 de maio de 1945

Sempre lembrado e querido filho,

    Dou início a esta derramando sobre ti a minha mais santa bênção e rogando ao Todo-Poderoso que te proteja e guie no caminho da honra e do dever. Enquanto nós, até o presente, desfrutamos de saúde, paz e sossego. Sentimos tua falta, é bem verdade, mas conformados com o destino, sabendo que em breve hás de voltar para o nosso seio familiar.
    Duda, Deus Todo-Poderoso está lançando à terra a paz sobre os homens e, com ela, a volta dos filhos queridos à casa paterna. Recebemos a tua extremosa cartinha, na qual ficamos cientes das tuas notícias. Aqui também esfriou bastante, e já começamos a fazer as farinhas. Está indo tudo muito bem, o Vitor está sempre muito alegre, o Juquinha é quem passa um pouco amargo para arrancar a mandioca, que este ano está muito dura. Mas ele diz que não precisa de ninguém para ajudá-lo, embora a gente tenha um homem em nosso serviço há mais de mês. Já colhemos o arroz e rendeu doze sacos.
    Preciso te dizer que o Pedrinho faleceu dia dois. O Vitor e o Leonardo te mandam muitas bênçãos, o Arizinho também te manda um abraço. Já faz dias que não falamos com tua irmã, então não tenho notícia se ela recebeu as tuas cartas... Peço que nos responda assim que receberes esta, para termos novas tuas. Aceita as lembranças que todos os teus irmãos te enviam. Ana e as criancinhas também te mandam lembranças, Dalila envia abraço. Recebas toda a ternura dos meus carinhos maternos com a minha mais santa bênção,

Tua mãe, Maria Antônia.

    Duda, a Alice, graças a Deus, está um pouco melhor. Estamos aqui com mais esperança. Deus é grande e Onipotente. Não repares que escrevi esta à noite...

Duda fechou a carta e recostou-se no beliche. No seu alojamento, havia já menos soldados. Aos poucos, o Exército começava a desmembrar suas tropas, os homens iam voltando às suas casas, a vida parecia recuperar a sua ordem. A guerra, que incendiara o mundo por seis longos anos, finalmente se acabara.

Não havia motivos para comemorações. Milhões de pessoas haviam morrido. As notícias eram aterradoras, e começavam a falar de coisas tenebrosas... Campos da morte. Pilhas de ossos... Ele balançou a cabeça, não gostava de ficar sozinho pensando nisso.

Milhões de mortos. Mas apenas Alice era sua irmã. Olhou a folhinha pendurada na parede, dez de maio. Ernesto tinha sido desmobilizado no dia anterior, esperava que ele e o resto do batalhão saíssem na próxima semana. Era sábado, e ele estava de folga. Não havia mais patrulha na praia, nem motivos para comemoração. Duda pensava na irmã. Tinha quarenta anos, os filhos já crescidos, morava com a mãe desde a viuvez. Era doce, generosa... E agora aquela doença. Todos os milhões de mortos pesavam em sua alma, mas apenas Alice o fazia chorar.

Sentou-se no beliche e, num pulo felino, desceu. Tomaria um banho, quem sabe beberia uma cerveja. As lágrimas, ignorando seus planos de fim de semana, corriam-lhe pelo rosto. Abriu o pequeno armário com o seu número de soldado. Ali, eram números, todos eles. Sentiu uma saudade imensa de casa, dos agrados da mãe, que ele gostava de chamar de Maricotinha. Queria estar com Alice. Alguma coisa lhe dizia que a irmã não ia se safar da doença... Um pressentimento ruim pesava em seu coração. Já não bastava Toga. Tudo que a mãe sofrera por Toga, agora Alice...

Separou uma muda limpa de uniforme. Alguns dos rapazes conversavam amenidades no corredor. Haveria um baile à noite. Agora, tudo era pretexto para festas, o fim da guerra afrouxara o torniquete de terror que envolvia a todos. Aos poucos, as casamatas na praia iam sendo desfeitas, as guaritas de vigia desmontadas. Respirava-se melhor, e até o inverno tardava em chegar, como se a própria natureza fizesse as suas comemorações.

Por que estava tão triste então? Duda não sabia. Juntou a navalha às suas coisas, disposto a fazer a barba. Era sábado, afinal de contas. Ia beber. Queria rir. Mas Toga e Alice não lhe saíam da cabeça. Responderia à carta da mãe no dia seguinte, com outro estado de espírito.

Deixou o alojamento. No corredor, as vozes que ouvira ganharam corpo. Edu, Mascarenhas e Alceu faziam planos.

— Vamos, Duda? — quis saber Alceu, brincando de cara ou coroa com uma moeda. — A noite é uma criança. E será um belo baile, as moças todas felizes com o fim desta guerra...

— Mas tristes porque iremos embora — acrescentou Mascarenhas. — O Balneário vai perder os mancebos da sua polícia de praia.

— Temos que aproveitar as meninas... — finalizou Alceu.

Duda abriu um sorriso, a toalha pendurada no ombro. O Hotel Balneário agora não tinha mais a organização de antigamente. Os três estavam jogados ali no corredor, como alunos cabulando aula. Em outros tempos, aquilo seria impensável.

— Talvez eu vá... — disse Duda.

— Mas que desânimo é esse, poeta? — perguntou Alceu. — Estamos nos despedindo das garotas daqui. Duvido que no Escalvadinho tenha tantas loiras e morenas bonitas...

— E a tal sobrinha do alemão? Aquela em quem você estava gamado? — quis saber Duda. — Ela sabe desse baile?

Alceu riu alto, Edu também.

— Ela já voltou pra casa. Trocamos algumas cartas. Quem sabe um dia, né? Aliás, obrigado pelos poemas, ela adorava.

— Nada como ter um poeta no batalhão — disse Mascarenhas.

— Um poeta triste — insistiu Alceu. — O que houve, afinal de contas? Problemas em casa?

Mas Duda não estava com vontade de falar.

— Vou tomar um banho e depois aceito companhia pra umas cervejas — respondeu, avançando em direção ao banheiro coletivo.

Alceu bateu palmas, e os outros o seguiram.

— Assim é que eu gosto — disse ele. — Vou trocar de roupa e saímos em meia hora.

Duda entrou no banheiro. Os chuveiros dispunham-se um ao lado do outro, como no vestiário de um colégio interno. Tirou a roupa, inquieto. Pensava nos irmãos, na mãe... E, no meio de tudo isso, lembrou-se da viagem a Luís Alves, do jovem que morrera com a granada. E de Adelina Hess... A moça surgia na sua cabeça com frequência, como se o perseguisse, como uma ideia fixa. Depois de desmobilizado, haveria de arranjar um motivo para voltar a vê-la. Nem que fosse para tirá-la de vez da cabeça.

— Estou precisando mesmo de uma cerveja — falou sozinho, ligando o chuveiro no máximo e enfiando a cabeça sob o jorro de água morna, como se quisesse afogar aquele rosto bonito que o perseguia.

Lá fora, os amigos riam alto. O Hotel Balneário estava deixando de ter ares de Exército e recuperando a sua alegria de lugar de veraneio. A guerra, aos poucos, ia ficando para trás, irremediavelmente.

Luís Alves, novembro de 1945

A manhã límpida de novembro parecia imprimir ao mundo um verniz de felicidade. Adelina olhava a rua na sua quietude interiorana; do outro lado, uns duzentos metros adiante da venda, estava a escola com as janelas azuis, de cujas aberturas, dependendo do gosto do vento, chegava-lhe a voz das crianças empenhadas no cantar ritmado da tabuada. Pensou que Nair e Ademar estavam entre eles e abriu um sorriso. Era um daqueles dias perfeitos de primavera, o sol derramava sua luz pelo chão de terra batida, vermelho-escuro feito sangue seco, e descia pelas árvores, pincelando os morros de um brilho dourado, como se fosse de joia.

Adelina encheu os pulmões de ar. Sentia vontade de ser feliz. De amar, de cantar músicas alegres e usar vestidos bonitos. Tinha passado muito tempo trajando preto, usando apenas vestidos sóbrios, dos quais ela tirara as rendas, as aplicações de flores. Com a chegada da primavera, nascia também uma vontade de renascer, de recomeçar. Esses desejos, embora justos, a incomodavam levemente, como cacos de cerâmica no bolso, espetando sua pele com a lâmina do remorso.

Fazia já mais de um ano da morte de Anselmo, mas a presença dele, materializada no grande retrato que a mãe mandara colocar na sala de visitas, ainda era forte demais. Adelina sentia saudades do irmão, rezava por ele todas as noites e, às vezes, quando ia ao Salto, conversava com Anselmo, contava-lhe as pequenas novidades, as mudanças políticas no país, falava sobre os dentes que Nair e Ade tinham perdido, as receitas que cozinhava com Luci e dona Juvelina... Era como se, no Salto, entre os rumores do rio que descia em cascata, nos caminhos sombreados entre o arvoredo, ainda restasse alguma coisa de Anselmo. Embora fosse semanalmente ao cemitério com a mãe e com Alzira, não sentia o irmão naquele lugar lúgubre, entre lápides e lágrimas. Anselmo era alegre, gostava da natureza e dos risos. Se estivesse ali, não seria imune à beleza daquele dia maduro de primavera, dourado e verde, pontilhado de flores pelos caminhos.

Adelina suspirou fundo, reconfortada, observando o senhor Helmut apear da carroça e entrar na venda mancando de uma perna. Ele cumprimentou primeiro Ana, que arrumava os artefatos de alumínio numa pilha perfeita, ao gosto de Verônica.

— Bom dia, senhoras! — disse, com um forte sotaque alemão.

O senhor Helmut tirou uma lista do bolso, aproximando-se do balcão, onde Verônica fazia anotações, distraidamente.

— Bom dia — respondeu ela, educada.

Verônica tinha ficado muito mudada com a perda do filho mais velho. Depois de meses de prostração, aos poucos, recuperara algo da sua energia incansável. O casamento de Elvira também lhe trouxera algum ânimo. Fazia algum tempo, a irmã se casara com Leonardo, e agora viviam numa pequena casa na Sede. Elvira estava grávida de seis meses, e a chegada do primeiro neto fora uma bênção para Verônica. Uma vida que se ia, outra que chegava... Adelina viu a mãe começar a tecer e bordar roupinhas para o bebê que nasceria com o novo ano. Ainda assim, os trabalhos da venda não mais a empolgavam como antes. Agora, entregava a maior parte do serviço para Adelina e Ana.

Deixando seus pensamentos de lado, Adelina adiantou-se para atender o senhor Helmut. Gostava dele; além disso, o velho Spanzer era um bom comprador, com família grande, terras e arrendatários. Ele entregou-lhe uma lista que continha mantimentos, alguns metros de tecido, um engradado de cerveja, duas pás, adubos e um ancinho. Enquanto Ana tratava de reunir os itens não perecíveis, chamando pela ajuda dos rapazes que ficavam no depósito, Adelina limpou as mãos no avental e começou a pesar a farinha, o açúcar e os grãos.

O velho Spanzer encostou-se no balcão, abrindo um sorriso animado. A venda era também o lugar de colocar as conversas em dia, e os Hess tinham o rádio mais moderno da cidade, cabendo-lhes, assim, espalhar as notícias para a vizinhança. Aquele era um ano cheio de acontecimentos. Adelina ouvia todos os dias as novidades políticas do país. A guerra acabara, finalmente, os pracinhas tinham voltado para casa e, para grande tristeza do pai, Getúlio Vargas fora deposto. Andava, agora, na sua estância de São Borja, mas todos sabiam que, de lá, o velho político ainda ditava os rumos do país.

— E a senhorita Adelina já está preparada para votar? — quis saber Helmut, comendo um pedaço de linguiça frita que dona Juvelina acabara de trazer da cozinha.

As eleições seriam em dezembro.

— As primeiras eleições onde poderemos dar nosso voto — disse Helmut, limpando a boca com as costas da mão.

Adelina arrumou os pacotes de grãos num cesto e respondeu:

— Aqui em casa, todos nós votamos no PSD.

— Seguindo o conselho do Getúlio — brincou o velho. — Eu também vou votar no Gaspar Dutra.

Um dos rapazes do depósito veio acomodar as muitas compras na carroça, enquanto Helmut pagava. Ele não gostava do caderno, acertava tudo à vista. Adelina guardou o dinheiro no caixa, Verônica despediu-se do cliente com um aperto de mãos, e Helmut voltou para dar-lhe um abraço.

— Menina de ouro — ele disse. — Dona Verônica, eu teria muito orgulho de ver a sua filha casada com o meu sobrinho que vive em Blumenau.

Adelina viu a mãe largar suas anotações e abrir um sorriso bem-humorado, dizendo:

— No coração da Adelina, quem manda é ela, seu Helmut. Mas já lhe digo que essa aí é teimosa, tem sangue forte.

Helmut riu, animado.

— Meu sobrinho Bruno virá para o comício no fim do mês aqui na cidade. — E piscou um olho para Adelina. — Quem sabe a senhorita não se agrada do moço?

Adelina riu, acompanhando-o até a porta, enquanto Verônica voltava aos seus cálculos. Haveria sim um grande comício do PSD na cidade. Seria uma festança. Viria gente de muitos lados, de vários municípios ao redor. Montava-se na praça em frente à igreja, na Sede, um enorme palanque para os discursos e haveria quermesse e barraquinhas com comida e bebida.

Adelina viu o alemão subir com facilidade na carroça, desempenado. Somente então, disse:

— Seu Helmut, meu coração neste sábado é do PSD. Mas vai ser um gosto conhecer o seu sobrinho se ele for gentil como o senhor.

O velho tocou na aba do chapéu, corando de alegria. Veriam-se em uns dias, ele disse. E depois, com um muxoxo, tocou os cavalos no rumo do Rio Novo, onde ficavam as suas terras.

Adelina viu que Ana estava ao seu lado fazendo cara feia.

— Acho esse homem muito passado — disse ela. — Tem modos de casamenteiro.

Adelina riu.

— São apenas conversas de gastar tempo, não as leve a sério. Seu Helmut é um bom homem, cheio de filhos e sobrinhos. Natural que espiche um olho pras moças. Você sabe que os alemães gostam de casar entre si.

— Depois se queixam que a vida não muda — retrucou Ana.

Adelina riu da outra. Era inteligente e determinada. O sino bateu as onze horas e, num arroubo, a porta dupla da escola abriu-se para o dia. Como num pequeno tropel, saíram de lá uma dúzia de alunos de várias idades, pois estudavam em classe única. À frente de todos, como era de se esperar, vinham Ademar e Nair, correndo feito potrinhos, tropeçando nas elevações de terra e no gramado irregular, numa competição para ver qual deles chegaria primeiro em casa.

Adelina viu o mau humor da outra dissipar-se diante da aproximação das crianças, pois Ana os adorava.

— Lá vêm eles, aos trambolhões... — ela se riu, limpando as mãos no avental e abrindo os braços para o vencedor dar-lhe um abraço.

Ana não era uma mulher bonita — grande, roliça — mas Adelina via seu semblante se iluminar pelos pequenos. Desejava que ela achasse um bom noivo, pois seria uma mãe excelente.

Quando os dois pequenos chegaram, Nair jogou-se nos braços de Ana e Ademar agarrou as pernas de Adelina, querendo saber do irmão mais velho, que tinha ficado em casa porque estava febril.

— Almiro melhorou um pouco — ela respondeu. — Mas ainda está de cama.

Verônica também surgiu em frente à venda, vindo das sombras da loja. O marido tinha ido a Blumenau buscar mercadorias, e ela esforçava-se por trabalhar com afinco. Ao ver os filhos pequenos, abriu um sorriso e disse:

— Venham, vamos fazer estrelas fritas com açúcar. Quando Almiro acordar, terá um lanche especial esperando por ele.

Ade e Nair começaram a pular de alegria, os doces da mãe eram famosos em toda a cidadezinha. Adelina tinha crescido alimentada por aquelas delícias fritas e passadas no açúcar que eles mesmo secavam na eira. Ela abraçou a mãe com carinho, feliz de vê-la animada.

— Mamãe, é quase hora do almoço. Se fizerem doces agora, as crianças não vão comer a comida — disse Adelina.

Verônica deu de ombros, sorrindo-lhe um dos raros sorrisos dos últimos tempos. Adelina podia perceber o esforço que a mãe fazia para abraçar a felicidade cotidiana novamente quando ela retrucou:

— Que seja, minha filha. Uma transgressão às vezes pode ser uma pequena mágica. Assim, à tarde, levo algumas para Elvira. Que, às grávidas, uma doçura sempre apetece.

Ana ficou de boca aberta olhando Verônica, sempre tão regrada e metódica com os hábitos da família, entrar na venda, tomando o rumo da cozinha, com os dois filhos caçulas a saracotearem atrás dela. O arroz com feijão de Luci certamente ficaria nas panelas.

— Deve ser o neto que está chegando — sentenciou Ana. — Mas a tia está melhorando de verdade.

Adelina correu os olhos pela manhã ensolarada mais uma vez. Sentia que a vida voltava a ser boa novamente, depois da tristeza tamanha dos últimos tempos.

— Graças ao bom Deus — disse. — Já não era sem tempo.

Depois, virou-se e entrou na venda também ela. Novos clientes chegavam para as compras e a trabalheira estava ainda muito longe de terminar.

Mas os dias corriam, céleres.

E logo a data do comício se aproximava. A pequena cidade punha-se já em polvorosa. A venda funcionava mais do que nunca. Abastecia a quermesse, as banquinhas de comida e bebida, as conversas políticas regadas a capilé e cerveja, que avançavam até altas horas, às vezes entrando em acaloradas discussões que Leopoldo tinha de apaziguar, embora a grande maioria dos eleitores do lugar votassem abertamente no candidato do PSD. Leopoldo dizia sempre que, depois de longos dez anos de ditadura, por mais que ele gostasse de Getúlio Vargas, as gentes recuperavam seu direito de eleger um representante por via direta. Era muito emocionante, e o país estava em polvorosa.

Certa noite, à hora em que os últimos clientes ficavam por ali a beber, dois agricultores pegaram-se a tapa.

— Aquele cretino do Eduardo Gomes nos chama de marmiteiros! Que falta de vergonha — disse um.

O outro, votante do partido do Brigadeiro Gomes, pulou nas golas do que gritara primeiro, alegando:

— Pau-mandado de ditador!

Os dois atracaram-se e foi preciso que Leopoldo Hess mandasse buscar os rapazes do depósito, que trabalhavam com as carroças, para ajudá-lo a separar os eleitores inflamados pelo capilé. Adelina, como sempre, estava por ali, fechando as contas do dia. Embora o pai fosse votar no General Dutra, ela viu-o manter a fleuma, passando uma carraspana igual em ambos os brigões:

— Aos gritos numa hora dessas, noite escura que é! Assim, vão acordar os meus meninos, e ainda com tal mau exemplo!

E mandou-os embora dali.

Mas as gentes do lugar eram pacatas e tudo terminou com mais uma Brahma gelada, enquanto Adelina chamava Luci para limpar os copos quebrados na balbúrdia da acaloração. Eram fatos raros, as brigas de soco. As almas inflamadas não se expunham tão facilmente naquela terra de imigrantes alemães, reservados e comedidos em quase tudo. Mas a política, além do sangue – havia por ali alemães, em sua maioria, e italianos e poloneses espalhados em pequenas comunidades nos braços do Rio Luís Alves –, começava a criar celeumas.

Além disso, pensava Adelina, havia o padre Afonso, que era muito jovem, apesar de carrancudo e empenado. O padre declarava-se UDN doente e, às vezes, excedia-se nos seus discursos dominicais, descambando da esposa de Ló para a política sem nenhum prurido. Havia resmungos de insatisfação na igreja, mas o fato é que todos tinham medo daquele padre que criava jacarés num banhado nos fundos da casa paroquial e que corria os meninos com varas de marmelo quando a gritaria das brincadeiras o molestava.

Apesar das rusgas, a cidade enfeitava-se para o grande comício, que tinha mesmo ares de festa num lugar onde tão pouco sucedia. As mulheres fizeram bandeirolas, e Adelina gastou muitas horas noturnas recortando-as e colando em compridos barbantes com a ajuda de Luci e Ana. Mesmo envolvida com a decoração da festa, Adelina teve tempo de reformar um vestido, acrescentando pequenas flores ao peitilho e um babado na saia. Era boa costureira, e queria estar bonita no sábado de quermesse. A venda fecharia mais cedo, logo depois do meio-dia.

Adelina deixou de lado o livro-caixa enquanto Luci limpava o chão da venda e seu pai fechava as janelas. Lá fora, o pequeno gerador movido a água fazia sua luz amarelada e tênue, os números misturavam-se nos olhos de Adelina. Mas ela estava feliz. Era jovem, esperava pelo sábado. Com o horário reduzido na venda, poderia estar na praça às quatro da tarde, quando estava marcado o começo dos discursos no palanque.

Deitada na sua cama, Ana ouviu os ruídos diminuírem; a venda tinha sido fechada finalmente. Dividia um quarto com Luci, vivendo num limbo entre a família e os empregados dos Hess. As agregadas, era como as definiam.

Ana gostava dos Hess. Embora os patrões fossem secos e discretos, os filhos eram quase como seus irmãos. E havia os três pequenos, que ela amava, paparicando-os discretamente. Nos últimos tempos, desde a morte de Anselmo, Verônica e Leopoldo tinham afrouxado o laço com que guiavam os caçulas. Era a tristeza, Ana sabia bem. E como ela sabia? Remexendo-se entre as cobertas leves, sentiu os olhos úmidos de lágrimas quentes. Chorava todas as noites, por isso sabia.

A morte de Anselmo tinha doído nela mais do que em todos. Anselmo, tão bonito e nobre... Desde que chegara ali, uma garotinha de onze anos, amara aquele homem. Vivia por ele, discretamente, na sombra à qual se habituara.

Anselmo sabia do seu amor.

Certa noite, logo depois que ele viera do Rio a contar que namorava uma tal de Laís, Ana criara coragem e fora falar-lhe. Era muito tarde, todos dormiam na casa. Ela se levantara e, apenas vestida com a camisola branca de algodão, a rendada, que ganhara da patroa, perfumara-se e subira até o quarto de Anselmo. Descalça, pisando leve como um fantasma.

Pois ela, Ana, acreditava em fantasmas. Via-os pela noite, vagos rabos de luz dançando pelo campo, escorregando pelos morros como crianças do outro mundo. Seria mais um deles aquela noite, pensava, enquanto subia os degraus de madeira, a respiração suspensa pelo fogo que lhe queimava as carnes.

De olhos fechados, em sua cama, podia lembrar-se de Anselmo em seu quarto. A luz da lua entrava em cheio pela vidraça, banhando-o de luz. Ah, como era lindo! Ana sentira seu coração fraquejar, mas avançou como um suspiro, indo ajoelhar-se ao lado da cama do moço.

Tocou-o com a ponta do dedo, como se tocasse uma estrela. Tudo levíssimo, sua pele na pele dele, a noite que ardia lá fora, o silêncio da casa, do campo, até mesmo os animais estavam quietos no estábulo... Parecia que o tempo fora suspenso para que ela pudesse vê-lo assim, puro e entregue, lindo como um daqueles deuses gregos que vira, certa vez, num livro em Blumenau.

E, então, Anselmo abrira os olhos.

— Ana...

A voz dele, lenta de sono, emocionou-a.

— Anselmo... — ela falou. — Vim dizer uma coisa, um segredo.

Ele sentou-se na cama, olhando-a em sua camisola transparente, os seios fartos sob o tecido, os mamilos escuros marcando a camisola.

— Quando não está vestida de botões até o pescoço, você é tão bonita, Ana...

Ela lembrava-se do modo como ele escandira cada palavra. Lembrava-se da mão que subira até o seu colo, escorregando de leve pelo vão entre seus seios. E o fogo que ardera no seu ventre... Como um vulcão desconhecido que nascesse ali, em lava e desespero.

Um único beijo selara aquela noite. Apenas a lua tinha visto. As bocas, as línguas... E depois ela fugira, silenciosa e ágil. Descendo as escadas num sopro, a alma a escapar-lhe pela boca.

Quando chegara ao quarto, Luci dormia pesadamente.

Ana revirou-se na cama, secando as lágrimas com o antebraço, pensando em seu amado Anselmo. Enterrado no cemitério para além da igreja, agora era somente aquela lembrança, que ela mantinha viva evocando-a toda noite.

Na cama ao lado, Luci roncava num ritmo constante, como se marcasse o tempo com o seu respirar, alheia à tristeza da companheira. A morte de Anselmo era uma flecha cravada em seu peito... Mas ela queria bem à lâmina afiada que a feria. Aquela dor, afinal de contas, era a única coisa que lhe sobrara.

O sábado amanheceu bonito e fresco. Dava tempo bom, e a venda esteve cheia até a hora em que Leopoldo dispensou os últimos clientes e passou a tranca na porta. A casa estava em polvorosa com os banhos coletivos na grande tina do banheiro de baixo, onde as crianças tiravam a sujeira encruada das correrias no barro sob o escrutínio de Luci e Ana.

Adelina e Alzira se arrumavam no quarto de banho do andar superior, rindo e brincando num raro momento de coqueteria. Até mesmo Verônica iria ao comício. Oferecera-se para trabalhar na banca da igreja, vendendo bolos para arrecadar dinheiro aos pobres.

— O padre vai mandar tudo para aqueles udenistas de meia pataca — disse Leopoldo, ao entrar no quarto e encontrar a esposa com o vestido de crepe escuro, pois ainda estava de luto.

— Farei a minha obrigação de cristã — respondeu Verônica, empoando o rosto. — Por mais louco que o padre seja, não desviaria o dinheiro dos necessitados para a política.

— Desse homem eu não duvido nada — replicou Leopoldo. — A batina não torna ninguém santo.

No banheiro, Adelina e Alzira ouviam a discussão dos pais aos risos. Haveria festa e música, elas eram jovens e queriam divertimento. A política, para ambas, não passava de um pretexto naquele sábado de sol. Como moravam no Salto, as coisas ali estavam tranquilas. Mas Leonardo viera mais cedo, contando que a Sede estava cheia de gente. Tinham chegado lotações de todos os lados, até mesmo de Escalvadinho, que ficava a vinte quilômetros de Luís Alves.

— Haverá muitos moços de fora — disse Alzira, colocando os brincos. — Eu tenho o Walmor, mas quem sabe aparece um noivo pra você?

Adelina deu de ombros.

— Por que sempre esse assunto? Deus sabe o que faz.

— Ora, Elvira vai ter filho em breve. Eu vou me casar. Você tem que cumprir seu papel também, irmã.

Adelina ajeitou os cabelos, prendendo-os com grampos ao lado das orelhas. Pequenos cachos desciam pelo seu pescoço, que era longo, liso, bem desenhado. Suspirou fundo, irritada com aquela eterna ladainha de filhos e marido, como se a vida de uma mulher não passasse do útero.

— Veja bem, Alzira. Eu quero, sim, um amor, uma família, filhos para criar. Mas eu tenho um papel aqui nesta casa, nos negócios do papai... Eu gosto de trabalhar, gosto de vender, entende?

— Acho difícil entender. Ajudo na venda porque a mamãe me obriga aos domingos.

— Somos bem diferentes... Para mim, a vida sem trabalho é uma pasmaceira.

Alzira revirou os olhos, e as duas riram. Faltava meia hora para as quatro da tarde, e a voz do pai alçou-se, chamando a família. Iriam no carro de molas até a Sede, estava na hora de partir.

A confusão foi o que mais marcou Adelina. A rua cheia de gente e o tanto que tiveram de caminhar até a igreja, cumprimentando pessoas, abrindo espaço entre os transeuntes, contornando barraquinhas. As crianças sumiram em minutos, jurando à mãe que brincariam perto da pequena esplanada entre a igreja e o cemitério, mais acima no morro. O pai juntou-se aos seus correligionários, visto que era um homem de política. Adelina olhou a mãe arregaçar as mangas para o trabalho na barraca; depois, beijou Elvira, que chegava junto com Leonardo. A irmã estava enorme no seu vestido de senhora grávida, orgulhosa e corada. E então, deixando para trás Ana e os outros, Adelina seguiu com Alzira e Walmor para mais perto do palanque, onde um homem falava aos brados sobre um novo Brasil, um país de todos, um país de trabalhadores e famílias.

Adelina não prestava muita atenção no que ele dizia, mas as palmas ecoavam na tarde. Avançando entre os ouvintes, ela postou-se com a irmã e o futuro cunhado perto de uma barraquinha de doces. Seus pés doíam nos sapatos novos, impróprios para o chão de terra, mas seus olhos voejavam de lá para cá.

E foi então que o viu, parado entre as gentes, ao lado de um rapaz bonito. Ele! Lembrava-se bem daquele dia terrível... O toque solene das mãos dele num cumprimento formal. O corpo do irmão no esquife, todas as pessoas olhando, uma tristeza pesada descendo do céu feito chuva, que alagava sua alma.

Mas houvera ele.

Agora Adelina podia ver como ele era alto. Usava um terno azul-marinho, elegante. Seus belos olhos focaram-se nela, de repente, como que atraídos pela própria curiosidade. Adelina sentiu um ardor novo subir às faces. Ficou ali, presa naquele olhar, não se mexia.

A irmã cutucou-a:

— Que foi? Viu assombração?

Adelina desviou o rosto, corada, subitamente envergonhada de todos. Disfarçando seu nervosismo, ajeitou o cabelo e respondeu:

— Aquele rapaz, Alzira... O do enterro do mano.

— O cabo bonitão?

— Ele mesmo — respondeu Adelina, no exato instante em que Rodolfo, ela se lembrava bem do nome, acenou-lhe discretamente. — Está ali, perto do palanque.

Alzira sorriu. Lembrava-se do cabo, que era mesmo garboso. Ao seu lado, Walmor conversava com um amigo, mas ela chamou-o, perguntando se não conhecia aquele rapaz, o de terno azul-marinho. Walmor vasculhou as gentes, aquiescendo por fim.

— Rodolfo de Souza — ele disse. — Conheço o Ari, primo dele. São lá do Escalvadinho e têm uma serraria.

— Adelina gostou do moço — brincou Alzira. — E acho que podemos considerar isso um milagre!

Adelina sentiu-se incomodada com a troça da irmã. Alzira estragava aquele momento. Mais ao longe, viu seu Helmut cercado por vários rapazes animados. Com medo de que o tal sobrinho casadoiro estivesse por ali, desculpou-se com Alzira e saiu, alegando que ia ajudar a mãe na banca da igreja. Antes, porém, virou-se para trás e trocou um último olhar com o cabo.

Ele mirava-a, doce e fixamente. E o nome dele lhe veio aos lábios como uma fruta pedindo para ser provada, como uma porta que se abria, convidando-a a entrar.

Rodolfo...

Adelina escandiu cada sílaba devagar, com gosto. Ainda não era o tempo de chamá-lo de Duda, como seria durante o resto da sua vida. Andando em meio às gentes naquela tarde eufórica de comício, Adelina chamou o cabo pelo nome de batismo escolhido pela mãe. Aquele nome derreteu na sua boca, entre seus dentes.

Ela seguiu abrindo caminho na multidão, procurando a mãe e os irmãos pequenos, mas era como se o cabo Rodolfo seguisse com ela... E ele seguiu, roubando-lhe os pensamentos até tarde da noite, no quarto que dividia com Alzira.

No meio da confusão das gentes, da euforia dos discursos e de uma briga que espocara entre desafetos políticos, Adelina não o vira mais o resto do dia. Ao anoitecer, quando o comício terminou, as últimas barraquinhas recolhiam seus produtos e o padre dava de comer aos seus jacarés, Adelina ainda vasculhou o largo da igreja com os olhos ávidos.

Muitos dos carros que tinham vindo de fora já haviam partido. Até Escalvadinho, era mais de hora. Rodolfo tinha ido embora com os outros. A gente da cidade é que permanecia ali, recolhendo as sobras da festa em silêncio, felizes e exaustos.

Quando Verônica surgiu, cansada e pedindo para partir, Adelina foi quem recolheu as crianças, sujas da correria, enquanto Ana acomodava a tia no carro de molas, com uma almofada às costas, para que descansasse. Leopoldo tinha comemorado o sucesso do comício com algumas cervejas, e foi mesmo Adelina quem guiou o carro até em casa pela estradinha serpenteante que conhecia como as linhas da própria mão. Ia distraída em pensamentos. Volta e meia, porém, seus lábios se abriam num sorriso para a noitinha que caía, estrelada e silente.

Diário de Adelina, 21 de janeiro de 1946

Dois meses, dois longos meses se foram para que eu pudesse reencontrar o Rodolfo. Mas, agora, posso chamá-lo de Duda, já que ele assim me pediu.

Nestes dois meses, a vida foi uma correria.

Tivemos, enfim, as eleições. Como nossa família queria, e com a ajuda do meu voto, o General Dutra ganhou a presidência. Houve muita festa aqui e em várias localidades de Santa Catarina. Fiquei sabendo depois que o Dutra teve mais do que o dobro dos votos da UDN aqui no Estado. Pudera, também.

Mas o que me importa registrar é o que aconteceu ontem na Festa de São Sebastião...

Cedo, fui despertada. Desci e ajudei na venda. Depois, Alzira e eu nos arrumamos. Usei vestido rosa e luva rosa, sapato e bolsa brancos. Antes da festa, fomos ao cemitério visitar o túmulo de Anselmo. Walmor nos encontrou depois da missa e me disse que um certo alguém tinha prometido vir à festa. E disse que viria por minha causa!

Um pouco depois, eu o avistei entre as pessoas. Ele veio me cumprimentar e, pedindo licença, passeou um pouco ao meu lado. Achei-o cortês e gentil, e demos umas voltas. Quando cansei, sentamos num recanto, e foi então que ele disse que tinha gostado de mim. A manhã ainda não tinha se acabado, e eu ali, ouvindo aquelas palavras todas... Muita coisa tínhamos em comum, eu perdi Anselmo; ele, Toga, um irmão a quem adorava. Quando Walmor e Alzira vieram até nós, eu o convidei a almoçar aqui em casa. Foi uma coragem minha, e ele aceitou!

Mamãe e papai o receberam bem, mas papai lançou uns olhares assim, meio de soslaio, já que ele não é alemão, é da terra mesmo, bronzeado de pele. Mas foi tão querido com os manos pequenos, falou-se um pouco de política, e ele é do PSD. Assim, papai acalmou-se. Mamãe, aos risinhos, serviu a sobremesa. Depois, fomos passear de novo, seguindo com Alzira e Walmor quase até o Salto. Lá, onde eu sinto que Anselmo vive de verdade ainda, foi que ele – Duda, agora posso chamá-lo de Duda... – voltou a dizer que de mim é que gostava. Que pensava em mim desde aquele dia, triste e especial, onde uma coisa terminava e a outra começava... A vida com as suas surpresas, que ela tira com esta mão e dá com aquela.

Acho que eram quase seis horas da tarde quando nos despedimos, e Duda voltou ao Escalvadinho. Mamãe veio me ver ao fim do dia, após o banho, e sentiu que eu estava diferente. Apesar de ele não ser alemão, acho que mamãe não tem nada contra.

O cavalo ia num galope frouxo, mas Duda gostava assim. Black era uma parte dele mesmo, entendia-se com o animal por olhares e toques. Seguiam devagarinho, no ritmo do assovio, o céu pesado de estrelas como se quisesse despejá-las sobre a estrada. Como um cofre cheio demais.

Duda não tinha um pensamento coerente. Deixava-se misturar à natureza, respirando junto com ela. Sentia o resfolegar do cavalo, a musculatura rija do animal sob suas coxas, como se ambos fossem um só. Conhecia o caminho; desde pequeno, escapando aos cuidados sufocantes de um leque de irmãs, trilhava aquelas estradinhas, embrenhava-se pelos morros, abrindo picadas com o velho facão do pai, tomava banho de rio, descobria casas, gentes, bichos – que ele mesmo era quase um bicho às vezes.

Como ali, naquele momento.

Era uma coisa muito grande, Duda pensou, seguindo pelo caminho de chão batido que se afunilava, cortando uma plantação bem cuidada. Uma coisa tão grande que dava medo.

Talvez coubesse usar a palavra destino. Pois, quando pensava em Adelina, pensava em futuros, num sem-fim de amanhãs costurando-se uns aos outros.

Destino.

Duda sorriu, recordando-se dos olhos dela, aqueles belos olhos grandes e inquisidores, que o tinham mirado de longe, cheios de perguntas. Adelina também sabia, Duda tinha certeza. E o mais engraçado era ver que tudo continuava igual ao redor deles, o discurso no palanque enfeitado, as promessas políticas, as gritarias infantis, o padre com sua carranca, as mulheres cortando bolos, um tostão por pedaço, a cerveja fria na tarde quente... E eles dois ali, pasmos, diante do inevitável.

"Quando tem que acontecer, acontece", dissera-lhe seu irmão Adolfo, certa vez.

Adolfo caíra de amores por uma jovem viúva e deixara o Escalvadinho para contrair matrimônio com a mulher. Tinha sido um amor de vendaval, e a mãe ficara muito triste com a partida do filho. Até mesmo ele, que via os irmãos homens indo embora, um a um, sentira um aperto no peito. Pequeno, quantos anos tinha? Doze, treze? Fora ter com Adolfo, que lhe dera aquela resposta.

Quando tem que acontecer...

Duda respirou fundo. Reconhecia o caminho, estava quase em casa. Mas já não era o mesmo homem que tinha saído pela manhã. A moça que ele vira naquele dia triste, do cortejo fúnebre do oficial, o cortejo que lhe tinha sido destinado organizar, deixara um sopro de luz na sua alma. Pensara nela algumas vezes. Mas, distraído, fora a Luís Alves por causa do comício. Tinha combinado com Ari, mas o primo caíra de cama, mal da barriga. E lá, em meio às gentes, vira-a. Tinha acontecido, e era grande.

Duda andou mais um pouco e apeou em frente à porteira. Uns trinta metros adiante, a pequena casa de madeira, cuidadosamente caiada, parecia dormir sob a luz da lua. Um cachorro ganiu algumas vezes, depois o silêncio voltou.

Adelina. Era um nome bonito, feminino.

Duda passou Black pela porteira, depois subiu o pequeno caminho ao lado do animal, como dois amigos que voltassem de uma festa. Black resfolegou uma ou duas vezes quando Duda acariciou seu flanco rijo, negro, cintilante na noite.

— Amigão... — ele disse.

Confessava-se a Black. Sim, tinha acontecido.

Duda fez as contas. O ano recém começara. Soube então que aquele ano seria decisivo em sua vida. Como não era homem de rodeios, tinha revelado seus sentimentos a Adelina. Comera à mesa da família. Vira seus pais, os irmãos pequenos, a venda, que já conhecia de outras visitas como cliente. Mas tudo lhe parecera novo, lindo, emocionante. Até mesmo a sua casa, estirada sobre a pequena elevação de terra como uma mulher dormindo nua, era-lhe outra. Mais suave, menos empobrecida pelos reveses da vida que tinham assolado a família, adoentado seu pai, morto havia treze anos, enterrado ali mesmo, depois da curva do morro, no pequeno cemitério local. Pensou em Alice, doente em sua cama, e sentiu pena da irmã, quando ele mesmo estava tão feliz.

Duda respirou fundo.

Tudo começava de novo. A vida parecia renascer de si mesma, brotando da luz que havia nos olhos de Adelina.

Levou Black para a pequena estrebaria e recolheu-se. Dentro dele, aquela grandeza de recomeço não pesava. Ao contrário, parecia dar-lhe asas. Asas e palavras. Era um poeta apaixonado e, no dia seguinte, antes do alvorecer, antes de seguir para a serraria com o primo, despejou versos de amor no seu caderno, deitado na cama estreita do seu quarto, ouvindo a mãe ressonar do outro lado da parede. Animado, como se a vida começasse naquele momento.

Florianópolis, 5 de outubro de 2008

Roberto acordou mais cedo do que de costume. Tinha dormido mal, preocupado com a mãe. Por uma fresta da veneziana, viu que lá fora ainda era noite. Ao seu lado, na cama, sua esposa, Cátia, dormia serenamente.

Levantou-se e foi para a cozinha preparar um café e colocar seus pensamentos em ordem. Tinha um dia intenso pela frente. Queria saber como a mãe tinha passado a noite, ligaria mais tarde. Se, no dia anterior, não tivesse ido até Blumenau, sabia bem que dona Adelina, teimosa do jeito que era, teria escapado do hospital. O motorista da mãe, seu Sérgio, garantira-lhe que a patroa estava tramando fugir. Beto precisou fechar-se a chave com Adelina e lhe dar um pito.

Poucas vezes falara duro com a mãe. Era um homem calmo, comedido, de voz macia. No quarto de hospital, explicara-lhe com firmeza que a situação era grave. O quadro de Adelina estava piorando. Tinham detectado uma "pneumonia aspirativa", derivada do hematoma cerebral ocasionado por um tombo alguns meses atrás. Também apresentava uma esofagite por *Candida albicans*, coisa rara.

A cafeteira começou a roncar sobre a pia da cozinha como um animal inquieto. Beto serviu-se de uma xícara e foi até a varanda do apartamento. Uma faixa de céu iluminava-se em suaves tons de rosa, anunciando um belíssimo alvorecer. O mar, lá embaixo, era uma massa escura e inquieta. Se afinasse os ouvidos, mesmo com as portas de vidro fechadas, ele podia ouvir a eterna cantilena da água.

E foi então que o telefone tocou, cortando o silêncio puro do momento. Aquela era uma casa de médicos; a campainha do aparelho, tão temperamental, era deixada no volume mínimo para que a pequena Sophia não fosse acordada a cada vez que um paciente necessitasse dos seus pais. A voz de Jair, do outro lado da linha, corroborou as piores suspeitas de Beto. Adelina evoluíra mal durante a noite e seria transferida para a UTI. Olhando seu café esfriar na mesinha de centro, ele fez as perguntas de praxe, segurando sua ansiedade filial, apoiado na longa experiência de médico. Mas sentia os olhos úmidos; no fundo, ele sabia. Jair explicou-lhe detalhadamente a situação, Beto respondeu que ia negociar com os colegas para que assumissem seus pacientes em caráter emergencial.

— No fim da manhã estarei aí em Blumenau — ele ouviu-se dizer, escandindo as palavras com suavidade, como se falasse sobre o tempo ou sobre um livro do qual gostara muito.

Desligou o telefone com o coração aos pulos. A seguir, ligou para Sônia em São Paulo. Precisava avisá-la de que a mãe estava na UTI, a situação era muito grave. Sônia avisaria os outros irmãos. Eram dezesseis filhos, uma longa lista de telefonemas... A mãe tinha feito uma enormidade de coisas, a empresa, os prédios, o hotel. E tivera dezesseis crias da sua carne. Por um instante, agarrou-se à teimosia inabalável de Adelina, à sua garra de viver, e pensou que tudo poderia ficar bem, afinal de contas.

Tudo branco.

Como um vestido de noiva, o meu vestido de noiva. Enrolada em metros de cetim branco, cetim frio que me separa dos outros...

Pipipipi... Esse barulho que nunca cessa. Esse tempo que não passa, neste quarto que não é um quarto. Como vim parar aqui? Este vestido de noiva que me aperta. Mas ficou tão bonito! Eu me lembro dos retratos, da noite do meu casamento, das mãos do Duda nas minhas...

Agora sei, estamos na igreja.

Pipipipi.

Não quero chorar na igreja, vestida de noiva para o meu Duda. Eu quis tanto este vestido e como ele me sufoca agora! Dona Eva costura como uma fada, mas esse cetim é uma prisão. Dê mais pano para esse corpinho, dona Eva!

Essas mãos que me tocam, que passeiam pelo meu corpo com cuidado. Dona Eva, é a senhora? Está arrumando meus cabelos para o casamento? A grinalda tão linda que eu escolhi com a ajuda da mamãe... Então é isso, hoje é dia vinte e quatro de maio!

Dona Eva, me responda!

E esta máquina que não para! Pipipipi...

O relógio da minha vida, os ponteiros caminhando no tempo que me leva de volta para a igreja em Luís Alves, onde eu casei. Mas cadê o coro de moças? Cadê a Ave-Maria ao piano? Pipipipi... Estes botões me apertam, não posso me mexer. Esta brancura me cega, fechem as janelas, por favor. Quero ver o Duda no altar, quero seguir pela nave, cabeça ereta, sorriso no rosto, Dudinha me esperando lá na frente, todo orgulhoso ao lado da minha sogra.

Não chore, mamãe, não chore, que vou ser feliz, lhe prometo. Duda me ama, eu sei. Olha que lindos ficaram os brincos da bisavó em mim, mamãe. Olha que lindo o meu buquê! Estas flores brancas, brancas como a lua.

Pipipipi...

Tudo é branco aqui. E esta máquina que não para. Roubando de mim os minutos, roubando de mim as palavras.

Quero ver quem veio à igreja. Meus pais, os manos, toda a gente lá de casa, os bons clientes da venda... E Nair está tão linda de daminha, vestida de rendas, as fitas bem passadas no cabelo. Um anjo! E os meninos de terno, com carinha de assustados. Não tenham medo, meninos, que o Duda é o homem da minha vida! E olha o Ade, e o Ari, que é padrinho! Vovó e tia Paula, Leonardo e Elvira, que elegantes que estão! E Alzira com Walmor. Frau Kans, Frau Bilk, Cezônia e tia Zulma, Milton, seu Olíndio...

Toda a gente está aqui por nós, por Duda e eu.

Pipipipi.

Eu digo sim e sim e sim.

Eu grito sim, mais alto do que esta máquina. Sim, sim, sim! Mil vezes sim.

Mas este vestido me aperta, deve ser a renda. As pernas me doem, deve ser o medo.

Alguém mais chegou à igreja, quase posso ver o seu rosto...

Pipipipi.

É Sônia, meu Deus do céu! O tempo virou todo do avesso... Como a Sônia veio parar aqui no dia do meu casamento?

Não chore, minha filha.

Não chore, Sônia, que vou ser muito feliz.

Em pé no reservado da UTI, Sônia olhou a mãe. Entubada, os olhos fechados, Adelina parecia dormir. Estranhou que não estivesse bem-penteada como sempre, a maquiagem leve, os brincos de pérolas. Adelina era muito vaidosa, tinha aquele jeito de estar sempre impecável, mesmo depois de quinze horas de trabalho.

Deitada ali, o tubo saindo-lhe da boca, parecia tão indefesa, frágil mesmo. A velhice estampava-se no seu rosto pálido, e assim, para Sônia, aquela era e não era a sua mãe. Doía vê-la... Além do mais, Sônia estava de aniversário naquele dia. Cinquenta e três anos. Deixara o marido em São Paulo e tomara o voo às pressas depois do telefonema de Beto. Sentia-se triste, exausta.

Se o pai estivesse vivo, faria um poema para ela. Era o seu presente, todos os anos, um poema cheio de amor. Sônia pensou em Duda. O pai tinha morrido no susto e, desde o acidente com o boi até o último momento em que o vira, lúcido, deitado na maca do hospital, esperando para ser operado, Duda ainda era ele mesmo, o velho poeta alegre e fanfarrão, acima do peso, sorridente, dizendo aos filhos que tudo ia ficar bem, embora tivesse a traqueia rasgada pelo chifre do animal que mais gostava na fazenda. Mas a mãe, não... Adelina estava ali, indefesa e quieta. Imóvel... Aquela imobilidade pálida era o que mais a incomodava. Nunca tinha visto a mãe parada, apenas quando estava dormindo, e ela dormia tão pouco! Nas festas, nos eventos, aos quais Adelina Hess de Souza chegava direto do trabalho, mas sempre elegantíssima, os cabelos bem-feitos, o batom nos lábios; nas festas era que Adelina dormia, pequenos cochilos entre as conversas, como um farol que apagasse e acendesse, num ritmo eterno de nunca descansar de verdade.

Sônia tocou a mãe de leve sobre o lençol. Sentia um aperto na garganta, um gosto salgado. Engolia as lágrimas porque tinha aprendido com Adelina a ser forte. A resistir, nunca se vergar. Uma mulher precisava ter coragem.

A mãe estava cercada de aparelhos que mediam todas as funções. *Pipipipi*. Aquele ruído incessante. Sônia queria trazer flores, música, alegrar o pequeno espaço reservado a Adelina na UTI. Mas era impossível. Ali, tudo era asséptico, branco, útil. A mãe, que adorava objetos bonitos, que vivia de reformar espaços, ampliar e melhorar seu jardim tão famoso na cidade, estaria irritada naquele lugar inóspito. Olhou-a mais de perto, suspendendo a respiração. De olhos fechados, mergulhada num sono induzido – o coma, segundo diziam os médicos –, ela parecia estar em outro lugar. Sob as suas pupilas, Sônia podia sentir algum movimento.

— Ela está o mais confortável possível, Sônia.

Sônia teve um sobressalto ao ouvir a voz de Beto. Virou-se, o irmão estava ao seu lado, sério, sereno. Denise estava com ele; séria, triste, uma versão estranha da irmã que era sempre tão alegre, a vertente comunicativa da família.

Cumprimentaram-se rapidamente. Beto foi conferir os aparelhos que mantinham Adelina. Sônia olhou para Beto, sentindo os olhos úmidos. A chegada do irmão fez com que algo se soltasse em seu íntimo. Mas talvez fosse apenas o cansaço, viera direto de São Paulo, como fazia havia mais de uma década, para passar a maior parte da semana ali em Blumenau, administrando a Dudalina, a empresa que a mãe fundara. Secou as lágrimas que desceram, quentes, pelo seu rosto.

— Ah, Beto... — disse, num fio de voz. — É difícil ver a mãe assim.

Beto afastou-se da cama. Abraçou-a de leve.

— É muito difícil — ele respondeu. — Mas vamos ficar do lado dela o tempo que for.

— Ela nunca ficará sozinha — disse Denise, com a voz trêmula.

Sônia aquiesceu, segurando a mão da irmã.

Sentia-se incomodada, frágil, desanimada. Nos últimos tempos, Adelina viera decaindo. O furacão da sua presença amansara-se; às vezes, parecia até mesmo abatida. Quando Sônia a inquiria, dizia apenas ser saudades "do seu Duda". Depois, com a morte de Marlise, esposa de Anselmo, o filho mais velho, Adelina piorara ainda mais. Houvera aquele tombo, o hematoma, a mudança para o hotel, onde ela seria mais bem-cuidada, onde havia menos risco de tombos nos incontáveis tapetes e escadas da enorme casa que a mãe tanto amava.

Mas vê-la ali? Entubada, imóvel?

Com relutância, Sônia fez a pergunta que ocupava sua alma:

— Você acha que ela sai daqui, Beto? Dessa cama, desse hospital?

Beto suspirou fundo. Olhou Adelina por um momento, ajeitando, com cuidado, o leve cobertor sobre seu corpo magro. Então, pousou seus olhos sobre Sônia, seus olhos que eram tão parecidos com os dela, e disse:

— Você quer saber o que eu sinto como filho ou como médico?

Sônia baixou o rosto. Denise permaneceu em silêncio. Apenas os aparelhos emitiam seus ruídos sincopados.

Nada mais era preciso ser dito, e ficaram os três ali, quietos, olhando a mulher que lhes tinha ensinado a viver.

Luís Alves, 24 de maio de 1947

Adelina sentou-se diante do espelho da penteadeira naquele quarto que ocupava desde menina e tirou as presilhas da sua grinalda de noiva. Por que estava nervosa daquele jeito?

No dia anterior, arrumara cada detalhe da peça com a ajuda de Luci. "O quarto dos noivos", dizia a empregada, com um sorrisinho doce, sonhador, plantado no seu rosto redondo. As duas tinham trocado a cama de lugar, espalhado almofadas sobre a colcha limpíssima e passada a ferro. Havia dois jarros com flores nos criados-mudos e uma garrafa de vinho com taças sobre a mesinha de canto. Pairava no ar um cheiro de jasmins e de sabonete, doce demais para evocar algo lúbrico.

Ela olhou-se no espelho. Estava afogueada, tinha bebido um pouco. Sentia o sangue correndo mais rápido pelas suas veias. O vestido de renda e cetim comprimia com delicadeza o seu peito e era bem afinado na cintura, cheio de minúsculos botões. "Para testar a paciência do noivo", dissera dona Eva, a costureira.

Adelina riu sozinha, nervosa. Tinham sido meses de namoro e de noivado. Os passeios no Salto, o primeiro beijo, roubado por Duda, na cachoeira. Ah, o quanto ela tinha se magoado com ele! Mas Duda era um fogo, as mãos inquietas, os olhos acesos com uma luz própria, ele queria pôr as mãos na noiva que lhe pertencia, a moça que ele cativara com sua adoração, com seus poemas, que ele enviava por Leonardo no último ônibus todo dia. Duda a conquistara, de fato. Tinha a dedicação de vir todos os finais de semana do Escalvadinho para a casa de Adelina, a cavalo, assobiando. Duda chegava como chegava o verão, trazendo sua luz. Mesmo o episódio da doença da irmã Alice não arrefecera a vontade de estar com Adelina; ele vinha sempre. Conquistara os pais dela com sua conversa boa, trabalhando na venda quase todos os domingos do noivado – o que Leopoldo vira com bons olhos. Ficara também muito amigo de Leonardo e de Walmor. Sentia-se da família.

No começo, houvera um certo receio, Duda era da terra, e os Hess casavam-se com descendentes de alemães – um hábito. Por causa disso, numa pirraça que ficaria famosa, o levado Ademar tinha até mesmo colocado um torresmo sob a xícara de Duda numa tarde de domingo, insinuando que ele era "queimado" demais para a irmã. Mas seu noivo tinha leveza de alma, não ralhara com o menino, apenas rira às soltas da engenhosidade da criança. Adelina dera uma boa carraspana no irmãozinho assim que Duda partira para a casa naquele fim de domingo montado em Black, garboso como um príncipe.

Ah, suspirou Adelina... Tantas coisa tinha acontecido para que chegassem até ali. O noivado tivera que ser estendido quando Alice morreu subitamente, depois de uma melhora. Mas a irmã andava doente havia tanto tempo que Duda assimilara bem aquela perda. No entanto, Duda era um filho muito dedicado à mãe, que ele chamava amorosamente de Maricotinha, e pedira mais uns meses para fazer-lhe companhia antes de casar e se mudar para Luís Alves.

Sentada, tirando os adereços que usara para o casamento, Adelina sentia um aperto no estômago, um nervosismo doce, quase bom. Duda estava no quarto de banho, aprontando-se para ela. Adelina podia dar-se ao luxo de ficar um pouquinho ali, vestida ainda com seu traje de noiva, esperando por ele.

De sexo, sabia muito pouco... Aquele tabu. Falara com a mãe apenas o necessário. Ali, naqueles tempos e naquele lugar, o amor era visto primeiro como uma necessidade social – era preciso compor família, pôr filhos no mundo; depois, como um idílio dos poetas. Sexo era um pecado que, feito às escuras, também não ganhava palavras. Verônica fora muito sucinta com a filha. Elvira, que já era casada e tinha o pequeno Carlos, também desviara do assunto. Apenas Alzira, mais nova do que ela, noiva de Walmor, descrevera sem pressa o grande paraíso daquele jogo, os suores, o fogo interno, o precipício do gozo. Mas Adelina ficara escandalizada com ela. Não pelo seu conhecimento, mas porque Alzira ainda era apenas noiva e dava para ver que tinha passado dos limites.

— Se papai sonha! — dissera Adelina.

Ao que Alzira retrucara:

— Vender fiado para um bom pagador é uma venda justa. Walmor vai casar comigo, mesmo, está tudo certo.

Adelina era muito diferente da irmã mais nova. Mas, ali, sentada na penteadeira, com o vestido branco ainda intocado pelo noivo, abotoada até o pescoço como um pacote de presente muito bem fechado, ela tinha consciência de que, no futuro, aquela seria uma noite importante...

A noite em que virara mulher de Duda.

Enquanto eram noivos, Adelina nunca sequer permitira que ele abrisse os botões do seu corpete. Aquilo o atazanava, ele queria mais. Mas ela era tão religiosa! Tinha prometido que faria tudo certo até o dia do casamento, a despeito da insistência do noivo.

Agora, estava ali.

Entrara na igreja de braço dado com o pai. A sogra, Maria Antônia, dera-lhe a sua bênção. O padre rezara a missa. Em seu vestido tão lindo, confeccionado em Blumenau pela melhor costureira da cidade, Adelina prometera ser fiel a Duda na alegria e na tristeza, na saúde e na doença até que a morte os separasse.

Ela pegou a escova de cabo de prata, um presente que Leopoldo lhe dera aos quinze anos, e escovou os cabelos com energia. Soltos, eles caíam sobre a renda do corpete, reinventando desenhos e arabescos.

Adelina sorriu. Estava morrendo de medo.

E foi nesse instante que Duda entrou no quarto, apenas em calça e camisa. Um sorriso macio no rosto. O marido tinha bebido bastante, mas não o suficiente para lhe roubar aquele brilho de pirata dos belos olhos escuros. Lá embaixo, os ruídos da casa prosseguiam. As empregadas limpando os restos da festa, alheias ao que acontecia no quarto dos noivos.

Duda avançou para ela sem dizer uma palavra. Apenas sorria. Suas mãos de longos dedos tocaram-lhe os ombros. A boca chegou-se à dela cheia de fome, de desejo. Adelina ouviu um leve gemido escapar da boca do marido enquanto sua língua tocava a dela. Não sabia, mas dos seus próprios lábios, gemido igual se evolava.

Ela se lembraria dos detalhes, mas não do todo. Noite após noite, sesta após sesta, eles haveriam de percorrer aquela mesma estrada, os mesmos picos e despenhadeiros, durante anos, sem nunca arrefecer o desejo. Brigariam, diriam coisas horríveis um ao outro, mas sempre voltariam ao mesmo lugar. À cama onde as contendas seriam todas solucionadas.

Adelina não sabia, enquanto Duda a empurrava com força para o colchão, puxando os botões num gesto único, possessivo – ele não tinha paciência; não depois de tão longa espera, tantos meses – mas dentro da sua boca, milhares de suspiros iguais àquele ainda ansiavam por brotar.

O fio da vida: Cloto

Os amantes, quando se desnudam, se descobrem, se possuem, se dividem. Como um viajante que, quando entra numa cidade pela primeira vez, desvenda ruas e caminhos.

Estão eles ali, num tempo sem tempo que é a morada do amor.

Ah, Eros...

Tuas brincadeiras inesquecíveis, que a mim e às minhas irmãs nos foram proibidas. Nós, da vida, só conhecemos o fio, a trama, o leve passar da lã dos dias entre nossos dedos, como passa um rio, como passam as águas nas quais nunca mergulhamos, águas que não nos podem matar a sede.

Tu, Eros, deus primordial feito nós. Cego não és, mas cumpres a tua sina vendado, disparando as tuas flechas, forças primitivas da natureza desde que o mundo é mundo e flama e luz se fundiram em matéria. Trabalhamos juntos, tu e eu.

De onde nasceria a vida mesma, se não fosse do Amor?

Cada criatura que eu pacientemente fio nesta roca eterna é de ti que vem, das tuas aventuras, do voo certeiro das tuas flechas. Assim como esses dois que ora se descobrem, tocam-se, beijam-se, desvendando, no corpo, os caminhos que levam à alma.

Tu, Eros, és a força primitiva da natureza, tudo geras desde a ponta da tua flecha.

Da dança do teu arco é que nasce o fio que pelos meus dedos passam. Tu és o nosso maestro, a divindade que a todos dirige. Governando a cópula e o parto, guias nossas mãos eternas – nós, as três moiras cegas.

Eu não te vejo, Eros, mas reconheço a tua beleza.

Envias a fêmea ao macho e, de novo, num ciclo eterno, o macho à fêmea no terrível parto que da minha roca brota.

Como esses dois, alheios ao mundo lá fora, às fainas da casa, aos últimos convidados do casamento que, tontos de vinho, saem às cegas pela estradinha estreita, sem mais medos do que esperanças, visto que o amor, quando invade a um, toca a todos com seu dedo.

Mas e o nosso poeta, Eros?

Elegeste-o para essa moça, estava já dito isso na boca da cigana, anos atrás, que tudo que nasce precisa ser gestado. Hoje, este jovem poeta, amante da natureza e dos cavalos; hoje, ele é meu também. Posto que o fiei, regozijo-me de vê-lo assim, tão feliz. Junto à mulher da sua vida, dançando essa dança que também é posse, nessa faina de provar a quase morte quando se está mais vivo do que nunca.

Muito trabalho esses dois hão de me dar, meu caro Eros! Como eu o sei? Simplesmente sei; cega que sou, enxergo para dentro do tempo, estou no cobre da tua flecha e na madeira do teu arco.

2

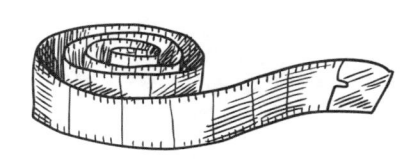

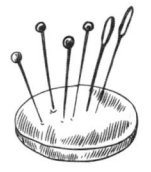

Láquesis

Blumenau, meados de outubro de 2008

Uma semana de UTI, Beto contava os dias sabendo que aquela história não teria um final feliz. Os irmãos iam e vinham, confundindo as gentes do Santa Catarina num desfile de semelhanças que se mesclavam entre os dezesseis. Quinze, corrigiu-se Beto, olhando a mãe deitada na cama, cercada de aparelhos, o respirador artificial funcionando no seu ritmo imutável. Scheila tinha voltado dos Estados Unidos, mas não tivera coragem de ver a mãe no hospital.

Beto via todos os outros. Anselmo, Heitor, Vilson, Tida, Sérgio, Sônia, Armando, Denise, Rui, Renato, René, Rodolfo, Adriana e Kiko. E ainda havia os genros, noras e netos de Adelina.

Beto remexeu-se na cadeira, as costas doíam. Sentia saudades de Sophia, queria brincar com a menina na praia, correr pela areia e simplesmente rir, ver o pôr do sol. Ali, a luz artificial confundia as horas e, embora estivesse acostumado com o ambiente hospitalar, aquela imersão intensa estava abalando seu estado emocional.

Os irmãos tinham se reunido, decidindo fazer pequenas reformas na casa de Adelina. Quando ela saísse do hospital, segundo eles, precisaria de várias cuidadoras e de um elevador. Usar as escadas da grande casa seria um perigo, visto que todos os seus problemas tinham começado com um tombo doméstico. Beto vira-os planejando a obra, Alemão, Sônia, Tida, Nana, René, Rodolfo, todos envolvidos com aquilo. Era um jeito de não pensar, ele sentia. Ignorar a chance de a mãe não sair daquela UTI. Para Beto, por mais terrível que fosse, a probabilidade de Adelina deixar o hospital era pequena.

E estava diminuindo, ele pensou, erguendo-se. Deu alguns passos pelo quarto. Sentia fome. Mas logo Nana viria substituí-lo, depois Denise faria o seu turno, e assim por diante. As filhas estavam ao redor de Adelina, cuidando dela com dedicação... Às vezes, pensava no medo de Scheila, que se recusava a ir ao hospital. Pensava em chamá-la. Não tinha coragem de dizer em voz alta, mas sabia que a mãe ia morrer.

A estrada poderia ser longa ou curta, mas Adelina não se recuperaria. Numa conversa tensa, ele dera a entender a Armando e Sônia a situação da mãe... Ela tinha uma complicação atrás da outra. Beto trabalhara muitos anos em UTI, conhecia o perfil dos pacientes que iam para o tubo e começavam a ter complicações. Adelina já contraíra uma infecção hospitalar, tivera um pneumotórax pela pressão do próprio equipamento, fizera enfisema subcutâneo e estava ficando cada vez mais inchada.

Beto olhou-a com ternura. O rosto outrora magro, elegante, alterara-se até ficar deformado. Era edema de ar, ele sabia, mas a aparência assustava. Os irmãos sofriam, mas a família tinha herdado o estoicismo materno.

Ele ouviu um ruído atrás de si. Era Nana. A irmã mais nova sorriu-lhe com afeto. Os dois se abraçaram, atrás deles os ruídos das máquinas eram a garantia da presença de Adelina.

— Você já chegou. O tempo se mistura aqui — disse Beto.

Nana olhou o irmão. Abatido, magro.

— Você devia ir pra casa uns dias. Somos muitos, e o doutor Jair é competente...

Beto balançou a cabeça.

— Não... Eu sempre fui o médico dela.

— Ser médico e filho é demais, Beto.

Ele deu de ombros. Juntou o casaco e, depois de um beijo leve, avisou que voltaria à noite para dormir com Adelina.

Adriana não o questionou. Era uma gente teimosa... E, então, sozinha no reservado da UTI, olhou a mãe longamente. Ela sofria, as feições deformadas, inchadas, mas teimava pela vida. Era a sina deles, sorriu Nana, com tristeza. Para o bem ou para o mal. Resistiam.

O fio da vida: Láquesis

Chamam-me vida, a segunda das irmãs cegas, de modo que só posso ser eu a lhes contar... Teimar, saibam vocês, é um modo de sobreviver. E os imigrantes europeus que vieram dar no sul do Brasil tinham motivos para tanto.

Só havia um caminhar, e era para a frente. Aos corajosos, aos madrugadores, aos resilientes e teimosos, à força de muito querer, algumas sendas se abriam. Era difícil, era sofrido... Gerações inteiras gastavam-se, fiando seus anos num labutar interminável. De tamanha coragem e sacrifício, algumas sementes germinaram.

Mas esta é uma roda movida a sangue, não vos iludam.

Uma roda movida a sangue e sonhos.

O Vale do Itajaí, onde se passa a nossa história, foi o berço de duas sementes, a imigração europeia e o ramo das confecções – e tanto que também foi conhecido como "Vale Europeu", sendo ele a região mais alemã de todo o enormíssimo Brasil. A colonização do Vale foi iniciada quando se fundou Blumenau, pelos idos de 1840. Depois disso, vieram os italianos, os poloneses e até mesmo um grupo de colonos belgas.

Esses imigrantes ocuparam lotes coloniais ao longo dos leitos fluviais da bacia Itajaí-Açu, e assim nasceram as sementes das povoações. O primeiro caminho de Blumenau para Itajaí foi aberto em 1865. Era, entretanto, uma picada de terra com cerca de dez léguas, muito primitiva e cheia de desvios. Em 1867, outro caminho foi feito; desta vez, ligando a Colônia Blumenau à Colônia de Brusque, que fora fundada sete anos antes. Assim, costurando por terra as colônias, nascia o Vale do Itajaí. Todo recortado de rios, ele terminava à beira do Atlântico, de costas para as serras.

Os colonos que para lá foram viver – principalmente os poloneses e alemães – eram grandes artesãos. Começaram com atividades de fundo de quintal: precisavam fiar, costurar e vestir as gentes que ali iam nascendo, graças ao trabalho laborioso de Cloto, minha irmã mais velha. Digo-vos que essa cultura do trabalho estava presente nas famílias daquele chão. Todos trabalhavam muito, da enxada à máquina de costura.

O tecer e o costurar foi ganhando espaço para atender às necessidades dos povoadores do Vale... Pois não pensem que estou eu aqui a vos contar esta histó-

ria à toa, que fiar a vida mesma é trabalheira inesgotável. Acontece que me interesso por eles, visto que nessas terras onde nossos personagens sofrem e sonham, amam e morrem, o fio que se trama também virou um sonho e um futuro.

Somos fiandeiros, eles e eu.

Eu os vi nessa sua faina desde o começo. Pais, filhos e netos a tecer – assim como eu, na minha Roda da Fortuna, a tecê-los... Fio que se cruza, que se rompe sob o jugo da tesoura de Átropos. A vida é uma trama de laçadas grandes e pequenas, e nos sonhamos uns aos outros. Os mortais, talvez, não passem de um capricho nosso, um jogo dos deuses primordiais. Ou seriam eles que nos imaginam nas noites escuras, quando o trabalho finda e só lhes resta o consolo de um copo de vinho?

Eu vos digo, sonho ou não, minhas irmãs e eu não temos fim e nem começo. Mas, no Vale do Itajaí, começava um sonho sonhado por centenas de imigrantes.

E dele nasceram as primeiras tecelagens...

Eram os idos de 1880. Sérios e dedicados, aqueles pioneiros trabalhavam de sol a sol. A Companhia Hering foi fundada em 1880, com as filhas da família trabalhando como mão de obra inicial. Em 1882, nascia a Karsten, e tudo começou das roupas que a senhora Karsten tecia para as suas meninas. Em 1892, Carlos Renaux inaugurava a sua fábrica, a primeira fiação completa do Vale do Itajaí, totalmente importada da Europa. Para tanto, ele hipotecaria cada um dos seus bens, incluindo as roupas que tinha no corpo. Um golpe de sorte que só sucede aos corajosos, visto que, alguns anos depois, quando a Primeira Grande Guerra estourou, em 1914, a Renaux era a única indústria com fio próprio e não dependia da importação de matéria-prima.

E assim, seguiram eles...

As confecções e fiações multiplicando-se. Em 1926, surgiu a Teka; em 1935, a Cremmer; em 1947, a Sulfabril... O Vale tornou-se um polo fiandeiro, com as mulheres saindo das suas casas para o trabalho cotidiano nas fábricas.

Afinal de contas, costurar sempre foi fácil para as mulheres.

Aqui, na esquina do tempo, neste palácio de bronze onde vivemos, somos três irmãs cegas fiandeiras a tramar os destinos dos homens, distribuindo benesses e dramas. Tecer é o nosso trabalho eterno, como foi também o trabalho daquela gente.

Somos fiandeiros, costureiros de histórias...

Eles e eu.

Eles e nós, as três Moiras, filhas de Tétis e de Zeus.

Luís Alves, primeiros dias de junho de 1947

Adelina desceu do ônibus com um frio na barriga. Tantos anos vivera ali, naquela casa, naquela pequena cidade. Conhecia cada centímetro das ruas, sabia ir até o braço mais distante do rio. Rostos, vozes, cheiros, picuinhas, nada lhe escapava. No entanto, apenas uma semana se tinha passado e tudo parecia estar irremediavelmente transformado.

Mas não era a cidade ou a casa – sólida, com suas janelas abertas, a pequena varanda, a porta dupla da venda –; era ela. Desde o casamento com Duda, transformara-se em outra mulher.

— Você quer que eu deixe as malas onde?

A voz de Leonardo, o cunhado, arrancou-a dos seus pensamentos. Era noite, apenas a luz amarelada do gerador iluminava a casa. Decerto, jantava-se, e Verônica era regrada demais para permitir que as crianças deixassem a mesa a fim de receber os recém-casados que voltavam da lua de mel.

— Deixa que eu levo isso, Leonardo! — ralhou Duda, docemente. — Não somos passageiros comuns, não quero você carregando minhas coisas.

— Só hoje — respondeu o outro.

Adelina viu os dois homens rindo. Empurravam-se carinhosamente, naquele jogo masculino, um arremedo desajeitado das gentilezas que as moças trocavam sem pudores. Com eles, não. Parecia sobrar-lhes braços e pernas.

Por fim, juntaram cada um deles um par de malas e decidiram entrar pela cozinha, onde Luci decerto preparava o creme da sobremesa. Adelina sabia que os dois homens estavam famintos. Duda tinha vindo queixando-se de que tinha um buraco na barriga desde antes de Itajaí, quando estavam no ônibus que saíra de Florianópolis.

Duda aproximou-se dela, os braços ocupados. Seus olhos bonitos sempre pareciam luzir um pouco mais ao mirá-la, e ela sentiu aquele misto de alegria e timidez. Era seu jeito de amá-lo diante dos outros.

— Vamos, benzinho?

— Só um instante — Adelina respondeu. — Vão entrando vocês, que já os sigo. Quero um pouco de ar.

Os dois aquiesceram, distraídos. As malas eram pesadas. Adelina tinha levado muitas coisas, vestidos e luvas, sem saber, na sua tolice de moça virgem, que passariam a maior parte das horas no quarto, nus sob as cobertas, naquele país sem fronteiras, quente e luxurioso, o sexo...

Ela sorriu, sozinha, enchendo os pulmões de ar. Tinham ficado no Hotel La Porta por oito longos dias. Longos? Não poderia especificar o tempo. As horas secretas dos dois, os suspiros, os caminhos, gostos... Sabia que corava, sozinha ali, em frente à venda. A mãe e o pai, quando a cumprimentassem, estariam cientes de tudo aquilo que ela provara? Como seria a mesma moça de antes? Impossível dizer.

Adelina respirou fundo mais uma vez, sentindo que o ar frio já avisava do inverno. Agora, Duda dormiria em seu quarto. Alzira tinha sido realocada por uns poucos meses, até o seu próprio casamento com Walmor. O marido trouxera suas coisas de Escalvadinho e comprara móveis novos. A cama de casal, sólida e escura, de madeira tão boa... Tudo isso esperava por ela, para uma vida nova, de mulher casada.

Adelina sentiu medo. Como que para vê-la, espiá-la em sua desagradável angústia, a lua surgiu entre as nuvens, desenhando sombras no chão. Ela ajeitou o casaco, os cabelos, secou uma lágrima e resolveu entrar pela venda mesmo. Agora, todos já estariam cientes de que os recém-casados haviam voltado da lua de mel na capital.

A venda tinha todos os cheiros do mundo. Seu nariz guiou-a entre os corredores escuros, enquanto as mãos nervosas apertavam a bolsinha de couro negro. Aos poucos, ela foi se acalmando. Aquela era a sua casa. Cruzou a venda, onde, no dia seguinte, receberia os clientes como vinha fazendo havia quatro anos e meio, e entrou no corredor que levava às peças íntimas. Uma luz tênue recebeu-a, e ela ouviu as vozes vindas da sala grande. A mãe servira o jantar lá, decerto para esperá-los.

Andou alguns passos e os ouviu. Falavam em burburinho, e a voz do Duda sobressaía-se contando das belezas do Hotel La Porta e dos passeios à beira-mar. Ela sempre se espantava com aquela capacidade empática de Duda. Estando com ele, havia pouco a fazer... Duda ficava amigo das gentes com uma facilidade absoluta, era quase inevitável. Adelina, mais quieta, reservada, beneficiava-se da simpatia do marido sem demandar um esforço que lhe seria penoso. Agora, ali com a família, Duda parecia facilitar as coisas.

Entrou na sala e viu todos ao redor da mesa. Corou no mesmo instante. A mãe sorriu ao vê-la, Ade e Almiro riram. *A noiva, a noiva!*, gritaram eles, até que o pai mandou que se calassem. Leopoldo então ergueu-se, o rosto aceso pela comida e pela bebida, um sorriso benevolente:

— Bem-vinda, minha filha! — ele bradou, abraçando-a com um carinho desajeitado.

Adelina mergulhou o rosto na lapela do pai, sentindo os olhos úmidos outra vez. E logo todos estavam a acarinhá-la, a mãe, Alzira, a pequena Nair e Ana. Luci veio da cozinha admirá-la como se ela fosse outra e um rabo tivesse crescido na sua cola. Ela riu daquela azáfama, sentindo o coração leve. E logo havia um prato servido no seu lugar, o pai abrindo uma cerveja para o genro, e todos queriam saber da viagem.

— Foi tudo maravilhoso — disse Adelina, sentindo o rosto queimar de vergonhas secretas.

— Saímos num barco de pescadores e fomos a recantos muito bonitos — acrescentou Duda. — A ponte é uma lindeza e a Lagoa da Conceição também.

— Fomos de carroça até a Lagoa — completou Adelina. E, olhando seu vestido empoeirado da viagem, acrescentou: — Nem nos lavamos, tantas horas de estrada...

— Depois vou mandar que Luci encha a banheira e você se lava, minha filha — disse Verônica, com amor.

A janta terminou em alvoroços e risos. Ao fim, Ana recolheu os pequenos, Alzira subiu para ajeitar suas coisas, e ficaram apenas os dois casais. Adelina viu o pai abrir uma segunda cerveja. Oferecendo-lhe um copo, ele disse:

— Beba um gole, é bom para o sono. — E, depois, falou numa voz empostada: — Verônica e eu temos uma notícia para lhes comunicar...

— É bem verdade — disse a mãe.

Adelina preocupou-se, mas Duda apenas sorria, distraidamente. Talvez pensasse em quando poderiam estar sozinhos, na cama nova, ela arriscou, sentindo um frio na barriga.

— Vamos viver em Blumenau — disse o pai, de supetão.

Adelina ergueu-se, angustiada:

— Mas como assim? Não íamos morar todos juntos aqui?

Verônica segurou a mão da filha e disse:

— Um casal precisa de privacidade. Além do mais, seu pai e eu queremos um pouco de calma. A venda e os ônibus nos cansam demais. Sem você aqui, Adelina, nestes dias.... Ah, foi bem difícil para nós.

Adelina olhou para o pai.

— Sua mãe já não tem a mesma saúde de antes — completou Leopoldo. — E os pequenos precisam de uma boa escola. Nair está quase um indiozinho. Sem modos, sempre correndo com os meninos da rua... Vai ser melhor para todos.

— E quanto à venda e aos ônibus? — quis saber Duda. — E o açougue? O senhor vai vendê-los?

Leopoldo contou que já fizera seus planos. Conversara, inclusive, com Leonardo e Elvira. As coisas estavam costuradas, ele não era homem de dar ponto sem nó, e jamais jogaria o trabalho de uma vida inteira pela janela.

— Agora — Adelina viu o pai dizer — quero falar com vocês dois...

— Falar o quê, papai? — a voz dela soou ansiosa.

— Quero que vocês dois façam uma sociedade com Elvira e Leonardo. Os quatro irão comprar de mim esta venda, o açougue e a empresa de ônibus, que Leonardo já opera tão bem... Esta casa será de vocês dois, para os filhos que terão...

As palavras do pai afoguearam o rosto de Adelina, mas ela respirou fundo e indagou:

— E Alzira?

— Ela vai casar com Walmor e morar em Blumenau, iremos todos para lá. Vocês tocam os negócios aqui. Amanhã, mostro pra você, Adelina...Coloquei tudo no papel, em números.

Adelina não sabia o que dizer, mas Duda parecia animado, quase eufórico. Ela olhou a mãe, que lhe sorriu, um sorriso doce, apagado. Verônica nunca mais seria a mesma de antes da morte de Anselmo, mas ela se esforçava pelos outros filhos. Adelina ergueu-se, deixando seu copo de cerveja pela metade. Abraçou a mãe com força.

— Mamãe... — ela sussurrou.

Verônica suspirou, pegada à filha. Sua voz era um sopro:

— Seu pai tem razão, Adelina... — Depois, desprendeu-se e, numa voz ágil, chamou Luci, dizendo: — Prepare a água na banheira, estes dois estão cobertos de pó. Não se pode dormir assim!

O assunto estava encerrado.

Adelina juntou a bolsa e, deixando Duda terminar uma terceira Brahma com o sogro, foi abrir as suas malas. Na escada para o andar dos quartos, já olhava a casa de um outro modo. Seria dela, tudo aquilo? Mudaria o quê? A vida, nos últimos tempos, tinha se transformado totalmente. Caminhou pelo corredor até a última porta, ouvindo, na passagem, as conversas abafadas dos irmãozinhos. Sentiu um aperto no peito. Será que alguém poderia estar feliz e triste ao mesmo tempo? Ela não sabia... No dia seguinte, procuraria o padre para a confissão, aliviaria a sua alma. Talvez, ele pudesse ajudá-la.

Duda acordou antes de o galo cantar. Umas poucas horas de sono lhe valiam bem. Sentiu o calor de Adelina, dormindo suavemente ao seu lado, a pele que nascia do tecido fino da camisola com rendas parecia atrair os seus dedos. Mas ele se concentrou, precisava deixá-la dormir. Sabia que ela estava cansada da viagem, das longas estradas poeirentas... Tinham feito amor à noite com languidez, embriagados – ele, de cerveja e de futuro, ela de exaustão. O sogro surpreendera-o com a súbita revelação da mudança da família para Blumenau, e aquilo também deixara Adelina um pouco triste. Ela era muito apegada aos pais. Mas ele sentira-se emocionado com aquele gesto de confiança; nem um ano fazia que estava na família e o velho Leopoldo, que parecia tão sisudo, lhe estendia a mão com tamanha generosidade.

Além do mais, tinha grande afinidade com Leonardo Martendal. Davam-se muito bem, quase como irmãos... Seriam bons sócios. Pensou que talvez poderia convencer Ari a deixar a serraria e vir para Luís Alves, trabalhar com eles. Mas Ari era muito apegado, por mais que se adorassem, não deixaria a casinha, a mãe, as gentes de lá. Ele mesmo sentia saudades das manas, de Maria Antônia... Olhou Adelina dormindo, seus cabelos sedosos emoldurando-lhe o rosto bem-feito, e sentiu um calor bom no ventre. Por ela, tudo valeria a pena. Duda brincava que ele era o moço cantado pela cigana, o caboclo que roubaria a donzela alemã. E agora estavam ali, os dois na cama que mandara marchetar em Itajaí num arroubo de romantismo.

Duda respirou fundo e saiu da cama sem ruídos, não queria despertar a esposinha. Que ela dormisse, que se recuperasse. O anúncio da partida dos pais deixara-a angustiada. Mas havia em Adelina uma força, ela era um rochedo contra o mar, Duda podia ver a coragem naqueles grandes olhos amendoados. Podia sentir a determinação nos gestos mínimos, no sorriso que se abria para ele a todo instante. Ela não era como as outras mulheres que já tinha conhecido, era madeira de outra cepa. Tomaria conta de tudo ali, como já tomava quando ele a vira pela primeira vez. Adelina era um rochedo que não se sabia pedra.

Saiu do quarto como um fantasma, desceu para usar o banheiro da cozinha, aquele que os empregados usavam. Era um homem simples e seguiria sendo. Lavou-se rapidamente e foi para a cozinha, deserta àquela hora. Luci deveria estar fazendo a reza matinal antes de começar a trabalhar. Sobre a mesa grande, marcada de trabalhos, uma cesta com bananas e maçãs. Duda pegou duas bananas e saiu para os lados da estrebaria.

Somente lá havia algum movimento. Seu Donato orientava dois carroceiros sobre os serviços do dia. Era preciso ir até várias propriedades para buscar os produtos que a venda oferecia. Duda observou a preparação das carroças, conversou com os homens, sempre sorridente. Depois, como se estivesse cheio de energia, foi para a eira mexer o açúcar que secaria ao sol. Não havia nuvens no céu, e o dia de junho seria ameno. Com uma pá, ele começou a trabalhar. Gostava dos serviços manuais, sua cabeça voava, dava voltas, compunha rimas.

— Mas o senhor não precisa fazer isso! — Duda ergueu o rosto e viu que seu Donato avançava, coxeando em sua direção. — Deixa que eu ou a Luci fazemos... É nosso trabalho. Hoje quem faz sou eu, seu Donato — respondeu, piscando um olho.

O velho deu de ombros, estranhando aquilo. Mas não iria retrucar ao patrão. E voltou ao seu serviço, que trabalho não faltava por ali. Precisava moer o milho e dar de comer aos bois.

Duda remexia o açúcar ainda molhado e escuro, perdido em pensamentos. Estava casado... Podia lembrar o dia em que roubara o primeiro beijo de Adelina, num domingo. Armara um piquenique com Walmor, Alzira e uma prima sua, de nome Iolanda. Tinham ido todos para o Salto. Lá, convencera Adelina a caminhar um pouco ao seu lado e, perto da cachoeira, sob o cantar mágico das águas, beijara sua boca. Tinha decidido que aquela moça seria sua, qualquer trabalho ou sacrifício seria válido para levar Adelina ao altar. Recatada, ela enfurecera-se com o seu atrevimento naquela tarde no Salto.

Recolheu algumas pás de açúcar seco, que já podia ser moído pelos homens do seu Donato. Alisou o açúcar ainda escuro, uma massa úmida, como se preparasse a cobertura de um bolo de noivado. Um sorriso divertido dançava nos seus lábios, enquanto se recordava das teimosias de Adelina durante o namoro. Tinha escrito um poema sobre aquele dia no Salto... *Então, numa fração de segundo, sua boca querida eu beijava.*

— A água parou na corredeira, o céu todo escureceu, por causa daquele beijo, alguém muito tempo sofreu — ele declamou, em voz alta.

Apenas um cachorro velho, que andava solto pela propriedade, olhou-o meio distraído, encolhido num canto. Duda riu alto e o cachorro foi-se embora. Coxeava como o velho Donato. Pensou em Adelina, agora, na sua cama... Na grande cama marchetada que lhe custara duzentos contos de réis, um presente para a noiva.

Ergueu o rosto e viu as primeiras luzes do dia clareando o céu entre os morros em tons róseos e vermelhos. Sentiu um coisa boa na cabeça, como se ventasse entre suas orelhas, como se tivesse virado um caneco de cerveja num gole só. Mas aquilo, que era apenas alegria, também dava tonturas.

Duda saiu da eira, limpando bem os pés com o lenço que trouxera no bolso, e tornou a calçar os sapatos. Estava morto de fome, talvez Luci já tivesse passado o café e aquecido o pão, pensou ele, dirigindo-se para a robusta casa dos Hess, que agora seria sua, sob a claridade tênue daquele alvorecer.

Em seu quarto, Ana abriu os olhos e sentou-se na cama. Luci tinha saído havia instantes para preparar o café da manhã, e foram seus movimentos, suaves, quase felinos, que lhe haviam espantado o sono. Era assim todas as manhãs. Depois que Luci deixava o quarto, Ana acordava-se, sentava na cama e esperava por ele.

Sim, por ele... Anselmo.

Antes mesmo da sua morte, da horrível noite em que o pequeno Aldo trouxera aquele telegrama do correio, quando o mundo pareceu ruir em duas partes que nunca mais poderiam ser reunidas, Ana já sabia que os fantasmas existiam. Ela os via na noite, quando a pequena cidade escurecia e até mesmo o gerador do tio Leopoldo se exauria. Eram sombras luminosas, como fiapos de algodão que pairassem no ar, voejando, soltos, disformes, cambiantes, e com aquela luz que lhes vinha de dentro, como se tivessem um centro. Ana achava que era a alma de cada um deles, aquele centro de luz, a chama de uma vela que espalhava suas luminescências pelos corpos esfiapados, móveis e quase líquidos. Era difícil descrevê-los. E Ana nunca falava deles com ninguém, nem mesmo com Adelina, com quem quase tinha o que se poderia chamar de intimidade.

Foi depois do enterro que um desses corpos de luz aproximou-se dela, numa noite. A primavera começava, sem cor, apagada pela tristeza da absurda morte de Anselmo. Todos na casa estavam abatidos, e até o pequeno Ade deixara suas travessuras de lado. Eventualmente, no meio da noite, Ana ouvia o choro de Verônica, depois a voz de Leopoldo a acalmá-la, às vezes, a praguejar, que nenhum homem era de ferro. Adelina e as irmãs também estavam quietas, e o casamento de Elvira aconteceria sob aquele clima melancólico sem que ninguém pudesse mudar nada.

Naquela noite, Ana estava rolando na cama sem sono, a janela entreaberta apesar das reclamações de Luci, que tinha puxado o cobertor sobre a cabeça e dormido, quando Anselmo viera. Uma luz, um volume que mudava de forma, dançando no ar. Ana sentara-se na cama, muito calma, observando. Somente quando ele chegou bem perto, foi que, diante dos seus olhos, transmutou-se no moço. Era ele inteiro, embora pálido, uma palidez prateada como a do mercúrio que escapava dos termômetros quebrados; ainda assim, mais etérea. Ela não sabia explicar, mas sentiu, quando o tocou, o mesmo calor, o mesmo tépido perfume de Anselmo naquela noite em que se desnudara para ele em segredo.

Os dois ficaram ali. Não havia toques, não havia o encontro das carnes nem a boca na sua pele. Apenas falavam. Faziam-no sem palavras, e Ana soube duas coisas naquela noite... A primeira era que nunca haveria de casar-se, Anselmo era o amor da sua vida e morreria para ele um dia, quando Deus achasse ser a sua hora. A segunda era que nunca diria nada daquilo a ninguém, sob pena de que a achassem uma louca. Houvera um caso ou dois de loucura na família dela, uma tia que viera da Alemanha e perdera o juízo ou algo assim. Mas Ana não era louca, a sua sanidade provava-se diariamente. Anselmo era um segredo, e ela era feliz daquele jeito.

Sentada na cama, viu que lá fora já alvorecia. A luz avermelhada da aurora parecia nascer dos morros ao longe, tingindo tudo de uma beleza etérea. Anselmo estava atrasado naquele dia. Ou teria ela dormido demais na esteira de Luci? Na noite anterior, Adelina e o esposo tinham chegado de lua de mel e as coisas saíram um pouco do prumo, todos tinham ido deitar-se tarde, perdidos em conversas e planos.

Ana foi até a janela e espiou lá fora. Tudo parecia muito quieto, mas ela sabia que os homens já tinham saído com as carroças para buscar a mercadoria dos fornecedores. Ao longe, viu os morros, o estábulo, a construção que abrigava as carroças, uma espécie de garagem, onde também guardavam as ferramentas. Seu Donato dava de comer aos bois e, na eira, viu alguém revirando o açúcar. Mas aquele seria o seu primeiro trabalho da manhã, tinha se acertado assim com Luci. Quem estaria lá? Olhou mais atentamente, espichando o pescoço para fora da pequena janela, e reconheceu Duda, o marido de Adelina. Abriu um sorriso. Mal tinha chegado, e já estava lá, trabalhando. Ela demorava-se em tecer um juízo sobre os outros... E como Duda tinha trazido o corpo de Anselmo para casa, sempre lhe guardara sentimentos ambíguos. Mas, na manhã que nascia, concluiu que gostava do rapaz. Era simpático, trabalhador, fazia poemas e nunca ralhava com as crianças. Talvez, fosse o tipo de gente que acreditava em fantasmas, como ela.

— Melhor não arriscar — disse, falando sozinha.

E então vestiu-se, contrariada. Havia um pequeno espelho no quarto. Olhou-se sem orgulho, ajeitou os cabelos que trazia cortados à altura dos ombros, prendendo-os com dois grampos atrás das orelhas. Não usava pó de arroz, nem brincos ou adornos. Tocou os peitos pesados, coroados pelos mamilos escuros. Aquelas eram as suas joias. Calçou as meias e os sapatos, vestiu um casaco leve de lã escura sobre o vestido azul.

Ao descer a escadinha que levava ao sótão, notou que havia ruído no quarto de Adelina. Era muito cedo ainda, mas Adelina iria trabalhar como sempre, embora tivesse chegado de lua de mel. Ana abriu um sorriso leve, aquilo corroborava as suas certezas. Iria falar com Adelina ainda naquele dia, assim que tivesse oportunidade.

Adelina estava na loja conferindo o livro-caixa. Tinha ficado uma semana fora e havia tanto para pôr-se a par! A venda abastecia todas as famílias da região e o movimento era constante. Viu que a mãe encomendara casimira e outros tecidos, era preciso ir a São Paulo fazer compras grandes, pois os estoques de vários panos estavam acabando. Pensou em convidar Duda e fazer a viagem com ele. De pequena, às vezes, acompanhava o pai; fazia muito tempo que não ia à capital paulista e sentiu vontade de viajar de novo, vencer a estrada sem fim perdida em pensamentos e planos... Voltou a se concentrar no trabalho, nas colunas de valores pagos, nas colunas de valores a receber, pois a maioria das famílias da região pagava suas contas mensalmente; algumas trocavam até mercadorias por produtos, numa espécie de escambo que Adelina controlava com esmero. Mas as contas efetuadas na sua ausência pareciam estar em ordem, e ela fechou o livro-caixa, recostando-se na cadeira.

A venda ainda estava vazia, o silêncio da manhã apenas cortado pelo canto dos pássaros ao longe. Pela janela aberta, entrou uma lufada de ar frio e úmido, talvez viesse chuva. Adelina fechou o último botão do casaco, sentindo nas mãos um vestígio do perfume de Duda. Os beijos da noite anterior, na penumbra do quarto iluminado pelo lampião, vieram-lhe à cabeça, enchendo seu corpo de um calor bom. Ela sorriu, ajeitando uma mecha de cabelo. Tinha acordado e o marido não estava mais no quarto. Sabia que Duda ficara muito animado com a proposta de sociedade do seu pai. Duda era um homem bom e trabalhador, tinha dito que se faria útil desde os primeiros dias ali. Devia estar ajudando seu Donato com os animais, pois amava os bichos. Os cavalos, então, eram a sua paixão.

Adelina levantou-se do seu lugar e foi até um canto da venda, onde começou a organizar uma pilha de bacias de alumínio. Gostava de ordem, tinha aprendido com Verônica que os olhos inquietavam a alma. Só quando as coisas estavam organizadas é que ela podia se quedar tranquila, concentrada em seus afazeres.

Enquanto reorganizava a pilha de utensílios foi que Ana entrou na venda, amarrando o avental de trabalho, o sorriso costumeiro em seu rosto redondo.

— Bom dia, Adelina.

A voz de Ana era baixa, afetuosa. Adelina cumprimentou-a, pedindo ajuda para arrastar as sacas de grãos para mais perto da balança.

— Assim facilita o trabalho de pesagem — disse, empurrando um grande saco de juta.

Ana pôs-se a trabalhar ao seu lado; logo, as duas estavam suando, exaustas, mas os grãos exibiam-se, de modo perfeito, em sacas alinhadas ao longo da lateral do balcão, sob os vidros de balas e guloseimas. Ana limpou as mãos no avental, suspirando.

— A sua ausência aqui na loja foi muito sentida — ela disse.

Adelina sorriu-lhe em troca.

— Pode parecer estranho, mas eu sinto falta desta venda, Ana... Foi uma linda viagem, e estou tão feliz — Adelina persignou-se. — Mas trabalhar aqui é uma coisa da qual eu gosto de verdade.

— Eu sei — respondeu Ana. E, segurando a respiração por um instante, disse: — Eu queria falar com você.

Adelina largou sobre o balcão uma caixa de chocolates e virou-se para Ana, sentindo a premência na voz da outra. Devia ser um assunto importante. Ana era muito reservada. Esperou, recostando-se no balcão. Viu quando Ana corou, mexendo as mãos, inquieta, e estimulou-a:

— Pode falar, Ana.

Ana olhou para ela:

— Verônica veio ter comigo... Sobre a mudança para Blumenau. Esperam que eu vá com eles, entende? — Adelina aquiesceu em silêncio. — Você sabe, gosto demais de Nair e dos pequenos. Mas fico pensando...

Ana calou-se. Adelina abriu um sorriso amoroso, acarinhou os cabelos da outra, um toque leve. Eram duas mulheres reservadas, entendiam-se.

— Diga, Ana.

A outra soltou num sopro as palavras:

— Eu gostaria de ficar aqui com vocês.

— Não quer ir pra Blumenau? Uma cidade maior, e todos gostam de você...

Ana retorcia as mãos.

— Não quero. Se você aceitar a minha ajuda, Adelina... A loja, o açougue, há tanto trabalho, e eu conheço tudo muito bem. Além disso, Duda e você terão filhos, crianças pequenas... Vai precisar de alguém em quem possa confiar.

Foi a vez de Adelina corar. Sim, ela teria filhos. Queria muitos filhos, todos que Deus lhe mandasse. Olhou a outra, tão calada, tão reservada, respirando ansiosamente como se tivesse corrido uma longa distância. Pensou em sua paixão por Anselmo, nas lágrimas que Ana vertera quando da sua morte... Ela a entendia. E, mais do que isso, sabia que as duas poderiam formar uma boa dupla. Não era tola, se as mulheres da engrenagem não se dessem bem, nenhum negócio andava para a frente. E ela e Elvira? Seriam sócias, eram irmãs. Mas Elvira não gostava do trabalho ali. Quando vivia com os pais, estava sempre a arranjar motivos para esquivar-se das tarefas. Já Ana trabalhava firme ao seu lado, era pau para toda a obra, como dizia Duda.

Adelina estendeu a mão, tocando o braço de Ana de leve. Então disse:

— Falarei com a mamãe. Ela vai entender...

— Luci irá com eles — disse Ana, angustiada.

— Sim, eu sei. Me parece um bom arranjo ter você aqui comigo.

Ana abriu um sorriso. Num gesto raro, atirou-se num abraço, apertando Adelina com seus braços fortes do trabalho na roça e na eira.

— Fico tão feliz!

Adelina riu, contente.

— Terei muitos filhos, você vai ver. Muitas crianças para você ninar e amar.

Ana considerou que havia alguma coisa diferente em Adelina, uma determinação. Em outra mulher, aquilo pareceria um sonho romântico. Mas não em Adelina. *Terei muitos filhos*, era quase um projeto de vida. Um plano.

— Como você sabe? Como pode sentir que terá muitos filhos, Adelina?

— Eu já sonho com eles — ela disse, simplesmente. — São como sementes que já estão dentro de mim, apenas não brotaram ainda.

E, enquanto Ana a observava, boquiaberta, Adelina tirou o avental, guardando-o numa gaveta perto da caixa registradora.

— Bem, vou atrás do Duda — disse. — Ainda nem tomamos café da manhã. Ele deve estar por aí...

— Pode deixar que cuido de tudo — assegurou Ana.

Adelina já saía porta afora em busca do homem que a tinha cativado. Logo ela, que todos diziam ser forte demais para o cabresto de um marido. Mas Duda não era um homem de cabrestos, era um homem de poemas, pensou Ana, com um sorriso no rosto. Achava estranho aquilo... Acreditava em fantasmas, mas desacreditava no amor. Ou será que não? Será que Adelina estava lhe ensinando ainda mais do que fazer contas e cuidar dos estoques?

Antes que pudesse pensar nisso com atenção, o primeiro cliente do dia entrou na venda. A Comercial Luís-Alvense começava mais um dia de trabalho. Ana cumprimentou *Frau* Helen, que morava na Sede, mas preferia fazer suas compras com eles. A cliente tirou do bolso do vestido uma curta lista de itens e Ana pôs-se a servi-la. E, sorrindo sozinha, cruzou a venda até as prateleiras de tecido em busca de sete metros de chita para fazer uma colcha, segundo lhe pedia *Frau* Helen.

Adelina encontrou Duda ajudando seu Donato a ferrar um cavalo. Sabia que, quando mais moço, o marido trabalhara numa ferraria como ajudante de Toga, seu falecido irmão. Ela ficou parada sob o sol fraco de junho, olhando para dentro do galpão, meio escondida atrás da pesada porta de madeira. Era difícil que eles a vissem ali.

Gostava de observar o marido de longe... Duda tinha um jeito tão doce de tratar as pessoas. Adelina sabia que era uma moça reservada. Atenciosa com todos, mas discreta. Punha limites aos outros, dizia Elvira, torcendo o nariz quando elas discordavam de algo. Mas, em Duda, havia algo que quebrava as barreiras das pessoas e aquilo a encantava. Como se Duda, de certa forma, fosse o avesso do que ela era. Adelina não sabia bem dizer, embora tivesse também sido vítima daquela simpatia fulgurante.

Vítima? Riu baixinho. Estava tão feliz que sentia até medo. Seria pecado aquele amor que palpitava dentro de si? Com Duda, aprendia a ser mais suave. Com ele, ela era outra. Atendia-o em todos os mínimos desejos, não tinha pudores dentro do quarto. Em pouco tempo, revelara-se em toda a sua nudez ao marido. Depois de tantos meses de briguinhas e birras, dissera ele, correndo seus dedos pelos contornos pálidos do corpo de Adelina, quando um beijo roubado rendia semanas de bilhetes e pedidos de perdão. Duda passara meses esperando Leonardo Martendal cruzar pelo Escalvadinho com o ônibus para mandar seus bilhetinhos e poemas à noiva. Fora um trabalho duro amaciá-la, dizia-lhe, entre beijos, nos seus serões amorosos.

Adelina suspirou, encostada à porta do galpão. Ela explicara-lhe que era honesta e tinha palavra. Casara-se virgem conforme a Igreja pregava. Cumprida aquela promessa de alma, Adelina entregara-se aos misteriosos caminhos do sexo, feliz entre os lençóis com o marido amoroso e ávido. Duda, que agora estava agachado conferindo se a ferradura tinha ficado boa, trocando comentários com seu Donato sobre o tempo e a safra de fumo, que movia boa parte da economia local.

Adelina olhou seu relógio de pulso, eram quase oito da manhã. Estava tarde e precisava voltar ao trabalho. Entrou no galpão com um sorriso:

— Bom dia, seu Donato... — E amaciando a voz, acrescentou: — Bom dia, Duda. Vim chamá-lo para o café. Comemos algo e voltamos ao trabalho. Papai quer que você o acompanhe a Itajaí para buscar umas encomendas.

Seu Donato cumprimentou-a, recolhendo as ferramentas que tinham usado para ferrar o animal.

— Bom dia, meu amor — disse Duda, sem se importar com a presença do velho funcionário da família.

Adelina corou. Tinha que se acostumar aos modos de Duda. Seu Donato deu de ombros, sonhador, e disse:

— Ah, a minha juventude! Como o tempo passa rápido.

Duda ergueu-se, beijou Adelina no rosto e respondeu ao homem com um sorriso:

— Seu Donato, o senhor ainda tem muita lenha para queimar....

— Deus o ouça — respondeu o velho, coxeando em direção à estrebaria. — E muito obrigada pelo ajutório, seu Duda.

Eles seguiram juntos para a cozinha, onde o café estava servido. As crianças comiam em algaravia. Verônica disse que Leopoldo estava juntando alguns papéis e duplicatas para a viagem, mas que sairiam em breve. Duda acomodou-se entre os pequenos e, depois de algumas brincadeiras e risos, foi arrumar-se para viajar com o sogro.

Adelina ajudou Luci a tirar a mesa enquanto a mãe fazia uma lista de móveis para a mudança. Notou que Verônica parecia mais feliz desde que ela voltara da lua de mel. Animada, a mãe listava itens e enumerava lençóis e toalhas. Seria uma grande confusão mudar-se com os pequenos para a casa nova, onde as reformas tinham começado havia alguns dias. Adelina estava atrasada para a loja, mas sentou-se um pouco ao lado da mãe, tocando-lhe o rosto ainda bonito, marcado de pequenas rugas.

— Por que vocês decidiram isso, mamãe?

Ela tinha ficado com aquela pergunta engasgada desde a noite anterior. Queria uma resposta sincera. Luci, vendo que as duas conversavam, saiu discretamente da cozinha, alegando que iria ajudar dona Juvelina com a arrumação dos quartos.

Verônica olhou Adelina nos olhos. Por alguns momentos, manteve-se em silêncio, enquanto uma sombra parecia cruzar seu olhar, como uma nuvem que tapasse o sol numa manhã azul. Então ela disse:

— Anselmo nasceu nesta casa, cresceu nesta casa — sua voz era cheia de pesar. — Enquanto eu viver aqui, minha filha, jamais seguirei em frente.

Adelina sentiu como se lhe roubassem o ar. A mãe falar-lhe daquele jeito, com tamanha sinceridade. A tristeza de Verônica era sua também.

— Eu entendo, mamãe.

Verônica olhou-a nos olhos:

— Não, meu amor. Você não me entende... Peça a Deus que nunca leve um filho seu, pois esta é uma dor que nunca se acaba. Nunca mesmo.

Sentadas na cozinha vazia, as duas se abraçaram. Não mais mãe e filha, mas mulheres que dividiam a mesma sina de colocar filhos no mundo, de cuidá-los dos perigos e doenças. Adelina entendeu ali a fragilidade da vida, a dor que sua mãe carregava. E começou a chorar baixinho.

— Não chore, filha — pediu Verônica, limpando suas lágrimas com delicadeza. — Deus vai ser mais generoso com você, eu tenho certeza.

Adelina olhou a mãe nos olhos:

— Eu sinto tanta saudade de Anselmo...

— Nós todos sentimos. Sentiremos para sempre. Mas a dor de uma mãe... Não há palavras que possam defini-la.

E elas ficaram ali, protegidas da agitação da casa, até que dona Juvelina entrou, trazendo duas galinhas que matara para o almoço, e Nair veio atrás dela, choramingando porque Ade tinha escondido a sua boneca no depósito de mantimentos.

Diário de Adelina, 15 de junho de 1947

Dudinha e eu estamos nos adaptando aos poucos à vida de casados aqui em Luís Alves. Meu pai anda envolvido com a mudança da família, e mamãe com o colégio dos pequenos. Alzira está muito feliz, de casamento marcado, também vai morar com o marido em Blumenau.

Eu me sinto triste e feliz ao mesmo tempo com tantas novidades. Papai está organizando a nossa sociedade, e vamos dividir a venda, o serviço de ônibus e o açougue com Elvira e Leonardo. Duda e meu cunhado estão cheios de planos, um deles é abrir uma serraria aqui ao lado, num terreno onde podem construir um galpão. Duda entende do negócio de serrarias, pois tinha uma com seu primo Ari no Escalvadinho. Meu marido e eu vamos pagar a casa aos poucos para os meus pais e, quanto aos negócios, começamos com uma percentagem, depois vamos quitando tudo. Sinto um frio na barriga, mas entendo destes negócios quase como o pai, pois cuido de toda a contabilidade há quatro anos e atendo na loja desde que deixei o colégio de freiras.

Então, tudo acontece ao mesmo tempo.

A venda, os planos de futuro, a mudança do pai e dos manos. A pequena Nair que anda choramingando pelos cantos, coitadinha. Ana avisou aos meus pais que ficará conosco. Luci vai com a família, então, quando meus próprios filhos nascerem, terei de buscar mais ajuda, pois dona Juvelina está velha demais para conseguir cuidar dos trabalhos da eira, da tafona, as comidas e a limpeza da casa. Mamãe sugeriu que dona Gena, uma senhora que mora aqui perto, poderia vir ajudar-me quando for a hora. Ela e o marido precisam de trabalho e são boas pessoas.

Ontem, fomos a Blumenau, mamãe e eu. Fui acordada às quatro da madrugada, era noite ainda, e Duda já estava de pé! Fomos no caminhão de carga, Leonardo dirigiu. Fizemos muitas compras para a venda e, ao meio-dia, almoçamos no Hotel Brasil. Depois, passamos a tarde resolvendo coisas. Mamãe mostrou-me a casa onde eles vão morar, está sendo pintada e ficará linda, um brinco! Dormimos cedo no hotel, e acordamos às seis horas. Fizemos compras até às dez, depois viajamos com o ônibus dos Berti para Itajaí. De Itajaí, viemos com o nosso ônibus para a casa, foi Leonardo quem conduziu. Duda ficou cuidando da venda, ele me disse e me senti toda orgulhosa. Mamãe falou que Dudinha levava jeito, era muito simpático com os clientes. E ele é mesmo, nunca vi homem tão doce, qualquer um que se achegue é recebido com um sorriso, e a sua fala mansa é encantadora. Mas eu sou suspeita para falar.

A viagem foi longa, e chegamos exaustas em casa. Até meus pensamentos estavam empoeirados. Depois do banho e do jantar, sob as cobertas no nosso leito, Dudinha me esperava cheio de saudade. Nem lembro como adormeci, mas hoje de manhã cedo, quando acordei, ainda estávamos abraçados, os dois. E depois o galo cantou e Duda saiu correndo da cama, já que tinha prometido viajar com os carroceiros. Ele está aprendendo tudo e bem rápido, vai ser um ótimo patrão para os empregados.

O fio da vida: Cloto

Deixem que lhes fale de Eros...
   Como todas as histórias, a dele começa ainda antes de seu nascimento. Começa quando nasceu a deusa Afrodite... Então, os deuses se banquetearam a rodo, e entre eles estava Póros, filho de Métis, o deus da riqueza. Ao fim de tal festança, chegou-se ao Olimpo a deusa Pínia, nada mais nada menos do que a Pobreza, e, como era de seu hábito, começou ela a mendigar as sobras de tão pomposo festim.
   Acontece que Póros, já embriagado de néctar, tonto e exausto, acomodou-se nos jardins de Saturno e mergulhou em profundo sono. Pínia, pela eterna carência que sentia de tudo aquilo que tinha Póros, pois a pobreza desde sempre inveja a riqueza, deitou-se sobre o deus e, usando de ardis femininos, com ele teve relações sexuais.
   Desse encontro, saibam, nasceu Eros.
   Afrodite logo rogou-lhe a maternidade, assumindo-o como filho e seguidor, posto que fora gerado em suas festas natalícias e era, como ela, um amante da beleza.
   Saibam, então, que o jovem Eros é sempre pobre e anda pelo mundo sujo, descalço, sem teto, deita-se por terra sem um cobertor que o proteja, dormindo ao ar livre sob as estrelas. Ainda assim, é sempre belo e nada lhe falta. Está eternamente à espreita de belos corpos, de belas almas, e a eles seduz com seus sagazes ardis. Eros é um temível caçador, corajoso e audaz, nunca descansa até conseguir aquele a quem deseja. Para tanto, cria os mais incríveis expedientes, é um fazedor de filtros, um sofista, um filósofo, nem mortal nem imortal.
   E dele se contam inúmeras histórias...
   Eu as vou fiando, tramando-as. As histórias de Eros, o deus primeiro, o menino-anjo que nunca cresce. Num mesmo dia, ele pode nascer e morrer, florescendo bem vivo ali adiante para fenecer no momento seguinte, se assim lhe apraz. Consegue Eros todos os seus desejos, mas tudo também lhe escapa das mãos...
   Eros, deus do amor, nunca é totalmente rico nem totalmente pobre, nem totalmente lúcido – dizem dele que carrega a reminiscência de uma época

em que os dois sexos estariam numa mesma alma e num mesmo corpo, até que Zeus os dividisse com medo de que os mortais assim, tão fortes, ousassem desafiar o poder dos deuses. Após tão traumática separação, tão antiga que dela sequer me recordo, restaria em todos os humanos uma nostalgia de tal unidade divina, carregando eles, como bagagem pesada demais, o desejo de reunir-se à sua antiga metade-gêmea, oriunda de um tempo no qual não havia relógios ou julgamentos; mas sim seres que eram homem e homem, e mulher e mulher, além da divisão dos dois sexos, mulher e homem.

Por causa disso, o amor não vê sexo, nem riqueza e nem pobreza na sua eterna faina de unir aquilo que, um dia, por Zeus foi separado.

Eros, o unificador eterno, a criança mais temida do Olimpo inteiro... Aqui está ele hoje, por isso vos conto sua gênese, posto que é a gênese de todos os mortais que ele reuniu ao longo do tempo das suas caçadas sem fim.

Agora que já sabem a gênese de Eros, eu lhes pergunto:

Quando uma vida começa?

Muito antes que eu a fie, juntando fibras entre meus dedos cegos aqui neste palácio de bronze, uma vida começa quando a flecha de Eros encontra a sua caça.

Unidas, duas metades darão à luz os filhos desse amor, longo ou curto, rico ou pobre, um amor de corpos ou de almas, que de amores temos tantas possibilidades quantas de gentes – eu o sei, visto que as fio.

Moura cega que sou, meus dedos as conhecem, todas elas, as gentes que da minha roca nascem, que aqui são engendradas por mim depois que nosso adorável Eros faz o trabalho que lhe compete.

E assim aconteceu mais uma vez, nesta inefável fábrica de gentes que habitamos, minhas irmãs e eu. Mais uma alma, entre tantas, ontem brotou das armas de Eros, nascendo entre meus dedos – ainda um sopro, fio tão fino, frágil demais para dar mercê a grandes alegrias. Uma esperança ainda, cujo sinal de existir será dado na ausência de sangue mensal, da qual toda criança de fios e de sangue é feita.

Luís Alves, julho de 1947

Adelina finalizou o seu diário, espreguiçando-se sob a luz amarelada do candeeiro. Estava sozinha, Duda acostumara-se às muitas horas que a jovem esposa gastava à escrivaninha do quarto organizando as contas da venda, as finanças dos Hess, os planos para comprar as empresas do pai, cujas tratativas agora andavam de vento em popa.

Fazia frio, o mês de julho chegara trazendo o inverno duro, úmido e chuvoso. Ventava lá fora, ela podia ouvir as venezianas assobiando, lúgubres. Aquilo a deixava nervosa. Antes de casar, noites tempestuosas assim a faziam tão angustiada que, às vezes, chorava sem motivo. Alzira ria-se dela. Tanto caráter, dizia, e chorava feito uma manteiga derretida por causa de uma chuva e um pouco de vento. Mas Adelina tinha os seus calabouços, os lugares secretos onde guardava sentimentos de angústia, as coisas mal resolvidas da sua alma. Por isso, gostava tanto do trabalho, a organização das tarefas cotidianas era um bálsamo para qualquer ansiedade. Trabalhar a punha em ordem, e aquilo era tão simples, tão encorajador, que passara a amar o trabalho como o centro da sua vida.

Bem, agora havia Duda. Seu doce Duda...

Ele a entendia, e isso era tão maravilhoso. Ainda estavam se conhecendo, os corpos ajustando-se um ao outro no escuro das madrugadas frias. Mas Duda parecia entender as suas engrenagens mais íntimas, embora eles fossem bastante diferentes em quase tudo. Duda respeitava a sua vontade de trabalhar num mundo onde os maridos, na maioria das vezes, queriam suas esposas em casa, quase empregadas de cama e mesa. Para ele, ver Adelina negociando com fornecedores, organizando a viagem a São Paulo, assinando duplicatas e resolvendo questões bancárias e legais da empresa que estavam constituindo com Elvira e Leonardo era um orgulho. Ele admirava-se da racionalidade dela, do instinto que ela tinha para os negócios, e deixava-a solta. Todo pássaro tinha nascido para voar, afinal de contas, dissera-lhe Duda, certa vez.

Adelina pegou o diário e colocou a data, *28 de julho de 1947*.

Suspirou fundo, ouvindo os ruídos da casa lá embaixo. Embora fosse noitinha, estavam na faina de carregar alguns móveis para o ônibus, pois, no dia seguinte, Leonardo, Duda e seu pai começariam a fazer a mudança da família para Blumenau, na grande residência que Leopoldo comprara a fim de recuperar a alegria da esposa. A mudança premente a deixava um pouquinho triste, a casa ficaria tão vazia sem eles... Apenas Duda, ela e Ana viveriam ali. Até mesmo dona Juvelina e seu Donato iriam para Blumenau, e Duda estava contratando novos funcionários com a ajuda de Leonardo. Um jovem chamado Matias estava por mudar-se para o galpão para substituir seu Donato, enquanto Adelina vinha tendo conversas com dona Gena e o esposo, a fim de que trabalhassem com eles; ela, na casa, ele, nos negócios, tocando os carroceiros e cuidando dos animais junto com o tal Matias.

Adelina levantou-se, sentindo frio. Era hora de descer para o jantar, um dos últimos com Nair e os meninos à mesa. Depois, tudo seria calma. Buscou um casaco mais quente, abrindo o armário onde as roupas se exibiam em perfeita ordem, organizadas por cores. E foi nesse momento que sentiu uma náusea. Como um forte jorro de bile que subisse até a sua boca, amargo e pungente. Uma estranha tontura tomou-lhe conta da cabeça, o quarto dançou como se rodopiasse numa pista de domingueira. Adelina apoiou-se no armário, deixando cair no chão o casaco escolhido.

Estaria doente?

Deu alguns passos e estirou-se na cama. A perspectiva do jantar, cujos odores alcançavam o quarto, agora a deixava enjoada. Pensou em chamar a mãe, mas deu-se conta de que aquilo já não mais cabia para uma senhora casada. E então, num súbito, como um vento que espanta as nuvens e deixa o sol sair, incandescente, numa tarde de verão, a consciência de tudo a tomou. Adelina sentou-se, trêmula. Estavam já terminando o mês de julho e suas regras não tinham vindo. Esquecera-se das dores que a martirizavam, das enxaquecas que a mantinham presa à cama por longas horas. O casamento, os agrados do marido, as noites de suspiros exangues sob as cobertas, a mudança da família para Blumenau, os acertos da sociedade com a irmã e o cunhado, tudo isso a tinha ocupado sobremaneira... As regras estavam atrasadas, atrasadíssimas, e ela sempre fora muito pontual nesses assuntos. Levou a mão ao ventre, o enjoo diminuído pela surpresa. Estaria grávida?

Grávida?

A consciência de que sim, de que pequenas coisas estavam diferentes — um pouco de fome a mais pela manhã, a languidez em alguns momentos, aquelas inquietudes que a faziam chorar e depois rir sem motivos, escondida de todos. Os sinais, discretos, estavam todos ali.

Pôs-se de pé, diante do espelho, mirando-se de perfil. A barriga ainda tão lisa quando antes. Num impulso, esquecida do frio, tirou a blusa de lã que combinava com a saia, abriu os colchetes do sutiã de seda. Seus seios, nus, saltaram-lhe aos olhos, maiores, as auréolas mais escuras, como que mais vivas. Pensou em Duda, sorrindo, corada. Tantos amores, tantas madrugadas... As lágrimas desceram quentes pelo seu rosto enquanto rezava uma Ave-Maria aos borbotões, trocando palavras na pura emoção do momento.

Vestiu-se apressada, ajeitou a saia e a blusa, e saiu correndo porta afora. Sabia que não devia correr: qualquer tolice, um tombo... a gestação era um tesouro que merecia cuidados. Desceu as escadas com calma, ouvindo as conversas na sala, as vozes do pai e de Duda falando em móveis e baús. A mãe divagando sobre o que levar e o que deixar, e Nair e Ade rindo, rindo de algumas das suas brincadeiras infantis.

Quando chegou à sala, postou-se diante da mesa de jantar, vendo os três adultos no vestíbulo, ouvindo as conversas de Juvelina e Luci na cozinha. O marido ajudava o pai a erguer um pesado baú, Donato estava ali fora com um carrinho de mão, decerto para levar as coisas até o ônibus.

Como uma criança, ela viu-se dizendo:

— Acho que estou grávida.

Todos pararam. Até mesmo Ade deixou de rir. Depois de um instante de pasmo, Duda pulou os volumes empilhados no pequeno hall, alcançando-a com destreza. Adelina viu os olhos dele brilhando feito duas estrelas, e sentiu seu coração quente, uma chama ardendo em seu peito, alteando-se como o próprio fogo onde Luci aquecia o jantar.

— Grávida? — disse Duda, abraçando-a. — Tem certeza?

Adelina ria, confusa, feliz.

— Acho que tenho...

— Tem ou não tem? — o marido perguntou, acarinhando seu rosto.

A mãe e o pai já estavam ali também, sorridentes. Da cozinha, intuindo alguma coisa, Ana viera com uma tigela de salada nas mãos. Sorria, olhando-os, sorriu para Adelina quando ela disse:

— Tenho certeza, Duda. Minhas regras não falham.

O marido começou a gritar de alegria, Ade e Nair riram alto, e toda casa incendiou-se naquela súbita felicidade, pois as felicidades vêm assim, sem aviso.

A família deitou-se muito mais tarde do que de costume naquela noite. A notícia da gravidez de Adelina fora comemorada com cervejas e brindes; a mudança para Blumenau, esquecida por algumas horas.

Ainda chovia e ventava lá fora, Adelina podia ouvir a ramada das árvores no telhado. Estava inquieta, feliz, e não conseguia dormir. Ao seu lado, Duda estava imóvel. Naquela noite, por conta da novidade, o marido não prolongara seus carinhos noturnos, apenas beijara-a antes de apagar o lampião.

Adelina mexeu-se na cama.

— Duda? Está acordado?

O marido apoiou-se nos cotovelos e ela pôde sentir que a olhava no escuro.

— Sim, Adelina... Está tudo bem?

Dali em diante, seria assim. Qualquer coisa seria remetida à criança que carregava no ventre, já não eram mais dois. Adelina gostou daquilo, mas também jurou que aquela cama deveria continuar sendo o seu palco, o lugar onde eles eram um. Nem dois, nem três, mas um. Uniam-se ali, e um casamento feliz precisava daquele palco, daquela trincheira, daquele refúgio.

— Está tudo bem — ela disse. — Mas, Duda, me prometa uma coisa...

Duda riu no escuro.

— O que você quiser, meu bem — ele sussurrou.

— Falo sério, Duda. Teremos um filho, e tomei duas decisões hoje. São decisões sérias.

Duda sentou-se, ela quase podia ver o seu sorriso no escuro. Ela pensou em acender o lampião, mas a luz do gerador era desligada sempre às dez da noite, e já era madrugada.

— Adelina — ele disse —, você sempre foi assim, decidida... Lembra o quanto brigamos? Do nosso primeiro beijo no Salto, e você furiosa comigo? Naquela noite, voltei para casa achando que tínhamos terminado. Mas, no dia seguinte, você tomou o ônibus, foi e voltou com o Leonardo até me achar na venda do tio Olíndio... E reatamos porque você queria casar comigo. As coisas são do seu jeito, eu já aprendi. — Ele riu, baixinho. — Quais são as suas decisões?

Adelina suspirou. Gostava dele porque a compreendia, dava-lhe o espaço necessário para ser ela mesma – e ela precisava de muito espaço. Porém, ao seu modo, Duda sabia como controlá-la. Ela passou a mão pelo colchão, aquele era o palco do marido. Ali, ele mandava em tudo.

— Vamos prometer que nossos filhos nunca vão atrapalhar o nosso casamento. Esta cama é sagrada... Ela é nossa. Aqui estarei sempre com você, como sua mulher, os filhos ficarão lá fora.

Ela sentiu o marido respirando mais rápido, excitado. Abriu um sorriso no escuro quando ele se aproximou dela, tocando-lhe os seios sobre a camisola de rendas, os dedos ávidos e quentes sobre sua pele.

— Esta decisão eu já tinha tomado também — ele disse, num sussurro.

A sua boca procurou a dela e, por alguns momentos, nada foi dito e os dois mergulharam naquele mundo abissal, secreto. O quarto, o vento, a casa toda desapareceu, até que Duda se afastou, deitando-se no travesseiro outra vez, ofegante.

— Resolvido isso — ele brincou —, qual seria a segunda decisão da minha senhora?

Adelina pensou na mãe e em Anselmo, no modo como ela tinha conhecido Duda, na tristeza daqueles dias. Embora sentisse muita falta do irmão, estava ali, feliz e casada. Mas Verônica carregava aquela tragédia consigo e a levaria para Blumenau como uma chaga invisível.

Ajeitou a camisola no corpo e, respirando fundo, ela disse:

— A segunda decisão é: nunca, absolutamente nunca, vou deixar que Deus tire um filho de mim. Respeitarei todas as vontades Dele, menos essa. Cada filho que eu puser no mundo vai viver todo o tempo que lhe foi dado, não vai morrer de doença nem de acidente. Eu farei tudo ao meu alcance, virarei o mundo do avesso para que isso aconteça — a voz dela ecoou no quarto, decidida.

— Adelina... — sussurrou Duda. — Isso não é uma decisão. É uma vontade, meu bem.

— Quando eu decido uma coisa, Duda, é assim que vai ser — ela disse.

Sentia-se alegre, desafiava o destino ali, naquela noite, naquela cama. Deus a estava ouvindo, ela jogaria aquele jogo, mas era para ganhar. O marido virou-se de lado, escondendo um sorrisinho divertido.

— Espero que assim seja... Agora, vamos dormir — a voz dele já pesava de sono. — Em breve, o dia vai amanhecer, a despeito das suas decisões.

Adelina riu baixinho. Podia parecer loucura, mas estava feito, tinha assinado um contrato com o futuro. Deitou-se também, ouvindo o vento bater com força redobrada nas janelas, a chuva despejando-se do céu. Então, não sentiu medo nem angústia; apenas ouviu-se dizer:

— Boa noite, Duda.

O marido não respondeu, já dormia. Alguns segundos depois, também ela mergulhou num sono sem sonhos, enquanto a tempestade de inverno recrudescia lá fora.

Adelina acordou cedo no dia seguinte. Não se sentia enjoada ou cansada; ao contrário, uma nova energia parecia inundá-la. Duda estava já com os cocheiros quando ela desceu e serviu-se de uma xícara de café quente, olhando a manhã pálida lá fora. O sol, corajoso, parecia brigar com as nuvens depois da noite de aguaceiro.

— Mulher grávida não deve tomar café, dona Adelina — disse Luci, fritando algumas linguiças para a refeição matinal.

Adelina sorriu.

— Tolices. Gravidez não é doença, Luci.

A empregada deu de ombros e voltou ao seu trabalho. Adelina era toda cheia de verdades, mas não era má pessoa. Ela mesma não ia se meter. Adelina questionou-a sobre o cardápio do almoço, fez algumas combinações e, depois de esvaziar a xícara inteira de café, saiu para a venda, onde Ana já preparava as coisas para o novo dia de trabalho.

A venda estava arrumada, as venezianas abertas, o tênue sol desenhava arabescos no chão enquanto Ana dispunha latas de conserva em pilhas elegantes. A carne seca estava pendurada nos ganchos do balcão em grandes postas, o rolo de fumo de corda num canto, perto das linguiças, e Ana já organizara os sacos de grãos.

— Bom dia — disse Adelina, abrindo o livro-caixa e passando os olhos pelos números. — Acordou cedo hoje, Ana.

Ana sorriu-lhe. Deixando de lado as conservas, caminhou até Adelina e disse:

— Estou feliz por vocês. Um filho é uma bênção.

Adelina sorriu.

— Quero ter vinte e quatro filhos — disse, sorrindo. — Duda aceitou a oferta.

Ana riu alto.

— Então vocês vão repovoar Luís Alves — respondeu ela, corando, pois as coisas do sexo sempre a inibiam. — Mas, de qualquer modo, este é o primeiro, é especial.

Adelina tocou o ventre ainda liso, pensativa.

— É o primeiro, sim... Mas todos serão especiais. Um coração de mãe tem muito espaço. — Suspirou fundo: — Mas também muito trabalho. Vamos ao que interessa que de sonhos não se faz a vida. — Olhou a outra nos olhos: — Vou levar a vida no cabresto, Ana. Farei tudo para criar a minha família, você vai ver.

Ana não duvidava. Voltou às suas pilhas, pensando que Adelina era mesmo diferente das outras irmãs. Com Elvira, não poderia viver. Mas com Adelina... Ela também apreciava o trabalho como um depurador do caráter.

— Você viu o Duda? — perguntou Adelina, alegremente.

— Foi para os lados do galpão para conversar com o moço novo, que está por substituir seu Donato.

— O Matias? — perguntou Adelina. — Sabe, Ana... Me falaram que ele é boa pessoa, mas tem modos estranhos. Que não é muito asseado...

Ana deixou as latas depois de ter formado várias pirâmides perfeitas. Aproximou-se de Adelina e, com um tênue sorriso, perguntou:

— Me permite contar um pouco desse rapaz? Depois, você mesma pode conhecê-lo e tecer seu juízo.

— Claro — respondeu Adelina, deixando o livro-caixa de lado.

Então, Ana contou-lhe que Matias outrora tivera uma noiva, era apaixonado por ela.

— Um dia, ao chegar em casa, o coitado encontrou a moça aos beijos com o seu irmão, dizem até que estavam nus... Ele não fez nada, sequer pensou em brigar, apenas foi embora e jurou que nunca mais tomaria banho, que viveria sozinho pra sempre... — Ela suspirou. — É um pobre homem, de bom coração. É pouco asseado. No entanto, trabalha muito e é de confiança.

— Ele agiu como um filho de Deus — disse Adelina. — Você o conhece, Ana?

— Conheci a família toda. Acho que Matias merece uma chance.

Adelina levantou-se, ajeitando o vestido.

— Neste caso, vou lá no galpão ter com ele e o Duda. Cuide de tudo por aqui, que já volto.

O dia seria agitado, pois Leonardo começava a levar a mudança dos Hess para Blumenau. As caixas esperavam perto do depósito, Verônica estava nervosa e triste, e as crianças, ansiosas. Mas Adelina parecia calma e centrada, nem a gravidez a tirava do prumo, pensou Ana vendo-a atravessar o pátio sob a manhã fria e ventosa, caminhando a passos largos para o galpão das carroças, protegendo-se sob um pesado casaco de lã cinzenta.

O fio da vida: Átropos

Ora, já lhes falei que a morte não pode ter gostos, desejos ou pruridos. Não pode também ter olhos, pois de não ver é que funciono.

Mas eu tenho ouvidos.

De modo que escutei as palavras ditas pela jovem Adelina na sua cama. Chovia muito, é verdade, mas meus ouvidos compensam a minha cegueira eterna.

Sendo assim, estava lançado o desafio. A cerca fora erguida: minha tesoura não poderia se aproximar jamais dos fios tecidos na carne daquela jovem mulher determinada.

Saibam que não sou caprichosa ou pachorrenta. No meu lavoro de séculos sem fim, aprendi que sempre saio ganhando de qualquer contenda, basta-me paciência... O tempo está ao meu lado e, ao fim, toda criatura humana há de morrer, girando a Roda da Fortuna uma outra vez, e assim indefinidamente por toda a eternidade.

Mas eu aprecio os arrojados; da pequenez humana nada de bom jamais nasceu... Apenas os corajosos me interessam, os ditos loucos, os que não temem, os que persistem.

Aqueles que ousam é que mudaram a história lá de baixo. Aqui em cima é outra coisa que, neste palácio de cobre, na esquina do tempo, só sucede o que nós três Moiras sonhamos e fiamos e cortamos, atando e desatando o tecido da vida conforme nos dá na veneta.

Sendo assim, deixei que ventasse e chovesse naquela noite, deixei que Adelina sonhasse seus sonhos na cama marchetada que ganhou de casamento do esposo apaixonado. Fiz ainda mais, pedi a Láquesis que lhe desse muito fio, toda a corda necessária para fazer da vida o palco das suas férreas vontades, que o preço a ser pago por tudo isso era fatura em seu próprio nome, não no meu...

Eu tenho a paciência do tempo.

A mim, todos chegam ao fim da caminhada. E é no fio da minha lâmina que eles descansam... Todos eles.

Depois que Adelina e Duda conversaram com Matias Schmith, ela voltou às suas funções na venda. Duas carroças chegavam em busca de mantimentos, e Ana precisava de ajuda.

Duda foi até o galpão onde um dos ônibus estava estacionado para conserto. Queria falar com Leonardo, seu novo sócio. Seguindo pelo caminho, contornou a cocheira e o galinheiro onde as galinhas estavam em sua eterna azáfama. Tinha gostado do jovem Matias; muito embora carecesse de um banho, tinha olhos bons, mãos de trabalhador. Era difícil que ele se enganasse com a alma de outrem, e contratou-o sob o olhar escrutinador da esposa, fazendo-o prometer que faria a higiene ao menos nos dias santos. Lembrando-se da cara espantada de Adelina, Duda soltou uma gargalhada e abriu a porta dupla do galpão. Fora ali que ele dormira com os soldados de Camboriú à época da morte de Anselmo Hess.

O ônibus dos Hess não passava de uma grande jardineira motorizada com bancos de madeira e janelas sem vidros. Deitado sobre uma tábua onde tinham sido anexadas rodinhas de madeira, enfiado sob o corpo do veículo, Leonardo trabalhava cheio de compenetração, assoviando uma música de Nélson Gonçalves. Duda prestou atenção na melodia até reconhecer "Teu retrato". Entrando no ritmo, apoiou-se no ônibus e começou a cantarolar:

— *Eu lhe imploro, se fores embora eu choro, não te separes de mim...*

Num impulso, Leonardo projetou-se para fora do ônibus e, com seu rosto sujo de graxa, os cabelos descompostos, abriu um sorriso para Duda:

— Ah, é você. Tem bom ritmo, sócio.

Duda sorriu, abrindo os braços:

— Você está mais sujo do que o pobre Matias, a quem acabei de contratar. — E acrescentou: — Como estão as coisas aí com o ônibus? Seu Hertz veio cedo, avisei que hoje não teríamos viagem para Itajaí.

Leonardo sentou-se na tábua, limpando o rosto com as mangas do casaco de motorista. Era um jovem bonito, alto e espadaúdo, de uma simpatia contagiante. Ainda sujo, ele deu de ombros:

— Olha, Duda... Este aqui está mal. Vem quebrando dia sim, dia não.

— Está nas últimas? — perguntou Duda, preocupado com o negócio. As linhas eram rentáveis e muito importantes para os moradores da região.

— Acho que já podemos chamar um padre — respondeu o outro, rindo. E pôs-se de pé, num pulo. — Mas tenho uma ideia. Amanhã você viaja comigo para Itajaí. A Companhia Bauer tem um ônibus novo que quer vender... Cabem trinta passageiros sentados, é uma beleza!

— E não vai encalhar nos nossos morros?

— Coisa moderna, Duda. E eu já falei com o seu Arno Bauer, podemos fazer umas viagens de experiência. É um investimento que vai ser rentável.

Duda ajudou-o a erguer-se da prancha e recomendou-lhe um banho, pois o sogro aprontava-se para seguirem com os móveis até Blumenau.

— Mas o que você acha, Duda? — ele insistiu.

— Amanhã veremos... Se for um bom negócio.

Os dois apertaram-se as mãos, sorridentes. Leonardo juntou as ferramentas, ia tomar um banho no reservado dos funcionários, mas Duda o chamou:

— Cunhado, quero lhe dizer uma coisa...

— É coisa boa? — perguntou o outro, rindo.

— Adelina vai ter um bebê — respondeu Duda, a voz mal dominando o orgulho que sentia.

Leonardo pulou no pescoço de Duda, sujando sua roupa limpa com a graxa do motor do velho ônibus. Tinham ficado muito amigos durante o noivado de Duda com Adelina, e a sociedade proposta pelo sogro aproximara-os ainda mais. Dando tapinhas nas costas de Duda, Leonardo disse:

— Fizemos um bom trabalho, hein? Eu já tenho o Carlos.

— Estamos nos saindo muito bem — brincou Duda.

Leonardo aproximou-se dele e, baixando a voz, sussurrou:

— Pois, sócio, lá em casa também temos boas-novas. Elvira tem acordado enjoada nos últimos dias e, ontem, me confessou que não lhe vieram as regras. — Diante do pasmo de Duda, Leonardo abriu um sorriso: — Então, parece que estamos sincronizados, não é mesmo? As famílias estão crescendo...O futuro vem aí!

E Leonardo pediu-lhe segredo, que a própria Elvira desejava dar a notícia à família, antes ainda da mudança para Blumenau. Ela esperava apenas mais uns dias para ter certeza. Duda aquiesceu. Eles ficaram de conversas até que Ana veio avisar que o tio estava pronto para a viagem. Leonardo, às gargalhadas, correu para se arrumar, o sogro não gostava de esperas, a única coisa que detinha suas vontades eram os temporais que costumavam assolar o Vale do Itajaí.

Blumenau, 9 de junho de 1969

Adelina Hess de Souza desligou o telefone com um suspiro e olhou a papelada em sua mesa. Aqueles primeiros dias da empresa instalada em Blumenau, os últimos da sua décima sexta gestação, não estavam sendo fáceis. Havia tantas contas a pagar, tantas duplicatas vencendo no banco, as despesas com a reforma da casa nova, os colégios caros dos filhos – tantos filhos! –, o aluguel do prédio ali na Rua Padre Jacobs, onde estavam, onde a Dudalina exibia-se agora, orgulhosamente. Ainda uma fábrica pequena, mas com um futuro pela frente, pensou Adelina, sorrindo nervosa.

Ela ergueu os olhos e viu, pela divisória de vidro, o filho Anselmo na sua pequena sala. Por ele, passavam todos os números da Dudalina. Anselmo, que tinha se formado em contabilidade... Viu-o andar pela sala pequena, ansioso como uma fera enjaulada. Pensou em ir até lá e acalmar o garoto. Afinal de contas, por mais trabalhador que Anselmo fosse, tinha vinte e um anos, pouco para tamanha responsabilidade. Recostou-se na sua poltrona, a barriga tesa, escondida sob o costume de lã azul-marinho. Sentiu o bebê remexendo-se dentro dela, como um peixe misterioso. Sorriu. Gostava desses pequenos interlúdios... A criança escondida em seu ventre, seria menino ou menina? Vivia em um mundo à parte, alheia a toda agitação ao seu redor.

Adelina suspirou fundo. Era melhor deixar Anselmo com seus problemas... Quando ela tinha vinte e um anos, já cuidava da venda em Luís Alves, da contabilidade dos ônibus, do açougue e de dois filhos pequenos. Aos quarenta e três, já fizera tantas coisas que perdia as contas, sem falar nos quinze filhos que tivera com Duda, e que colocara neste mundo com uma coragem e calma que causavam espanto. Recolheu a papelada da mesa, organizando-a para o dia seguinte. A sua lista de demandas estava quase no fim, precisava apenas falar com Maria Hess sobre uma entrega. Depois iria até a casa do pai na Ponta Aguda, onde os filhos estavam morando temporariamente, até que a residência da família estivesse pronta. Maria Hess tinha vindo trabalhar com ela havia quase dez anos. Filha de Valentim, irmão mais velho do pai, Maria Hess acabara se tornando peça importante na camisaria Dudalina. Era solteira e sem filhos. Uma mulher incansável, determinada – coisa que parecia ser natural à família. Na mudança para Blumenau, Maria ajudara muito. Agora, cuidava das costureiras e da produção com mão de ferro e olhos de lince.

Começou a organizar sua mesa, pois não gostava de nenhuma espécie de desordem. Enquanto guardava papéis e duplicatas em pastas, perdia-se em pensamentos.

Tinha feito tanta coisa desde que tomara a decisão de se mudar para Blumenau... Duda assustara-se, no começo, e Anselmo fora radicalmente contra a ideia, dizendo que a mãe iria quebrar a empresa. Mas ela pensava longe. Seu terceiro filho, Vilson, estava noivo de Lindáuria, a primogênita de Aldo, o garoto que vencera uma noite tempestuosa para entregar-lhe o telegrama da morte de seu irmão. Os filhos mais velhos cresciam, namoravam... Com quem eles iriam se casar em Luís Alves? A mudança era um ampliação de horizontes não apenas para a Dudalina, mas para a família. Duda e ela tinham tido tantos filhos, agora eles precisavam de um futuro. Blumenau era grande, pujante, o pai e os irmãos viviam lá. Adelina não pensara duas vezes.

Comprada a casa, num sem fim de negociações, Adelina juntando terrenos, fazendo permutas para quitar a compra, houvera finalmente a mudança. Heitor empilhara equipamentos, estoques e máquinas no Ford F600 da empresa e fizera várias viagens até Blumenau. Duda tocava a loja em Luís Alves enquanto eles implantavam a fábrica com a ajuda de Maria Hess.

Ela levantou-se da mesa. Sentiu uma fisgada no baixo-ventre, um aviso. Estava na reta final da gravidez e tinha prática o bastante para entender que o filho em seu ventre queria nascer. Era um menino, mais um... Suas intuições maternas costumavam ser certeiras, pensou, recolhendo alguns documentos que tencionava assinar em casa, depois de tomar as providências para o aniversário de Sérgio, que completaria quinze anos no dia seguinte.

Arrumou tudo numa pasta. Estava exausta. As reformas da casa ocupavam muito do seu tempo, e era preciso mudar-se logo. Os filhos menores acampados na casa do pai, matriculados em bons colégios... Anselmo e Heitor já trabalhando com ela na Dudalina. Sorriu, orgulhosa dos filhos. Embora ela e Anselmo brigassem muito, ele sempre dizendo que os projetos da mãe ainda iam quebrar a empresa, Adelina sabia que estava certa. Era a coluna vertebral da família e da empresa, e estava rija, firme. Tocou a barriga, pulsante de vida. Tinha trabalhado mais naquela gestação do que nas outras. Mas a criança em seu ventre nasceria forte, tinha certeza. Todos os seus filhos com Duda eram fortes, determinados, cada um ao seu modo. Sangue não era água, Verônica dizia sempre.

Com passos enérgicos, Adelina foi até a grande sala onde funcionava o corte. Lá estava Maria Hess, distribuindo ordens, o olho sempre atento. Ana, que trabalhava com Maria, tinha ficado em Luís Alves com os pequenos e Duda. Maria estava imersa no alvoroço do trabalho, os cortes empilhavam-se sobre uma mesa grande, o ruído das máquinas era como o zum-zum das abelhas trabalhando. Inesperadamente, Adelina sentiu um aperto no peito, uma vontade de chorar.

A gravidez às vezes a punha daquele jeito, tão emotiva. Sem que ninguém a visse, Adelina secou as lágrimas quentes com as costas da mão onde um anel de brilhante reinava, solitário. As lágrimas, aqueles pequenos rios secretos – sim, ela também sabia chorar, ela também se cansava e sentia medo... Mas eram coisas pessoais, emoções suas. Guardava-as num manancial secreto, protegido. Era preciso ser forte para vencer na vida, para criar os filhos, para ser uma mulher como ela era num mundo como aquele, regido por homens.

Como um sopro, a voz do frei Odo tomou-lhe a mente, fazendo com que ela voltasse no tempo. Quando tinha sido aquilo? 1957... *Se você não pode pagar, tire seus filhos do colégio*, dissera-lhe o frei, gordo e cético, olhando-a sem ao menos convidá-la a sentar-se, enquanto os filhos maiores a rodeavam, tristes, na sala da diretoria da escola. Embora tivesse odiado aquele frei até o dia da sua morte, a ofensa fora-lhe como um incentivo. A ofensa a impulsionara a seguir adiante e achar um caminho, uma saída. E Adelina começara a fabricar camisas num quarto da casa de Luís Alves. Agora ela estava ali, quase parindo seu último filho. Sim, Duda e ela concordavam que era chegada a hora de encerrar a prole. Vilson estava de casamento marcado e logo teria os seus próprios rebentos. O tempo andava para a frente, inexorável.

Antes que chegasse até Maria Hess, alguém a tomou pelo braço. Adelina virou-se e viu Anselmo.

— Tudo bem, mãe? Achei que a senhora parecia estranha.

— Estou bem, meu filho. Apenas cansada.

— O pai acabou de ligar, disse que amanhã cedo estará aqui em Blumenau.

Adelina aquiesceu, seria bom ter Duda por perto. Deu um leve abraço no filho e foi até Maria, que examinava o acabamento de uma pilha de camisas antes que elas seguissem para a embalagem. Em poucas palavras, as duas combinaram um pedido que deveria ser enviado para São Paulo ainda naquela semana.

— Vou pra casa, Maria — disse Adelina. — Sigo trabalhando de lá.

Maria Hess olhou Adelina. As gestações da prima eram tão discretas e tão seguidas que aquele parecia ser o seu estado normal. Pensou em dizer que descansasse, estava já quase na hora de a criança nascer. Mas desistiu, conhecia Adelina bem demais.

— Amanhã cedo estarei aqui — disse Adelina, com um sorriso cansado.

Maria Hess aquiesceu, também tinha muito o que fazer na fábrica. Era preciso ser criteriosa, meticulosa. A Dudalina primava pelo capricho em suas camisas. Tudo era cuidado, do começo ao fim do processo. Esmero e amor, Maria tinha aprendido a dar seu afeto para cada peça, cada uma das centenas de milhares de camisas que eles produziam ali.

Adelina virou-se e tomou o rumo da saída. Embora a gravidez estivesse na reta final, continuava usando sapatos de salto, apenas um pouco mais baixos. Era preciso estar sempre elegante. O médico ralhava com ela, mas Adelina recebia seus conselhos com um desinteresse educado – tivera tantos filhos e com tamanha facilidade, sozinha em Luís Alves e apenas com a ajuda da mãe ou de uma parteira, que um obstetra, àquela altura da vida, parecia-lhe apenas uma concessão à modernidade. Até mesmo o hospital – desde o nascimento de Alemão, aquele garotinho loiro e sapeca que recebera o nome de Duda e quase morrera após o parto –, via como um modo de acalmar a família. Por Adelina, todos os seus filhos nasceriam em casa, como ela mesma nascera. Mas sabia usar de bom senso, embora selecionasse as regras que lhe cabiam.

Apressou o passo, os saltos dos seus sapatos cantando no piso da fábrica. Precisava de alguém que dirigisse para ela, pois não pegava na direção desde que batera o carro em Luís Alves. Mas, por enquanto, faltava dinheiro para quase tudo. Chegou ao térreo e dirigiu-se para a saída. Seu Agenor, o porteiro, ao vê-la, saiu em disparada para buscar um carro de praça.

— Já venho, dona Adelina! — gritou ele, solícito.

Adelina abriu um sorriso. Seu Agenor nem desconfiava que ela estava grávida de nove meses. E, orgulhosa da sua esbelteza, ajeitou o costume com as mãos rápidas, longas, mãos que sabiam vender e ninar, mãos inquietas e pálidas, iguais às de sua bisavó Tereza, cuja casa ela gostava tanto de visitar na infância.

Seu Agenor logo surgiu na carona de um Chevrolet, e Adelina suspirou de alívio. Ah, como estava cansada. Era um cansaço do tamanho do mundo e ainda tinha tanto a fazer. Mesmo assim, apressada, cruzou a porta do prédio, sentindo o ar úmido do fim de tarde bafejar em seu rosto. Experimentava, no ventre, aquele peso conhecido, os quadris reclamando. Estava mais do que na hora de entregar aquele bebê ao mundo. Seu décimo sexto filho, o último. Sentiria saudades. Gostava de ser dois, afinal de contas.

Luís Alves, primeiros dias de setembro de 1947

O almoço de domingo tinha sido festivo e, ao mesmo tempo, triste. Dona Juvelina assara um porco, fizera salada de batatas e uma torta que Adelina decorara com esmero. Embora fosse boa cozinheira, Adelina preferia o serviço na venda. Mas adorava decorar doces e tortas e era muito boa nisso. A mãe sempre lhe dissera que tinha bom gosto. Entendia de cores, sabia arrumar uma peça, misturar flores num vaso, vestir a roupa certa para um evento. Tinha *finesse*. Alzira não se importava com os elogios de Verônica, mas Elvira morria de ciúmes. Desde sempre, havia aquela competição velada entre as duas. Adelina era boa na loja, era boa nas contas, era boa com confeitos, enquanto Elvira era distraída.

Adelina levou a torta à mesa de jantar, considerando que, pelo menos, a irmã mais velha era uma ótima esposa e mãe. Carlos era um bom menino e Leonardo parecia um marido apaixonado. Estavam todos ao redor da mesa, e nem mesmo a cerveja quebrara aquele clima um tanto lúgubre. Era o último almoço dos pais e dos pequenos na casa de Luís Alves. Após o café, Leonardo os levaria no ônibus novo para Blumenau, onde a casa, finalmente pronta, esperava por eles.

Todos aplaudiram a chegada da torta. Adelina sorriu para a mãe, cujos olhos, vermelhos, denotavam emoção. E com orgulho partiu o bolo, servindo-o em fatias perfeitas, que Luci entregou a todos os presentes. A fatia dos pequenos, Adelina fez maior. O bolo foi provado, elogios à cozinheira, elogios ao belo merengue colorido, montado em arabescos e enfeitado com confeitos, mas Elvira, depois de mastigar, disse:

— Só achei o merengue um pouco doce demais. — E tornou a encher a boca com nova garfada.

Ninguém deu bola para o comentário da irmã, mas Adelina ocupou seu lugar com enfado. Não iria reclamar, afinal de contas, Elvira estava grávida como ela, e algumas mulheres, dizia-se, punham-se muito irritadiças e nervosas com a gestação. Para Adelina, aquilo soava uma tolice, mas a irmã era cheia de não me toques e beicinhos... Seu pensamento ia mais além do merengue de uma torta; de fato, temia pela empresa Martendal e Souza.

No fundo, ela e Elvira não se davam muito bem, ao contrário dos maridos; pois Duda e Leonardo tinham se tornado inseparáveis e estavam ali, rindo, ambos, de alguma gracinha que era apenas deles, como dois meninos num colégio. Adelina não podia reclamar do cunhado, Leonardo era muito trabalhador e os negócios estavam indo bem, o pai andava orgulhoso, feliz por deixar aquele peso enorme para as filhas e os genros. Mas Adelina tinha um pressentimento, e suas intuições eram certeiras — aquela paz era frágil, logo Elvira colocaria as mangas de fora. As brigas começariam.

Desanuviou seus pensamentos, tentando prestar atenção aos pais que, solenes, diziam do recomeço. Nair deixou cair algumas lágrimas, tristonha. Iria para um colégio interno em Florianópolis, onde Verônica a matriculara, preocupada com seus modos de bichinho do mato.

— Eu não quero ir — disse alto a menina, com o rosto sujo de merengue.

Adelina olhou-a com amor, mas Verônica falou:

— Vai ser bom pra você. Chega de choro ou não come mais bolo.

Duda fez uma careta, que logo disfarçou. O marido não entendia os modos germânicos da casa. Ele era puro coração, criado por mulheres afetuosas que tudo lhe cediam. Adelina ficou pensando no filho que crescia em seu ventre ainda liso. Ela e Duda talvez divergissem em algumas coisas; pois, embora tivesse pena de Nair, ela entendia Verônica perfeitamente: a mãe estava pensando no futuro da menina.

— Não fique assim — disse Duda, sem se aguentar. — Não chore, Nair. Logo vem o Natal, e depois, no fim do verão, nasce o nosso bebê. Você vai vir conhecê-lo, nem que tenha que faltar à escola nova.

Nair riu, alegre outra vez. Verônica fitou o genro com um princípio de enfado que logo se desfez; havia algo em Duda que não a irritava.

— Estarei aqui na hora do parto, minha filha. Como fiz com Elvira. Virei pelas duas, desta vez — acrescentou Verônica, orgulhosa.

Adelina sorriu para a mãe, agradecendo. O parto lhe dava certo medo. Mas, antes que dissesse algo, o pai quis saber:

— E esta criança já tem nome?

— Eu ainda não pensei, papai... — disse Adelina.

Duda, terminando seu bolo, falou:

— Pois eu pensei, seu Leopoldo. Se for menina, Adelina irá escolher o nome. Mas, se for menino, eu já sei como gostaria de chamar o meu primogênito.

Todos olharam para Duda, curiosos. Adelina, meio espantada, mas orgulhosa do marido, quis saber:

— E qual seria o nome que você escolheu?

Duda pigarreou e disse:

— Anselmo... Este foi o nome que eu escolhi.

Adelina sentiu os olhos úmidos. Era um gesto muito bonito o de Duda, um presente para os seus pais. A vida que dava suas voltas, sempre recomeçando. O irmão partira, mas seu filho iria chegar. Houve um pequeno burburinho, e Leopoldo ergueu-se do seu lugar à cabeceira. A família calou-se, esperando que o patriarca dissesse algo, mas Adelina viu-o caminhar até Duda e, inesperadamente, prendê-lo num raro abraço.

Leopoldo era muito reservado. Ela olhou para a mãe, do outro lado da mesa, e viu que Verônica chorava baixinho. Afora as crianças, que se ocupavam em repetir o bolo, todos pareciam tocados pelo gesto de seu marido.

— Que teu filho seja bom e tão inteligente quanto o meu — disse Leopoldo com a voz embargada.

E, enquanto os dois homens estavam ali abraçados, Adelina notou que Ana, do outro lado da mesa, pediu licença e saiu correndo da sala de jantar. Mas o que teria dado nela? Ninguém mais, porém, pareceu notar a crise de Ana, e todos se precipitaram a abraçar os novos papais, emocionados pelo nome, enquanto o cafezinho era servido por dona Juvelina, e Leonardo pedia licença para tomar as últimas providências da viagem.

Ana fechou a porta do quarto atrás de si e jogou-se na cama. Àquela hora, Luci estaria às voltas com a louça, precisava deixar tudo pronto antes de seguir viagem com os Hess. Ela teria o quarto apenas para si por alguns dias, pois logo chegaria mais alguém para ajudar, caso dona Gena, a nova empregada, ali mesmo de Luís Alves, não desse conta do trabalho.

Escondeu o rosto no travesseiro, as lágrimas escapavam de seus olhos aos borbotões. Anselmo estava sempre presente, ela podia sentir. Mas o gesto inesperado de Duda fora demais para ela... A saudade cortava feito faca, chegava a lhe roubar o ar dos pulmões.

Aspirou fundo, tentando recuperar o fôlego, secando as lágrimas, sussurrando aquele nome tão amado. *Anselmo, Anselmo, Anselmo...* Estava feliz e triste. Aquele nome, que tinha significado tudo para ela, agora teria um outro dono. O filho de Adelina, se ele fosse um menino.

Recostou-se na cama, abraçada ao travesseiro. Seria um menino, aquela certeza era tão vívida como a cama sobre a qual repousava, enquanto, lá da rua, para além do ronronar do rio, vinham as vozes da família... As crianças choravam agora, não queriam partir. Aquela casa era tudo que conheciam. Ana sentiu pena deles. Mas outras crianças habitariam aqueles quartos, correriam pelas salas, subiriam a escada aos trambolhões, brincariam no pasto, correndo até o rio quando os adultos estivessem distraídos... Ela pensou nos filhos que Adelina haveria de ter.

Pensou no menino, o que herdaria o nome do tio morto.

Anselmo...

Cuidaria daquela criança como se fosse sua. Dar-lhe-ia o banho, cantaria antigas canções em alemão para ele, velhas músicas que habitavam a sua memória desde noitinhas perdidas no tempo, quando ainda vivia com os pais em Belchior. Faria de tudo pelo menino; se pudesse, dar-lhe-ia o seu próprio peito.

Num arroubo, Ana tirou a camisa de algodão, puxando-a do cós da saia com fúria. Soltou o sutiã branco, e os seios volumosos surgiram, livres. Aqueles peitos que nunca, jamais, dariam leite... Pois ela não se casaria. Não haveria outro amor para Ana, ela tinha certeza. E, pensando assim, as lágrimas correram outra vez pelo seu rosto.

Então, pela janela aberta, escutou seu nome. Chamavam por ela; decerto, os Hess queriam se despedir. Assustou-se, estava seminua. Se viessem, o que diria? Vestiu-se às pressas, as mãos trêmulas erravam os ganchos do sutiã, colocou a camisa, ajeitou os cabelos.

Com os olhos ainda congestionados, o sorriso triste, ela desceu a escada aos trambolhões. "Já vou, já vou", gritava, logo ela que sempre falava baixo. Ao chegar à rua, viu os antigos patrões despedindo-se de alguns vizinhos. Havia um clima triste, pois eles eram muito queridos na comunidade.

Mas Ana estava calma agora. A pior despedida de todas, ela já vivera. Abraçou Verônica com afeto, deu um aperto de mão em Leopoldo, que lhe sorria com doçura, os olhos já marejados pelas várias cervejas do almoço. Os meninos pularam ao seu redor por um instante, e logo Adelina enxotou-os para o ônibus, que a viagem era longa. Apenas com a pequena

Nair, que amoleceu entre seus braços feito um bichinho, foi que Ana se permitiu chorar mais um pouco. As duas trocaram um longo abraço, e Ana prometeu visitar a menina em Blumenau.

— Mas vou estudar interna — disse Nair, pesarosa.

— Sempre teremos os finais de semana — prometeu Ana.

Luci deu-lhe um abraço rápido, eufórica pela perspectiva de viver numa cidade grande.

E, depois, eles partiram.

Leonardo e Elvira voltaram para sua casa, do outro lado da rua, e os vizinhos aos poucos se foram dispersando. Duda e Adelina entraram na venda de mãos dadas. Sem saber o que fazer, Ana seguiu-os, pensando em ir deitar-se um pouco e acalmar seu coração dolorido. Mas assim que Duda anunciou uma soneca, Adelina chamou-a para uma pequena reunião. Dona Gena e o marido começariam no dia seguinte, alguns dos carroceiros também seriam trocados, e era preciso organizar o quarto no depósito onde Matias iria dormir dali em diante. Além disso, uma remessa de lampiões Kollen tinha chegado no dia anterior e era preciso colocá-los à venda na loja.

Ana suspirou e pôs-se a anotar suas tarefas, prometendo seguir para o depósito com balde e vassoura para deixar o lugar mais apresentável.

— Não que Matias aprecie — disse Adelina. — Mas espero mudar seus hábitos de higiene depois que começar a trabalhar aqui.

Ana não disse nada sobre o nome do bebê, pois sabia que Adelina não era dada a tais emotividades, pelo menos, não com os agregados. Ela conhecia bem o seu lugar na casa. Era a vida, pensou Ana, e a vida não era um conto de fadas.

O fio da vida: Cloto

Eu sou Cloto, a primeira das irmãs. Meu vestido é branco como os meus cabelos, longo como as minhas unhas e pesado como o meu trabalho, que nunca para. Eu sou a Moira que fia o fio da vida no fuso do tempo. Eu trago as almas do limbo ao mundo, e depois Láquesis se encarrega de tecer-lhes a existência.

Meu trabalho de fiar a vida foi deveras aproveitado por esta gente, posto que, vocês já sabem, do casamento entre Duda e Adelina, dezesseis almas hão de nascer – sem contar as outras quatro que Átropos ceifou antes mesmo do nascimento, já que minha terceira irmã, cuja imagem vocês mais conhecem como a de um esqueleto envolvido numa mortalha, é capaz de matar até mesmo aquele que ainda não nasceu, escondido no cofre de uma mulher.

Mas vamos ao que interessa...

Os meses depressa se passaram naquela casa pegada à venda na pequena localidade de Luís Alves. Acertos e desacertos se foram costurando, os dias dando lugar às semanas, e as duas irmãs prenhes – Adelina e Elvira – viam seus ventres crescendo como lhes cresciam as mútuas antipatias, pois são curiosos os mortais com as suas pendengas vãs, tão inúteis ao futuro quanto uma bicicleta seria a um entrevado.

Na venda, as duas punham-se em pé de guerra, tendo Ana como testemunha silenciosa. Sucedia que Adelina, grávida ou não, cismava de trabalhar do dia à noite, e sua irmã, mais dada aos doces prazeres do repouso, sentindo as canseiras da segunda gestação, punha-se em marcha quando o relógio batia as dezoito horas. Às vezes, ainda antes pegava sua bolsa e seu chapéu e deitava poeira.

Assim seguiam as duas; por sorte, tinham seus futuros bebês a distraí-las, quiçá a uni-las, e ainda o pequeno Carlos, que esperava a mamã na casa do outro lado da rua – de forma que as brigas fraternais se insinuavam no cotidiano, mas sem nunca causar transtornos importantes. Aquilo parecia ser de bom termo para os dois homens, os maridos de uma e de outra, que se adoravam e juntos funcionavam como uma luva em sua mão.

Os Hess que para Blumenau se mudaram tiveram lá também as suas fainas, os colégios internos, as rusgas infantis, o casamento meio apurado de Alzira com Walmor, depois do qual o casal apaixonado ficou a morar na casa dos pais da noiva, num arranjo que, de temporário, instalou-se por anos a fio. Mas isso de nada me interessa, embora os mortais me deem muito assunto com as suas peripécias, e nós três, de tédio, jamais morreremos aqui.

Moira dos nascimentos que sou, conto as luas, costuro o destino, dou a laçada nas vidas daqueles que devem ao mundo descer. Cumpridos os meses desde que me veio o capricho de dar um filho a Duda e Adelina, com a ajuda daqueles dois namoradores, de um a quatro fiei as luas, nove vezes assim, até que a barriga de Adelina mal se escondia sob os vestidos muitas vezes alargados. E no começo de um mês de março quente e úmido, ela viu-se embrenhada nos trabalhos de parto.

Os relógios dos homens marcavam catorze horas e quinze minutos daquele dia seis de março do ano de 1948 quando nasceu o menino – sim, as intuições da família foram certeiras.

Devo dizer-lhes que Adelina foi boa parceira de labutas. Corajosa, suportou bem a trabalheira, e o bebê veio ao mundo pelas mãos da avó Verônica e da parteira Krause. Disseram que o menino era a cara do avô Leopoldo, mas o pai da criança riu e respondeu que todas as crias eram iguais ao nascer, ao que lhe dou plena razão. Embora eu não as veja, cega que sou desde o começo dos tempos, sei bem que face levam cada uma das almas que coloquei no mundo lá embaixo.

Consentido que o menino era perfeito de saúde e que a corajosa mamãe passava bem, enquanto as mulheres se ocupavam das coisas de sua sina – limpar a criança, ferver a água, vestir o pequeno e dar um caldo à mãe exausta –, o pai poeta foi no seu caderninho escrever:

"Era o meu primeiro filho que nascia; de todos, ele tinha que ser diferente; uma criaturinha tão linda, saída do grande amor da gente..."

Mais uma alma descia ao mundo, meus caros...

Anselmo José Hess de Souza.

Escrevi eu esse nome numa das paredes de bronze do palácio dos dias, depois de milhares de nomes daqueles que vieram primeiro, e antes dos muitos outros que chegariam depois.

Diário de Adelina, 10 de março de 1948

No dia seis de março, às catorze horas e quinze minutos, nasceu o nosso primeiro filhinho. Assistiram-me, na hora do parto, minha mãe e o meu Duda, e também a parteira, *Frau* Krause, e minha irmã Elvira.

Desde as oito horas da manhã, estive com dores; do meio-dia em diante, elas se agravaram mais, tanto que quase perdi a coragem e achei que aquilo era mesmo o meu fim... Mas, no ápice do sofrimento, nasceu meu filhinho, e grande foi a alegria que reinou no nosso lar.

Graças ao bom Deus, tudo correu bem, e nosso menininho veio perfeito ao mundo. Depois do primeiro banho, foi pesado na balança da venda, e tinha três quilos e trezentos gramas. Seu rostinho, miúdo e rosado, exibia olhos grandes e espertos... Como é bonitinho!

Mamãe disse que eu necessitava completo repouso, então todos me deixaram descansar no quarto. À noitinha, pedi que me trouxessem o meu filhinho, eu estava querendo-o comigo. Tomei-o, então, em meus braços e o beijei incontáveis vezes... Parecia mentira que era meu filho e do Duda, tamanha era a alegria que eu sentia. Duda também estava muito feliz.

A notícia foi participada na venda, papai ficou todo contente como o novo netinho. Mais tarde, quando as coisas serenaram, tomei um pouco de sopa e voltei a dormir depois de dar o peito ao bebê. No dia seguinte, assim que clareou, Duda aprontou-se todo e foi para a Sede. Queria estar cedinho no correio, despachar um telegrama para a minha sogra, participando do nascimento do nosso filhinho, que decidimos chamar de Anselmo José.

Nesse dia, comecei a receber as primeiras visitas aqui na casa. Veio tanta gente, os vizinhos, tios que moram longe, a mãe de Leonardo também veio conhecer o meu menininho. Ganhamos galinhas para o caldo que vai me devolver as forças, e Anselmo recebeu muitos presentinhos de todos. Fiquei pensando em Nair e nos meninos, internos nos colégios, que logo virão também conhecer o mais novo membro da nossa família... Ele chora pouco e é muito glutão. Duda disse que parece de brinquedo, que parece milagre, que é mais bonito do que um rio em movimento, do que o vento nas árvores, do que o sol no céu de verão. Duda é um poeta, e o filhinho veio cheio de rimas, sei que ele anda por aí anotando coisas em quaisquer papeizinhos que encontra....

No fim do dia, de carroça, veio a minha sogra, que trouxe de presente um porta-toalhas. O querido Ari veio com ela e trouxe uma cadeira de balanço, que fez pra eu ninar o pequenino. Veio com eles também um mocinho, irmão mais novo de Ari, o Fred. Gostei muito dele, um rapaz atilado, que logo estava ajeitando a cadeira no melhor lugar do quarto, lugar que eu escolhi, já que estas coisas de ninar um bebê são ciências que nascem com uma mãe, posso garantir.

Enquanto isso, papai e mamãe ficam uns dias ainda conosco, ajudando na venda enquanto me recupero, e mamãe dando os banhos no netinho e me ensinando segredos de cueiros e pomadas e rezas de benzer filhos pequenos. Ela, todos os dias, prepara estrelas de massa, fritas e passadas no açúcar, e me diz que as mães recém-paridas precisam de um céu dentro da barriga.

Blumenau, meados de outubro de 2008

Anselmo José Hess de Souza entrou no quarto, fechando a porta suavemente atrás de si. A mãe estava havia mais de uma semana ali naquela UTI, ligada por fios e tubos a aparelhos. Ruídos periódicos mediam as funções do seu corpo alquebrado, e ele estremecia a cada novo som.

Anselmo balançou a cabeça, tentando ordenar as ideias. Eram bom de números, formara-se técnico em contabilidade, fizera as contas da empresa da família desde que aprendera a enfileirar números e colunas, jovem demais para qualquer coisa que não fossem as brincadeiras na rua com os meninos da sua idade. Mas aquela era a sua vida.

Os dias que Adelina estava ali pareciam-lhe uma eternidade. Ele conhecia bem aquela sensação, experimentara-a com a esposa e sua longa enfermidade. Anos de sofrimento... No começo, a esperança era um farol que iluminava seus dias. Depois, as recaídas de Marlise, a maldita doença tomando espaço naquele corpo amado, seu coração enchendo-se de uma tristeza pesada, dilacerante.

Anselmo afastou aqueles pensamentos, concentrando-se na mãe deitada naquele leito, coberta apenas por um lençol. Adelina, sempre tão elegante, agora exibia-se inchada, o rosto desfigurado pelos líquidos que seu corpo acumulava. Beto tinha explicado a situação a cada um dos irmãos. Beto, com a sua paciência, a sua calma... Adelina contraíra uma infecção, a pneumonia se agravava, problemas secundários apareciam todos os dias.

— Mãe... — Anselmo falou baixinho.

Adelina, aquela lutadora, talvez tivesse finalmente decidido pendurar as luvas e sair do ringue. Anselmo sentiu os olhos rasos de lágrimas e respirou fundo. Estava exausto de hospitais e de doenças. A longa enfermidade de Marlise, fenecendo a olhos vistos embora ele tivesse feito tudo o que o dinheiro podia alcançar... E, depois, a sua morte. Apenas seis meses antes, e parecia fazer tanto tempo, a saudade alargando-se, pulsando dentro dele como um segundo coração.

Sentia-se à beira de um ataque nervoso. Tinha já sessenta anos, não era mais tão moço. Talvez precisasse, ele mesmo, fazer um check-up, tinha medo de estar adoentado. Mas não, resistiria. Era forte. Tinha herdado a força da mãe... No fundo, os dois eram tão parecidos! Haviam brigado muito ao longo dos últimos 45 anos, desde que assumira seus primeiros papéis na empresa. Começara na venda da família; depois fora trabalhar na Dudalina. Ele sempre tivera de segurar os arroubos de Adelina, visto que o pai se retirara de cena suavemente, alegremente até, depois que Anselmo começara a cuidar do financeiro. A mãe era arrojada demais; ele, precavido. Porém, a mistura dos dois temperamentos, depois acrescida dos modos dos demais filhos, que foram entrando no trabalho à medida que cresciam, tinha dado certo.

Ele sorriu para a mãe, profundamente adormecida no seu coma induzido. Estaria ela ciente da sua presença, apenas os dois naquele retângulo de mundo, o cubículo onde ela lutava pela vida?

Tocou de leve sua mão pálida e riscada de finas veias azuis. A mão sem os anéis de brilhante que lhe eram peculiares. Jamais vira Adelina sem as suas joias. Ela estaria detestando aquela espécie de nudez... Sorriu para ela. Sim, tinham brigado muito, mas também peleado juntos por décadas. A mãe fora a primeira pessoa a confiar nele. As contas, as ordens de serviço, os lançamentos de pedidos. E, depois, quando ele tinha apenas dezesseis anos, Adelina confiara-lhe aquela misteriosa ida ao interior do Paraná, como se chamava a cidade mesmo? Alto Piquiri... Para cobrar um comerciante turco que se negava a pagar uma dívida grande. A Dudalina, ainda frágil como uma flor de estufa, cambaleava diante daquela enrascada.

E Anselmo fora... Ainda podia se lembrar. A viagem havia sido longa.

— Lembra, mãe? — ele perguntou. — Tomei um ônibus pra Curitiba, de lá, para Maringá... Aquela região toda estava nascendo. Em Maringá, chovia tanto que o ônibus não ia mais sair. Criei coragem e tomei um DC3 que fazia um pinga-pinga até Umuarama.

A mãe, serena, parecia escutá-lo. E Anselmo continuou. Em Umuarama, um taxista chamado Antônio levara-o até o Alto Piquiri. Chegando na loja do turco devedor, aquele o engambelara facilmente... Dizia não ter dinheiro. Até que o próprio taxista dera um tapa no balcão: se não tinha dinheiro, deveria pagar em mercadoria, mas que parasse de enrolar o rapaz!

— Voltamos com o táxi cheio de produtos do turco, não cabia um alfinete a mais. Em Umuarama, com a ajuda do taxista, vendi as mercadorias. E me indicaram visitar uma loja em Maringá... Depósito de Calçados do Sul, que começava a vender confecções, pois eu tinha comigo o mostruário da Dudalina.

Anselmo recostou-se na cadeira, sorrindo, perdido no tempo. Os aparelhos continuavam a soar, alternando-se como presenças atentas. Guardava a certeza de que a mãe, de alguma forma, compartilhava aquelas memórias com ele. Naquela viagem, ele conhecera Marlise. Ela tinha apenas treze anos e seu pai virou um dos bons clientes da Dudalina.

Aquela fora a sua virada, tornara-se homem ali. Depois de visitar todo o norte do Paraná, ele voltara para casa com a dívida paga e cheio de pedidos. Aquela região, nos anos seguintes, viria a se transformar num dos mais importantes pontos de venda da camisaria Dudalina. E ele haveria de se casar com a moça loira que ajudara a mãe a escolher as peças do mostruário.

Suspirou, emocionado.

A vida era cheia de surpresas. Coisas lindas e assustadoras. Ele pensou em Marlise, ouviu o seu riso, sentiu o sopro do seu hálito como se ela estivesse ali com ele. Sabia que Adelina tinha sofrido muito com a perda da nora, ela gostava muito de Marlise.

Estendeu a mão e tocou o pulso de Adelina uma última vez, muito de leve, quase com medo. Ela parecia um cristal, tão frágil sobre aquela cama.

— Força, mãe — ele disse baixinho.

Era também para si mesmo que pedia. *Força, força...* Ouviu uma batida na porta. Ergueu o rosto e viu que era Beto, que voltava do almoço. Sorriram um para o outro, sorrisos cansados, cujos significados não cabiam em palavras. Anselmo ergueu-se da única cadeira e abraçou o irmão mais novo. Os dois ficaram ali por alguns minutos, sem nada dizer. Apenas olhavam a mãe, entubada e doente. Depois, alegando um compromisso, Anselmo despediu-se, prometendo voltar no dia seguinte. Precisava de um pouco de ar puro, caminhar nas ruas entre as gentes, ver o sol que brilhava lá fora, na primavera que não tinha alcançado os corredores do Hospital Santa Catarina.

Luís Alves, primeiros dias de junho de 1948

Ana acordou antes das primeiras luzes do dia. A casa estava silente, decerto todos dormiam e dona Gena ainda não tinha chegado. Ela precisava organizar os filhos antes de seguir para o trabalho; não era como Luci, que morava ali o tempo todo. A venda tinha funcionado até muito tarde na noite anterior. Muita bebida alcóolica fora vendida enquanto os homens discutiam a situação política do país e o tal Luís Carlos Prestes. Ana não entendia de política e não desgostava do presidente; porém, embora tivesse medo de uma revolução armada e da tal "ameaça vermelha", ela sabia o que era a vida dos pobres. Labutar de sol a sol, mal ter o que comer. Quanta gente vivia assim? Duda e Adelina, assim como Leopoldo, preocupavam-se com seus funcionários, tratando-os com bastante atenção, embora exigissem um trabalho árduo de cada um deles. Mas Ana conhecia a pobreza, não teriam os pobres direito a um pouco daquilo que tinham os ricos?

Ela espreguiçou-se na cama, deixando a política de lado. Mais uma vez, sonhara com Anselmo. No sonho, ele a chamava para o Salto, para a queda d'água que ele amara tanto na vida. Ana sentia muitas saudades dele, atenuava aquela dor cuidando do menininho de Adelina, o pequeno Anselmo, que eles chamavam de Chéu.

Pensou no menino e sorriu, enternecida. Como era bonzinho, quase nem chorava! Levantou-se da cama, os primeiros brilhos da manhã empurravam uma pesada camada de nuvens para além dos morros, e o ar ainda era picante e frio, como se estivesse em dúvida sobre permanecer invernal ou ceder à primavera.

Ana arrumou a cama e vestiu-se em poucos minutos. Era sábado, e o trabalho acabaria mais cedo. Tencionava ir até o Salto, pois embora fosse quase inverno, a temperatura andava amena. Anselmo lhe pedira, e ela não lhe negava nada. Se contasse a Adelina que amava um fantasma, mesmo que ele fosse seu irmão, certamente a outra a tomaria por louca. Inventaria uma desculpa, visto que Verônica viria com as crianças de Blumenau, e a família estaria ocupada com as suas próprias questões.

Desceu a escada pisando leve. Adelina deveria estar amamentando a criança, logo desceria com ele para o café. Ao entrar na cozinha, encontrou dona Gena vestindo seu avental, os olhos cansados de quem vivia uma dupla jornada.

— Bom dia — disse a outra.

— Sou a primeira? — perguntou Ana, ajudando-a com a preparação do café e o aquecimento do fogão a lenha.

— Não... Seu Duda já saiu, foi lá pro açougue. Disse que seu Leonardo ia ensiná-lo a fazer linguiça hoje — respondeu Gena, rindo.

A amizade de Duda e Leonardo era bonita. Ana serviu-se de um pedaço de pão enquanto o fogo ganhava monta e dona Gena punha água a ferver. Lá fora, Matias falava alto com alguém, cobrando a ração dos cavalos. A vida na propriedade brotava aos poucos, como a luz que ganhava mais e mais cor. Seria um dia bonito.

— A senhora poderia me preparar um farnel? — pediu Ana. — Quero ir ao Salto hoje, passear um pouco.

Dona Gena abriu um sorriso coquete. Quis saber se preparava lanche para uma ou duas pessoas. Ana, sentindo-se ruborizar, respondeu-lhe que iria sozinha.

— Espraiar as ideias... — disse, dando de ombros.

Dona Gena virou-se para ela, muito séria:

— Uma moça deve se casar, Ana. É assim que a vida funciona... Ter seus filhos, a sua família.

Ana sentou-se, esperando o café.

— Não para mim — disse ela. — Não para mim...

Nesse instante, Adelina entrou na cozinha com o pequeno Chéu no colo. Estava já vestida, mas os cabelos desfeitos. Deu um beijo no menininho, depositando-o no colo de Ana antes que o café estivesse passado.

— Estou atrasada — disse, tirando alguns grampos do bolso. — Preciso me arrumar, mas o Chéu estava com muita fome hoje... Cadê o Duda?

— No açougue com o Leonardo — respondeu Ana.

— Ah... Eles vão matar uns porcos e fazer linguiça. Dona Gena, pegue uma parte aqui pra casa.

Dona Gena olhou a patroa. Embora estivesse ali havia pouco menos de um ano, já conhecia muito bem os gostos e modos dos patrões. Quem gostava de linguiça frita era o seu Duda, dona Adelina preferia coisas mais elaboradas. Tirou o café do fogo e, servindo duas xícaras, perguntou à patroa:

— Frito a linguiça pro seu Duda?

— Não — respondeu Adelina. — Quero comer no jantar. Estou com um desejo forte de comer linguiça...

Dona Gena tivera seus filhos. Perscrutou o rosto mais suave e aquele brilho nos olhos de Adelina... Havia algo, um sopro de transformação. O garotinho também pressentira, por isso se agarrara aos peitos da mãe, marcando espaço. Ela riu baixinho, a natureza era muito sábia. Mas nada disse. A patroa tinha que descobrir os milagres da vida por si própria. E ela não era nada boba, nada mesmo.

Adelina pesou a farinha e o açúcar pedidos por *Frau* Hanz. Depois de entregar tudo para o ajudante embalar, puxou seu caderno e anotou as compras que seriam pagas no fim do mês, como era o costume dos Hanz. Enquanto isso, a velha senhora falava animadamente, contando que Aldo, o menino dos Mees, tinha ido estudar interno em Itajaí, e que o prático dentista estava com o mal do lado e fora levado de carro às pressas para o hospital em Blumenau a fim de passar por uma cirurgia.

— Deus me livre de cortarem o meu corpo — disse a velha senhora, persignando-se, enquanto se despedia de Adelina, não sem aceitar um copo de cerveja como cortesia da casa.

Adelina deu-lhe uma resposta vaga e debruçou-se no balcão, anotando as últimas vendas no livro-caixa, pensando na doença da mãe, naquele tempo em que Verônica fora operada e Anselmo ainda estava vivo. Por sorte, tudo correra bem; a mãe estava bem de saúde e parecia satisfeita com a vida em Blumenau. Mas algo em Verônica se apagara, e isso não escapava a Adelina. Lembrou-se de Aldo, tão gentil, tão doce, na fatídica noite em que lhe trouxera o telegrama do Exército, vencendo a pé a estrada da Sede até ali.

Balançou a cabeça, tentando afastar os maus pensamentos. Aldo já estava um moço e ela tinha um filho. O pequeno Chéu dormia numa caminha improvisada num canto da venda; mas, em meio ao sono, deixou escapar um resmungo.

— Parece um gatinho ronronando — disse Ana, olhando-o de longe, enquanto arrumava as prateleiras de enlatados.

Adelina sentiu seus mamilos coçando sob o tafetá do vestido de trabalho. Aquela sincronia entre a criança e ela a emocionava. Havia algo de divino... O menino já completara um ano e dava seus primeiros passos, mas ainda mamava no peito. Ela deixou o livro-caixa de lado, tirando o avental que usava ao balcão.

— Hora de mamar — disse, com um sorriso.

E Adelina nunca pareceu tão suave, tão delicada e pura a Ana como quando, saindo de trás do balcão da venda, aproximou-se do pequeno e, com um sorriso no rosto, tomou-o em seus braços. O garotinho riu, satisfeito, e ela fez o caminho que levava à casa, pegada à loja.

O pequeno Chéu tinha trazido mais alegria à casa e aos dias. Agora, ele já tentava caminhar um pouco, balbuciando palavras quase sempre ininteligíveis. Ana terminou com os enlatados e puxou a escada, que corria junto a uma barra de metal no teto. Era preciso arrumar os lampiões e as lamparinas, tirar-lhes o pó para que seus bojos de vidro rebrilhassem como joias. Tudo ali estava sempre em perfeita ordem, era o gosto de Adelina e também o seu.

No alto da escada, ela pensou na calmaria do Salto e no pequeno passeio que faria à tarde. *Venha me ver, venha me ver*, sussurrara Anselmo em seu sonhos. E Ana iria assim que possível. Seu coração batia mais rápido na pura expectativa daquele encontro enquanto tentava se concentrar no trabalho. Não pôde deixar de pensar que já passava das nove, Elvira ainda não tinha chegado para o serviço, decerto envolvida com as coisas de Carlos e da pequena Ester, que nascera uma semana depois do filho de Adelina. Elvira vivia se atrasando, o que gerava furiosas brigas entre as duas irmãs.

— Só que Adelina está sempre a postos — disse ela, falando sozinha.

E depois sentiu vergonha daquilo. Via fantasmas, falava com ela mesma. Estaria ficando maluca? Dona Gena talvez tivesse razão, as mulheres precisavam de um casamento... Mas ela? Ela era diferente, e tinha um amor que ocupava todo o seu coração. Ela, Ana, não queria um marido.

Adelina acomodou o menino no berço que Duda fizera-lhe e sentiu uma súbita náusea. A bile subiu-lhe num jorro, machucando sua garganta. Sentou-se na cama, respirando compassadamente a fim de acalmar o mal-estar. Suas têmporas latejavam. Para além da miséria física do enjoo, alguma outra coisa nascia na sua mente, um pensamento ainda não formulado. Encheu os pulmões de ar mais uma vez enquanto Anselmo dormia placidamente em seu bercinho, a barriga cheia de leite.

Era sábado, em breve a loja ficaria repleta de clientes. Os colonos aproveitavam o sábado para fazer compras no Salto e na Sede; depois do almoço, aos poucos, os homens se juntariam ao redor do balcão, o capilé correria solto, a cerveja seria servida por Duda. Tudo meticulosamente anotado no caderno. Ana tinha pedido a tarde de descanso, a mãe vinha de Blumenau com os irmãos... Havia tanto que fazer! Alheia a isso, a bile subia e descia pelo esôfago de Adelina como numa gangorra. Não tinha comido nada demais, a linguiça ainda nem estava pronta no açougue, uma fatia de pão com manteiga não causaria tamanho estrago.

Então, a ideia que se formava no seu subconsciente pareceu emergir, ganhando contornos. Olhou o filhinho no berço. Ele brincava, quietinho, entretido com um boneco de pano. Será? Aquele era um mundo novo, somente com Duda conhecera os prazeres do sexo. Começara a entender que tinha um período do mês em que seu corpo esperava a semente do marido. *Multiplicai-vos*, dizia a Bíblia.

Adelina fez as contas, estavam no fim da primeira semana de setembro. Sim, suas regras, ainda confusas após o nascimento de Chéu, estavam atrasadas. Não era muita coisa, mas... Aquela bile, o gosto amargo na boca, ainda podia se lembrar bem da gravidez do menino.

Suspirou fundo, feliz e assustada. Talvez fosse necessário preparar um quarto, o quarto usado antigamente pelos irmãos... Duda faria mais um berço, ela compraria o enxoval em Blumenau na sua próxima viagem de trabalho. A casa se encheria aos poucos, como ela tinha sonhado.

Ao lado da cama, sobre o criado-mudo, havia uma bilha. Serviu-se de um pouco de água, empurrando o mal-estar de volta para suas entranhas. Mais um filho? Era uma bênção! Talvez ainda não devesse contar a novidade para os pais, até que tivesse certeza.

Ouviu passos na escada. A pisada forte de Duda era inconfundível e Adelina abriu um sorriso. Como se tivesse sido chamado, viera ter com ela. Esperou alguns segundos enquanto ele percorria o corredor, sentindo o movimento da maçaneta, até que a porta se abriu e o rosto do marido, sorridente e satisfeito, surgiu-lhe pelo vão da porta.

— Dona Gena me disse que vocês estavam aqui — ele falou, entrando no quarto.

Ao ouvir a voz do pai, o menino ergueu os bracinhos, feliz.

E então Adelina pôs-se a rir. Duda usava um dos grandes aventais do açougue e estava todo sujo, ensanguentado e com crostas de temperos e de carne grudadas aqui e ali. Ele se encaminhou para o filho, mas Adelina o conteve:

— Duda! — exclamou, ralhando de leve. — Você precisa de um banho, não pode pegar o Chéu nessa sujeira!

Ele riu alto. Abriu os braços, desarmado, e respondeu:

— Leonardo me ensinou a fazer linguiça, moí a carne, salguei e temperei. Fizemos cem quilos! Agora vamos defumar tudo. Por isso, estou assim.

Adelina lembrou-se do seu desejo matinal e sentiu engulhos pensando nas linguiças cruas. Geralmente, eles preparavam a carne nas segundas para venderem nas terças, único dia em que o açougue funcionava, já que não havia refrigeração elétrica por ali. Mas Leonardo gostava de tirar os sábados para preparar e defumar as linguiças, que depois seriam vendidas no armazém.

O marido exalava um odor forte de temperos aromáticos e de sangue. Adelina sentiu outra vez o enjoo, a bile subindo em ondas, provocando-lhe um gosto de sal na boca. Sentou-se na cama, pensando no que fazer. O melhor era correr ao banheiro, lavar o rosto e esperar que aquilo passasse.

— Duda, eu estou enjoada... Cuide do pequeno, mas limpe-se antes... Tem água na bacia — ela disse.

Duda aquiesceu.

— Quer um chá? Posso pedir pra dona Gena.

— Não — respondeu Adelina, antes de ganhar o corredor no rumo do banheiro. — Mas depois que você tiver tomado banho, tenho uma novidade para contar.

E saiu correndo, deixando o marido pasmo, sujo, risonho, parado no quarto com ar de quem se divertia com tudo aquilo. Um ar de menino grande, pensou Adelina com carinho, fechando a porta do reservado atrás de si.

A queda d'água enchia o ar de leveza e de umidade. Era um outro mundo, alheio ao tempo e ao calendário. Ana deixou para trás a loja, as listas de mercadorias a encomendar, as etiquetas de preço, as bobinas de papel, as reprimendas, os desabafos e tolices que enchiam seus ouvidos todos os dias enquanto estava na lida com a gente do lugar.

Ali, ela era melhor do que a moça que os outros conheciam.

Ali, ela era apaixonada e livre.

Soltou os cabelos, que dançaram ao redor do seu pescoço, abriu os botões do vestido de algodão que usava, deixando o começo dos seios à mostra, sob o sol de junho naquele veranico inesperado. Depois, arregaçou a saia, tirou as meias e os sapatos e entrou na água num ponto em que a queda formava uma pequena piscina no lajeado. Havia uma grande pedra sobressalente onde Ana acomodou-se, fechando os olhos, recostando-se, deitada sob o sol como uma noiva na cama das suas núpcias.

A água ronronava, os pássaros cantavam. Os tornozelos de Ana estavam imersos na piscina gélida... Todos os seus sentidos pareciam mais aguçados, era como se estivesse em um outro lugar, ela mesma era outra... Aquela Ana que só Anselmo conhecera. Um segredo só deles.

— Anselmo... — ela sussurrou.

As árvores mexeram-se com uma súbita rajada de vento e, das ramadas farfalhantes, uma voz tênue se fez ouvir. Era ele, ela podia reconhecer. Shisss, shasss, shisss, shasss, diziam as árvores.

"Que bom que você veio", ela ouviu Anselmo dizer. E cerrou ainda mais os olhos, mergulhada naquele mundo que era apenas dos dois.

Apenas dos dois, pensou ela, feliz.

Diário de Adelina, 25 de setembro de 1949

Domingo, acordei às cinco horas da manhã para aprontar-me. Dia de jejum e confissão. Grávida novamente, agradeci a Deus, pois não tenho enjoos matinais; do contrário, não teria podido fazer o meu jejum. Ana ficou com Anselmo... Ana não tem ido à missa nem ao cemitério conosco. Ela é muito reservada, mas sei que ainda sofre por Anselmo, pois costumo vê-la parada à porta do quarto que foi de meu irmão, pensativa.

Duda e eu fomos à igreja agradecer pela família que estamos formando, e pela nossa felicidade. Rezei bastante, pedindo que meu relacionamento com Elvira melhore. Sucede que ela trabalha pouco e, junto com o marido, usam a minha casa como depósito. Voltei dia desses de Blumenau e a cozinha estava atulhada de mercadorias, eu fiquei muito revoltada com aquilo. Nunca vou à casa deles, a não ser aos domingos quando me convidam, e comporto-me como uma visita normal, sem passar dos limites convencionais. Mas eles não me devolvem o mesmo respeito, e meu Duda, que é tão doce e apaziguador, está sempre colocando panos quentes. Diz que sou muito nervosa... Eu acho até graça. E se sou? Só peço de Elvira e Leonardo o mesmo respeito e o mesmo trabalho que lhes ofereço. Está certo, Leonardo é muito trabalhador, mas não consegue ajudar Elvira a cumprir seus compromissos. Já começo a me arrepender desta sociedade que o papai, tão gentilmente, nos ofereceu. Por outro lado, a loja é a minha vida. E com a chegada de mais um filho, é preciso ganhar mais dinheiro. Estamos pagando ao papai as prestações dos negócios, e Duda e eu economizamos para comprar a casa também.

Esta gravidez quase não me pesa; às vezes, esqueço-me mesmo que estou grávida. Dona Gena e Duda pedem que eu não carregue peso, que trabalhe menos, que me deite mais cedo. Impossível, há em mim uma energia que me sobra, graças a Deus. Alzira e Walmor vieram nos ver hoje e parecem felizes, muito acomodados vivendo com os papais. Mamãe às vezes se cansa, mas é sempre uma companhia para ela, já que os pequenos estão internos, e Nair visita a família apenas quinzenalmente. Está crescendo, a minha maninha, e sei que ela sente falta dos velhos tempos aqui no Salto, dos banhos de rio, das brincadeiras de dia todo, solta por aí.

Meu pequeno Anselmo vai muito bem, meus pais o batizaram, e ele adora os "dindinhos". Ele já sente que vai ganhar um irmãozinho, acaricia a minha barriga e às vezes demonstra ciúmes. Dia desses, jogou ao chão umas pecinhas de roupa que comprei para o bebê. Se for menina, escolherei um nome bem lindo para ela. E, se for menino, meu Duda quer homenagear Toga, o irmão que ele perdeu antes de me conhecer. Sim, nós dois temos essa ferida no passado, e é por isso que eu juro todos os dias que tristeza assim não há de alcançar os meus filhos. Então, se Deus nos der outro menino, ele vai se chamar Heitor Rodolfo. Quando Duda contou à sua mãe, a querida senhora chorou. Ela, que já perdeu dois filhos, Heitor, que todos conheciam por Toga, e Alice, que morreu de uma doença no sangue faz pouco tempo, pobre coitada.

Bem, já é noite e a luz aqui está fraca. Temos pensado em comprar um gerador mais eficiente, mas haja dinheiro para tudo que precisa ser feito. Vou organizar as coisas e me preparar para dormir.

Estrelas fritas com açúcar

Ele ainda não entendia bem as coisas e, de repente, era dia, de repente, era noite. E então ele ganhava colo, e depois a mamadeira, e já era a hora em que tudo desaparecia, *pluft*. O mundo inteiro se apagava e era ainda antes de desligarem o gerador.

Tudo estava sempre mudando, era dia, era noite, e fazia frio e vinha o calor, então a barriga da mãe estava bem crescida, parecia que ela tinha comido uma melancia. Ele adorava comer melancia e, um dia, a casa ficou uma confusão e chegou a Dindinha, e chegou o Dindinho, e veio também dona Otília, que a Ana chamou de parteira. Depois, tudo ficou escuro e, quando o dia o acordou novamente, sobre a cama da mamãe tinha um tal de irmãozinho.

Heitor, eles disseram.

Ele não gostou de cara do irmãozinho, não estava precisando de um. Mas gostou quando a Dindinha o levou pra cozinha e, sempre falando com doçura, mandou dona Gena ir cuidar da roupa branca e tirou de um saco de papel uma varinha mágica. Sim, igual uma varinha de fada, mas a Dindinha a punha na panela e fazia nascer uma coisa maravilhosa, estrelas fritas com açúcar, e a Dindinha fritou e fritou, ele olhando aquilo muito pasmo, sentado na cadeirinha, longe do fogão "para não se queimar", e logo havia um céu inteiro sobre a mesa da cozinha. Eram tantas estrelas que ele começou a rir e rir, achando aquilo tão lindo, que dos astros não entendia nada, tão pequenino que era ainda; ainda era o Chéu.

E, quando ele dizia céu, ele dizia *Chéu*. Era certo que ganhasse estrelas naquele dia, bem quando o irmãozinho tinha chegado.

E a Dindinha estava muito querida, pedindo que ele não chorasse, que ele não gritasse, que a mamãe precisava descansar. A mamãe estava muito cansada, mas logo ficaria boa, e ter um irmãozinho era a coisa mais linda do mundo, mais linda do que aquelas estrelas de açúcar.

Ele pensou que o irmãozinho até podia ficar, por causa da estrelas, é claro. E ele comeu e comeu e comeu, depois teve dor de barriga. Papai riu da sua comilança e teve pena quando ele ficou dodói. Ana cantou-lhe umas músicas e fez massagem para a dor passar, mas a Dindinha disse que ninguém ficava doente de comer estrelas fritas com açúcar, pois as estrelas eram leves, levíssimas, e se não fossem leves, não ficariam penduradas lá no céu.

Ele achou a explicação muito bonita, as estrelas penduradas lá no céu. Os passarinhos de Deus, disse a Dindinha.

Mas Ana fez cara feia porque o menino estava dodói. Ana cuidava muito dele, dizia *Cheuzinho*, e o enchia de beijos. Será que Ana ia gostar tanto assim do irmãozinho, que tinha o cabelo bem claro, eles diziam, *alemãozinho*? Não dava para saber, estava tudo muito diferente, e todo mundo fazia coisas agora que antes não fazia. O papai estava com os amigos lá na venda, e tinha vindo até o tio Ari, que ia ser o dindinho do Heitor. A Dindinha estava com eles, tomando conta de tudo, ao invés de estar na casa dela, que era longe, longe dali. Dona Gena andava atarefada, Ana parecia mais amável ainda do que sempre fora, agarrada a ele como se o *Cheuzinho* fosse o seu brinquedo preferido.

E a mamãe?

A mamãe era a mais estranha de todos. Ela, que nunca dormia, agora estava só deitadinha na cama com o irmãozinho do lado, será que estava doente?

Mas o bom daquilo tudo eram as estrelas fritas com açúcar.

Todas as tardes.

E, se o coraçãozinho do menino estava pesado de ciúmes e de angústia, a sua barriga andava feliz, estrelada. Na barriga do menino agora vivia uma constelação.

Luís Alves, agosto de 1950

O dia começava cada vez mais cedo.

Às cinco horas da manhã, Duda pulava da cama. Fosse inverno ou verão, abria a porta da varanda do quarto do casal e bradava:

— Matias! Está na hora!

Era o sinal de que a roldana da vida começava a girar.

Matias tinha que tratar dos cavalos, chamava os outros homens do depósito para a labuta e depois partiam em duas ou três carroças até as propriedades dos colonos, das quais traziam o açúcar para a venda e a torrefação do café – esse açúcar antes precisava ser seco na eira, trabalho que Matias ou um dos outros cumpriam. Eles traziam também farinha, milho, mandioca, arroz. Tudo era ensacado e vendido a granel na loja onde Adelina reinava.

Além de Ana, tinham contratado mais dois rapazes da cidade – Célio e Zacarias. Ambos chegavam às seis, abriam a loja, organizavam as mercadorias, tiravam o pó dos chapéus Ramazone, faziam a pilha dos Prada, revisavam o armário de remédios, pois Luís Alves não tinha farmácia e era na venda que as gentes vinham se socorrer das dores, atrás de Cibalena, Melhoral, Aralen e Metoquina, que a malária por ali era coisa recorrente; com tantos morros, tamanha umidade, os mosquitos faziam a festa.

Ana ajudava na venda e também dava uma atenção aos dois meninos, Chéu e Heitor. O menorzinho, loiro como os Hess, era, desde pequeno, muito sapeca. Já engatinhava e tinha o hábito de ir atrás de encrencas, enquanto Anselmo era calmo e ponderado para os seus dois anos e pouco. Dona Gena pilotava a cozinha e cuidava da casa com a ajuda de Rosa, uma moça que tinha vindo de uma das propriedades ali da região.

Depois do sinal dado por Duda, todos começavam as suas tarefas. Às cinco e meia da manhã, o primeiro ônibus saía com destino a Itajaí. A casa dos Hess e Souza transformara-se na rodoviária da pequena localidade e, ao amanhecer, já havia gente postada na varanda da venda, esperando a viagem. Às seis, saía o segundo ônibus, este, para Blumenau, pilotado por Duda. Ele guiava o carro novo, comprado da Bauer, todas as manhãs, voltando apenas ao fim do dia. Assim, Duda tocava os funcionários e, dois dias por semana, dedicava-se aos trabalhos do açougue.

Adelina andava se desentendendo com a irmã. Elvira chegava tarde à venda, ficava pouco. Raros eram os dias em que não houvesse uma rusga entre elas. A coisa não ia longe porém; pois Adelina tinha muito trabalho a cumprir – agora era a responsável pelas compras da venda, seguindo de caminhão para São Paulo umas três ou quatro vezes ao ano, fazia toda a contabilidade e ainda supervisionava o balcão. Alguns clientes insistiam em ser atendidos por ela, de longe a mais entendida, a mais ágil e solícita vendedora do lugar. Elvira então tentava apaziguar o clima ruim, postando-se no balcão a distribuir sorrisos e atenções aos clientes.

Não era má pessoa, somente achava que a vida tinha mais graça do que trabalhar e trabalhar da manhã à noite – queria estar com os filhos pequenos, aproveitar a calmaria da casa quando eles dormiam, esperar o marido de banho tomado, bonita e coquete como nos tempos do noivado. Não entendia como Adelina podia fazer tanto; dizia-se que ela andava a dormir umas cinco horas por noite, que ficava até a madrugada com o nariz enfiado em contas, fazendo colunas no livro-caixa, preparando etiquetas de preços, listas, orçamentos.

Leonardo, tão amigo do Duda, contava que o único momento de paz do casal era a hora da sesta, quando, após o almoço, Adelina recolhia-se com o marido para um breve descanso. Apesar disso, não parecia faltar romance entre os dois. Elvira via ao chegar à venda os bilhetinhos de amor que Duda deixava para a mulher. Eram poemas, pequenas rimas, às vezes acompanhadas de uma maçã ou de uma flor. *No jardim da casinha, esta rosa eu colhi, estou te oferecendo como prova do amor que sempre por ti senti.* Aquilo dava-lhe um pouco de ciúmes, pois Leonardo não tinha tais arroubos. A irmã e o marido pareciam muito apaixonados, e a presença de Duda era a única a suavizar o olhar sempre determinado de Adelina, que cumpria suas tarefas com uma minúcia assustadora para Elvira.

E havia mais...

Embora já tivessem os dois meninos, Anselmo e Heitor, Adelina andava desconfiada de que estava grávida outra vez – as regras tinham falhado, e ela sentia novamente os peitos doloridos, os mesmos peitos que amamentavam Heitor já se preparavam para uma nova criança. Era muito de tudo, pensava Elvira; seria justo que ela, que não se achava assim tão feliz, fizesse um pouco menos, como uma espécie de indulto, de desconto por não receber rimas ou rosas frescas do quintal.

Pensava isso enquanto se dirigia à venda, os passos lerdos porque o caminho era pouco. De longe, viu Michelin, que não era muito bom da cabeça, chegando para os lados do depósito, decerto atrás de conversas com Matias. Michelin tinha ido viver por ali, e era aceito por todos, embora tivesse lá os seus problemas. Era como uma criança velha, pensava Elvira. Mas deixavam que ele se postasse num canto da venda, perto do balcão. Ali, ele passava horas sem molestar ninguém, só olhava tudo. Se algum colono mal-intencionado tentasse surrupiar algo, Michelin punha a boca no trombone. Em troca, Adelina permitia-lhe alguns capilés ao anoitecer, e ele era assim, como um cachorro fiel, sempre rondando a venda e o açougue, pois ali era o coração do Salto, era na venda que as notícias chegavam e de onde partiam e, como todo lerdo das ideias, Michelin era mais feliz comentando a vida alheia do que vivendo a sua própria.

Elvira entrou na venda, sentindo o ar frio, puxou o casaco para o pescoço. Tinha finalmente achado uma boa moça para cuidar das crianças; era, porém, bonitinha, e ela guardava certo medo dos apetites de Leonardo. Ao ver Ana com Heitor no colo enquanto arrumava os chocolates e bolachas numa prateleira com a mão livre, sentiu de novo a leve fisgada da inveja, pois Ana era dedicadíssima à Adelina, além disso, não tinha belezas, era quieta e pacata.

— Bom dia — ela disse.

Ana respondeu com educação, mas concentrada nos seus afazeres. De longe, Elvira viu Adelina trabalhando no livro-caixa. Ela estava por seguir para São Paulo, onde faria compras na rua dos turcos, a Vinte e Cinco de Março. Mesmo grávida, Adelina não temia a viagem longa, exaustiva, os hotéis baratos para economizar dinheiro, o caminhão sacolejante, a comida em farnéis.

Elvira colocou seu avental e postou-se ao balcão. Era terça-feira e Duda estava no açougue. Da janela, ela viu um pequeno agrupamento de gente querendo carne fresca. Uma cliente entrou, buscando uns metros de chita. Elvira atendeu-a rapidamente, depois foi examinar se havia bastante bebida no pequeno porão, onde ela se mantinha fria para consumo. As eleições para presidente, com Getúlio buscando recuperar seu poder, agitavam os ânimos masculinos, e todas as noites havia ajuntamento na venda, às vezes até bem tarde. Por sorte, pensou Elvira, conferindo as cervejas, ela não morava ali. Na sua casa, as noites eram quietas e ela podia colocar as crianças na cama para ter, enfim, um pouco de paz.

— É preciso trazer mais bebida — Elvira disse.

Adelina ergueu o rosto e respondeu:

— Avise o Matias que ele traz.

Neste momento, Michelin entrou na venda com a sua cara risonha e gorducha. Vinha cantando a musiquinha de Vargas para a campanha presidencial, uma espécie de marchinha de Carnaval que grudava nos ouvidos. Estava já o país inteiro mergulhado na eleição, que seria no fim do ano.

— Bota o retrato do velho outra vez — bradava Michelin. — Bota no mesmo lugar, bota o retrato do velho outra vez...

Embora gostasse de Vargas e Leonardo estivesse determinado a votar nele, juntamente com Duda e Ari, Elvira não aguentava mais aquela maldita musiquinha. Olhou Michelin, irritada com seu ar vago, um fio de saliva escorrendo do canto da boca, e bradou:

— Não tem mais o que fazer? Vai lá e chama o Matias pra mim. Senão nada de capilé hoje, está entendido?

Michelin assustou-se. Deu um pulo, fez meia-volta e, com cara de pavor, botou-se a correr na direção do depósito onde Matias dava de comer aos cavalos que tinham voltado do Braço Serafim.

Elvira sorriu, mas Adelina olhou-a:

— É um pecado tratar assim uma criatura como ele, Elvira.

— Adelina, não exagere. Ele ganha comida e bebida, pode trabalhar um pouquinho. Não é você mesma que acredita que o trabalho salva e o ócio adoece?

Adelina baixou a cabeça, sem responder. Ana tinha terminado a organização da estante. Com Heitor no colo, ela anunciou que ia trocar as fraldas do pequeno e voltaria num instante. Quando as irmãs começavam o dia daquele jeito, ela sabia bem como as coisas iam terminar

Chuviscava lá fora e o mundo parecia mergulhado em quietude, envolto em algodão. Os meninos dormiam sob os cuidados de dona Gena, Ana estava na venda com Célio e Zacarias. Adelina suspirou baixinho, revirando-se na cama macia. Ao seu lado, sentia o calor de Duda, que parecia dormir.

A sesta era sagrada para eles. Muitas vezes, aconchegados ali sob o feitiço do silêncio, o sono dava lugar ao desejo. Duda aproximava-se devagar; aos poucos, beijava-a – cabelos, pescoço, rosto, descendo os lábios em direção ao seu colo... Ela sorriu na penumbra do quarto.

Hoje não... Hoje, Duda estava cansado; ela, grávida. A mãe dissera-lhe que saíra à avó, era muito fértil. Adelina sentia-se feliz, queria muitos filhos, as gestações não a molestavam; ao contrário, sentia-se revigorada com outra vida palpitando dentro de si. Mas tinha consciência de que, a cada filho que punha no mundo, o trabalho aumentava e era preciso também ganhar mais dinheiro. Uma família grande custava caro.

Os negócios andavam bem, mas não do jeito que ela queria. Tinha ideias claras de como comandar as coisas, mas era preciso convencer a irmã e Leonardo de tudo, e depois Duda. O marido concordava com ela, deixando espaço para que seu tino comercial se desenvolvesse. Mas Elvira? Era imediatista e ciumenta. Além disso, a irmã não tinha a mesma capacidade de trabalho que ela.

Ao seu lado, como se pudesse ouvir-lhe os pensamentos, Duda acordou. Apoiando-se no cotovelo, olhou-a, com um sorriso no rosto:

— Está tudo bem, Adelina? Enjoada?

Adelina riu das angústias do marido.

— Você sabe que quase não tenho enjoos. Mamãe disse que nasci para parir filhos.

Duda acarinhou-lhe os cabelos, tinha outra vez aquele brilho nos olhos.

— Eu gosto mesmo é de fazê-los — ele falou, baixinho. — Mas, depois, tenho que respeitar a quarentena, e isso e aquilo... — Suspirou: — Ah, nada é perfeito.

Adelina sentou-se na cama, escutando a chuva que parecia engrossar, cantando no telhado.

— Nada é perfeito... — ela repetiu. E desabafou: — Duda, eu não consigo mais trabalhar com a Elvira.

Duda olhou-a com cautela. Ela podia ver a mudança nos seus olhos escuros. Ele era um homem sábio na sua alegria, contornava as dificuldades, não quebrava cristais. Mirava-a como que buscando as palavras certas. Por fim, ele disse:

— Adelina... Temos uma sociedade. Tudo se ajeita, você vai ver. O Carlos agora vai para o internato em Blumenau, sua irmã terá mais tempo para o trabalho.

Adelina virou-se na cama, olhando a parede. Não queria magoar o marido, mas aquilo não tinha jeito. O problema não era o pequeno Carlos, era Elvira... No entanto, ela sabia que era preciso perseverar por mais algum tempo, nem que fosse pelo pai. Leopoldo tinha confiado nos dois casais ao transferir-lhes as empresas. Ela não podia decepcioná-lo.

— Fale com o Leonardo, então — pediu. — Ele deve saber como levar a Elvira, porque eu não sei... Diga que ela chega tarde e sai cedo. E que não quero mercadorias da loja na nossa casa, aqui não é depósito.

Duda consultou o relógio. Era uma e meia da tarde. Apesar da chuva, precisava ir até o Escalvadinho ver a mãe, pois a boa Maricotinha andava adoentada. Precisava, também, se reunir com o sobrinho Ari, eram sócios na serraria. Ele tinha vontade de abrir outra firma ali em Luís Alves, gostava de trabalhar com madeira, de pilotar a serra, aplainar as toras... Era um plano, mas Leonardo achava que já tinham coisas demais para dar conta, e não estava de todo equivocado.

— Vou ver a mãe — ele disse. — Volto à noite. Você fica bem aqui com Ana e os outros?

— Ficarei bem — respondeu ela.

Era hora de retomar o trabalho. Além do mais, sentia um buraco no estômago, como se a semente em seu ventre tivesse sugado todo o alimento disponível em seu corpo. Pensou no pão recém-assado que dona Gena deveria estar desenformando. Sentiu a boca encher-se de saliva e, como um bicho reagindo ao seu instinto, pulou da cama, assustando o marido.

— Que houve? — Duda perguntou, abotoando o casaco, enquanto ela calçava as chinelas com pressa.

— Estou morrendo de fome. Quero uma fatia enorme do pão da dona Gena — disse Adelina, fazendo uma careta.

E saiu do quarto às pressas, deixando o marido com um sorriso no rosto. Sim, Duda a adorava. Em suas crises de braveza, em seus momentos de doçura. Adorava-a como a uma rainha, alta, elegante e superior; havia nela um ímã que o mantinha orbitando ao seu redor. Mas nada havia de subserviência naquilo... Aquele amor era uma equação. Uma equação rara e complexa, elementos opostos que se atraíam em perfeito equilíbrio. Duda não entendia nada de física ou química, seus estudos não tinham passado do científico, que deixara pelo meio a fim de trabalhar. Mas tinha a sensibilidade necessária para entender que os grandes milagres da vida mereciam ser vividos a pleno.

Ele ficou ainda alguns momentos ali, tentando captar no ar do quarto o perfume suave dos cabelos de Adelina, o tom da sua voz, as palavras cujo som ainda reverberava em seus ouvidos. Ela era o seu prumo. Ele sorriu dos humores do destino, pois uma tragédia os tinha reunido.

De pé na varanda, olhou a tarde chuvosa que borrava o mundo lá fora e pensou na mulher grávida. Seria uma menina daquela vez? A vida era cheia de mistérios, concluiu, colocando seu chapéu, antes de sair em busca de Black e seguir a trote pelo caminho sinuoso entre os morros que tantas vezes fizera durante o seu noivado.

Adelina conferiu uma última vez a venda. Estava tudo em ordem para o dia seguinte, quando Silo e Zacarias abririam a loja. Era tarde, voltara a chover. Àquela hora, Ana tinha colocado os dois pequenos na cama e já deveria estar descansando. Ela se recolhia ao quarto, que agora era só seu. Parecia aproveitar muito aquelas poucas horas de introspecção e intimidade; às vezes, parecia até ansiosa, como se tivesse um esposo esperando por ela na cama.

Adelina deu de ombros. Estava preocupada. Duda não voltara ainda do Escalvadinho. Durante a tarde, a chuva amenizara e um sol quente chegara a aquecer o campo. Mas era um calor estranho, fora de estação, sentia-se a umidade no ar. Apesar disso, com aquele tempo de chuvas, todo sol era bem-vindo. O armazém estava cheio de açúcar grosso que precisava ser seco. Os carroceiros tinham corrido para a eira, espalhando o açúcar sob o sol. Porém, logo o tempo mudara. Um trovão rompera a quietude da tarde, avisando da chuva. Até mesmo dona Gena e Rosa tinham deixado o trabalho da casa e corrido para ajudar os homens, mas boa parte daquele açúcar não fora retirado da eira a tempo, virando melado. Adelina detestava prejuízos, tinha de anotar aquilo nos seus cadernos.

Juntou o livro-caixa e outros documentos e, apagando o lampião, pois o gerador fora desligado já havia um bom tempo, fechou a venda e subiu para o seu quarto. Chovia forte agora, e Adelina considerou que Duda talvez ficasse para dormir na mãe. Era uma viagem dificultosa, as estradas barrentas, e esfriara bastante ao anoitecer.

Cruzou os corredores, examinando se a casa estava em ordem. Depois, subiu para o andar dos quartos. Antes de se recolher, com os livros sob o braço, a barriga pesando um pouco de tantas horas em pé, espiou os pequenos que dormiam em seus berços. Quietinhos, serenos como anjos. Persignou-se, fechando a porta com todo o cuidado.

Olhou o relógio na parede, já passava das nove horas. Ficaria ainda um bom tempo colocando os livros-caixa em dia, e precisava terminar a lista de compras. Em dois dias, iria de caminhão para São Paulo. Tinha chamado um motorista que já a levara outras vezes, pois Duda e Leonardo eram imprescindíveis para os ônibus. Quanto à loja, não confiava muito nas distrações da irmã, mas podia contar com Ana. Ela era criteriosa e, com os ajudantes, a coisa poderia funcionar bem na sua ausência.

No quarto, tirou os sapatos. Seus pés inchados pareciam tristes. Pensou na mãe, que sempre era contra aquelas viagens. Mas Adelina sabia que somente ela faria as compras de forma correta. Certas coisas não se podia delegar.

Sentou-se à pequena escrivaninha que mantinha num canto da peça. Sobre o tampo de madeira polida, encontrou um caderno de notas. Era de Duda, certamente. Deixou seu trabalho de lado, alguns segundinhos não fariam mal... Duda vivia rabiscando coisas, poemas, ideias. Para as listas de compras, os memorandos da empresa, ele era péssimo. Mas quando se punha a contar histórias, a juntar rimas...

Adelina abriu o caderno a esmo. A letra bonita do marido não deixava ver o pouco que ele frequentara a escola convencional. Duda tinha uma caligrafia elegante.

O Heitor nasceu bem diferente do Chéu, rosto mais largo, olhos grandes, bem abertos... A mãe, pegando ele no colo, disse: "Veja como esse menino é esperto".

Adelina sorriu, lembrando a noite em que o segundo filho tinha nascido. Duda era muito apegado às crianças. Era, de fato, um homem diferente. Amoroso, participativo e dedicado. Não era igual aos outros maridos, que viviam para a lavoura e o trabalho.

Lembrou-se da história da cigana. Se aquele era o "caboclo" que a tal mulher vira nas linhas da sua mão ainda pequeninha, a vida tinha sido generosa com ela.

Um trovão cortou a noite lá fora, e uma rajada de vento entrou pelas frestas da porta. Adelina sentiu um arrepio. Torcia para que Duda tivesse ficado na casa da mãe, a madrugada seria tormentosa. Deixou de lado os poemas do marido e voltou à vida real. Tinha de se organizar para a viagem a São Paulo.

São Paulo, primeiros dias de outubro de 1950

Sentia as pernas pesadas, mas isso em nada atrapalhava a sua euforia. As lojas enfileiravam-se, fachadas grandes e pequenas exibindo mercadorias de todos os tipos. A indústria nacional começava a crescer, e agora dominava as prateleiras da "Rua dos Turcos", mas as belas rendas francesas, a casimira inglesa e as porcelanas chinesas e japonesas ainda estavam ali, deixando seu *frisson*, enchendo os olhos de Adelina com aquela elegância. Ela gostava do bom e do caro. Evidentemente, fazia as compras para a venda na medida das necessidades dos seus clientes; mas, embora vivesse de forma espartana – viera de caminhão para trazer as compras, estava num hotelzinho barato, não muito longe dali, e economizara no almoço para depois tomar o chá na Padaria Di Cunto e comer um pedaço de Torta Regina – ainda assim, ela sempre comprava alguma coisa realmente boa para o seu enxoval e para a casa. Aprendera com a mãe; Verônica sempre fora uma mulher fina, e seu pai, homem moderno para a vidinha que levavam no interior de Santa Catarina, tinha a visão necessária para educar os filhos com critérios de bom gosto.

Ela atravessou a rua e caminhou até a esquina onde ficava a bonita Niazi Chofi, com a fachada colorida. Tencionava comprar algumas peças de tecido melhor e roupas para o enxoval do bebê, que agora se remexia no seu ventre. Os comerciantes das lojas pequenas, onde Adelina adquiria a maior quantidade de produtos, já a conheciam de outras viagens.

Sírios, libaneses e árabes dominavam a região, pois, desde que haviam chegado ao Brasil, tinham evitado a vida agrícola, especializando-se no comércio. A Rua Vinte e Cinco de Março crescia a olhos vistos. Inquieta, latente, pulsava como um coração encravado no centro da cidade de São Paulo. Aqueles imigrantes, que tinham vindo de tão longe, estigmatizados pelos europeus e até mesmo pelos próprios brasileiros, já eram donos de mais da metade dos estabelecimentos comerciais de São Paulo, e Adelina dava-se bem com eles. Em todos eles, assim como nela, corria nas veias o gosto pelo comércio. Além do mais, Adelina sabia barganhar, gostava daquele jogo, e os vendedores viam nela uma compradora à altura das suas habilidades.

Sim, divertia-se negociando, pensou, enquanto cruzava a entrada elegante da Niazi. Ereta, a cabeça bem-penteada, meias de seda e usando um vestido verde que disfarçava sua gestação, Adelina era a imagem da elegância. Ninguém diria que aquela mulher fazia compras há mais de cinco horas, que fora e voltara do pequeno hotelzinho, carregada de sacolas, por mais de seis vezes, e que estava grávida de quatro meses. A maioria das mulheres no seu estado ficava em casa, entregue a enjoos e crochês.

Ela subiu ao andar superior e examinou as sedas e os tafetás com seus olhos experientes. Escolheu uma peça lisa, de um azul-escuro, e pediu vários metros. Depois, levou uma casimira cinzenta para um terno de que Duda estava precisando e uma peça inteira de lã xadrez, que poderia vender na loja para o inverno seguinte.

O vendedor fechou a nota fiscal, ela pagou e passou o endereço do hotel para que entregassem tudo.

— Ao anoitecer, por favor — pediu.

Ainda tinha muitas compras a fazer. Dali, seguiria atrás das louças e confecção de cama, pois sempre tinha alguns produtos de qualidade superior na venda. Era preciso atender a todos, aprendera com o pai. Desde a farinha escura até a casimira inglesa, a sua loja fazia inveja às outras, de Blumenau ou até mesmo Itajaí.

Saiu para a rua com um sorriso no rosto. Sentia fome enquanto caminhava sob o sol de outubro, a amena primavera paulista fazia-lhe bem. Gostava daquela cidade, das gentes elegantes, do progresso. Passou a mão na barriga, levemente, como se acarinhasse a criança. Tinha amor pelo seu chão, pela Luís Alves que a vira crescer; mas, às vezes, preocupava-se pelos filhos. A cidade ficaria pequena para eles em algum momento, não trabalhava tanto para ver as suas crianças virarem agricultores. Ela amava o progresso. Sentia-se viva circulando ali, ouvindo as conversas dos transeuntes, pedaços de frases, a expectativa pela eleição em duas semanas, a ascensão de Getúlio, que era o candidato da sua família, os risos, flertes, negócios... A vida fazia-se ali, inquieta, obreira, a vida nervosa e fértil como ela. O Brasil crescia a olhos vistos e aquilo lhe dava uma satisfação ufanista que se sobrepunha ao cansaço.

Entrou numa pequena loja especializada em louças, porcelanas simples e alumínio. Seu Farid, um velho libanês que vivia no Brasil havia vinte anos, era o dono e um velho conhecido. Adelina tirou da bolsa a lista com o pedido que preparara, criteriosamente, ainda em Luís Alves. Seu Farid elogiou-lhe a boa aparência e comentou da última enchente, que fora violentíssima.

— Metade do meu estoque se perdeu, todos os tecidos se foram. Mas estou vendendo algumas louças em perfeito estado, umas bacias e peças de alumínio com bom desconto.

— Eu gostaria de ver, seu Farid — disse Adelina.

Ela já conhecia a prática. Aquela região de várzea tinha visto várias enchentes; quando o rio subia, o único remédio que quedava aos comerciantes era liquidar as mercadorias avariadas, livrar-se do estoque antigo e comprar tudo outra vez. Os humores do rio ali perto a faziam lembrar-se da sua própria terra. Quantas vezes não vira o Rio Luís Alves crescer, extravasando as margens, enchendo de fúria os muitos braços... Nessas ocasiões, ele devastava casas, lavouras e gentes. Era a sina dos moradores do Vale do Itajaí.

O velho Farid suspirou:

— Uma desolação aquela água toda... — Depois empertigou-se, voltando ao presente, e disse: — Venha comigo, dona Adelina. Vamos até o estoque atrás da loja.

E Adelina seguiu-o para sair de lá quase uma hora mais tarde. Tinha feito um excelente negócio, economizara um bom dinheiro. O sol já parecia mais suave, deitando sua luz sobre os prédios e sobre os passantes. Ela agora estava morrendo de fome. Precisava pensar na criança e, sorrindo, dirigiu-se à padaria. Sim, tinha direito a uma porção dupla de torta e a um chá bem quente.

Mais tarde, na volta ao hotel, seria preciso calcular todos os preços para a loja e começar a preparar as etiquetas de venda. Partiria bem cedo na manhã seguinte. E a viagem de caminhão levava três dias. Quando chegasse a Luís Alves, a primeira coisa a fazer era abastecer a loja com as novas mercadorias recém-adquiridas. No domingo, após a missa, os moradores veriam as novidades da Venda Luís-Alvense.

Diário de Adelina, dezembro de 1950

Tantas coisas acontecendo que tenho escrito pouco aqui. Chéu está um menino muito bonito e tão bonzinho, Heitor começou a caminhar e já anda por tudo, intrépido e curioso. Ana vive atrás dele e diz que este dará trabalho. E Duda é todo orgulhoso dos dois garotos.

Quanto a mim, agora a barriga está mesmo crescendo, e fico pensando se terei uma menininha para alegrar a família. Mas trabalho tanto na venda e varo noites até tão tarde para colocar os números em dia! A venda, os ônibus, o açougue, tudo isso está sob a minha responsabilidade, todos os livros-caixa, as compras... Ando muito cansada, mas eu gosto de trabalhar. O que não gosto é de dividir os lucros de tanto esforço meio a meio com Elvira e Leonardo, quando somos Duda e eu aqueles que mais trabalham aqui.

Nos últimos meses, Duda tem guiado o ônibus para Blumenau, enquanto Leonardo faz a viagem até Itajaí. Ora, a viagem de Luís Alves a Blumenau é muito mais difícil. Não se passam dois dias sem que o ônibus guiado por Duda atole em algum ponto do caminho, e ele precisa usar as correntes para seguir adiante, uma trabalheira sem fim. Quando isso acontece, meu maridinho chega em casa já tão tarde que seu prato esfriou no forno. Vem cansado, necessita de um escalda-pés para relaxar dos esforços da viagem.

Às vezes, nos vejo como desbravadores. Queremos trazer o progresso para cá. Quando lembro os grandes prédios em São Paulo, os carros de praça, e depois vejo Duda chegando ao fim do dia, coberto de barro, exausto e faminto, sinto orgulho do meu marido. Ele tem outra fleuma, gosta dos animais, do campo... Mas não se nega ao trabalho; ao contrário, é o primeiro de todos a acordar, antes que o galo cante.

Porém, essa trabalheira toda não muda as injustiças às quais estamos submetidos. Tenho conversado muito com Duda... Mas meu Dudinha é tão bom! Sempre encontra desculpas para os desmandos de Elvira e para a conversa furada de Leonardo, de quem ele gosta tanto!

Agora, estamos todos sob o efeito da eleição de Getúlio. No dia três de outubro, ele confirmou sua vitória com quarenta e oito por cento dos votos válidos. Houve muita festa e a venda ficou cheia de homens até tarde. Vendemos bastante cerveja e capilé, e Duda foi dormir trocando as pernas, muito feliz. Duda adora política, assim como meu pai, que fez carreira. Não duvido que meu Dudinha, uma hora dessas, se candidate a algum cargo público pelo bem da gente aqui de Luís Alves, onde ele chegou há tão pouco tempo e já é tão querido.

Casei-me com um homem que angaria afetos por onde passa. Na venda, todos me perguntam por ele. A sua bondade espalhou-se, dizem que ajuda os outros, que empresta dinheiro a juros baixos aos mais necessitados. Duda tem um coração de ouro, embora seja turrão às vezes. Brigamos pouco, ele me cerca de carinhos. Maçãs e laranjas com poemas, bilhetes de amor sobre a cama... Mas, quando brigamos, ele vai dormir num dos quartos vazios, e Ana finge, no outro dia à hora do café, que nada viu, que não escutou coisa alguma. Tentei arranjar um noivo para que Ana formasse uma família sua, mas ela se diz feliz aqui. E assim o parece. Trabalha firme ao meu lado, cuida bem das crianças, é uma grande ajuda nos meus dias, e assim compensa o pouco que Elvira acrescenta ao tanto de trabalho que temos.

Pelas minhas contas, a criança que trago no ventre vai nascer em abril. Mamãe virá de Blumenau, como sempre. Tem sido ela a ajudar a parteira e a dar o primeiro banho no bebê e, desta vez, não será diferente. Quando mamãe está conosco – a Dindinha do Chéu, que Heitor também começou a chamar assim

–, ela faz muitos agrados às crianças. Mas o que eles mais gostam são as suas estrelas fritas com açúcar.

E encerro aqui estas linhas. Há muito serviço na venda. E depois é preciso colocar a contabilidade em dia, fazer as encomendas. Voltei de São Paulo um pouco antes das eleições e trouxe muita mercadoria nova. A barriga não me incomoda nessas viagens: meus filhos assim vão aprendendo a trabalhar desde pequenos.

O fio da vida: Láquesis

Uma mulher é uma mulher.

Mas, tu, Adelina, não és como as outras.

Por isso, eu te observo. Por isso, eu te teço, Adelina, em dias e horas, e lágrimas e beijos. Cuidadosamente.

Tramo teus dias, teus longos dias, onde o trabalho é o esteio de tudo, onde as horas se multiplicam como se tu não fosses humana, mas uma deusa, assim como eu.

Tal e qual uma deusa, tu também erras. Tantas vezes, Adelina, tu erras contigo e com os outros... Não te culpo, pois somente chega ao acerto aquele que antes passa pelo erro. Tu és uma mulher de ação; dizem das mulheres que aprenderam a esperar, que a contemplação é o seu estado natural. Mas não tu.

Ah, não tu...

Quando tu despertas pela manhã, tu sentes que o mundo começa a girar como se teus pés o levassem adiante. Tu moves o mundo, Adelina. E, de fato, para além desta injustiça com teus bebês, que tão pouco têm a mãe que é senhora do mundo, tudo ao teu redor parece necessitar de tua energia.

Tu és vital. Tu trabalhas por todos. Mas, como disse Cícero – sim, eu gosto de alguns mortais e até mesmo aprendo com eles –, "não nascemos apenas para nós mesmos".

É nesta consciência que habita a tua vitalidade, Adelina.

Talvez, por isso, sejas tão fértil.... Vens dando trabalho à minha irmã Cloto, que fia a tua descendência. E mais trabalhos darás a mim. Pontos incontáveis tenho eu de tramar segundo teus desejos incessantes, tua vontade louca de crescer, teu faro para os negócios, tua sabedoria do comércio, essa faina que te preenche inteira, Adelina, brigando pelo espaço com teus filhos ainda no ventre...

Cada um deles, Adelina, e os terá muitos.

Assim tu pediste, e assim será.

Ainda hoje, neste dia dos homens, vinte e nove de abril do ano de 1951 depois de Cristo, tu vais colocar mais um rebento no mundo. Não uma mulher, como tu desejaste, mas ainda um outro homem, que muitos filhos serão necessários para conter as tuas vontades, domar o teu gênio, auxiliar-te nos teus sonhos.

E teu marido?

Teu marido é um poeta, ele entende que a uma mulher como tu não se cortam as asas. Um casamento não pode ser uma rinha, e teu marido bem o sabe... Foi escolhido com cuidado para ti, que dois iguais nunca serão uno, imagines o dia sem a noite, a morte sem a vida, Cloto sem Átropos, céu sem inferno?

Ele é teu complementar. Ele pressente teus movimentos, Adelina. E, ontem, quando fostes dormir mais cedo, como que por milagre, admitindo-se cansada como quem se admite humana, compreendeu tudo. Ele passou a noite em vigília, esperando que tu o chamasses. E assim o foi, no meio da noite, teu braço tocou o dele, e tu disseste: "Vai depressa buscar a dona Otília que a minha hora está chegando". E ele foi. Já estava vestido sob as cobertas, que a um poeta a vida nunca pega em desprevenção.

Teu terceiro filho nasceu ainda antes do sol. Madrugador como tu, Adelina. Com tua mãe ao teu lado, e a parteira que escolhestes, nasceu o pequeno Vilson. E logo depois chegou Elvira, que as brigas todas nessas horas se esquecem, e houve alegria e houve lágrimas, e tu mal aconchegou a criança em teus braços, tão perfeita como um milagre, e já estavas pensando nas tarefas que deveriam ser cumpridas.

Mas tudo seguirá adiante, tenhas calma... A roldana dos dias não para, Adelina. Amamenta teu bebê e espera. Muitas coisas hão de acontecer, que o tempo não descansa. Teus meninos vão crescer saudáveis, as tuas juras tu cumprirás ao pé da letra: "Não vou perder nenhum filho meu", disseste.

E assim o será.

Seguirás trabalhando firme. E os dias e as noites se sucederão. Venderás porcelanas, rendas, passamanarias, ferramentas, baldes e bacias, remédios para a febre e pomadas para a beleza. Vais cuidar dos doentes mais pobres, que em Luís Alves tu serás a mais sábia e, na falta de médicos formados, também serás a curandeira oficial. Vais ampliar teus negócios, dormir com teu esposo, cear à luz das velas, cantar para os teus filhos as cantigas que para ti cantaram teus pais.

Com o suor do teu trabalho, com o esforço do teu marido, ambos comprarão, por fim, a casa grande que a teu pai Leopoldo pertencia. Em vinte prestações, hás de pagar este bem, ao qual amarás até o fim dos teus dias e, depois de ti, os teus filhos...

E as estações se sucederão, a chuva virá, furiosa, descendo pelos morros e despejando tristezas. E depois o sol acalentará a todos. Outra vez, o teu ventre há de gerar vida. Mais um berço será carpinteado. Teu esposo comprará um novo caminhão, crescendo vão as coisas, junto com a tua barriga.

Assim, numa manhã de primavera, Cloto fiará completamente uma nova criança. A primeira menina que das tuas carnes há de nascer. A melhor parteira da região será chamada nesta hora, a hora onde a vida encontra as portas abertas, e Cloto tira da sua roca o fio.

Depois dos teus gritos, ouvir-se-á um chorinho fraco. Do corredor, teu esposo há de inquietar-se. E Elvira então dirá a ele, eufórica:

"Chegou a tua Maria Aparecida".

Sim, tinhas escolhido este nome para a menina que, um dia, terias.

Uma belezinha, escreverá o pai nos seus cadernos de poemas. Para quem já tinha três meninos, uma menina grande alegria traz.

Luís Alves, dezembro de 1952

A casa estava em polvorosa. Na sala grande, que Adelina só usava em ocasiões especiais, montava-se o Natal. Ana tinha ajudado, impressionada com os enfeites que Adelina trouxera de São Paulo, com os grandes pacotes, feitos com esmero pelas suas mãos talentosas. Como ela tinha tempo para tanto? Com quatro filhos, e a pequenina ainda por completar dois meses?

Ana ajudara Adelina a colocar a estrela no topo, desfiara os algodões, a neve falsa daqueles natais calorosos, úmidos, onde o suor empapava os vestidos de festa, fazia esquecer a oração na missa, inquietando ainda mais os pequenos.

— Pode ir, Ana — disse Adelina. — Eu termino o resto sozinha.

Era bem tarde. As crianças dormiam. Duda andava lá para o depósito, descarregando o caminhão novo, um GMC51 que o enchia de orgulho. Transportava madeira com ele, pois estava para abrir uma serraria. Tinham decidido, também, fechar o açougue, que dava muito trabalho e pouco lucro. O caminhão viera bem a calhar. Rápido naquelas estradas lamacentas, esburacadas. As entregas e as viagens até as chácaras ficavam mais fáceis. Eles tinham dispensado três carroceiros, ficara apenas o Matias, agora que o caminhão dava conta de todo trabalho. E Duda contratara um tal Francisco, moço quieto, pai de três filhos. Ana gostava do homem, era educado e olhava baixo, nunca nos olhos das pessoas.

— Vai ficar bonito demais! — disse Ana, embevecida.

Aquilo parecia coisa de cidade grande.

— Quero que seja um Natal inesquecível — respondeu Adelina, sorridente.

Todos sabiam o motivo de toda aquela alegria: a pequena Tida, a menina que Adelina tanto desejara, tão bonitinha, tão delicada... Para Adelina, a chegada da garotinha viera completar a família.

Um chorinho fez-se ouvir, vindo do andar superior. Equilibrada no banco, pendurando os enfeites na árvore, Adelina titubeou. Gostava de atender a menina, mas estava tão ocupada!

— Deixa que eu vou — disse Ana. — Faço ela dormir num instante.

E saiu da sala, fechando a porta atrás de si.

Um momento depois, estava com a pequena nos braços. Aconchegada, a garotinha aquietou-se, de olhos bem abertos, como se a examinasse. No quarto ao lado, levando a bebê no colo, Ana conferiu que os três meninos seguiam dormindo. Saiu na ponta dos pés, embalando a criança amorosamente. E, então, olhando aquele pequeno milagre, a menininha tão linda, uma ideia louca ocorreu-lhe.

Ficou parada no corredor, segurando Tida com força. Que mal haveria de ter? Com passos rápidos, caminhou até o seu quarto, mergulhado na penumbra, apenas iluminado pela luz da lua cheia que entrava pela janela sem cortinas. Com a menina no colo, fechou a porta atrás de si.

— Veja! — ela disse, baixinho.

E esperou.

Ele não demorava muito. O milagre era breve, mas se fazia rapidamente. Sem decepcioná-la, Anselmo surgiu das sombras, vestido com seu uniforme branco, de gala. Tão elegante, pensou Ana.

Com ele, não precisava de palavras. Os olhos de Anselmo pousaram nos seus, compreendendo o elogio, sorrindo. E então ela estendeu os braços, mostrando-lhe a menina. Aquele tesouro. O rosto rechonchudo, macio, os olhinhos abertos, brilhando feito duas pedrinhas preciosas.

— Ela é linda, não?

Ana rodopiou pelo quarto, entrando e saindo do facho de luz que vinha da noite quente lá fora. As estrelas esparramavam-se no céu, quietas. Pareciam olhar a menina também.

Anselmo tremeluziu na noite como uma miragem desbotada pelo sol, apagando-se lentamente. Ana apertou Tida contra o peito, triste, buscando conforto na criança. Ele tinha ido embora outra vez, outra vez... Ela sentia que Anselmo estava se esgotando, tudo era sempre mais rápido, mais rápido... A luz o apagava, os ruídos o feriam, seu corpo perdia os contornos. Anselmo desfazia-se feito um pesadelo quando ela sentava na cama, com o coração aos saltos.

— Mas ele não é meu pesadelo — disse para a menina. — Ele é meu sonho, Tida!

A criança ronronou, como se concordasse.

Ana sorriu. Embalou-a uma, duas vezes, os olhinhos redondos e vivos foram se fechando suavemente, até que a pequena dormiu. Com a mesma sutileza com que viera até seu quarto, Ana tornou a caminhar pelo corredor, subiu as escadas e devolveu a pequenina ao seu berço, protegendo-a com o mosquiteiro de tule branco.

Já era quase Natal, e Adelina preparava aquela grande festa. Mas Ana desceu as escadas com os olhos marejados de tristeza, pois o seu milagre lhe escapava dos braços.

Estrelas fritas com açúcar

Dois anos, tinha lhe dito a Dindinha. "Nosso Heitorzinho está crescendo." Ele já conseguia correr atrás das galinhas e ria quando elas se alvoroçavam, estabanadas.

Rosa ralhava com ele:

— Não pode, neném.

Mas ele não era neném. Tinha o Vilson e a Tida. A Tida, sim, era pequena, uma trouxinha de roupa. Quando o Vilson chegou, ele não entendeu bem. Aquele choro, a cara amuada do Chéu. Claro, o Chéu já conhecia toda aquela história. O maninho. Aquela coisa estranha. E todo mundo sorrindo, com cara de bobo. Os adultos felizes, e a mamãe na cama, tomando caldo de galinha.

Tá bem, as estrelas fritas com açúcar compensavam um pouco. Porque a Dindinha era séria, não dava colo, ralhava "pro seu bem", mas ela fazia aquelas delícias que derretiam na boca. Muito melhor do que a mamadeira morna, açucarada, que a Ana levava todas as noites.

Mas da Ana ele gostava. Que boazinha ela era! Brincava com eles, fazia cavalinho, cafuné, levava para passear na beira do rio. *Cuidado*, ela dizia. *O rio é perigoso*. Tudo com aquela voz de falar com os passarinhos.

O Chéu também gostava dela. O Vilson também.

A Tida ele não sabia do que gostava, que era muito pequena, não tinha graça nenhuma. Ficava ali deitada, pulava de colo em colo. Nem entendia como era bom correr atrás das galinhas. Ele riu alto. Tida não gostava das galinhas. Heitor encheu o peito de ar, mirou em frente, lá estava o galinheiro. Então saiu correndo, *brrrruum, brrrruum*, igual ao caminhão novo do papai. E caiu na risada quando as galinhas, estabanadas, saíram dando pulos e cacarejando pra todos os lados. Cocoricó, cocoricó! Ah, como era bom!

Atrás dele, surgiu a voz da Rosa:

— Não pode, neném! Não pode!

Ele saiu correndo, bem rápido. *Claro que podia*. Quando crescesse, ia dirigir o caminhão novo e ninguém nunca mais o pegava no colo.

Verônica terminou de fritar as estrelas açucaradas que dona Gena levara para os pequenos comerem lá fora, no pátio. Fazia calor. Ela olhou pela janela, vendo os morros adiante, o sol escorrendo como mel claro pelas folhagens. Sentiu um leve, levíssimo aperto no peito... Sentia saudades de Luís Alves. Embora a vida em Blumenau fosse boa, os meninos em seus colégios, Nair estudando na capital, a pequena vinha duas vezes por mês para casa – ainda assim, algo do passado latejava dentro dela, como uma espécie de inflamação.

Respirou fundo. Não podia mudar as coisas, o jeito era seguir em frente. Entregou a cozinha para que dona Gena limpasse tudo, secou as mãos no avental, serviu um copo de suco de laranja para Adelina, colocou algumas estrelas num prato, ajeitou tudo numa bandeja e tomou o rumo do andar superior. O que importava era ver a filha tão bem! Já colocara quatro crianças no mundo, era uma parideira excepcional. A venda crescia, eles estavam comprando a casa sem atrasar uma única parcela, Duda era um marido excelente e trabalhador. Adelina estava se superando.

Verônica subiu devagar a escada, que rangia sob suas chinelas. O calor inchava seus pés e as pernas lhe doíam. Do pátio, vinham os risos das crianças sob os cuidados de Rosa. Verônica suspirou. Ao contrário de Alzira, que se casara e fora morar na casa do esposo em Blumenau, e que mesmo grávida do primeiro filho empurrava um mês após o outro como se esse fosse o modo natural de formar uma família, Adelina tinha construído já o seu mundo. Tudo parecia em perfeita ordem na casa, na venda, no orçamento.

Verônica abriu a porta do quarto. Por um instante, deixou-se ficar observando Adelina e Alzira, já bem barriguda, a conversarem, debruçadas sobre a pequena Maria Aparecida, que tinha acabado de mamar.

— É tão linda — disse Alzira.
— Cheguei a achar que só teria filhos homens — respondeu Adelina.
— Mas Deus é quem sabe.

Verônica entrou no quarto com um sorriso em seu rosto cansado. Entregou a bandeja à filha, ordenando que comesse, que se alimentasse, pois o puerpério exigia muitos cuidados.

— Já mandei que dona Gena prepare um caldo de galinha bem forte para o seu jantar — disse. — E você também, Alzira, pode comer um pouco. Fará bem à sua criança.

Alzira sorriu, orgulhosa do filho que daria a Walmor. Verônica sentou-se numa cadeira, a um canto do quarto e começou a falar:

— Há muitos anos, quando você era pequena, Adelina, uma cigana apareceu por aqui. Você lembra da história? Um caboclo iria roubar seu coração. *Rápido como o destino*, disse a mulher. — Ela riu, e sua risada formou infinitas linhas no rosto outrora bonito e viçoso. — Aquela mulher sabia das coisas... Pois você e Duda estão mesmo fazendo um excelente trabalho.

Adelina terminou o suco e recostou-se nos travesseiros.

— O meu caboclo é muito trabalhador. Mas nos respeitamos nos negócios, mamãe. Ele aceita as minhas decisões, e eu aceito as dele.

— Duda é um homem sábio — respondeu Verônica. — Atrás daquele jeito manso, ele pondera bem as coisas, minha filha. Onde ele está agora? Acho que não o vi ainda hoje.

— Foi ao Escalvadinho falar com o Ari. Abrimos uma serraria aqui e o Ari ajuda muito. O açougue nós fechamos. Dava muito trabalho e pouco lucro.

Adelina afastou a bandeja. A pequena Tida começou a choramingar na cama. Era um bom momento para conversar com a mãe. Em alguns dias, seria Natal. Depois, Verônica voltaria para Blumenau e tudo seguiria como antes. Pediu a Alzira que fosse dar uma volta com a criança, um pouco de ar fresco e logo Tida pegaria no sono. A irmã, animada com a própria maternidade, tomou a bebê nos braços e saiu do quarto.

— Mamãe — disse Adelina —, preciso lhe dizer uma coisa... — Verônica fitou-a com seus olhos calmos, não havia necessidade de palavras inúteis, e Adelina recomeçou: — Nossa sociedade com Elvira e Leonardo está de mal a pior. Duda não se incomoda tanto, mas sei que isso não dará certo... Ambos usam a minha casa como entreposto da venda. A senhora deve ter visto as sacas empilhadas no corredor de serviço... Na casa de Elvira, tudo é impecável.

Verônica olhou as próprias mãos, manchadas pelo tempo, ainda tão hábeis em tramar, costurar, curar feridas. Soltou um suspiro cansado.

— Na maior parte das vezes, minha filha, a família é um estorvo cuja carga é preciso que saibamos carregar. Mas não lhe peço sacrifícios impossíveis. — Olhou a filha nos olhos e disse: — Eu confio em você.

Adelina segurou as mãos da mãe. Tudo estava dito, ela sentia-se aliviada. Verônica era uma mulher sábia, forte. Embora amasse as quatro filhas de igual modo, tinha capacidade de ponderar sobre aquilo que era justo ou não.

— Obrigada — respondeu Adelina. E, subitamente, ergueu-se da cama. — Vamos descer, ver as crianças. Preciso terminar as combinações da ceia com dona Gena.

Em poucos minutos, estavam elas na cozinha. Chéu brincava por ali, Heitor corria no pátio, atiçando as galinhas. Rosa cuidava do pequeno Vilson. Matias, ao longe, tratava dos cavalos.

Era finalzinho de sábado e a venda estava fechada. O sol descia no céu, espalhando suas luzes de incêndio, tingindo o vale de tons róseos e avermelhados. Parada a um canto do quintal, sentindo as primeiras brisas da noite, Verônica pensou em Anselmo e no seu túmulo no cemitério próximo. Antes da missa, no domingo, iria ver o filho. Tinha muitas coisas a lhe contar, as saudades pesavam no seu peito, eternas.

Luís Alves, inverno de 1954

Duda dormia um sono pesado, pois acabara de chegar da última viagem a São Paulo, onde fora fazer as compras da venda no lugar de Adelina, proibida de viajar no último período da gestação.

Naquela noite fria, acordara-se com muita dificuldade diante dos chamados inquietos da esposa. Ao seu lado, um tanto pálida, mas calma, Adelina dizia-lhe que precisava correr atrás da parteira:

— Rompeu a bolsa — disse Adelina, numa voz calma. — O bebê vai nascer.

O pobre homem deu um pulo da cama. Bolsa? Ainda ouvia o burburinho da Rua Vinte e Cinco de Março nos seus ouvidos cansados. Os turcos puxando, chamando os clientes, dizendo *Melhor negócio, melhor negócio aqui*. E Adelina explicava-lhe sempre, não são turcos, mas árabes, libaneses e sírios. Duda às vezes simplificava as coisas, pois o mundo do comércio o exauria. Ele preferia o campo, as árvores, os animais.

— Melhor negócio — disse Duda, olhando a mulher com o rosto confuso, ainda perdido no sonho.

Adelina tocou-lhe a face com calma e então afastou as cobertas e mostrou ao marido a cama molhada.

— A bolsa, Duda... Estourou. Vá buscar a parteira.

A visão da cama ensopada arrancou-o do transe. Havia um leve cheiro de amoníaco no quarto, era a água da bolsa. Depois que aquele rio interno descesse das carnes da sua mulher, logo seria a vez do bebê. Duda começava a ganhar certa prática naquilo, embora fosse, evidentemente, o coadjuvante na cena. Mas se vestiu rápido, enfiando o capote de lã por sobre o pijama e saiu com o caminhão. Voltou com dona Ana quando as primeiras luzes da alvorada fria desenhavam-se no céu.

O bebê chegou sem sustos e, no fim daquela manhã, enquanto dona Gena lavava os panos e recolhia as tinas onde se fervera a água para o parto, os quatro filhos, com a pequena Tida nos braços de Ana, conheceram o irmãozinho novo, que a cegonha tinha trazido.

Alguns dias depois, Duda escreveria em seu caderno de poemas: *O dia ainda não tinha amanhecido, nasceu um lindo menino, que com os outros não era parecido. Tinha os cabelos escuros e o nariz um pouco torcido.*

E aquela tinha sido toda a calma do ano de 1954.

O país estava em polvorosa.

Em São Paulo e no Rio de Janeiro, o clima de insatisfação era latente. Os jornais noticiavam a profunda crise do governo do presidente Getúlio Vargas. Carlos Lacerda desferia ataques públicos cada vez mais ousados ao governo. E, para espanto de todos, no dia cinco de agosto, o jornalista sofrera um atentado ao chegar a sua casa, na Rua Toneleiro, no Rio. Carlos Lacerda escapara da morte, mas o atentado espalhou combustível em um país prestes a pegar fogo.

Enquanto Adelina dividia-se entre as mamadas e o trabalho, na venda e na pequena cidade de Luís Alves não se falava em outra coisa. Duda era um eleitor ferrenho de Getúlio e não conseguia entender aquela história. Mas as vozes corriam, as opiniões divergiam. Teria sido Getúlio Vargas o mandante? O grande estadista gaúcho estaria envolvido no atentado à Lacerda? A FAB criara uma investigação paralela ao caso, os jornais desfiavam matérias, as rádios só falavam sobre o assunto. Acusava-se Gregório Fortunato, chefe da guarda pessoal do presidente Getúlio, de ter sido o verdadeiro mandante do atentado de Lacerda.

As noites na venda estendiam-se em debates acalorados, e a falação, regada a cerveja e capilé, irritava Adelina. Aquela gente não tinha mais com o que se ocupar? Ela, tão cheia de tarefas, com os cinco filhos a lhe demandar atenções, reunia os maiores ao redor das camas e os punha a rezar o terço, até que exaustos, entre Pai-Nossos e Ave-Marias, quase sempre sem contemplar nem ao menos o primeiro mistério, eles caíam no sono depois de um dia de correrias. Anselmo já estudava no pequeno colégio da cidade e era o primeiro a dormir. Depois disso, Adelina amamentava Sérgio e voltava ao trabalho, pois tinha de fechar a contabilidade do dia.

Ela acompanhava aquela agitação política de longe, como se o mundo estivesse apartado da sua alma. Não via as coisas claramente, andava muito cansada. O puerpério, daquela vez, roubava-lhe as energias, embora o bebê fosse bonzinho e não tivesse muitas cólicas. Adelina não suportava mais a sociedade com a irmã e o cunhado. As pendengas cotidianas acumulavam-se. Ela, irritada, fugia para o quarto com o pequenino. Serginho precisava estar sempre por perto, acalmando-a com a sua serenidade. Adelina levava-o em seu cesto para o trabalho no escritório e ficava vendo-o dormir. Ela não imaginava que aquela simbiose viria a ser um hábito – mais velho, Sérgio escaparia da cama após a hora do terço, enquanto os irmãos dormiam, para fazer vigília ao lado da mãe, que trabalhava até a madrugada.

Os dias corriam, céleres. Na manhã do dia vinte e quatro de agosto, o país foi pego de surpresa. Adelina estava tratando da refeição das crianças junto com dona Gena, antes do trabalho na venda. Na sala de visitas, Duda escutava a Rádio Nacional. Naquele dia, ele não tinha saído com o ônibus para Blumenau por causa de problemas mecânicos, então dava-se um pequeno conforto, sentado na paz da sala que Adelina mantinha cerrada quando o *Repórter Esso* interrompeu a programação normal com uma voz pesarosa. *Amigos ouvintes, aqui fala o* Repórter Esso, *testemunha ocular da história. E atenção, acaba de suicidar-se em seus aposentos no Palácio do Catete o presidente Getúlio Vargas.*

Duda pôs-se de pé, como que atingido no estômago por aquelas palavras. *Getúlio? Suicídio?*

Seus olhos encheram-se de lágrimas e ele precisou apoiar-se por alguns instantes na parede. Continuava ainda o mesmo menino de coração largo que fazia as irmãs abrirem sorrisos de dó. Como podia um garoto assim num mundo de homens de pedra, duros como aço, secos para as lágrimas?

A morte de Getúlio parecia um engodo, mas a Rádio Nacional dava mais detalhes. *Um tiro no peito. A carta de despedida. Da vida para a história.* Com os dedos trêmulos, Duda desligou o rádio movido a bateria e deixou a sala, fechando a porta cuidadosamente atrás de si, pois Adelina não permitia desordem naquele aposento reservado para os momentos festivos.

Duda saiu a esmo, de peça em peça. Adelina terminara os cuidados com o café dos pequenos. Ele não disse uma única palavra a dona Gena na cozinha ou a Rosa, que descia dos quartos com a roupa branca para lavar. Buscava a esposa, ela era o seu esteio.

Finalmente, encontrou-a no quarto, vestindo a pequena Tida.

Duda entrou na peça, pálido. Adelina, distraída com a menina, ergueu o rosto para o marido.

— Consertaram o ônibus? — perguntou.

— Não — respondeu Duda num fiapo de voz. — Só amanhã. Leonardo vai ter que trazer outra peça de Itajaí.

Adelina balançou a cabeça, contrariada. Tinha dito que o melhor era buscarem um bom mecânico na cidade grande, mas o cunhado era metido, queria fazer tudo sozinho. Ia se queixar de Leonardo; mas então, olhando o marido com mais atenção, notou-lhe a palidez, os olhos úmidos.

Deixou que Tida se distraísse com uma boneca de pano e perguntou:

— Que houve, Duda?

Ele sentou-se na cama sem nem mesmo elogiar a pequenina, com seu vestido de lã e rendas, e respondeu:

— Adelina, acabou de dar no rádio que o Getúlio se matou com um tiro no peito... No Palácio do Catete.

— Meu Deus do céu... — Adelina persignou-se. O suicídio era uma ofensa a Deus, como poderia um estadista feito Getúlio tomar tal atitude desesperada? Ficou quieta por algum tempo, e então sentenciou: — As coisas vão mudar por aqui.

Aos ouvidos de Duda, mais do que um vaticínio, aquilo parecia uma decisão. A mulher, às vezes, parecia ter algum poder sobre-humano. Como se pudesse antever o futuro ou moldá-lo à força das suas palavras, dos seus desejos.

Foi um dia turbulento.

Em várias cidades do Brasil, o povo, revoltado, saiu às ruas. Houve quebra-quebra. Algumas rádios de Assis Chateaubriand, inimigo público de Getúlio Vargas, foram depredadas pela turba furiosa, mal contida pela polícia. Morria, incompreendido, o pai dos pobres, o governante mais amado pelo povo brasileiro.

Em Luís Alves, houve apenas perplexidade. No trabalho nas lavouras, a dureza cotidiana era maior do que a raiva ou a tristeza das gentes daqueles vales. Mas a venda encheu-se à noite, apesar do frio e do vento, e os homens brindaram até tarde à alma do velho Getúlio. Café Filho, o vice, assumira o governo. Vendeu-se cerveja e capilé como nunca naquela noite de lamentações, e até mesmo o padre bebeu um ou dois copinhos, enquanto discorria sobre o pecado que era um homem tirar a própria vida, o maior dos presentes divinos. Adelina deitou-se cedo, depois de escrever uma carta ao pai, que devia estar muito triste com os acontecimentos. Lá embaixo, na venda, o movimento e a falação só se aquietaram bem depois da meia-noite, quando alguns trovões anunciaram a chuva, e os últimos retardatários partiram para suas casas.

E foi no dia seguinte que Adelina, ao descer para o trabalho, entrou na sala de visitas que mantinha cerrada a fim de ouvir as notícias um minutinho no aparelho de rádio que trouxera de São Paulo. Queria ver como andavam as coisas após a morte de Getúlio.

Mas ela nem chegou a ligar o rádio. Ao olhar para a sua sala, cuidadosamente encerada, a mesa grande com o conjunto de cadeiras que mandara talhar em Blumenau, Adelina quase teve um ataque. No canto onde costumava montar a árvore de Natal, perto das janelas duplas, havia uma pilha enorme de sacas de farinha, que deixavam escapar de suas costuras malfeitas o fino e branco pó de trigo. O chão, sempre luminoso de cera, exibia pegadas de grosseiras botas masculinas sobre uma leve camada de farinha. A pilha de sacas era alta, como se tivessem transformado a sala festiva, o cômodo preferido de Adelina, numa espécie de trincheira.

O sangue lhe subiu às faces. Ela não deu um único grito, não disse uma imprecação. Fervia por dentro, silenciosamente. Deixou para lá as notícias de Getúlio, que lhe chegariam de um jeito ou de outro, virou as costas, trancou outra vez a sala a chave, pendurando-a no prego ao lado da porta externa, e, em vez de tomar o rumo da venda, subiu de volta ao seu quarto, tirou a roupa de trabalho com gestos comedidos de cólera fria e meteu-se numa camisola. Como se estivesse doente, num gesto inédito, Adelina deitou-se na cama recém-arrumada por Rosa. Naquele dia, estava decidido: não iria trabalhar.

Quando Ana deu-se conta da ausência de Adelina, foi procurá-la. Adelina nunca se atrasava para conferir as pilhas de bacias de alumínio, a ordem das prateleiras de laticínios, os doces, os tecidos, os perfumes, produtos de higiene e medicamentos. Seus olhos argutos passavam por tudo, exigindo que Célio ou Zacarias corrigissem qualquer defeito na exibição dos produtos.

Ana percorreu a casa e acabou achando Adelina sob as cobertas, ninando Sérgio. Depois de excluir qualquer hipótese de doença, através das respostas monossilábicas de Adelina – mas antevendo ali o prenúncio de alguma tragédia familiar –, Ana correu ao depósito onde Duda e Leonardo terminavam o conserto do ônibus estragado.

Ela chamou Duda num canto e contou-lhe o que sucedera em voz baixa.

— De camisola? Às nove da manhã? — repetiu Duda, incrédulo.

— Exatamente. E seus olhos ardiam de puro fogo.

Em poucos minutos, um Duda assustadíssimo estava diante da esposa. Nem febre nem cólica a derrubavam. Adelina trabalhara durante as cinco gestações até a hora das primeiras dores. Vê-la ali, sob as cobertas, com o semblante calmo, mas os olhos tisnados por um incêndio interior, era coisa inédita.

Duda postou-se ao lado da cama e perguntou de chofre:

— O que aconteceu, Adelina?

Ela olhou-o com profunda serenidade. O bebê dormia ao seu lado, alheio à importância do momento, como um amuleto de paz. A voz da mulher era modelada e firme quando ela resolveu falar:

— Ou eles ou eu, Duda. Você decide. Se você não desfizer a sociedade com Leonardo e Elvira, vou-me embora com as crianças. Mudo para a casa da mamãe em Blumenau.

Duda ficou parado ali, olhando-a. Tinham brigado algumas vezes, é claro. Ele já se refugiara no quarto dos pequenos certa noite, após uma discussão sobre a sua suposta "excessiva generosidade" para com Leonardo. Mas aquele fogo frio? Os olhos da mulher ardiam, encarando-o.

— Adelina... — ele tentou falar.

Mas ela atalhou:

— É melhor que cada um tenha o seu negócio, Duda. Só assim, seguiremos amigos. Uma família... Entende? Como estamos, não dá mais.

Ele compreendeu. Era o fundo do poço, o limite. Alguma coisa terrível, das tantas pequenas coisas cotidianas, tinha acontecido. Duda sabia que a cunhada não tinha o ritmo de trabalho que a esposa desejava, as duas brigavam por pequenas coisas. Leonardo, às vezes, também exagerava. Mas seu temperamento sereno, mais afeito a contemporizar os ânimos, sempre tinha sido o suficiente para pôr fim às desavenças entre os sócios.

Porém, naquela manhã, olhando a esposa na cama, áurea como uma espécie de rainha, recolhida à sua fúria... Bem, havia um único caminho para manter a família e o casamento.

Num suspiro de capitulação, ele disse:

— Vou falar com o Leonardo ainda hoje, pode deixar.

E, de ombros caídos, os olhos apagados pelo peso daquela tarefa, Duda virou-se e deixou o quarto. Era melhor perder o sócio e manter a família pacificada.

Blumenau, meados de outubro de 2008

Sérgio olhou a mãe, deitada na cama estreita, coberta pelo lençol no ambiente climatizado da UTI. Os dias passavam, um a um. Não havia um quadro de melhora.

Adelina estava cada dia mais inchada. Seu rosto, outrora bonito ainda na velhice, exibia-se em contornos grotescos, com alguns hematomas causados pelos edemas. A boca, de onde saía o tubo que a mantinha respirando, exibia os lábios ressecados.

Sérgio se lembrava de Adelina sempre maquiada, bem-penteada. Mesmo com a agenda cheia, no auge do crescimento da empresa, ela achava tempo para passar no salão de beleza quase diariamente. Sentiu pena da mãe, tão vaidosa, exposta ali ao olhar alheio sem um cuidado. Como uma flor despetalada aos poucos, pelo tempo, pelo vento que varresse um jardim...

A mãe fenecia.

Sérgio respirou fundo. Durante anos, morara com os pais, cuidando deles. Seguira trabalhando ao lado de Adelina como advogado da empresa. Ela fora uma negociante ávida, inteligente e dura. Sabia tirar o melhor de cada pessoa. Mas era exigente com os filhos. Quando alguém saía ganhando em alguma pendência judicial, Adelina olhava para Sérgio e dizia: "Eles estão ganhando, será que têm um advogado melhor do que eu?". Ele era o advogado da mãe. Mas seu modo de agir, comedido, inclinado a não se expor ao fracasso, colidia com os modos de Adelina. Ela gostava de correr riscos, ela queria ganhar.

Ele se recostou na cadeira dura, sentindo uma fisgada no músculo das costas. Havia algumas brigas impossíveis de se ganhar. Alguns inimigos eram imbatíveis.

A morte era um deles.

Ouviu um ruído atrás de si e virou o rosto. Maria Aparecida, a irmã mais velha, mirava-o. Entrara quase como um sopro, sem fazer barulho. Tida era discreta e suave. Bonita, também. Mas o cansaço dos últimos dias, a tristeza pelo estado da mãe, também cobravam de Tida a sua cota. Ela tinha os olhos cansados, a sombra de olheiras apagava o brilho do seu olhar. Sérgio notou que ela não sorrira. Chegar ali e ver a mãe daquele jeito era sempre uma dor. Todos eles esperavam um milagre.

— Como ela está? — indagou Tida, com a sua voz macia.

— Igual, Tida.

A irmã deu dois passos, aproximando-se da cama da mãe com cuidado. Parecia pálida, mas Sérgio sabia que, por trás daquela aparente fragilidade, Tida era corajosa e forte. Em pequenina, vivia aos desmaios. A avó Verônica dizia temer que a menina não sobrevivesse. Mas Tida tinha apenas uma furiosa alergia ao leite... Naquela época, quando uma criança parecia fraquinha, via-se obrigada a tomar canecas e canecas de leite. Duda mandava que dessem à garotinha o fruto mais fresco da ordenha matinal... Sérgio sorriu, pensando no passado. A avó errara em seu vaticínio. Tida crescera, cuidara de todos os irmãos como uma mãe, tivera suas próprias filhas. Amara e sofrera. E agora estava ali, firme.

Sérgio ergueu-se. Era o turno de Tida, e ele precisava voltar ao trabalho.

— Eu já vou indo — disse, tocando o ombro da irmã com carinho. — Esta briga está feia.

— Vou cuidar dela com devoção — respondeu ela, olhos postos na mãe, enquanto os aparelhos que a monitoravam repetiam seus ruídos e apitos e marcavam linhas luminosas em telas incompreensíveis para leigos.

— Alguns inimigos são poderosos demais — respondeu Sérgio, olhando a pequena grande tragédia do tempo, a mãe naquela cama, desnuda e devastada pela doença e pelos aparelhos da UTI.

Tida apenas suspirou. Era hora de chamar Scheila para se despedir da mãe. O tempo findava. Houve um pequeno silêncio entre eles, depois Sérgio virou as costas e saiu, mansamente.

O fio da vida: Átropos

Não existe o tempo, este fio que vai e volta, mil vezes tramado. Tu bem o sabes, Adelina, deitada nessa cama, exposta a tantas mãos, agulhas, medicamentos e olhares. Estás tu aí, nesse hospital onde os humanos costumam manter aqueles que cujo fio já quase se rompe – essa linha tênue que uma única lâmina é capaz de cortar... Teus filhos vêm e vão, alternam-se, incansáveis, nesse pequeno reservado onde tu agonizas.

Diante de ti, rezam e recordam, cada um deles ao seu modo, posto que, mesmo sendo tu católica fervorosa, teus filhos hoje têm as crenças deles. Cada um deles assim se despede, embora sem o sabê-lo; afinal, acreditam na tua força, nessa persistência que durante décadas os assombrou, exauriu, inspirou e emocionou.

Tu segues vivendo, Adelina, deitada nessa cama onde tudo se confunde. Sob as tuas pálpebras, há um mundo...

Luís Alves brilha ao sol de primavera, quando tu, com o pequeno Sérgio a engatinhar pela venda, escuta no rádio a notícia da candidatura de Juscelino Kubitschek à presidência da República. Tu te alegras, Adelina. Ele é um médico, um homem culto, e "cinquenta anos em cinco" poderia ser o slogan da tua própria vida.

Agora tu estás cercada de tarefas, mais ainda do que antes. Depois de tanta angústia, teu esposo por fim cumpriu o que te prometeu. A sociedade com a tua irmã Elvira findou-se. Não foi nenhum céu, esse lugar tão incensado pelos humanos; mas, ainda assim, tu estás mais feliz.

Agora, o fruto do teu trabalho é teu. Houve muito o que fazer e tu não perdeste tempo. Tocas a venda sozinha. Duda, teu esposo, trouxe do Escalvadinho um irmão do teu sobrinho Ari, rapazinho atilado de nome Frederico, o Fred, que agora ajuda também na venda. Em verdade, é esse rapaz pau para toda obra, as crianças o adoram, e tu o admiras porque nunca o vês parado – ele sabe que a vida urge e está nas lidas da venda, nas coisas da serraria, na eira, no depósito, nas entregas, em tudo.

Tu respiras aliviada, nas correrias que te aprazem, enquanto as crianças crescem, e Anselmo, teu filho mais velho, foi estudar interno em Blumenau.

Logo, outra vez as tuas regras falham, pois teu esposo e tu sempre encontram tempo para o amor.

Mais uma vez, estás grávida, Adelina.

Recomposta de vida, recheada de futuro. E a parteira dona Otília terá trabalho de novo, assim como minha irmã Cloto.

Vem ao mundo outra menina, Sônia. Um nome russo, porque a ti te apraz buscar a gênese das pessoas e das coisas. "Sabedoria" é o que tu entregas para Sônia. E a menina vai crescer para ser muito parecida contigo, Adelina.

A casa se enche de alegria, e teus pais vêm para dar a bênção à netinha. Novamente, as crianças farão fila ao redor da cama para ver a irmãzinha, milagre que nessa casa se repete tanto. E as estrelas fritas com açúcar encherão o ar com seu perfume, e outra vez risos e choros, e noites insones e mamadas, e tua irmã Elvira que vem para ver a sobrinha, mas nada mais será como antes e tu o sabes.

A vida tem pressa, mais pressa do que eu, a Morte.

Sônia começa a dar os primeiros passos quando tu te descobres prenhe outra vez. Fertilíssimo ventre, terra divina, trazes em ti a semente fecundada do homem que tu amas.

Agora, a menina ainda pequena, e outra alma na barriga, terás de tomar extremíssimo cuidado, te diz tua mãe. Já estás na sétima gestação. E a viagem para São Paulo? E a venda cujos estoques já se esgotam? Só há uma maneira, e quem vai fazer essa faina será o teu Duda.

É ele que atravessará as estradas, levando no bolso do casaco a lista que tu primorosamente preparaste. Ele trilhará a Rua Vinte e Cinco de Março, comprando tecidos, bebidas, roupas de confecção, louças e remédios. Mas Duda é um poeta, e mais de risos e conversas do que de números ele entende... Uma certa tarde, numa certa loja, digamos do homem que seja "um turco" vai cruzar com teu marido, oferecendo-lhe uma proposta imperdível, muitas peças de um tafetá delicado, xadrez, por uma pechincha inacreditável. Além do mais, o turco é bom de conversas e quando o vento e o fogo se juntam, sabemos o tamanho do incêndio.

Uma semana mais tarde, assim que o caminhãozinho estacionar em frente à venda e tu baixares os degraus para beijar teu marido tão cheio de estrada e de poeira, vais deparar com tal tecido. E muito dele, e tão inútil para os negócios da tua loja – que aí se compram tecidos para cama e mesa, e de elegâncias as gentes pouco ou nada entendem –, que tu te porás furiosa.

Posso vê-la, Adelina.

Teus olhos frios, a cabeça quente de cálculos, de dinheiro gasto em vão. Uma pechincha! Tu te exasperas, mas teu Duda é tão bonito e tão carinhoso. Nunca vocês dois hão de erguer a voz um para o outro em público. Tu respiras fundo. Dentro de ti, um outro coração já palpita. É preciso que te mantenhas serena.

As crianças rodeiam o pai, os homens do galpão descarregam as mercadorias. O tecido inútil é levado para dentro, trocá-lo seria um custo tão alto que tu nem o cogitas. Algum destino hás de dar a isso. Mas é preciso servir o jantar, que teu esposo está faminto da viagem. É preciso dar a papinha a Sônia, e brincar com Sérgio, e alimentar Vilson, que certamente anda por aí fazendo alguma travessura, e cuidar de Tida, que agora deu para ter desmaios, e ouvir as conversas de Heitor, e preparar um bilhete a Anselmo, que está na escola interna.

Mais tarde, ainda hás de etiquetar toda a mercadoria, madrugada adentro sob a luz fraca do gerador. J-U-S-C-E-L-I-N-O-p-s. Sim, tu adoras o presidente recém-eleito, e tanto que o nome dele entrou para a tua vida, como um código das mercadorias que vendes.

Dona Gena chama para o jantar e a família segue em alegre rebuliço enquanto Duda conta histórias de gentes que ele cruzou pelo seu caminho até São Paulo, e tu dizes que o bebê em teu ventre está bem, mas que tua mãe, Verônica, adoentou-se. Não virá para o parto pela primeira das vezes, está com diabetes, coitadinha.

E já a sopa está na mesa, anoitece lá fora e a reza é dita, entre risos e sussurros dos pequeninos.

E tu, Adelina, estás à cabeceira da família e estás também nessa cama, nesse hospital, nessa noite, com teu filho Beto ao teu lado, pois ele costuma dormir em vigília contigo. Beto, que ainda nem nasceu, mas já é um homem feito, médico e com filha pequena. O tempo costura a si mesmo, infinitamente, Adelina.

E aqui estamos,
Tu e eu, Átropos, a Ceifadora de destinos, o Anjo do Abismo, a Inflexível. Chegamos até aqui.
À batalha inevitável, Adelina.

Blumenau, março de 1957

Adelina atravessou a rua apressadamente, carregada de sacolas. Fazia calor e ela sentia a pulsação no seu ventre, como se toda a sua energia emanasse dali. Já havia deixado as coisas prontas na casa da mãe e tomaria o ônibus para Luís Alves em breve.

Ela não gostava de admitir nem para si mesma, mas estava um tanto combalida. Desde cedo, sentia a cabeça pesada, uma languidez desagradável nos membros e, ainda assim, fizera todas as compras para a venda, os pagamentos no banco, os acertos com o pai sobre as últimas prestações da casa em Luís Alves. Pegaria os meninos no colégio e seguiriam, os quatro, para casa. Tinha pagado uma passagem apenas; as crianças iriam em pé. Era o trato com Leonardo: os filhos não pagavam passagem, mas só sentavam se houvesse lugar, o que era coisa rara.

Respirou fundo, caminhando em passadas rápidas até o colégio dos freis, com sua fachada escura, quase lúgubre. Sentia falta dos três meninos mais velhos – Anselmo, Heitor e Vilson –, mas o melhor para eles era o colégio interno. Usando da sua persuasão, embora fosse contra a regra, Adelina colocara cada um dos filhos no colégio aos cinco anos. Tinha aprendido com os pais que cabeça vazia era a morada do diabo. Ocupava-os, se não na escola, com o trabalho na venda, na serraria, com os animais e as infinitas pequenas tarefas que uma casa grande como a sua exigia, uma casa onde se alimentavam a família e os empregados. Queria os filhos fortes, corajosos, capazes de construírem suas vidas, como tinha feito o seu pai e ela mesma, com a ajuda de Duda. Além disso, não era fácil criar tantas crianças. A pequena Sônia já caminhava, seguida de perto por Ana, e mais um filho engendrava-se em seu ventre.

Um porteiro abriu-lhe a porta gradeada e ela entrou no colégio Santo Antônio. Havia uma escada íngreme a ser vencida. Adelina deixou as sacolas com o homem, dizendo que voltaria em dez minutos. Era fim da manhã de sábado, a maioria dos alunos internos já deixara o prédio no rumo das suas casas. Havia um silêncio levíssimo no ar, entrecortado, aqui e ali, por vozes baixas, masculinas. Em algum claustro dos andares superiores, rezava-se, pensou Adelina, persignando-se por hábito.

Seus saltos cantavam no corredor de pedra, e ela tomou o rumo do átrio, onde os alunos se reuniam para as ordens do dia, as orações e as admoestações coletivas. Ela gostava daquela solidez; e embora fosse exigente e cobrasse com chineladas as desobediências, sabia que os filhos tinham todo o espaço da casa, o pátio de brinquedos e o rio... Soltos no pequeno mundo seguro de Luís Alves, os meninos aprontavam as travessuras comuns às suas idades, às quais, muitas vezes, Adelina fazia vista grossa, disfarçando sorrisos.

Viu-os, os três parados perto de uma imagem de Nossa Senhora. Vestidos com o uniforme escolar, os cabelos penteados com gomalina, pareciam tão lindos que seus olhos se encheram de lágrimas subitamente. Era a gravidez que a deixava assim, como um rio prestes a romper as comportas de uma represa. Então, parou por alguns instantes. Viu Anselmo quieto, examinando algo em suas unhas, enquanto Heitor e Vilson conversavam em voz baixa, trocando empurrões levíssimos. Sabiam que qualquer algazarra despertaria admoestações violentas dos freis, cujo desejo maior era a ordem naqueles recintos de pedra e de cal.

Ela deu alguns passos e disse:

— Meninos...

Teria dito *meus amores*. Mas havia coisas que ela apenas pensava. Palavras que soavam melhor na boca de Duda. Quanto a si, guardava-as como pequenos tesouros, sentimentos secretos que preferia externar em ações. As palavras desarmavam-na.

Anselmo foi o primeiro a vê-la. Mas então, Heitor correu até ela, abraçando-a. Era um menino muito apegado à mãe. O último a chegar foi Vilson, que veio arrastando a sua sacola. Adelina viu que ele tinha um vergão sob o olho direito e, antes que perguntasse alguma coisa, Anselmo atalhou:

— O Vilson brigou ontem no dormitório. Ganhou palmatória e tarefa extra.

— Grande coisa — disse Vilson, dando de ombros.

Heitor nada disse, enfiado entre as vestes do costume da mãe, como se quisesse voltar à barriga que, um dia, o acolhera.

— Conversaremos em casa, Vilson — avisou Adelina, fazendo-se séria. O menino olhou-a sem medo de levar a surra escondida nas palavras da mãe. — Agora, vamos. Temos meia hora e o ônibus sairá. Os maninhos e o papai nos esperam em casa.

Os três meninos juntaram as suas coisas, mas, antes que tomassem o caminho para a saída, um frei jovem e taciturno abordou-os:

— Senhora Adelina? O frei Odo gostaria de falar-lhe no escritório.

Adelina sentiu um embrulho no estômago. Deveria ter pagado a escola dos filhos naquela semana, mas tinha pedido que Duda separasse o dinheiro do caixa de sábado para enviar a quantia exata na segunda-feira por Anselmo. A vida era apertada com uma família tão grande, e, embora trabalhassem de sol a sol, às vezes o dinheiro minguava, não alcançando todas as necessidades da venda e da casa.

— Está bem — disse Adelina.

Ela tomou o rumo do escritório, que já conhecia. Os três meninos a seguiram. Levava mais um filho na barriga e o coração inquieto. O jovem frei acompanhou-os em silêncio, abrindo-lhes uma porta de madeira pesada no meio do corredor.

— Aqui — conduziu ele.

Adelina pensou em pedir que os meninos esperassem do lado de fora, mas logo os três meteram-se na pequena sala, parados atrás dela. O velho frei que comandava a contabilidade do colégio estava sentado numa mesa, fumando um cigarro de palha. Adelina achou-o gordo como um sapo e asqueroso, porque odiava aqueles bichos que pululavam pelo campo após as chuvas em Luís Alves.

O frei Odo olhou-a sob uns óculos de lentes sujas e disse sem preâmbulos, como se pudesse perceber a sua repulsa:

— A mensalidade dos seus três filhos está quatro dias atrasada.

Ela sentiu o rosto corar. Lembrou-se daquela tarde, tanto tempo atrás, quando uma das freiras da escola a obrigou a partir sem a mala por conta de um débito do seu pai. Sentiu a bile subindo até a sua boca, enchendo-a de amargor, mas controlou-se.

— Na segunda-feira, enviarei o valor por Anselmo. Tive um contratempo, frei.

O homem abriu um sorriso azedo e superior, como se o Colégio Santo Antônio fosse o Vaticano. Colocou uma das mãos pequenas e roliças sobre a mesa atulhada de papéis e, soltando uma baforada do cigarro, sentenciou:

— Se a senhora e seu esposo não têm o dinheiro, melhor tirar os três desta escola.

Adelina ficou ali parada. Sentiu que Heitor lhe segurava a mão, talvez por medo, pobrezinho. Talvez para dar-lhe apoio. O frei a olhava sem constrangimentos, apagando no cinzeiro de vidro a bagana do seu cigarro. Havia uma única janela na sala apertada e a luz do sol entrava por ela, fazendo desenhos no piso encerado. Adelina respirou fundo, ansiando o calor da rua, a coletiva intimidade da calçada com seus transeuntes de sábado. Olhou para os filhos por um breve instante, sentindo vergonha por eles. Até pela criança no seu ventre ela se envergonhava. Mas respirou fundo e, erguendo a cabeça, altiva, repetiu:

— Na segunda-feira, enviarei o valor por Anselmo. Já lhe disse. Se houver juros, o senhor os calcule, por favor.

E virou-se para sair, o rosto em brasa e as lágrimas represadas, sentindo que os três meninos acompanhavam todos os seus movimentos. Olhou, então, para Vilson, e viu que nos olhos dele luzia um frio de ódio.

Saíram da escola às pressas, e depois foi a azáfama de passar na casa dos seus pais, pegar as compras, seguir até o ponto de saída do ônibus e fazer a viagem pela estrada cheia de curvas e buracos, poeira e calor. Mas tudo aquilo veio-lhe a calhar. Adelina escondeu-se no seu silêncio, fazendo juras de dar um jeito na vida. Era preciso ganhar mais dinheiro, muito mais dinheiro, pensava ela, enquanto o ônibus sacolejava pela estrada que cortava os morros verdes, aquecidos pelo sol de fim de verão.

Duda gostava do barulho incessante da serra de vaivém, gostava de ver as toras sendo partidas como carne tenra, mostrando seus segredos de veias e de cores. Cada tora guardava o seu desenho como se fosse uma espécie de código.

De repente, o barulho e o movimento mecânico cessaram. Duda sentiu uma pontada de tristeza ao ver que a grande engrenagem da serra ia parando até aquietar-se totalmente. Sabia que Fred tinha desligado a máquina, pois o trabalho do sábado findava.

No silêncio macio que se fez, ele escutou os sutis ruídos do sábado, o canto dos pássaros nas galhadas das árvores, os resmungos de Matias no depósito e, ao fundo, quase como uma entidade, o suave ronronar do rio.

Sentia calor, mas estava tranquilo. Sobre um banco, num canto do galpão, havia um caderno e um toco de lápis. Antes do trabalho, rabiscara ali o começo de um poema para a pequena Sônia. *A mãe ganhou uma menina... A criança era tão linda que a mãe a chamou de Soninha. Dias depois, ela me perguntou se eu gostava do nome, Sônia Regina.*

Duda releu os versinhos e abriu um sorriso, pensando na segunda filha, moreninha como os seus. Sônia tinha muito da sua família, a tez, os cabelos noturnos. Mas a pequena andava pela casa com uma determinação, examinando o mundo com tal inquietude, que o fazia lembrar-se de Adelina.

— Acabou-se por hoje — anunciou Fred, surgindo do fundo do galpão.

Duda sorriu para o sobrinho. Todos ali gostavam muito dele. E seus modos trabalhadores o haviam feito cair nas graças de Adelina.

— Pois, então, vá comer algo na cozinha. Depois, pode pegar um dos cavalos e ir pra Sede — disse Duda, piscando um olho. — Um moço solteiro precisa se divertir.

Sabia que o rapaz estava arrastando um olho para a filha do seu Ziegler, mas nada comentou. Fred era um moço discreto e respeitoso, criado com rédea curta por Olíndio, seu irmão mais velho.

— Vou pedir para a dona Gena servir o seu prato também — avisou Fred, juntando suas coisas.

— Está bem — respondeu Duda, distraído.

Ele tencionava esperar por Adelina. E se ela e os meninos não tivessem almoçado? Faria um lanche, depois cearia com a esposa. Sentia saudades dos três filhos que tinham ido estudar em Blumenau, mas sabia que era o melhor para eles. Queria-os inteligentes, não como ele, que mal tinha terminado o primário, pois precisara ajudar os pais no aperto financeiro em que a família caíra depois de um negócio malfeito com o governo.

Duda recolheu alguns pertences, pegou o caderno de poemas e saiu do galpão. O sol inundava o campo, deitando no rio um rastro dourado, como uma pele de luz. Ele parou ali, olhando toda aquela beleza tão simples, abençoada. Às vezes, a beleza era tamanha que as palavras pareciam não a alcançar, mas Duda vivia atrás de rimas. Gostava de guardar as emoções em seus versos, nos velhos cadernos surrados que ia colecionando numa gaveta do armário de vestir.

Adelina chegou no fim da tarde.

Havia nela um misto de exaustão e de ânsia. Por alguns momentos, deixou tal turbilhão de lado e beijou e abraçou Tida, cheirosa depois do banho semanal, brincou um pouco com Sérgio e deu o colo à Sônia.

Mas logo os pequeninhos saíram atrás dos três irmãos mais velhos, esperados com ansiedade por horas, e todos foram refugiar-se na cozinha, onde dona Gena lhes serviria a cuca quentinha e os encheria de mimos. Adelina, então, foi dar uma olhada na venda, nos negócios do dia.

— Coma alguma coisa antes de trabalhar — disse Ana, olhando para a barriga que já se desenhava sob o vestido escuro com rendas na bainha que a outra usava.

— Estou sem fome alguma.

Ana sorriu. Conhecia aquele estado de espírito de Adelina e podia adivinhar que algo acontecera. Ela era como um galo muito bem-treinado que é posto numa rinha e espera o seu oponente, ainda desconhecido. Adelina estava pronta para a briga. Não queria saber de caldinhos ou da cuca recém-tirada do forno, nenhum chá atenuaria a sua ansiedade até que ela encontrasse o que estava procurando.

Ana foi até o balcão, abriu uma gaveta e tirou dali o livro-caixa, entregando-o a Adelina. A venda estava quieta àquela hora. Antes do fechamento, Célio e Zacarias haviam deixado tudo em perfeita ordem, como a patroa gostava.

Adelina examinou as colunas de números, os pagamentos, as vendas. Tinha sido um dia bom, mas aquilo era pouco. O rosto do frei não lhe saía da alma, como uma mancha de gordura, difícil de apagar. Ela correu os olhos pelo estabelecimento. Estava limpíssimo, Ana o encerara após o fim do expediente com a cera que Adelina gostava de preparar em casa. Ela viu a parede com os tecidos a metro, todos arrumados em bobinas. Reconheceu ali o tafetá xadrez que Duda comprara equivocadamente na sua última ida a São Paulo, cujo preço tinham baixado havia alguns dias, sem muito sucesso.

— Venderam alguma coisa daquele xadrez?

Ana deu de ombros:

— Nada... É um tecido muito fino pras lides da casa.

Adelina aquiesceu, sabia que Ana tinha razão. Centenas de metros do tecido estavam atravancando o depósito, era um prejuízo inesperado. Se vendessem aquilo, quitaria o colégio dos meninos sem precisar mexer em outras somas, já destinadas a diversos compromissos.

Recostou-se no balcão, pensativa. Sabia que Duda a esperava para um chá, mas alguma coisa se formava dentro dela, uma ideia, um caminho... Com paciência, deixou a ideia aterrar, encontrar os lugares certos na sua cabeça. Então, alisando o vestido empoeirado da viagem – um gesto que a ajudava a colocar os pensamentos em ordem – Adelina olhou a outra e disse, subitamente:

— Pegue uns metros do tecido, agulhas e linhas e venha comigo. — Ela escolheu uma tesoura nova, grande, e outra pequena, de cortar unhas. — Acho que tive uma ideia.

Adelina seguiu às pressas para o seu quarto com Ana no seu encalço. Abriu o roupeiro e tirou dali algumas boas camisas do marido, compradas em Blumenau. Se o tecido era fino demais para as lides da casa, para a cama e a mesa, serviria perfeitamente na confecção de camisas. Tinha o caimento ideal e uma boa combinação de xadrez.

— O que você vai fazer? — perguntou Ana, curiosa.

Adelina escolheu uma das camisas, examinando-a com cuidado. Aprendera corte e costura no colégio e ainda depois, numa temporada de estudos em Blumenau após a morte do irmão. Com a tesoura pequena, desmancharia a peça com cuidado, a fim de tirar-lhe o molde. Aquela camisa tinha um excelente corte.

— Vamos dar uso ao tecido encalhado. Temos ele em três cores e podemos diversificar — disse, finalmente. — Desça lá na cozinha e mande dona Gena limpar bem a mesa. Vou fazer um molde. — Então, já sorria. Tinha tido uma ideia, estava satisfeita. — Peça também ao Duda para trazer a minha máquina de costura lá do depósito, aquela que ganhei no enxoval do casamento.

Ana aquiesceu, tomando o rumo da escada.

Adelina ainda ficou alguns segundos no quarto, acarinhando amorosamente a camisa que escolhera para desfazer. Estava tão animada que, de repente, descobriu-se faminta. Depois de um dia inteiro de suplícios, a imagem grotesca do frei, com seus ares de sapo, apagava-se da sua alma.

E ela desfez a camisa minuciosamente.

A ponta fina e afiada da tesoura penetrou no tecido quase com amor. Trama, afinal, tudo era uma trama.

E, se a vida era tramada lá em cima, num palácio de bronze onde três irmãs cegas fiavam e teciam e cortavam pela eternidade afora, também era tramada ali embaixo.

Naquela noite, a família jantou na sala de visitas.

Ninguém sabia, mas era uma noite especial, a mais especial de todas. Na cozinha, sob a luz amarelada do gerador, Adelina desfez a camisa e preparou um molde. Ela trabalhava com cuidado, concentrada, fazendo a primeira camisa da sua vida.

Trazia um filho em seu ventre, esperava duplamente. Pela criança, pelas camisas, que haveriam de mudar o seu destino, o destino de toda a sua família. Não sabia ainda, mas o menino que se engendrava na sua carne, e que ela chamaria Armando, um dia também faria camisas e pediria: "Mãe, me ensina". Aos quinze anos, ele aprenderia o ofício. Posto que o fio é eterno e deve ser fiado por mãos masculinas e femininas.

A primeira camisa...

E ninguém sabia, mas Adelina começava ali um sonho, um caminho, um horizonte. Fio a fio, com suas mãos longas, ágeis para o trabalho.

Naquela noite, Duda não escreveu poemas. Vilson não teimou com a mãe, o terço que rezavam juntos ficou guardado na gaveta. Todos esperavam, porque um milagre ainda antes de nascer já é um milagre, e se anuncia.

Bem tarde, quase madrugada, Duda provou a primeira camisa. Elogiou-lhe o caimento, a bainha, o feitio da gola. Adelina entregou ao marido um sorriso límpido como o rio que corria atrás da casa sob a luz da lua.

Ela havia acertado a mão. Trabalhou-se o domingo todo.

Na segunda-feira, havia uma arara de camisas esperando os clientes na venda.

Blumenau, 9 de junho de 1969

O Chevrolet andava devagar pelas ruas de Blumenau. Adelina, recostada no banco, deixava-se levar pelo balanço do carro. Os olhos pesados do sono inconstante, sempre pouco. Da fábrica até a casa do pai era um bom trajeto. Pensou em fechar os olhos por alguns momentos, isolada do mundo e das infinitas pendências no banco daquele carro.

Mas a sua cabeça não parava, nunca parava.

Tantos anos, tanta labuta. Com muito esforço, chegara até ali, comprara a casa nova, cuja reforma estava quase pronta. Os dezesseis filhos morariam lá, Vilson por um período breve, pois estava de casamento marcado. E havia ainda um peixe nadando no seu ventre, agora apertado, cutucando-a por dentro, pedindo para sair.

O último filho, Duda e ela tinham decidido.

Era como atravessar um rio a nado, vencer correntezas e chegar finalmente à margem. Adelina estava emocionada. As crianças na escola nova, a família prestes a viver na casa grande, com a qual sonhara por tanto tempo. Havia problemas, é claro. Os custos altíssimos de todas aquelas transformações – casa, escola, a fábrica nova – deixavam a Dudalina no fio da navalha. Além disso, Sônia detestara o Colégio Sagrada Família, onde a tinham chamado de "colona". Pobrezinha da Sônia, uma garotinha tão trabalhadeira, ajudava na loja em Luís Alves, cuidava dos irmãos pequenos, dava banho nos bebês, amarrava os cueirinhos... Adelina sorriu, com pena dos filhos. Na verdade, à exceção dos três filhos maiores, que tinham terminado o colégio, e de Tida, que já estudava interna havia alguns anos, todos os outros estavam sofrendo na escola nova. Espalhara-se pela sua prole uma espécie de alergia, uma coceira incessante, derivada tão somente da angústia pelas mudanças radicais dos últimos tempos.

Criados soltos em Luís Alves, os filhos brincavam descalços pela rua, tomavam banho de rio. Ali em Blumenau, entre tantas famílias importantes, eles estavam apavorados. Adelina decidira matriculá-los num curso de boas maneiras, onde aprenderiam como se comportar em público. Não queria que os filhos tivessem vergonha da sua origem interiorana, mas tencionava prepará-los para o futuro. Luís Alves era pequena demais para o destino dos seus muitos filhos.

O carro dobrou na avenida, entrando numa rua menor, sinuosa, a caminho do bairro de Ponta Aguda, onde vivia Leopoldo. O pai, agora viúvo, ajudava-a bastante. Os netos enchiam a casa de Leopoldo, morando temporariamente com ele até o fim da reforma.

A criança em seu ventre chutou forte, Adelina sentiu subitamente os olhos úmidos, aquele seria um dos últimos momentos em que levava um filho dentro de si. Tinham sido quase vinte anos de gravidezes consecutivas, dezesseis gestações e quatro abortos espontâneos... Anselmo, seu primogênito, já era um homem. Heitor e Vilson também. Tida, uma moça, e Sérgio completaria quinze anos no dia seguinte.

Ela precisava preparar algo para o rapaz, um bolo, uma festinha. Mas havia ainda tanto trabalho da empresa para terminar em casa. A fábrica precisava sustentar-se, não podia quebrar. Anselmo sempre a acusava de dar o passo maior do que as pernas.

Adelina riu, o motorista espiou-a pelo retrovisor, discretamente.

— Logo chegaremos, senhora — ele disse.

Ela agradeceu. Havia sido uma longa, uma longuíssima viagem desde aquela tarde na qual, doze anos atrás, furiosa com o frei Odo, voltara para casa decidida a dar um jeito no futuro da família. Descosturara uma camisa de Duda, preparando o primeiro molde da sua vida. Ainda se lembrava bem de tudo que fizera naquele dia, das camisas que colocara na venda e que os moradores de Luís Alves compraram com gosto.

Logo ela percebeu que havia uma possibilidade ali, então se decidira a investir numa confecção própria. Chamara Lídia e Gertrudes Trentini, duas irmãs que viviam em Laranjeiras, para que trabalhassem com ela, levando suas próprias máquinas de costura. Com a ajuda das duas, e depois com o acréscimo da mão de obra de Filomena, fizera a primeira grande leva de camisas. Naquela época, estava grávida de Armando, seu sétimo filho.

O motorista entrou numa rua arborizada, fez uma curva suave e estacionou no endereço indicado. A casa do pai, escondida pela sombra de algumas paineiras, parecia dormitar na tardinha quieta do bairro.

Adelina pagou a corrida com um agradecimento e o motorista aquiesceu.

— Boa sorte, senhora.

Ela desceu do carro, empertigando-se, orgulhosa. O motorista notara a sua gestação. Ajeitou o vestido que começava a ficar apertado. Estava quase na hora de a criança nascer, mas não valia a pena chamar Duda, envolvido com a loja em Luís Alves. Talvez o bebê esperasse alguns dias e, no sábado, o marido viria de visita.

Adelina abriu o portãozinho de ferro e entrou no pequeno jardim. Desde que Verônica morrera, as flores tinham desaparecido. O pai não ligava para os canteiros em desordem. Adelina pensou que, quando sua casa estivesse pronta, faria lá um belo jardim. Tirou as chaves da bolsa e abriu a porta.

Da sala, vinham as vozes dos filhos. Reconheceu Denise e Armando, que pareciam brigar por alguma coisa. Antes que Adelina pudesse vê-los, entendeu que os dois uniam-se contra um terceiro irmão, que riu alto:

— Não devolvo! — disse o menino.

Era a voz de Rui.

Adelina caminhou com firmeza, pronta a apaziguar a briga dos filhos. Nem sequer precisava perguntar-lhes o que acontecia ali, pois Rui era muito levado. Devia ter aprontado mais alguma. Ele sentia demais a ausência do espaço, da liberdade dos morros e dos quintais de Luís Alves.

Ela se aproximou.

— O que está acontecendo?

Os três filhos pararam no mesmo instante, assustados. Adelina mantinha a ordem com rigidez, às vezes, com a ajuda de umas palmadas na hora de dormir. Não era fácil criar todas aquelas crianças.

— O Rui sumiu com o caderno de matemática do Armando — informou Denise, esperta como sempre, tomando a dianteira na pendenga.

Ela era a dona das histórias na família. Adelina olhou para a filha, uma menina morena e vivaz, mas antes que dissesse algo, Rui se adiantou:

— Não fui eu! Não fui eu!

Denise ameaçou partir para cima de Rui, mas Armando segurou-a. Ele olhava os dois irmãos, desolado. Era um menino trabalhador, montava com destreza as embalagens da fábrica, gostava de executar tarefas e as cumpria com perfeição

— Devolva agora o caderno, Rui — disse Adelina. — Sei que foi você.

Pesava-lhe na bolsa o maço de documentos que precisava ler, as duplicatas a serem pagas. E os filhos nunca paravam, nunca! Rui olhou-a por um momento, reconhecendo a hora de retroceder. O garoto saiu da sala e voltou com o caderno do irmão. Com poucas palavras, Adelina colocou-o de castigo na cozinha, onde a empregada ocupava-se de preparar o jantar da família. Denise correu para dentro, procurando alguma coisa com a qual se distrair, e Armando tratou de cuidar das suas tarefas escolares.

Havia ainda muito o que fazer. Sônia estava amuada em um canto, as colegas novas a ignoravam na escola. Adelina conversou por alguns momentos com a filha, acalmando-a. Se a escola fosse realmente um problema, colocaria Sônia num colégio público. Os gêmeos brincavam no quarto onde uma pilha de colchões extras esperava a chegada da noite. Alemão decidira construir uma fortificação com os travesseiros. O quarto de hóspedes do pai transformara-se em desordem constante. Mas o velho Leopoldo, sempre quieto, não se queixava de nada. A permanência dos netos, embora turbulenta, trazia novamente vida à casa que, depois da morte de Verônica e do casamento dos filhos mais jovens, perdia aos poucos o seu viço.

Adelina encontrou o pai escutando rádio em seu quarto. Pediu-lhe a bênção e avisou que o jantar seria servido em uma hora. Leopoldo aquiesceu, olhando a filha amorosamente.

— E a fábrica?

— Estamos na labuta, papai.

Ele riu. Adelina sentia por ele um grande carinho; sem a ajuda do pai, a mudança para Blumenau teria sido impossível. Desde a morte de Verônica, ele andava casmurro, e somente os programas do rádio é que o divertiam. Pelo rádio, Leopoldo ouvia as notícias do mundo: soubera da chegada do homem à Lua, da qual desacreditava totalmente. "Balelas inventadas", dizia aos netos.

Leopoldo fez um gesto com a mão, como se a dispensasse.

— Coragem não lhe falta, minha filha — atalhou. — Agora, me deixe quieto aqui, vai começar o meu programa.

Adelina foi para o quarto que dividia com Tida, Sônia, Denise e Scheila. Ali, sentou-se na única escrivaninha, acuada entre dois beliches, perto da janela que dava para o quintal dos fundos. A barriga pesava-lhe mais e mais, forçando os ossos do seu quadril. Aquele seria um filho grande, ou talvez, aos quarenta e dois anos, ela estivesse mesmo ficando velha demais para as aventuras da maternidade.

Com um suspiro, tirou da bolsa a papelada, mergulhando no trabalho até que sua mente se esvaziasse de todo o resto. Quando Tida veio chamá-la para o jantar, Adelina tomou um susto.

— Mas já?

— São dezenove horas, mamãe — respondeu Tida, com sua voz melodiosa. — Arrumei a mesa como a senhora gosta e os pequenos estão de mãos limpas, esperando.

Comiam todos juntos, apertados na mesa de jantar. Adelina fez a oração e o jantar foi servido. Estranhamente, notou que não tinha fome, os bocados rascavam seu esôfago e uma leve dor nas costas parecia alastrar-se para a base da coluna, espalhando-se pela sua barriga como pequenos dedos inquietos, elétricos. Pediu desculpas ao pai, alegando um pouco de azia, e retirou-se antes que os filhos terminassem a refeição.

Na cozinha, pediu a Juvita, a empregada, que fizesse um bolo. Sérgio merecia ao menos isso; mas, para todo o resto, estava muito cansada. Voltou ao quarto, abriu as cobertas da cama que lhe cabia e deitou-se sem ao menos tirar a roupa do trabalho.

Era meia-noite quando Adelina acordou com as primeiras contrações. Apenas a luz da lua desenhava os contornos dos móveis no quarto cerrado. Notou que era já bastante tarde e que as filhas dormiam ao seu redor, serenamente.

Adelina respirou fundo, equilibrando seu corpo no ritmo das marés eternas que regiam os mistérios femininos. Ouvia o ressonar calmo das meninas. Esperou a onda de dor passar, já velha conhecida de tantas pelejas anteriores. Quando seu corpo se acalmou, ela pôs-se de pé com cuidado. Calçou sapatos baixos, ajeitou os cabelos com as mãos hábeis, recolheu a bolsa e saiu do quarto sem fazer nenhum ruído.

Seguiu pelo corredor às escuras, respirando compassadamente, contando baixinho o tempo. Uma nova onda de dor arrebatou-a na sala e ela apoiou-se na parede, mordendo os lábios, buscando forças como um náufrago que vê, ao longe, a linha de terra que delimita o horizonte. Sabia que conseguiria, que chegaria à terra. Mas havia um oceano de sofrimento pela frente.

A dor passou outra vez. Adelina tomou coragem e dirigiu-se à cozinha, onde havia um quarto anexo. Pediria à empregada do pai que lhe buscasse um táxi. Não havia tempo a perder. Estava na hora de ir para a maternidade. A criança nasceria ainda naquela madrugada.

Adelina abriu um sorriso, batendo de leve na porta da moça. Em poucos segundos, o rosto cansado de Juvita surgiu numa fresta da porta. Ela explicou-lhe que teria o bebê ainda naquela noite, as contrações estavam mais fortes e mais próximas. A moça empalideceu, nervosa.

— Não se assuste, tudo vai correr bem — disse Adelina.

E acrescentou que não era necessário alvoroçar ninguém na casa. Bastava buscar um táxi o mais rápido possível, ela iria sozinha para a maternidade. Juvita olhou-a, incrédula.

— Já coloquei quinze almas neste mundo — falou Adelina num sussurro. — Tenho prática nestes mistérios da carne.

A moça aquiesceu, vestindo um casaco às pressas por sobre a camisola de algodão. Depois saiu para a noite, estalando as chinelas no caminho do quintal, jurando voltar em dez minutos.

Adelina sentou-se com cuidado numa das cadeiras da cozinha, respirando compassadamente, tentando controlar os espasmos de dor. Afinal de contas, no dia seguinte, Sérgio teria o seu presente – o último irmãozinho chegaria em algumas horas. Ela já tinha escolhido um nome, Marco Aurélio. Nome de imperador.

Luís Alves, começo de setembro de 1957

Cinquenta anos em cinco, era o lema do governo de Juscelino Kubitschek. Por todos os lados, o Brasil crescia. Respirava-se progresso, empresas automobilísticas como a Chrysler e a Ford instalavam fábricas no país, pois o presidente queria incentivar o consumo de carros. Também as televisões entravam nos lares brasileiros, e Adelina sonhava em comprar o primeiro aparelho de Luís Alves.

Ela amava o progresso. Quando ligava o rádio e ouvia as notícias, seus olhos inquietos brilhavam. Duda brincava que a esposa alimentava uma paixonite pelo presidente Juscelino, que era homem garboso, e ela, de troça, escolheu o nome dele para marcar os códigos das mercadorias da loja e as primeiras camisas. *Juscelino PS*, era assim que ela marcava o preço de custo dos seus produtos, e ninguém poderia dizer que Adelina não tinha também um quê de poesia, de ludicidade, no seu pragmático trabalho de formiga.

Naquela manhã nublada de primavera, Adelina recolheu uma pilha de camisas que as irmãs Trentini tinham terminado e organizou-as por tamanho. Duda mandara fazer caixas de madeira, de uma cor bonita, bem clara. Adelina acomodou as peças numa caixa, alinhando-as com extremo cuidado antes de levá-las à venda, orgulhosa das camisas como de um dos seus filhos.

Na peça ao lado, o *Repórter Esso* informava as últimas notícias. Adelina afinou o ouvido para escutar que o projeto de Brasília estava praticamente finalizado por Lúcio Costa e por Oscar Niemeyer. As obras fervilhavam no Centro-Oeste do Brasil, arrecadando almas de todos os cantos do país. Era o sonho de Juscelino nascendo do papel, mergulhando o país numa intensa industrialização. Parecia haver uma grande pressa de futuro, e Adelina era partidária desse sentimento, ela que nunca gostava de ver nada nem ninguém parado. A natureza estava sempre se transformando e, enquanto uma única folha caísse do galho de uma árvore, Adelina seguia em movimento, preparando a próxima primavera e o verão que viria a seguir.

Ela fechou a caixa com cuidado e saiu do quarto às pressas, descendo a escada atentamente, pois já entrava na fase final da gestação. Não que carregar um filho no ventre a incomodasse, estava já tão acostumada a estar grávida! O marido tinha um forte apetite sexual, e ela se atrapalhava com seu ciclo... Era tão bom perder-se nas primeiras horas vespertinas nos caminhos de Duda, quando os dois se recolhiam para a sesta, e onde passavam em divertimentos maritais que, ao contrário de os exaurirem, enchiam-nos de energia, de puro fogo, de vontades que serviam de combustível para os longos trabalhos que iriam até a noite – Adelina com as camisas e a venda, Duda na serraria, com os animais, os empregados e os fornecedores.

"Oh, por favor", ela pediu em pensamentos, enquanto seguia pelo corredor térreo. Precisava vender aquela pilha de camisas. Queria comprar mais tecidos e investir na confecção, havia ali uma chance de progresso, ela podia sentir isso como uma corrente elétrica que arrepiava a sua pele. Além do mais, a família não parava de crescer e precisava de outra fonte de renda, além da venda e da serraria. Mas se Deus ouvisse todos os pedidos dos seus filhos, como seria?, considerou Adelina. Deus era bom, mas ela era inquebrantável, e esse arranjo parecia-lhe mais do que suficiente. Sorriu, então, satisfeita consigo mesma, e encaminhou-se para a venda, onde os empregados atendiam alguns colonos da região.

Fazia um calor pesado para o começo da primavera, apesar do céu encoberto, prometedor de chuva. Adelina cumprimentou os clientes, ouviu deles elogios à sua boa aparência, ensejos de saúde ao bebê. Alguém comentou que o céu pesava, escurecia rapidamente para o lado dos morros.

— Vem água aí — disse Zacarias, embalando alguns metros de tecido para um cliente.

Adelina notou que Michelin já estava no seu posto perto do balcão, de olho no movimento, esperando pacientemente que a tarde caísse. Pobre maluquinho, pensou ela, carinhosamente. À noitinha, sempre o agraciavam com um ou dois copos de capilé, e ele, em troca, fazia-lhes pequenos favores, até mesmo olhava as crianças, que volta e meia se metiam em encrencas.

Adelina acomodou as camisas numa prateleira. Ana atendia seu Helmut enquanto ele comentava que havia uma boa dezena de agrimensores a poucos quilômetros dali, fazendo medições para a construção de uma estrada. Era o país que crescia rapidamente, ele sorriu, orgulhoso.

— Coisas do Juscelino — disse o velho.

Adelina abriu um sorriso confiante.

— O presidente Juscelino está trazendo o progresso ao Brasil. Precisamos de uma boa estrada por aqui, ainda me lembro dos sofrimentos do Duda quando dirigia o ônibus para Blumenau... Os buracos, os alagamentos. — Ela olhou para o senhor Helmut com um sorriso no rosto. — São muitos engenheiros no trabalho?

O homem deu de ombros.

— Meu genro disse que são uma dezena, por aí... Homens do DNER... Trabalhando sob este sol, este calor.

Adelina terminou de acomodar as camisas nas prateleiras. Olhou para a rua, deserta àquela hora. O sol havia muito apagara-se, coberto por uma camada de nuvens que se adensavam para os lados dos morros. Tantas vezes ouvira Verônica anunciar as chuvas – um dos seus maiores medos naquelas terras de inundações frequentes, que ela sentiu um frio correr pela sua espinha.

— Vai chover forte hoje — sentenciou.

— Então eu já vou-me embora — respondeu o velho Helmut. — Não quero que um temporal me pegue pelo caminho. Meus ossos já não aguentam mais a umidade.

Adelina e Ana viram o bom homem ir embora depois de acomodar as compras na carroça. Os clientes restantes pagaram e saíram também. As crianças dormiam o sono vespertino e, dos fundos do terreno, vinha o ruído monótono da serra, que engolia o suave cantarolar do rio. Adelina sabia que Duda e Fred trabalhavam por lá.

Não demorou muito para que a tarde perdesse de vez a sua luz. Os relógios, que marcavam as dezesseis horas, pareciam loucos. O mundo anoiteceu de repente. A serra parou. Ana foi ajudar Rosa com os pequenos, enquanto Michelin, a mando de Adelina, saiu em busca de Sérgio, que tinha ido aprontar alguma traquinagem para os lados do rio.

Pesadas nuvens desciam sobre o Salto, ameaçadoras. O vento logo chegou, escabelando o arvoredo, a fazer pirraça com o mundo, pensou Adelina fechando as janelas da venda, depois de ver que Matias e os outros homens correram até a eira para recolher o açúcar antes da chegada do temporal. Fred foi ajudá-los, era preciso colocar os cavalos e os bois em local seguro. A chuva viria em breve, com aqueles jeitos devastadores; a chuva do vale, que levava tudo em seu rastro, rainha eterna daquelas cidadezinhas encravadas entre os morros do Itajaí.

— Tenho medo de temporal — disse Michelin ao voltar do rio trazendo Sérgio com ele.

E ajoelhou-se perto do balcão, enrodilhado feito um cãozinho.

— Acalme-se — pediu Adelina. — Se você não gritar ao primeiro trovão, prometo um capilé a mais hoje à noite.

Mas os trovões vieram, a despeito do medo do pobre Michelin, que gemia alto ao pé do balcão. Eles corriam pelo céu, furiosos, incentivando os raios, que brilhavam feito joias fugazes. A tarde transformou-se completamente e, enquanto Célio e Zacarias fechavam a venda, Adelina foi ver os filhos, que já Sônia se punha a chorar e Sérgio tinha se escondido no armário da roupa branca.

A poucos quilômetros do Salto, uma dezena e meia de homens olhavam o céu. Eles tinham vindo da cidade grande, desacostumados aos humores da natureza.

De repente, como se comportas se abrissem, uma massa de água desabou do alto. Pingos grossos, rodopiando no vento, bailavam por tudo, e a chuva descia, encharcando o chão. O trabalho das máquinas, cavando a terra vermelha e fértil, juntando-a em morros de tamanhos iguais, o trabalho de um dia inteiro sob o calor fustigante foi perdido em menos de cinco minutos e todo o campo de obras transformou-se num imenso lamaçal, vivo feito sangue, incontrolável.

Os agrimensores tentaram correr para o refúgio de uma lona num escritório improvisado, mas o vento não lhes permitiu essa bênção. A lona saiu rodopiando pelo céu, um tapete voador a misturar-se entre os raios e trovões, e todos os homens enviados pelo governo, os engenheiros de São Paulo e os obreiros vindos dos arredores de Florianópolis, os agrimensores do Rio de Janeiro e os motoristas da região, todos estavam ensopados, todos iguais, sem cargos ou salários que os diferenciassem, apenas homens molhados, precisando de roupa seca, sopa quente, um teto. Foi um deles que teve a ideia, era do Vale do Itajaí, e também sabedor de que a venda dos Hess sempre abria suas portas a um cliente necessitado, quanto mais para dezoitos homens famintos e molhados. Alguém trouxe um caminhão, pois o serviço suspenso só poderia ser retomado quando a natureza se apaziguasse, e o jovem obreiro disse, "há comida, deve haver roupas secas, eles não nos negarão um teto". Alguém retrucou que pagando tudo havia, e o caminhão tomou a estradinha embarrada que levava ao Salto, à venda onde Adelina, sob a luz de um lampião, aproveitava a quietude a fazer as contas do dia, tristonha porque não tinha vendido nem uma única camisa naquele expediente.

Então, os homens chegaram.

Eram muitos e o barulho que fizeram, e a terra que suas botas trouxeram, tudo isso acendeu a vida na pequena venda. Havia comida e eles precisavam de mudas de roupa limpa.

Adelina mostrou-lhes as camisas recém-terminadas; Ana separou as calças de sarja segundo os tamanhos indicados; Célio trouxe sapatos novos; dona Gena fritou ovos, tirou o pão do forno; Duda, cujo bom coração era famoso, ofereceu o depósito – onde ele mesmo dormira anos atrás, quando trouxera o corpo de Anselmo Hess para a casa –, e depois de grande algaravia, Adelina viu as contas melhorarem, as camisas serem todas vendidas e os homens acomodarem-se na construção contígua à serraria.

Tinha sido um dia bom, embora o céu cuspisse ainda a sua chusma e os caminhos estivessem alagados. As camisas tinham saído todas, ela poderia comprar mais tecido na semana seguinte, fazer uma nova leva e, quem sabe, sair a vendê-las nas cidades vizinhas, pois não era todo dia que Deus providenciava um milagre como aquele.

Enquanto dona Gena limpava o barro do chão, Adelina acomodou-se na sua cadeira de trabalho, sentindo o peso da gestação adiantada, mas feliz, muito feliz com o rumo do dia.

— Deus é bom — ela sussurrou, recolhendo o livro-caixa.

Dona Gena, ocupada com o barro que teimava em grudar na madeira sempre tão bem encerada, nem sequer ouviu o comentário da patroa. Num canto da loja, Michelin observava tudo, ainda assustado com os homens que tinham vindo comer, comprar e beber, e com o rugir dos trovões que fazia pouco se tinham aquietado no céu. Caía uma chuva mansa quando Célio foi para casa, Michelin ganhou as duas doses de bebida prometidas, e já era noite.

Duda voltou do galpão com um sorriso no rosto e encontrou a esposa ainda na venda, pensativa, acariciando o ventre, sozinha na peça silenciosa e cheirando a especiarias.

— São homens bons — disse ele, fazendo um gesto em direção ao galpão. — Trabalhadores honestos. Amanhã comem a primeira refeição aqui e depois voltam para a obra. Vão pagar tudo.

Adelina aquiesceu com um sorriso no rosto. Depois, empurrou o livro-caixa na direção do marido, como um gesto de vitória.

— Vendi todas as camisas — sentenciou ela. — Estou pensando em contratar algumas costureiras e investir no ramo da confecção. Não serei a primeira no Vale, mas há espaço para mais gente no negócio. As pessoas precisam se vestir, e quase já não se costura mais em casa.

Duda olhou-a com um sorrisinho. Quem era ele para discordar de Adelina? Ela tinha nascido para o negócio como um peixe para a água. Foi até ela e abraçou-a, com carinho.

— Vamos encher o país de camisas — disse ele, rindo.

E os dois seguiram alegres para casa. Já era hora do jantar e a chuva acalmara-se lá fora. As crianças, de banho tomado, esperavam a sopa, a bênção e o terço. Adelina caminhava devagar, sentindo o peso da sétima criança que estava prestes a pôr no mundo.

Não faltava muito agora, ela sabia. O bebê nasceria em breve.

Era preciso mandar um aviso à parteira, que não se ausentasse da cidade. O que desejava mesmo era a presença reconfortante da sua mãe, que estivera ao seu lado em todos os partos, mas Verônica fazia um tratamento para diabetes, e Adelina teria de se virar sozinha.

Estrelas fritas com açúcar

Quando a avó chegava, Tida sabia que ia nascer mais um bebê. A avó Dindinha sabia a hora certa de chegar. Ela chamava os netos e dizia:

— Coloquem açúcar no telhado.

Com açúcar, a cegonha trazia meninas. Se colocassem sal, vinham os meninos. E Tida ia lá e colocava e colocava açúcar, queria mais irmãzinhas para brincar. Eram duas contra os cinco meninos, Sônia ainda pequena, não ajudava em nada na hora de decidir as brincadeiras.

Mas, naquela noite de temporal, a avó não veio. Tida não entendeu o motivo, que doença era assunto de grandes, eles que cuidavam da febre e da dor de barriga, davam óleo de rícino e chás amargos quando alguém ficava dodói.

A Dindinha não veio, e Tida não jogou açúcar no telhado.

Nem pôde ficar brava quando, pela manhã, dona Gena chamou-a para ver o novo irmãozinho. "Mais um menino", tinha dito dona Gena, e Tida se culpou, pois não tinha posto o açúcar no telhado, e o time dos meninos só aumentando, aumentando.

Era um bebezinho bonito, pequeno, quietinho. Parecia de brinquedo. Tida, de mão dada com Sônia, olhou o novo irmãozinho. A mãe parecia feliz, pois amava os meninos e as meninas de igual maneira. E o pai estava todo bobo, e depois já ia recitando, *Essa criança maravilhosa nasceu bem no raiar do dia.* E saiu correndo para anotar no caderno aquilo que ele chamava de poesia. *No dia quatro de setembro de 1957, a mãe a visita da cegonha recebia, nos trouxe um lindo menino, que foi toda nossa alegria.*

O irmãozinho ganhou o nome de Armando.

E a vida foi seguindo, igualzinha.

Naquela primavera choveu muito, mas o Armando era quietinho, só a Tida e o Sérgio é que tinham medo dos trovões. Os bichos também, dizia o papai, que boizinho não gostava de barulho. Enquanto chovia lá fora, a mamãe só queria saber de fazer camisas. O quarto dos irmãos ficou pequeno, e as costureiras se mudaram para a sapataria.

Tida só pensava nas chuvas e no açúcar, ia guardando punhados numa caixinha, pois, quando a cegonha viesse de novo, tinha de deixar na casa uma menina.

Numa noite, ela pediu a Rosa para ajudá-la com seu plano:

— Joga o açúcar no telhado pra mim? A Dindinha ensinou que assim a cegonha me traz uma irmã.

Rosa deu-lhe um abraço bem apertado e respondeu:

— Mas o Armando ainda é um neném. É muito cedo para a cegonha vir de novo.

Ué, mas a cegonha não podia vir? Tida não entendeu nada. Que ideia era aquela de ser cedo? Se ela quisesse, podia vir todo dia. Rosa riu, e foi rindo lá na rua jogar o açúcar que Tida tinha juntado.

Naquela noite, caiu o maior temporal. O açúcar derreteu todinho. Os animais ficaram bem loucos – a cegonha não veio, os bois fugiram do cercado. E, no meio da madrugada, o papai chamou o Vilson bem baixinho:

— Vamos recolher os boizinhos...

Mas Tida ouviu e foi atrás.

Na cozinha, viu o pai colocar as galochas, viu o Vilson entre a coragem e o medo, era muito escuro lá fora, só a chuva não tinha medo de nada e rugia, furiosa.

— Quero ir também — disse Tida.

O papai abriu um sorriso.

— Não pode, meu bem. Você é delicada, é menina.

Vilson achou graça e se encheu de coragem. Vestiu até o casaco grosso, enfiou as botas, fez cara de homem de sete anos, abriu a porta todo prosa, a noite lá fora parecia um lobo querendo engolir qualquer coisa, morto de fome. Tida olhou o papai, dando de ombros.

— Os boizinhos não podem fazer arte nas terras dos vizinhos, temos que recolher eles logo — explicou ele.

O papai era tão bonito! Tida viu flores nascendo das suas orelhas, enroscando-se pelos seus braços, flores trepadeiras, coloridas, viçosas, como se todo ele fosse feito de rios e de ventos, como se todo ele fosse silvestre, um ser do mato, que falava com os cavalos e entendia os passarinhos.

Ela ficou olhando eles saírem na noite escura, quietinha em casa. Meio triste, meio alegre. A chuva tinha engolido o açúcar, e Tida queria mais irmãs. Ela queria o papai de volta, bem lindo e florido como um buquê, e não sabia; mas, muitos anos depois, quando já fosse mulher e o papai fosse velhinho, as flores voltariam a nascer nele, como um aviso, como um abraço, como se a natureza fosse a mãe eterna e não quisesse os seus rebentos longe dela por muito tempo. Do pó ao pó, dizia a Bíblia.

Mas Tida era pequena naquela noite tempestuosa daquele ano de 1957, e Armando tinha umas semanas que davam para contar nos dedos. A chuva lambera o açúcar e seria preciso juntar tudinho de novo, de pouco em pouco, às escondidas, o açúcar roubado com sussurros de desculpa da saca de estopa grande da venda quando a mamãe não estava olhando, porque ela era muito rigorosa com essas coisas, e ajoelhar no milho ninguém queria não.

Meu nome é Filomena, me chamavam de Mina, mas agora me chamam mesmo é de dona Filó. Quando me chamam... Que aqui ninguém se chama, eles só vêm e me pegam pelo braço, e é hora de comer e é hora de dormir, e tem a televisão, mas eu detesto esses programas que ficam passando, eu tenho mesmo é saudades da minha casa, quando é que eu vou voltar pra lá?

Estou aqui pra falar da dona Adelina, é isso que tu quer ouvir? Eu fui trabalhar com ela quando começou a fábrica. Eu tinha feito uma camisa pro meu irmão e a dona Adelina chamou ele e perguntou: quem te fez essa camisa? Depois um menino bateu lá na minha casa e eu nem ouvi, estava pra dentro, e era um dos guris dela, que filhos a Adelina tinha muitos, e ele me disse, a mãe quer falar contigo. Então ela me chamou pra ser costureira e tudo estava no comecinho, todas as coisas começam e a gente nem sabe onde vão dar. Então, a gente costurava na casa mesmo, num quartinho que era o dos meninos, e todo dia se tiravam os móveis pra montar as máquinas, e toda noite se desmontavam as máquinas pra trazer os móveis. E assim foi pra frente.

Depois, a gente desceu e ocupou uma peça do lado da venda, que na época era a sapataria. E, lá, a gente costurava, costurava o dia todinho, e no começo a Adelina era muito querida, e tinha dias que ela era muito brava, assim como o céu tem o sol e de repente tem a chuva, assim mesmo era a Adelina. Eu trabalhava muito, os dias inteiros sentada costurando, ficava quadrada de tanto estar lá, na mesma cadeira, na mesma máquina, e vai hora e vem hora e a gente nunca parava, só conversando e a máquina *tectectec*.

A Adelina punha as camisas num caminhão e saía pra vender pelas cidades ali perto, da manhãzinha até noite alta, ela ia com as camisas e sempre levava um filho ou dois na boleia, sem contar o filho na barriga, que a cada dois anos nascia mais um naquela casa. Mas ela não se apoquentava com isso, sempre trabalhando, comendo chão, vendendo as camisas pra voltar pra casa só quando tivesse vendido a última, que ela nunca se dava por vencida, e os filhos eram muitos, e as contas, mais ainda.

Eu era casada com o Ângelo, e depois, quando Adelina abriu a fábrica na casa do outro lado da rua, o Ângelo foi ser balconista na loja. E assim foi pra frente. Ela trouxe umas moças das cidades vizinhas, um montão delas, pra trabalhar na fábrica. Vieram de Rio do Peixe, Escalvado, Escalvadinho. Eu ensinava todas elas, algumas nem sabiam colocar a linha na agulha, e eu ensinando, ensinando, ensinando até bocejar, e vinha o Fred e consertava as máquinas, regulava os pontos, e vinha a Adelina pra conferir tudo, que ela era muito conferideira, e vinham as crianças e traziam a comida, que tudo era feito na casa da Adelina, um vaivém que parecia a minha máquina, *tectectectec*.

Eu virei talhadeira na fábrica e andava com a tesoura pra lá e pra cá, tudo passava pelo fio da minha lâmina e é disso que eu me lembro, que as coisas já vão todas se misturando na minha cabeça, e o que eu queria mesmo era voltar pra minha casa. Mas aí a Adelina um dia me disse, tu tens que ter filhos. Ela gostava muito de filhos, e eu também queria um, não tinha porque Deus não dava, mas parece que a Adelina tinha uns assuntos com Deus, e aí eu engravidei e nasceu a Norma, que era tão linda, tão linda... Todo mundo dizia que a Norma era linda!

Lá na fábrica, só a Adelina mandava e desmandava, o seu Duda tinha as coisas dele, ficava na loja, na serraria, no armazém, e depois teve um campo, que é disso que eu me lembro, dá pra tu entender o que eu digo? Eu faço um nó na minha cabeça e fico triste, mas então me lembro da Norma e fico feliz de novo, que a minha filha era tão linda.. Ela brincava com a Sônia, mas era mais amiga da Denise, e elas corriam por tudo, e dê-lhe rio e dê-lhe campo, e *cacacá* e *quequequé*, que as meninas pequenas estão sempre rindo, não sabem ainda que a vida é triste.

E assim foi pra frente...

A fábrica crescendo, cada vez mais camisas, camisas tão lindas, que eram um capricho só! A gente cuidava de tudo, e as máquinas *tectectec*, e as costureiras iam e vinham, umas bonitas, outras feias, umas malandras, outras quietinhas, mas costurar mesmo era só eu que sabia e dê-lhe ensinar, aqui é assim, cuidado com esse ponto, e caseando e engomando, e olha o botão e a bainha.

A Maria, minha vizinha, tinha umas três, quatro filhas. Eram muito amigas da minha Norma, e ela levava a minha filha nas festas. A Maria sempre dizia, que filha tão linda, nós podemos ir aonde quisermos, mas a Norma é sempre a mais bonita! Ela era bonita de verdade... Mas eu não quero chorar, quero mesmo é ir pra casa, que aqui o volume da televisão é muito alto e eu não gosto dos programas que eles assistem, mas tu quer que eu continue contando?

Está bem, eu falo, as coisas todas se misturam na minha cabeça, mas ainda algo eu me lembro... Depois eles se mudaram pra Blumenau, onde Adelina abriu uma fábrica grande, mas aqui continuou a loja e a fábrica pequena ainda por um tempo, e uma vez ela veio e me chamou na loja e falou muito, muito, muito, e eu já andava cansada e queria ficar mais em casa pra cuidar da minha Norma, e Adelina disse, Filó, eu preciso de ti.

Isso foi há muito tempo, muito tempo mesmo. Eu esqueço um pouco as coisas, mas assim foi pra frente. A fábrica crescendo, crescendo, desde o começo eu estava lá. Eu era boa de costuras. Entendia de fazer uma camisa completa, e as outras costureiras que vinham precisavam ser bem ensinadas. Uma não sabia fazer isso, outra não sabia fazer aquilo. Tinha que mostrar tudo, e depois elas começavam. E assim foi pra frente.

Um dia, a Adelina achou um retalho na rua e me chamou, foi tu que deixou esse retalho na rua? E eu disse que não, eu estou dentro da fábrica trabalhando, deve ter sido um dos teus meninos que levou o retalho pra rua, Adelina. Às vezes, ela era brava, mas também era boa e, muito tempo depois, ela me trouxe uma colcha linda, tão linda, que ela tinha feito lá em Blumenau. Ela vinha sempre me ver.

E fomos indo pra frente, pra frente, até chegar aqui onde não tem nada. Não tem mais a Norma, nem as camisas, nem o Ângelo, nem as costureiras, nem a Adelina. Eu sinto uma saudade da minha casa, quero voltar pra lá.

Arredores de Luís Alves, fim de setembro de 1958

Era bom o caminhão novo que Duda tinha comprado. Zacarias dirigia-o com mestria pelas estradas do Vale do Itajaí. Embora a cabine fosse até confortável, ainda assim os buracos eram muitos, e a viagem cansativa.

Sentada ao lado de Adelina, Sônia parecia se divertir com os sacolejos do veículo. Era como a pracinha que a mãe mandara fazer no terreno contíguo à casa, ao lado do pequeno roseiral que Adelina tanto amava. A pracinha só dos filhos, porque eram muitos, e se a criançada da vizinhança ainda se metesse lá, seria briga na certa para subir no trepa-trepa e descer no escorregador.

Adelina esticou as costas, sentindo dores profundas, mas sem apagar o sorriso do rosto. Queria ensinar as filhas a serem fortes num mundo onde as mulheres eram tratadas como flores que logo murchavam. Tinha aprendido aquilo, aquele jeito estoico de ser, com o pai. As filhas seriam mulheres determinadas, como ela, ali naquele caminhão, viajando havia mais de cinco horas pelas pequenas cidades da região, a carroceria cheia de caixas de camisas – camisas de muitas cores, organizadas com perfeição, camisas que ela tinha de vender, que ela precisava vender até a última peça. Mais uma vez grávida, a barriga já enorme, estirando o vestido de algodão escuro, os cabelos bem penteados, sempre elegante mesmo às vésperas do parto. Ali estava ela, com as duas filhas, uma aula prática de como a vida era de fato. Duda seguia tocando a serraria e, depois que Luís Alves tinha sido emancipado, concorria como vereador pelo município nas eleições que se aproximavam. Era uma vida dura, mas eles seguiam laboriosos, sincrônicos como peças de uma máquina que funcionava sem defeitos.

Adelina sentia fome, perguntou às meninas se elas queriam mais um pedaço de frango com farofa. Dona Gena sempre preparava o frango na farinha frita com ovos para as viagens de vendas, também assava um pão, que Adelina cortava com esmero mesmo na cabine apertada, porque ela fazia tudo com esmero e assim queria que as filhas fizessem também.

Sentiu um cutuque nas carnes, o bebê tinha chutado. Ao seu lado, concentrado na estrada vazia, mas cheia de curvas, Zacarias perguntou:

— A senhora quer que eu pare? Quer descansar um pouco?

— Não — ela disse. — Seguimos adiante. Vamos até Gaspar ainda hoje.

Zacarias aquiesceu e voltou a se concentrar no caminho.

Ao seu lado, Tida remexeu-se, inquieta. Adelina pegou um pedaço de pão bem fino e começou a mastigá-lo com calma, cuidadosamente. Se cedesse à fome das várias gestações, ficaria obesa. Ela comia pouco, o suficiente para gerar filhos saudáveis. A elegância fazia parte dos hábitos fundamentais de uma mulher, pensava ela.

Tida começou a choramingar baixinho. Era uma menina frágil, dada a desmaios. Adelina, no começo, atribuíra aquilo ao gênero da criança. Acostumada a ter filhos homens, a quarta criança, a primeira menina, parecia-lhe tão delicada e quebradiça que passou a protegê-la em excesso. Quando castigava os meninos, Tida era privilegiada, e sua reprimenda não passava de uma leve admoestação... Mas, depois, com a chegada de Sônia, sempre tão espoleta, capaz de acompanhar os irmãos mais velhos em todas as estripulias, foi que Adelina entendera que a filha primogênita tinha a saúde frágil. Mesmo assim, costumava levá-la em algumas viagens de vendas, era preciso moldar o caráter, e o caráter moldaria o corpo.

Olhou a menina e perguntou:

— Está se sentindo mal, Maria Aparecida?

A menina sacudiu a cabeça, dizendo que estava apenas exausta.

— Quando voltamos pra casa?

Adelina suspirou fundo, afinal, o que era o cansaço? Acarinhou a cabeça da filha e respondeu:

— Só voltamos quando eu vender a última camisa.

Sônia ficou olhando as duas sem dizer nada, muito séria. Parecia concordar com Adelina, serenamente. Era tão pequenina e entendia tudo, pensou Adelina. Entendia que uma mulher precisava trabalhar duas vezes mais do que um homem. Sorriu para as duas filhas, tão diferentes e complementares. Sabia que Sônia era como ela, uma criatura do mundo das ações, e Tida tinha uma alma mais delicada, vivia de sutilezas, talvez visse aquilo que elas duas não podiam ver.

Filhos... Cada um que nascia do seu ventre era uma nova surpresa. Uma melodia que se fazia sozinha, alternando notas, dando voltas inesperadas que a emocionavam, eram variações sagradas do seu sangue e do seu pensamento.

As meninas se calaram. O caminhão vencia a estrada aos solavancos, enquanto o sol macio da primavera se escondia entre os morros, enchendo o mundo com um delicado jogo de sombras e de luzes. E elas seguiram viagem em silêncio, estranhamente apaziguadas, unidas por uma corrente invisível. Com um pouco de sorte, se Adelina fechasse um bom negócio em Gaspar, chegariam em casa antes do jantar, a tempo de que ela pudesse tomar um banho quente e dar um colo ao pequeno Armando, que tinha ficado aos cuidados das empregadas. Depois, a noite acabaria com os filhos reunidos no quarto, rezando o terço até que o sono os colhesse, um a um. A maternidade e seus delicados deveres estavam sempre esperando-a ao fim de um dia de trabalho.

O fio da vida: Láquesis

Eu sou aquela que sorteia, que puxa e enrola o fio da vida. Aquela que dá a laçada, que trama e tece dias e noites, semanas, anos, séculos. O tempo é a minha agulha, o tempo é o meu fio.

Eu te tramo, Adelina, em tua beleza e tua angústia, tecido humano das minhas mãos, trazes a marca dos meus dedos em cada palavra tua, em cada pensamento teu. Posto que somos parecidas nesse nunca desistir, nesse acreditar que depois de um ponto virá outro e outro, e que na resistência desse tramar está o futuro.

Da tua carne, Adelina, puxei muitas tramas.

Tu tens em ti o poder da multiplicação, assim como Jesus fez com os peixes, de ti mesma trouxestes ao mundo outros tantos. És corajosa. Não o digo pelo parto, que gritos e dores são passageiros. O que não se grita é o que dói de verdade, tu sabes bem, Adelina.

Ao longo da tua vida, engolirás muitos sofrimentos, tu és estoica, e uma mãe é também um muro, uma parede, um anteparo contra as tempestades deste mundo. Tu estás grávida mais uma vez, parirás uma filha de nome Denise, criança alegre, cheia de energia, verbal. Tua mãe, já bem melhor da doença que em alguns anos a levará até a tesoura de Átropos, cortará o cordão umbilical dessa menina. Tu a alimentarás da tua seiva, como fizestes com os outros – e quando não for leite, será coragem, será exemplo, será palavra.

Para ela, teu marido há de compor um poema, delicadeza que dedica a cada um daqueles que da tua carne nascem. Ele escreverá num caderno novo em folha: "Adelina ganhou mais uma menina. É bem diferente das irmãzinhas, cabelos negros e bem moreninha. A parteira foi dona Otília. Estavam lá a dona Júlia e avó Dindinha.

Com Denise, novos braços virão somar-se à faina da tua família. De Blumenau, chegará dona Júlia, para ajudar com os pequenos. Maria Hess, uma prima tua por parte de pai, filha do teu tio Valentim, virá trabalhar contigo na camisaria que recém começaste; ela será muito importante no teu caminho, com ela sempre poderás contar.

Mas voltemos aos que da tua carne hão de vingar.

Denise será sempre uma alegria entre os teus, menina alegre, cheia de verbos. Ela crescerá saudável e forte. Ela e todos os dezesseis filhos que da tua carne nascerão – sina de ferro, de persistência. Nenhum filho teu morrerá na juventude, Adelina, a tua jura foi ouvida no palácio de bronze onde nós três vivemos. Somos as Moiras cegas, não surdas.

E teu negócio, assim como teus filhos, fincará raízes, crescerá. Tens o dom do perene, Adelina. Teus filhos, tuas rosas, tuas camisas resistirão, alimentados dessa tua vontade. Nós, aqui em cima, entendemos e louvamos aqueles poucos como tu. Por isso, te conto, mesmo que não me escutes, teus ouvidos moucos, atentos à estrada, não sabem que canto agora o teu futuro... Talvez Tida, tão etérea, talvez Sônia, ainda pequena, as duas meninas ao teu lado no caminho para Gaspar possam me ouvir...

Escutes, Adelina.

Venderás todas as tuas camisas nessa viagem.

Essas que levas na carroceria em caixas perfeitas, essas e muitas outras mais. Centenas, milhares, milhões de camisas. Pensarás num nome que te signifique, e será Fred, esse rapaz que é do mesmo sangue do teu marido, será ele quem dará o nome – Dudalina, a junção tua e do teu marido, que cada um de vocês fará um pouco por esse teu sonho; porções iguais de labor e de sacrifício, pois sei que teu Duda é tão corajoso quanto tu.

Com o negócio crescendo, tua morada ficará pequena para o trabalho e a família. Alugarás uma casa do outro lado da rua, a casa da tua irmã. Ali, começarás de fato a tua fábrica. Irás de braço em braço, de comunidade em comunidade, arregimentando costureiras, moças virgens, por cuja honra jurarás perante seus pais, prometendo-lhes um bom salário, e com elas começarás de fato a tua labuta. Maria Hess e dona Júlia serão muito importantes na tua labuta, enquanto a boa Ana ajudará na venda, entre os espasmos de amor com seu fantasma..

Vais prosperar, Adelina. Vais buscar representantes para que viajem assim como tu o faz agora, na boleia desse caminhão – mas tu seguirás trilhando estradas; tu, o maior exemplo, aquele que teus filhos louvarão para sempre, muito depois da tua morte. Teus filhos em suas empresas, em suas casas, em suas famílias, todos eles falarão de ti com a voz embargada, com lágrimas nos olhos.

Tua herança, mais do que tudo, será honra e orgulho.

Tu serás uma deusa, assim como eu, mas até mais do que eu porque tu foste amada.... Eu nunca fui amada, Adelina. O temor é inimigo do amor.

Hoje eu te conto isso, mas tu não me ouves.

A estrada é longa, o cansaço é grande. A vida segue lépida, exigente como uma agulha que dança sem parar, costurando o tempo. Teu marido vai comprar um gerador elétrico, tu vais arrebatar as máquinas industriais da fábrica Rodolfo Kander, a feição do teu negócio vai parecendo cada dia mais bonita.

Eu te vejo indo dormir exausta, noite após noite, sempre a última a se deitar. Denise já é uma menininha no berço ao lado da tua cama; em teu ventre, outra alma se alojou. Vais parir mais um menino, apesar do muito de açúcar que Tida jogará no cume do telhado.

Ele há de se chamar Rui, um garoto arteiro, inquieto, parecido com o pai que o gerou. Ele será alegre, vivo, pujante. Vai emocionar e encantar seus irmãos, incapaz de ter inimigos, criará os maiores problemas, mas se safará de todos eles. No mês de novembro do ano de 1959, ele vai chegar a este mundo. Mais um parto fácil, e tu vais achar que nada mais será difícil.

Tu és como esse presidente que adoras, o Juscelino. Nada é impossível para ele. Enquanto tu fazes tua empresa, enquanto tu geres e gestas essa família, uma cidade nasce no meio do Cerrado, uma cidade feito um sonho, tramada de sangue e de suor. Brasília. Tu vais te emocionar com esse lavor, Adelina, tu que amas o fazer. A inauguração de Brasília te trará lágrimas aos olhos, um milagre de concreto e pedra no meio do nada, como tua fábrica que nunca para, nunca para, nunca para. Fábrica de camisas e de gentes...

Em dezembro de 1960, quando Jânio Quadros ganhar as eleições no Brasil, tu vais te descobrir grávida outra vez.

Mas, então, tudo será diferente...

Tu me ouves, Adelina, enquanto o caminhão faz uma curva na estrada, noite alta, a caminho de casa? Tu me ouves?

Luís Alves, março de 1961

A fábrica terminava mais um dia, seguindo o exemplo do sol que se escondia atrás dos morros verdes. Depois da inauguração da hidrelétrica no Salto, a vida tinha melhorado muito. Adelina comprara novas máquinas na Citex e havia contratado mais mão de obra. A luz elétrica era um milagre tardio naquelas paragens, mas ainda assim um milagre. Agora, havia mais de uma dezena de jovens costureiras na fábrica. Elas moravam num alojamento no andar superior, cuidadas em sua pureza com extremo zelo por Maria Hess.

Adelina atravessou a rua quieta, assolada pelo calor. Sentia-se mais cansada do que o normal, embora estivesse grávida outra vez. Mas o que aquilo significava? Entendia-se melhor grávida do que quando estava com o ventre vazio... Aquele cansaço, o estranho peso dos seus membros, a novidade do sono inclemente e da fome leonina eram um indício de uma gestação diferente das outras.

Pensou em conversar com o marido depois do jantar. Talvez fosse bom procurar um médico, fazer alguns exames. Mas a vida era corrida demais. Nem a beleza do verão, nem o frio do inverno acalmavam os seus dias sempre prenhes de tarefas. As novas encomendas, os representantes que contratara, as contas que cresciam, os filhos em dois quartos – um dos meninos, outro das meninas, os filhos que eram a sua alegria, o amor que ela amava de longe, entre tarefas e contas e duplicatas –, as camas que se empilhavam no dormitório das costureiras, tudo isso liquefazia os seus dias.

Ela também estava sempre de olho nas moças que tinha trazido para o trabalho na Dudalina, as moças cuja virgindade havia garantido com a sua palavra, de casa em casa, a cada pai ansioso e confiante que lhe entregava a filha para o trabalho de costura. Naqueles recônditos, não havia salário que pagasse a honra, e Adelina, sabedora do valor de cada pacto que fechava em cada casa de cada braço do Luís Alves, vivia em polvorosa pelas "suas" meninas. Dona Júlia, Maria Hess e Ana vigiavam de perto as moças, mas os filhos homens começavam a crescer... Anselmo era já um adolescente, as primeiras barbas surgiam, escurecendo sua pele alva; ele crescia por todos os lados. E também Heitor parecia amanhecer maior a cada dia. Seus meninos viravam, aos poucos, homenzinhos. Vilson já espichava os olhos para as costureirinhas mais alegres... A horda de jovens buliçosas era, de fato, penosa e inquietante para os garotos.

Mas Adelina confiava no crivo da prima Maria, sempre tão reta e pudica. A prima nunca se casara, diziam que quase virara freira. Depois de um acerto de salário, Maria Hess viera trabalhar com eles de alma leve, trazendo uma pequena mala com suas coisas, alguns retratos dos sobrinhos e uma vontade férrea de mostrar serviço. Era mais uma mulher que se somava às outras ajudantes, assim como Ana, que estava com eles havia tantos anos, desde antes da morte de Anselmo.

Duda, com seus apetites sensuais, achava aquele comportamento de Ana estranho. Era uma mulher sozinha, que se contentava em passar as noites bordando no quarto, ou em conversas com a outras empregadas da casa, na cozinha. Adelina e o esposo tinham tentado, por alguns anos, encontrar um pretendente para a boa Ana, que, se não era bonita, ao menos exalava generosidade e tinha muitos dotes que agradariam a um marido trabalhador. Mas a própria Ana, que começava a envelhecer, apresentando as primeiras cãs, as dores nas costas, o humor cambiante do fim da juventude, negava com firmeza cada pretendente que Duda pescava nas suas andanças pelo Vale.

Assim, aos poucos, o assunto foi morrendo. Agora, Ana tinha a companhia de Maria Hess e de dona Júlia. As costureirinhas viviam à parte, no alojamento. Maria Hess era muito criteriosa com essas coisas, dizia que era preciso manter o rigor com as mocinhas da Dudalina. Bastava um escorregão e pronto... Claro, as mulheres casadas ajudavam Maria naquele trabalho, como Filomena que, ao escutar conversas perigosas sobre encontros à luz da lua ou fugas na hora do almoço, tratava de contar tudo a Maria ou à patroa.

Adelina olhou o céu tingido de um azul-escuro, veludoso. As primeiras estrelas luziam espaçadas, focos de brilho na noite incipiente. O cansaço agora era um véu que nublava seus pensamentos. Sabia que dona Gena estava arrumando a mesa com a ajuda de Sônia; os meninos mais velhos, no internato em Blumenau, deveriam estar fazendo as últimas rezas; seus pais teriam acabado a ceia, as moças no alojamento recebiam o jantar que os meninos levavam em bandejas, tudo preparado na cozinha da casa. Adelina suspirou, sentindo o peso do mundo nos seus ombros. Aquela gravidez sugava suas forças.

Entrou em casa, evitando a venda, onde Célio e Zacarias estavam terminando o expediente. Subiu para o seu quarto, forçando os pés a vencer os íngremes degraus. Tudo lhe parecia cansaço e mal-estar. Talvez estivesse com febre, seria bom que Tida buscasse um Melhoral na venda, mas estava exausta demais até para chamar pela filha mais velha.

No quarto, em perfeita ordem, deitou-se na cama. Rui dormia em seu berço, na serenidade dos anjos. Sentir a respiração compassada do filho pareceu devolver-lhe alguma paz, e Adelina fechou os olhos por instantes, pensando na mãe doente, pouco antes da morte de Anselmo, ainda naquele quarto que agora ela dividia com o marido... O tempo passava tão rápido, estaria ela doente também? A ideia encheu-a de um medo salgado, que lhe trouxe ânsia. Sentou-se na cama, a semiescuridão do anoitecer era como um manto macio, morno. Lá fora, as árvores dançavam suavemente, ela podia ver o céu pelas folhas duplas da porta da varanda.

Pensou em Duda e, num daqueles milagres cotidianos que se repetiam na vida dos dois, o marido surgiu, entrando suavemente no quarto que dividiam. Seus olhos guardavam toda a beleza do mundo e Adelina sorriu para ele, sentindo-se subitamente melhor.

— Dona Júlia me disse que você não estava bem — falou ele, olhando-a com atenção.

Ela olhou-o com amor.

— É a gravidez — disse. — Só pode ser.

Duda sentou-se ao pé da cama, tocando-lhe as coxas com suavidade, os dedos correndo como se tocassem o vento.

— A cada gravidez, você sempre pareceu mais animada do que antes. Desta vez, há algo diferente, Adelina.

— Eu sei — ela aquiesceu.

Duda olhou o menininho que ressonava no berço, tão sereno. O verão despejava estrelas no céu lá fora, e o alvoroço dos pequenos chegava até ele apagado, amaciado pelos corredores e pelas portas como se estivessem separados do mundo, numa espécie de torre.

— Vamos a um médico em Blumenau. Não quero você doente.

Adelina entregou um meio sorriso ao marido, e aquele suave consentimento preocupou-o. Ela, sempre flamejante e eufórica, tinha cedido sem argumentações. E as costureiras, os pedidos, a venda? Aquilo parecia-lhe impossível, alguma coisa estava errada, afinal de contas.

— Você concorda? — ele insistiu, descrente.

Adelina deixou escapar um suspiro resignado. Duda apertou-lhe a coxa que tanto amava, sentindo o sangue que fluía sobre aquela pele clara, pálida e morna. Estava preocupado com a mulher, mas manteve a voz leve ao responder:

— Vamos amanhã cedo, então. Vou avisar Ana, dona Júlia e Fred para que tomem conta de tudo por aqui.

Pondo-se de pé na urgência da serenidade da esposa, ele saiu do quarto e desceu as escadas, pisando forte. Adelina fechou os olhos e, ainda com o ruído dos passos masculinos nos seus ouvidos, mergulhou num sono exausto e sem sonhos.

Blumenau, meados de 1985

Rodolfo de Souza estava deitado naquela cama, preso ali. Não sentia revolta, apenas um levíssimo desgosto, que às vezes se transmutava em inquietação, quase uma curiosidade: o que um homem de 64 anos fazia quando tinha pela frente quase dois meses de imobilidade?

Duda tinha feito muitas coisas na vida, mas nunca, jamais permanecera parado. Era um homem ativo. Sabia que algumas pessoas deviam comentar o arranjo inusual que mantinha com Adelina – ela, uma mulher à frente de uma empresa; ele, um marido que trabalhava na fazenda, cuidava de bois, cavalos e filhos, sem pensar muito nos quesitos monetários. A Fazenda Paraíso, assim como os bichos que nela viviam, eram o seu amor. Os filhos, todos os dezesseis filhos que a mulher colocara no mundo, eram o seu sonho...

Ele tinha um coração enorme.

O médico dizia-lhe sempre: "Seu coração cresceu por causa do esforço...". Era mesmo um coração enorme, os exames assim o indicavam; um coração cansado, sofrendo com a hipertensão que havia mais de vinte anos o assediava. Mesmo assim, era aquele o coração da família Hess de Souza. Duda tinha sido o esteio emocional de todos eles. Talvez por isso, de tanto amar, seu coração às vezes fraquejava. Ah, não era fácil... Tinha deixado a esposa bater asas num mundo onde as mulheres ainda viviam escondidas atrás de fogões e balcões de armazéns. Enquanto Adelina fizera o que nascera para fazer, ele cuidara da retaguarda da família... Cada filho, cada criança que o amor trazia para o mundo, era nele que encontrava o esteio.

A mulher era uma mãe maravilhosa. Ele a amava. Ainda ali, deitado naquela cama; depois de quase quatro décadas de casamento, Duda ainda pensava em Adelina com ansiedade. Quando ela chegava da fábrica ou do hotel tarde, cansada, cheia de assuntos, seu coração enorme dava um pulo desajeitado dentro do peito. Adelina... Desde o primeiro dia, quando chegara a Luís Alves com o esquife de Anselmo Hess, ela sequestrara o seu coração.

Tanta coisa tinha acontecido desde então...

Os filhos, a venda que compraram de Leopoldo, a ideia das camisas, e Adelina vendendo, inventando, viajando de cidadezinha em cidadezinha, um caixeiro de saias, uma deusa inquebrantável, carregando caixas de camisas, os filhos pela mão, o ventre sempre cheio, os sonhos intermináveis.... Ah, nunca existiria outra como ela. Brigavam, às vezes. Mas seus gritos nunca eram ouvidos, as pendengas silenciosas dos dois, uma pequena guerra invisível que às vezes o fazia recuar até o sofá, onde dormia mal, longe do corpo da mulher, como um país sem fronteiras, devassado... Sim, havia as brigas, os desacertos, ela às vezes fingia ouvi-lo, tomando depois as decisões que queria – a empresa era seu terreno, seu décimo sétimo filho. Mas era tão pouco, pensou Duda, deitado na cama dos dois... Tão pouco. Ele nunca a traíra. Nenhuma outra mulher em quarenta anos. Sorriu, remexendo a perna sadia. Adelina era a guerra que ele travava todos os dias, e era também o seu tratado de paz.

Olhou pela janela, as cortinas quase fechadas deixavam entrever a luz vermelha do fim da tarde. Blumenau aquietava-se aos poucos. As fábricas cuspiam seus operários, as ruas gemiam as últimas contrações do parto cotidiano do mundo capitalista. Na fazenda, os animais estavam recolhidos, quietos, devotos da noite, os sábios animais que ele tanto amava.

Cair do cavalo tinha sido uma falseta. Duda já caíra tantas vezes! Lembrava-se bem da tarde em que, voltando de um dos braços do Luís Alves, trazendo a carroça cheia de sacos de farinha, perdera o controle do animal e saíra em desabalada correria morro abaixo. Desesperado, o cavalo rolara, puxado pelo peso da carroceria, a carga espalhando-se para todos os lados como uma nuvem de talco, ele voando, voando... Lembrava-se ainda do torvelinho de céu e de farinha, até que a carroça se chocara com a pequena escola local. Por sorte, a aula comunal havia acabado e todas as crianças estavam em suas casas; mas o tremendo barulho do acidente arrancara os poucos moradores de suas rotinas, e todos foram até a escola temendo o pior. Duda poderia ter morrido e, nos olhos de Adelina, ainda moça, tão bonita, o rosto afogueado de amor e de desespero, ele vira o medo de perdê-lo. Poderia ter morrido naquela tarde, deixado Adelina com seis filhos pequenos e um sétimo no ventre, mas apenas tivera umas escoriações leves, um galo na testa e dois dias de repouso, sendo cuidado pela esposa com fervor, pois Adelina deixara tudo de lado para tratar do marido.

Ele nunca tivera um ferimento sério, além – é claro – daquele seu complicado coração de poeta. Mas seu coração já nascera assim, com a pequena bomba-relógio em seu peito, *tique-taque, tique-taque*, e cada batida era sempre uma palavra, era a ideia de um poema, a rima faltante, o beijo, a maçã mais vermelha que ele deixava para a esposa, o abraço no filho, o boizinho que mandava a um conhecido em dificuldades... Era um coração diferente, ele gostava de pensar assim.

O tombo do cavalo... Duda não sentia simpatia alguma por esse contratempo que o obrigara a ir para o hospital e ser operado. Dois meses de molho, longe da fazenda que amava tanto, longe das ruas, do cordial abraço com os amigos, dos passeios com os filhos, das reuniões do Conselho da empresa, onde ele sempre pensava com o coração, não como um homem de negócios, mas com aquela sabedoria simples e imutável que aprendera com a mãe e as irmãs, e da qual se orgulhava tão discreta e sinceramente.

Voltou a recordar-se do acidente com a carroça em Luís Alves. Quantos anos fazia aquilo? Sônia ainda era uma pitoca... Eles tinham escapado por pouco da falência quando seu cunhado, Leonardo, à boca pequena, avisara alguns dos agricultores que deixavam seu dinheiro a juros na venda que Adelina e ele iam quebrar. Um dos credores viera em busca do seu dinheiro, uma boa soma. Duda tinha lhe prometido devolver tudo em quatro dias e, embora não tivesse como, a mãe e os irmãos o ajudaram. Ele voltara do Escalvadinho com todo o dinheiro no bolso e pagara o homem, desmentindo, assim, o boato que o cunhado tinha espalhado pela cidade. Porém, o que um agricultor queria com tamanha soma numa gaveta de casa? Alguns dias mais tarde, o homem voltara, pedindo para aplicar com eles o dinheiro uma outra vez. E tudo voltara ao normal, Adelina tinha ficado muito orgulhosa dele.

Duda revirou-se na cama. A perna, presa na tala, começava a doer. Para quê, afinal, tinha se lembrado daquilo? Ah, a carroça... Distraído com os problemas financeiros criados por Leonardo e Elvira, perdera o controle da carroça, estropiando-a numa das paredes da escola, que chegara a desabar.

Tinha vivido tantas coisas... Depois de Sônia, nascera Armando, e depois Denise, e então Rui, que tivera de deixar o berço ao lado da cama dos pais mais cedo, quando os gêmeos chegaram.

Os gêmeos... Adelina, tão acostumada a gestar seus filhos, sentira-se estranha daquela vez. Havia algo diferente, um peso maior nas pernas, a barriga que crescia mais rápido, um cansaço que nublava seus olhos ao fim do dia quando ela terminava de conferir as vendas de camisas, o livro-caixa da loja, a lista enorme de funções que, mesmo grávida, lhe cabiam e que ela cumpria com destreza. Duda insistira que ambos fossem até Blumenau consultar um médico, pois na pequena Luís Alves não havia um hospital. Embora fosse teimosa, Adelina cedera às sugestões do marido e, na sala do médico, depois de uma fotografia, ela descobrira estar grávida de gêmeos. Dois corações batiam no seu ventre. E um terceiro coração, o enorme coração de Duda, disparou-lhe dentro do peito: gêmeos! Que orgulho sentira da sua semente.

Mas Adelina não acreditava totalmente no diagnóstico médico, e seguira a sua rotina como sempre. Embora o doutor a tivesse avisado de que os gêmeos costumavam nascer antes, aconselhando-a a seguir para Blumenau e lá esperar o parto já na oitava lua, Adelina lhe fizera pouco caso. Duda riu da teimosia da mulher... Quinze dias antes da data prevista, ela experimentara as primeiras dores. A violência das contrações assustou-a, e Duda correra em busca de dona Otília. Tudo tinha sido tão rápido que ele, nervoso, esquecera-se de avisar à parteira que, daquela vez, eram dois. Quando, após o choro do primeiro menino, Renato, Duda entrara no quarto, dona Otília já dera o trabalho por terminado. "Mas são gêmeos", ele dissera à parteira. E, como se o seu aviso tivesse despertado a segunda criança no ventre da mulher – pois ele e René, o último dos dois a nascer, seriam como unha e carne por toda a vida –, outra vez o vulcão interno arrancara de Adelina os gritos do nascimento.

Duda lembrou-se do menino que brotou das carnes da esposa completamente roxo e imóvel. Parecia morto, até que ele – num gesto irracional – arrancara a criança das mãos de dona Otília, metendo-o num dos baldes de água fervida destinados ao parto. Mergulhara o filhinho pelo pés e, quando o puxara de volta, o menino cuspira algo, como se cuspisse a própria morte que ele ali renegava, pondo-se a chorar com a ânsia dos recém-nascidos. Era certo que René nascera nas suas mãos uma segunda vez, sorriu ele, relembrando aquele alvorecer vinte e quatro anos atrás.

A luz lá fora começava a ceder para um levíssimo azul. Anoitecia, mas a beleza do mundo era filtrada pelas cortinas. Duda lastimou que estivesse ali, apartado das luzes, da noite, da lua, da chuva, do sol... Alemão tinha ido buscá-lo no hospital ainda naquela tarde. Uma fratura exposta! E as ralhas dos filhos, pois um pai criava os filhos para depois ouvi-los arengar contra ele. Duda riu, não era um velho. Era um menino ainda, seria sempre um menino. Os filhos, crescidos, agora esqueciam-se disso. Tinha sessenta e cinco anos, e era um menino com aquele coração capenga, grande demais, sobrecarregado de amor. Como um ventre cheio, como um ventre de Adelina, que gestara sua semente por mais de vinte anos.

Remexeu-se, ajeitando os travesseiros sob as costas. Sentia-se desamparado ali, a curiosidade de uma árvore era a sua curiosidade também. O que faria durante os próximos sessenta dias? Tinha uma ideia, uma daquelas suas ideias... Sempre pressa, ia deixando a ideia instalar-se e ganhar forma, modelando-se como uma fruta que amadurece no seu tempo, presa a um galho mais alto. Ele era, acima de tudo, um homem que entendia a natureza. Inclusive a natureza das ideias.

Sim, talvez fosse a hora. Talvez aquele tombo tivesse um significado. Diferente da carroça que se chocara com a escola por conta da sua cabeça cheia com os problemas financeiros dos negócios com Leonardo e Elvira, o seu cavalo o jogara longe por um motivo. Aquele acidente guardava, como tudo na vida, um sentido.

Duda era um homem que sabia esperar.

E esperou.

Pela janela, viu a noite instalar-se sobre a cidade, ouviu o suave rumor das ruas já exaustas da labuta diária, as gentes recolhendo-se às suas casas, o pão, a reza, o vinho, o abraço. Viu Adelina deixar a fábrica com Anselmo, talvez discutissem por dinheiro, como faziam sempre. Dois bicudos não se beijavam... Ela seguiria para o hotel, onde tomaria algumas providências... Viu Denise e Heitor finalizando o expediente na Adro, onde produziam calças e agasalhos. Duca assinava uns últimos contratos da fábrica. Rui na Inglaterra, longe dali. Viu Sônia atravessando a Avenida Paulista, Tida saindo do trabalho em direção ao colégio das filhas, Nana voltando da aula com Kiko, Scheila com o namorado, Alemão dirigindo seu carro ali perto, Sérgio estudando um processo... Viu tudo isso deitado em sua cama, esperando a ideia que crescia, sutil, dentro dele.

E, então, bateram à porta.

Duda não sentiu a batida seca na boa madeira de lei, mas ouvia-a dentro dele, como se alguém lhe cutucasse as carnes.

Limpou a garganta e disse:

— Pode entrar.

E, antes que o visse, já sabia quem era.

Tinha lhe salvado a vida, e aquele laço invisível os unia. Como se tivessem combinado – o tempo das memórias, a lembrança do bebê roxo, magro, exaurido entre suas mãos, o carro que deixava a garagem da fábrica, que virava numa rua à direita e noutra à esquerda, ali estava René.

René que acabara de nascer na sua memória... Alto, bonito, um homem forte aos vinte e quatro anos, recém-casado. Um sorriso maroto surgiu no rosto do filho quando ele, dando de ombros, recostou-se na parede do quarto e perguntou:

— O que o senhor andou aprontando dessa vez, pai?

O filho trabalhava duro na empresa. Ele e os outros irmãos mais velhos. Duda sorriu ao vê-lo. Sentia orgulho de René e dos outros. A Dudalina não parava de crescer. Fora inaugurada uma nova fábrica no bairro Fortaleza com mais de mil funcionários... E parecia que tinha sido ontem que Adelina desmanchara a sua melhor camisa apenas para aproveitar o tecido que ele comprara errado em São Paulo.

Apoiado nos travesseiros, ele olhou para René e disse:

— Se você veio me xingar, pode ir embora. Todos os seus irmãos já fizeram isso.

René ergueu os braços sobre a cabeça.

— Vim em paz. Como o senhor está?

Duda respondeu que aquele engodo de cair do cavalo era o que Deus tinha decidido, restava-lhe obedecer. René riu alto. O pai cavalgava como um guri. O que Deus tinha a ver com aquilo?

— Deus me fez com as minhas qualidades e defeitos — respondeu Duda, dando de ombros, com o seu velho sorriso no rosto. — O resto é apenas consequência disso... Mas, escute, tive uma ideia. Aliás, estou aqui à espreita dessa ideia faz umas duas horas... Preciso que você me ajude.

Aquele era um pedido desnecessário. Os dois faziam tudo um pelo outro. René sorriu, entrando no jogo do pai. Notou que ele parecia cansado, fundas olheiras marcavam seu rosto, mas havia luz em seus olhos ainda tão bonitos. Preso naquela cama, naquele quarto de decoração rebuscada, cheio de cetins e móveis marchetados, escolhidos a dedo por dona Adelina, o pai era um homem simples, seus gostos não tinham mudado desde o Escalvadinho, e a ascensão da família nem sequer tocara qualquer um dos seus hábitos.

René piscou para o pai.

— Fale-me desse projeto — pediu.

E então Duda falou. A vida em rimas, o amor em sonetos. Era esse o seu plano. Escrever, ali naquela cama, plantado como uma árvore, enraizado pelo gesso, o livro de uma vida. Havia tanto a ser contado... O amor improvável que o arrebatara ao ver Adelina pela primeira vez; ele, o arauto da morte do irmão mais velho da linda moça... O casamento, os filhos, a labuta eterna, e depois a fábrica, a mudança para Blumenau, seu coração malandro, que pregava peças em todos, o casamento de Anselmo, de Heitor, de Vilson, o casamento de cada um deles, aqueles filhos e filhas casadoiros, os primeiros netos, a Dudalina, a mulher que ele amava...

As palavras escorriam da sua boca como o sumo de uma fruta muito adorada. Seus olhos brilhavam no quarto já iluminado por abajures. A noite densa lá fora aquietava-se também para ouvi-lo, pois René sabia que o pai sempre tinha sido amigo das estrelas. Ele era um poeta, e os poetas entendiam-se bem com os astros, as árvores, os animais.

— Aqui nesta cama — disse Duda, encerrando a maré de passado — eu terei o tempo necessário para escrever.

René aproximou-se mais, tocou a mão do pai, sentindo seu calor. A perna, apoiada sobre almofadas, escondida sob a tala, deixava ver apenas o pé de sola grossa, um pé de homem do campo, afeito à lida e à terra.

René sentiu uma quentura no peito e sorriu para o velho.

— Acho uma ideia bonita.

Duda empolgou-se, outra vez um menino. Era mesmo uma criatura cambiante, volátil. Ele alvoroçou-se com a própria animação. Já não mais se sentia preso a nada, era todo planos, todo futuro. Deu orientações precisas ao filho: ele deveria pedir que sua secretária pegasse uma resma de papel e uma caixa de lápis novos no almoxarifado da fábrica. Os lápis deveriam ser trocados com a gente do escritório por tocos – ele só escrevia com aqueles pedaços pequenos de grafite, pois a poesia nunca gostara de grandezas.

— Quero uns lápis que já saibam escrever — explicou-se. — E tem mais, todas as noites, você vem aqui e lê em voz alta os poemas que eu escrevi durante o dia. Seremos como Odisseu e Penélope, eu fico desfiando poesia, esperando você chegar.

René riu do pai. Ele era um homem culto, embora tivesse pouco estudo, lia sempre o que lhe caía nas mãos. Tinha livros e revistas na adega e costumava ficar horas lá.

— Farei tudo isso — disse René, finalmente.

E então Duda pediu-lhe que pegasse uma garrafinha de cachaça escondida sob a cortina. Havia ali também dois copos. Adelina não gostava que o marido bebesse, o velho coração enorme, a pressão arterial... Mas Sônia mantinha o pai abastecido e, quando não era Sônia, era Denise, Rui, Alemão... Havia um intenso fluxo de contrabando dos gostos do pai, e assim todos seguiam razoavelmente felizes, tanto Adelina como ele. Duda sentia prazer naqueles arranjos com os filhos.

Os dois fizeram um brinde rápido. Adelina logo chegaria do Hotel Himmelblau, que ela administrava desde a compra, quatro anos antes. Ela entraria no quarto como um vendaval. Não seria nada bom que os pegasse em flagrante.

A cachaça desceu quente como a vida, acordando o peito de Duda, e ele sentiu-se jovem outra vez. Seria capaz de cavalgar até Luís Alves e casar novamente com a bela filha de Leopoldo. Sim, ele começaria tudo de novo, desta vez, com palavras.

Aquele seria o seu parto, disse ele ao brindar à última dose.

Luís Alves, março de 1962

Adelina foi a primeira a sair da igreja. Aos domingos, o movimento da venda era grande. A camisaria crescia, mas a venda ainda tinha um papel importante na economia doméstica da família. E Adelina, embora exausta da semana de trabalheiras, com os dois gêmeos, Renato e René, dormindo ao pé da sua cama, ainda encontrava forças para comandar as vendas domingueiras. A inflação era um fantasma que lhe roubava o sono. Jânio Quadros vinha se saindo um péssimo presidente. A farinha estava nas alturas depois que ele retirara todos os subsídios sobre o trigo, e o pão subira de preço. Os clientes reclamavam de tudo como se a culpa daqueles desmandos fosse sua. *O pão, afastar o povo do pão de cada dia!*, persignava-se Adelina no banco traseiro do carro, seguindo em direção à casa com Sônia, Denise e Armando acomodados ao seu lado. Rui e os gêmeos tinham ficado com Ana e dona Júlia, enquanto dona Gena preparava o almoço e as cucas para a venda.

Ela olhou o céu claro, era um dia lindo. Fazia calor também, mas havia uma brisa que acalmava os pensamentos. Sua cabeça andava cheia como um rio após as chuvas de inverno. Tinha já alguns representantes e a camisaria vendia para várias cidades de Santa Catarina, mas era preciso expandir sempre e sempre. Além disso, os filhos eram muitos – onze ao total. O almoço tardio de domingo era uma algazarra. E naquele dia em especial havia motivos de sobra para a efusão, pois Heitor e Vilson iam inaugurar o cineminha.

No último Natal, Adelina se superara. Sempre gostava de dar presentes especiais para cada um dos filhos, seus natais eram tão perfeitos, tão bonitos, que as gentes de Luís Alves se reuniam em frente às janelas da sua sala apenas para ver a árvore enorme, lindamente enfeitada, e os grandes pacotes com laços de fita e papel colorido. No último dezembro, ela tinha comprado uma filmadora e um projetor de oito milímetros para os meninos – ninguém nunca vira nada tão moderno em Luís Alves. Durante o verão inteiro, Heitor e Vilson fizeram filmes dos irmãos, da família reunida, da azáfama dos dias. Mas, então, numa certa tarde de pasmaceira, Adelina tivera a ideia do cinema.

O marido e ela tinham construído duas casas pequenas de aluguel no fim da rua, mas uma delas estava tomada de cupins. Duda e Fred tinham tirado todas as divisórias e a casinha se transformara num pequeno salão. A ideia tinha sido de Adelina. Na sua viagem seguinte a São Paulo, quando deixara os gêmeos aos cuidados de Ana e dona Gena, ela fizera um contrato com a Fotóptica: receberia dez filmes por quinzena em sua casa, e os meninos teriam divertimento quando viessem do colégio interno de Blumenau. Eles estavam crescendo, e as costureirinhas, na falta de coisa melhor, poderiam logo ser uma distração perigosa para os garotos... Com o contrato de aluguel quinzenal de filmes, todos ficavam mais tranquilos, e disto para o cinema fora um pulo: Heitor sempre tivera lampejos inventivos, e Vilson era um garoto de ação. Montaram bancos com as caixas de camisa, espalhando-os pela casinha que necessitava de reformas, fizeram uma tela com um lençol branco, e Heitor envolveu-se profundamente com a produção técnica do cineminha. O dinheiro das entradas seria deles, Duda e Adelina tinham acordado.

Aquela era a noite da grande estreia. Vilson já vendera todos os bilhetes, lembrou Adelina, com um sorriso orgulhoso. Gostava de ver que os filhos eram ativos. Além disso, os filmes eram um sopro de sonho na vida das gentes dali, sempre preocupadas com as chuvas, a lavoura, os caminhos que se alagavam, os morros que cuspiam seus pesadelos de barro e de água a cada tempestade, afogando sonhos e almas nas inundações que assolavam o Vale do Itajaí.

O carro estacionou em frente à venda e Adelina desceu às pressas, agradecendo a Fred, que a havia trazido mais cedo. Mandou que as crianças fossem até a cozinha, se lavassem, trocassem a roupa da missa e pedissem à dona Gena o caldo de galinha e a comida.

Entrou na venda examinando tudo, mas Célio e Zacarias tinham feito um bom trabalho, como sempre. Fred também estava por ali, e ela confiava no sobrinho de Duda, um garoto ágil, inteligente e simpático. Sabia que várias meninas da cidade tinham uma queda pelo jovem Fred, mas ele mostrava-se perfeitamente comportado, sem nunca molestar nenhuma das costureiras da Dudalina. Já quanto a Heitor e Vilson... Adelina sorriu, notava os olhares espichados dos dois para as moças, o cinema tinha sido uma ideia providencial mesmo. Anselmo era mais comportado, vivia para os estudos e passava os finais de semana envolvido com as contas da família, dizendo que queria formar-se contador.

Adelina cumprimentou os funcionários, viu que Michelin estava no seu posto e entrou na casa procurando pelos gêmeos. Encontrou-os com dona Júlia, na sala de refeições. Impecáveis, usavam as roupinhas que tinha trazido de São Paulo na última viagem, iguaizinhos, como dois troféus.

— Que bonitos estão! – ela disse, beijando os dois meninos. Depois, falou para a outra: — Coloque-os no carrinho e os leve para a venda, os clientes vão chegar.

Ela gostava de exibir os meninos no carrinho duplo que tinha comprado. Por conta das suas viagens constantes a São Paulo, Adelina era um sopro de modernidade na pequena Luís Alves. Ela gostava do futuro, gostava do bom, do perene; mas sabia admirar a magia da transformação. Na verdade, gostava da vida e das pessoas. Por isso, trabalhar não era um estorvo, mas uma aventura cotidiana.

Depois de dar atenção aos gêmeos e brincar um pouco com o pequeno Rui, pôs-se a pensar em qual das fitas os meninos iam levar na noite de estreia. Perguntou a dona Júlia a quantas andava o cinema, e ela respondeu:

— Foi tudo varrido e escovado. Ana e Maria foram lá ajudar também. O Vilson vendeu todos os ingressos e disse que eles vão até fazer sessão extra.
— E qual será a fita? — quis saber Adelina.
— A coroação do Papa João XXIII.
— Ah, que lindeza vai ser isso.

Adelina sorriu, feliz. Era muito católica, e o cinema começar daquele jeito era mais um sinal da boa ideia que tivera. Deu algumas ordens a Ana, pegou o carrinho e dirigiu-se à venda. Gostava de estar lá quando os clientes chegavam, afoitos, vindos da missa. Embora o trigo estivesse com o preço nas alturas, ela continuava servindo as cucas e o pão quentinho para as gentes da cidade. Era ali também, naquele balcão, que Duda exercia o seu melhor papel. Como vereador, fazia contatos na venda, ouvia queixas e planejava ações para melhorar a vida dos moradores de Luís Alves.

Já no balcão, acomodada perto dos gêmeos, pensou que as suas regras estavam novamente atrasadas. Os ardores de Duda nas noites quietas, a fogueira da sua paixão vespertina, quando os bebês, apaziguados, dormiam em seus bercinhos, confundiam os cálculos de Adelina. Ela, que era tão boa de matemática, que fechava as contas do livro-caixa num passar de olhos, sempre se confundia com as regras que faziam girar o relógio das suas entranhas. O mar que a habitava, mais uma vez, inundara-a com suas ondas ferozes, inquietas. Estava grávida novamente. Descontados os abortos espontâneos que tivera, se tudo corresse bem, aquele seria seu décimo segundo filho.

Olhou os clientes que entravam na venda, sentindo-se aliviada pelo movimento. As contas da família não paravam de crescer. Colégios, alimentação, as empregadas necessárias para fazer a vida da casa seguir o seu ritmo frenético... Todos os filhos ajudavam, montando caixas de camisas, etiquetando mercadorias, atendendo às costureiras que precisavam comer cinco vezes ao dia... Ainda assim, era muito dinheiro. Mas desistir não estava nos seus planos e, se Deus tinha mandado mais um filho para os seus braços, ela teria mais um filho.

Naquela noite, quando a casa se acalmasse, contaria a novidade a Duda. Ele ficaria feliz, certamente. Nunca vira um homem com um coração tão grande.

Estrelas fritas com açúcar

Uma cidade pequena, mas uma mãe tão enorme! Era assim que Vilson se sentia diante do cineminha. Um diminutivo carinhoso, decerto, porque aquele era um grande feito, o maior de todos os feitos. Eles tinham aprontado muitas coisas, mas nada tão incrível quanto o cinema, pensava ele, vendo a fila aumentar, as pessoas com seus ingressos caseiros nas mãos... De pequenos, espiavam as calcinhas das meninas inventando complicadas travessias sobre os cochos dos animais, nadavam no rio Luís Alves, desciam de carroça os morros sempre verdejantes que eram os limites dos seus olhares sonhadores, olhares de mundo, e ainda assim o mundo deles era aquela cidadezinha com as suas trinta e poucas famílias. Era possível contar as gentes nas mãos com um pouco de paciência.

É claro, havia o colégio interno, os freis e suas regras intermináveis, tão intrincadas quanto os mistérios. Só havia um jeito: aceitá-las. Mas o colégio era uma intermitência, um respiro necessário. Álgebra, matemática, latim, biologia, o conhecimento ia se instalando na sua cabeça, e ele queria saber muitas coisas, queria mesmo... Ainda assim, detestava o colégio.

Aquela era uma noite de glória. O avesso das horas escolares. O cinema com a sua magia, e a vida inteira, inteirinha, que cabia naquelas imagens sem som, as vozes que a cabeça de cada um criava, como se todos fossem feito Deus, o mundo que nascia de cada olhar, isso o fascinava... Mas havia sim um olhar, um olhar que importava a ele mais do que todos os outros. A filha de Aldo, a jovem morena cujo sorriso sequestrara seu coração. Ele não sabia que os fios do destino tinham costurado a vida dos dois, que Aldo, ainda antes de ter a idade dele, fora o responsável por vencer uma noite tempestuosa e escura para levar a notícia mais triste do mundo até a sua família, a morte do primogênito, Anselmo, naquele exercício de guerra quase vinte anos atrás. A vida dava voltas, enredando-se em si mesma, e o primogênito que ele conhecia era o seu irmão, o estudioso Anselmo, que herdara o nome do oficial morto, assim como ele herdara aquele amor, que não haveria de ser o único da sua vida, mas o que lhe daria frutos, os filhos que, um dia, haveria de ter.

A fila já se formava, sinuosa e animada. Denise, que era tão cheia de energia, corria ao longo da fila, cumprimentando a vizinhança com seus sorrisos. Vilson começou a receber os ingressos feitos por Sônia e Tida.

Solenemente, ia deixando as pessoas entrarem na casa do cinema, uma a uma. Por uma noite, ele e Heitor seriam os donos daqueles corações. Heitor estava lá atrás, pilotando o projetor que a mãe trouxera de São Paulo, a mítica terra onde a modernidade era fácil e podia ser comprada com meia dúzia de notas. Eles faziam uma boa dupla, ele e Heitor. E aquela era a noite máxima. O cinema, o sonho. Naquela cidadezinha de lavradores, a magia chegava pelas mãos de dois meninos. Vilson sorriu, recebendo os ingressos de uma família do Rio Bonito.

— Acomodem-se — disse, e sentiu que a sua voz já tinha um travo masculino, adulto.

O sorriso em seu rosto expandiu-se. Era muito bom viver. Viu a mãe lá longe, caminhando em sua direção, alta e garbosa, sempre elegante. Tudo aquilo tinha sido ideia dela. Quem precisava dos freis do colégio quando tinha pais como Duda e Adelina? Quem precisava de livros quando podia aprender com a própria vida?

Diário de Adelina, 15 de julho de 1962

O cinema foi um sucesso na cidade. O mais bonito foi ver os meninos trabalhando. Todos se envolveram em casa, preparando ingressos, limpando a sala onde montaram os bancos e a tela, mas Heitor e Vilson foram os responsáveis pela organização geral. Meus filhos estão crescendo, pequenos homenzinhos, e dá gosto de ver que são ativos, que gostam do trabalho, amor que Duda e eu ensinamos todos os dias. Onze filhos, e parece que foi ontem que me descobri grávida do Anselmo, que já está com catorze anos e estuda contabilidade para me ajudar. Quando ele chega do colégio, vai direto ver o livro-caixa, fazer as contas. Anselmo é muito cuidadoso com o dinheiro, e está aprendendo rápido o negócio.

As coisas têm mudado muito. A camisaria crescendo, crescendo, e eu conto com a boa ajuda da prima Maria Hess. O Duda tem um sobrinho, o Odilon, que começou a vender as camisas nos quartéis do Paraná, e agora temos uns bons pedidos que vêm de Curitiba, Lajes e Ponta Grossa. Também o meu primo, Nilo, está trabalhando como representante da Dudalina e tem vendido umas duzentas camisas por mês. Assim, vamos crescendo. A energia elétrica trouxe muitos avanços. Duda agora cuida mais da venda e da serraria, e eu toco os negócios das camisas.

Comprei uma televisão para as crianças, mas, quando ligamos o aparelho, todos sentados diante dele como se fosse um padre pronto a rezar a missa, a única coisa que pudemos ver foram chuviscos... Coitadinhas das crianças, Sônia ficou com os olhos cheios de lágrimas. Mas, logo depois, diante do triste espetáculo da modernidade que não funciona aqui, os pequenos foram brincar no pátio, correr atrás das galinhas e andar de carroça... Meus filhos queridos, soltos nestes campos feito bichinhos... Venho pensando que é preciso mais, que eles necessitam de mais, de uma cidade maior, que possa lhes proporcionar um futuro. Eu disse para o Duda que precisamos pensar talvez em construir uma casa em Blumenau, mas não temos dinheiro para isso. Eu compro todas as rifas que a igreja faz, quem sabe assim possa dar entrada num terreno por lá, mas Duda fica me olhando com aquele seu sorriso de pirata no rosto, decerto pensando que meus sonhos são sempre maiores do que eu posso alcançar.

E, enquanto vamos labutando por aqui, minha barriga crescendo mais uma vez, mamãe adoentada em Blumenau, minha sogra também, cada dia mais fraquinha lá no Escalvadinho, o país está um desgoverno. Com a renúncia de Jânio Quadros no ano passado por conta de "forças terríveis", vivemos momentos de incerteza. Ranieri Mazzilli assumiu o governo provisoriamente; no sul, Leonel Brizola insurgiu-se, levou o povo para a rua naquilo que ele chamou de Campanha da Legalidade, afirmando que Jango deveria assumir a presidência do país.

Eu tenho medo dos comunistas, mas dizem que Jango é um dono de terras, estancieiro, e eu simpatizo com o Leonel Brizola. Gosto de homens que fazem, gente de ação. É assim que eu levo a vida para a frente todos os dias por aqui. Filhos, costureiras, representantes, o banco, a cozinha, a labuta. Este é o meu país, e só eu sei o quanto eu trabalho cotidianamente, levantando antes do sol e indo deitar depois de todos, quando as contas e o livro-caixa estão em dia, e as camisas, etiquetadas e embaladas. Fred ficava acordado, era o último a ir dormir, pois desligava o gerador ao fim do meu trabalho. Agora, com a luz elétrica em Luís Alves, o rapaz recebeu alforria dessa tarefa ingrata.

Bem, acabo por aqui este diário. Já todos dormem na casa, e até mesmo Ana, que às vezes fala sozinha em seu quarto, quando acredita que todos se acomodaram para o sono da noite, já apagou o seu abajur. Nenhum brilho escapa por baixo da sua porta, nem as estrelas brilham no céu, e a noite vai se dissolvendo em pingos de chuva, esta chuvinha fria de inverno, que irrita as árvores e acorda o vento.

É uma época estranha. O país está estranho. Até Duda anda estranho, ultimamente, mais cansado, às vezes seu sorriso se apaga. Venho insistindo que vá até Itajaí ou Blumenau e consulte um médico, mas os homens fogem de remédios e de doutores. Não há de ser nada, meu Duda é um homem forte. E amanhã é outro dia.

Luís Alves, 9 de fevereiro de 1963

Dona Gena preparava o bolo na cozinha. Seu Duda estava completando quarenta e dois anos naquele dia e, à noite, haveria um jantar. Seu Duda andava meio cabisbaixo, decerto porque a mãezinha dele vinha se adoentando. Era a velhice, aquela moira. Mais dia, menos dia, a mais viçosa das criaturas começava a fenecer, a se encurvar, secando por dentro feito planta que ninguém rega. Ela vivia dizendo ao marido, Valter, não bebe tanto, para que apressar as coisas? Chamar a doença antes da hora? Mas o marido fazia ouvidos moucos, então era aquela labuta, todos os dias mourejando na casa da dona Adelina, cuidando daquelas crianças como se fossem seus filhos, enquanto a carne da sua carne, as crias que ela tinha sangrado para colocar no mundo, tinham que se virar sozinhas lá na casinha atrás do morro, que aquela era a sina do pobre.

Mas dona Gena não reclamava... Era bom o trabalho ali, embora fosse muito. Tantos filhos e agregados! As crianças, boazinhas, ela amava como filhos. Adelina era brava, mandona, mas tinha um coração de ouro. Dava presentes, trazia coisas bonitas daquela tal de São Paulo, ajudava-a em tudo. Seu Duda então, que homem bom! Dona Gena bateu a massa com mais gosto, pensando no patrão, que era um pão de Deus, sempre com um sorriso, sempre com um agrado, um tacho de leite, umas madeiras para aumentar a casa, fazer um puxadinho pros pequenos... Deitou a massa na forma e colocou para assar.

Quando Adelina entrou na cozinha, dona Gena percebeu que ela estava diferente. Sempre tão elegante, tinha acordado inchada. Os pés estavam enfiados em chinelas, e Adelina andava sempre de sapatos bonitos, de fivela, coisas de couro bem elegante, que ela não era como os lavradores dali, era como as gentes das novelas de rádio, decerto como as gentes daquela tal de São Paulo onde ela ia comprar tecidos pras camisas e produtos para a venda.

Dona Gena olhou a patroa, serviu-lhe o café quente e, ao alcançar-lhe a xícara, disse:

— A senhora inchou esta noite. Acho que o bebê vai nascer.

Adelina devolveu-lhe um sorriso cansado. Tinha dormido mal, levantara-se no meio da madrugada para preparar uma entrega de camisas para Ponta Grossa, as coisas lhe doíam.

— Será? — ela disse, baixinho. — Hoje é aniversário do Duda, se a criança nascer, vai ser um belo presente.

Dona Gena riu. A patroa era parideira, com ela não tinha tempo ruim. Apesar disso, dona Verônica se tocava de Blumenau sempre que chegava a hora, para ajudar no parto. E Tida, Sônia e Denise atiravam no telhado todo o açúcar que podiam pegar na venda. Ela pensou em esconder o seu açúcar antes que as meninas viessem dar por ali e abriu um sorriso.

— Vai ser função hoje — disse. — Estou pressentindo. Será que dona Verônica chega a tempo?

Adelina sorriu, pensando na mãe. Andava fraca e cansada, lutando com a diabetes, mas decerto ela e seu pai já tinham pegado a estrada. Chegariam no começo da tarde para o aniversário do Duda e, talvez, conjecturou, olhando seus pés inchados, para o nascimento do seu décimo segundo filho. Tomou o seu café, não comeu nada a despeito das admoestações de dona Gena, e seguiu para a camisaria onde Maria Hess já coordenava os trabalhos com a ajuda de Ana, e Fred azeitava máquinas e desviava dos sorrisos de costureirinhas bonitas demais para quererem ficar muito tempo atrás de uma Singer.

Tudo correu como o previsto, e Leopoldo e Verônica chegaram para o almoço. As crianças ficaram felizes, pulando ao redor dos avós, e Adelina tirou um tempinho para colocar os assuntos em dia com a mãe. Nair tinha casado havia pouco e estava grávida. O tempo passava mesmo, conjecturou Adelina, olhando o próprio ventre que estourava de vida. Havia pouco,

Nair era uma menininha que andava nos ombros de Anselmo. Mas Anselmo já tinha morrido havia mais de vinte anos, ela colocara onze almas no mundo, e a mesa enorme, com a louça por recolher, mostrava-lhe que sua família era um fato consumado. Adelina contou dos filhos que estudavam por ali, a escola tinha aumentado as turmas, e isso economizava o dinheiro deles – Sônia, Duca e Denise não tinham sido mandados para o colégio interno; aprendiam Português e Matemática na escola de Luís Alves. O ensino não era grande coisa, mas, por enquanto, estava tudo certo.

— Mais hora, menos hora, vamos ter que nos mudar — disse Adelina.
— Estou juntando dinheiro, de pouco em pouco, feito formiguinha.

Verônica sorriu para a filha.

— Quando você decide uma coisa, Adelina... Tenho certeza de que logo vocês estarão morando em Blumenau. Mas e a fábrica?

Adelina deu de ombros.

— Eu levo ela junto.

Abriu um sorriso divertido para a mãe. Mas o sorriso durou pouco, logo seus lábios se contorceram num esgar. A dor, como um terremoto. Rasgando seu ventre. A velha dor sua conhecida, sempre violenta. Sempre arrasadora. Eram amigas, as duas. Quantas valsas tinham dançado juntas? Mas a dor sempre vinha de surpresa e sempre doía, superava-se.

Adelina soltou um grito.

Verônica pôs-se de pé com uma agilidade que já não sabia possuir, avançando até a filha, toda braços e coração.

— É o bebê? — ela perguntou.

Adelina já não tinha mais fôlego para responder. Da cozinha, atraída pelo grito da patroa, dona Gena surgiu enrolada em seu avental sujo de molho.

— Vai começar o baile — ela disse, pensando em colocar os tachos de água para ferver e separar as toalhas.

Todos ali sabiam o que fazer. Era já um ritual. Mais um bebê. Sônia apareceu, séria e atenciosa como sempre. Entendeu num único olhar que a cegonha estava chegando. A cegonha trazia os gritos à casa, e depois as toalhas ensanguentadas, o bebezinho enrolado em cueiros, as frases sussurradas, o caldo de galinha, a sempre inesperada calma de Adelina, deitada em sua cama por alguns dias, de trégua com a vida.

— Avise seu pai — disse Verônica, segurando a filha pela mão. — É preciso chamar a parteira.

Sônia saiu correndo para a serraria, atrás de Duda. Tinha oito anos, mas certas coisas se aprendiam cedo por ali, ela já vira a cegonha trazer cinco irmãos, aquele seria o sexto. No caminho, começou a recolher os pequenos, que brincavam no quintal. Era preciso jogar açúcar no telhado, e como Tida estava no colégio das freiras, a tarefa caberia apenas a ela e a Denise.

O menino nasceu depois de muitas horas de sofrimento, mas era loirinho e rechonchudo como um bonequinho de vitrine. A torta de dona Gena ficou esquecida na *Frigidaire*, mas o filho foi um presente à altura do aniversário de Duda. Como tinha nascido junto com o pai, o garotinho recebeu o nome de Rodolfo. Igual a Duda, quase nunca haveriam de chamá-lo pelo nome, e toda vida ele seria conhecido na família e entre os amigos pela alcunha de Alemão.

Naquela noite, um sapo intrometera-se no quarto durante os trabalhos de trazer a criança ao mundo. Adelina, igual à mãe, era capaz de lutar as maiores pelejas, brigar com gerentes de banco e cruzar o país para vender suas camisas, mas tinha medo de sapos. Na hora da necessidade, pelo bem da filha que cumpria sua sina de mulher neste mundo, Verônica pegou o bicho asqueroso com as próprias mãos, tirando-o da casa pelo caminho mais rápido, a janela.

Depois, dona Gena contou aos vizinhos que aquele era um sapo encantado, e que tinha sido por isso – por vingança – que, no dia seguinte, o garotinho loiro e lindo, que nascera tão bem, começara a vomitar sangue. Da sua boquinha rosada, o sangue vermelho esvaía-se, e Adelina desatou a gritar em desespero, atraindo as gentes da casa ao seu quarto. Verônica e Elvira, que tinha ido conhecer o sobrinho, embora vivesse às turras com a irmã, correram à alcova no andar superior, bem a tempo de ver a criança no berço já vermelho de sangue, e Adelina aos prantos, entre desesperada e furiosa, pois tinha jurado que nunca perderia um dos seus filhos, e esse juramento ela iria cumprir.

Mas Verônica tinha perdido um filho. Enterrara seu lindo Anselmo e não iria enterrar neto nenhum. Despida de todo o cansaço e toda a doença, a avó pegou a criança que passava mal no seu colo, enrolando-a nas cobertas sujas de sangue, e ordenou que Elvira ligasse o carro, era preciso levar o bebê a um hospital antes que ele se esvaísse, deitando a própria alma pela boca.

— E o Duda? Buscamos ele? — perguntou Elvira, nervosa.

— Não há tempo para nada — respondeu a avó, tomando conta da situação. — Temos de salvar o menino.

Adelina ficou ali, chorando, até que o marido foi achado, tinha ido à casa de uns colonos negociar madeira, e os dois seguiram de caminhão para a cidade. Dona Gena contou também que Adelina achara seu filho no faro, visto que dona Verônica e Elvira tinham saído em desespero e sem dizer para onde, que negócio de vida e morte não tinha combinação mesmo.

Depois se soube que Verônica Hess invadira o hospital de Blumenau com o netinho no colo – netinho corajoso que vencera a estrada toda deitando sangue – e ordenara a quem pudesse ouvi-la que salvassem a vida do menino.

— Só saio daqui com ele vivo! — gritou ela para duas enfermeiras e um médico. — Acudam, pelo amor de Deus.

O doutor de plantão examinou o menino e negaceou, avisando a avó que a criança não tinha mais jeito. Sobre os óculos que lhe caíam do rosto magro, o doutor Leitão disse a Verônica:

— Melhor levar esse menino para morrer em casa, está nas últimas.

A velha senhora virou uma fera:

— Não levo essa criança para casa! O senhor não sabe o que é perder um filho!

E continuou pelejando. Se o doutorzinho era vil e fraco, ela não era. O netinho ia viver, custasse o que custasse. E que lhe trouxessem outro médico, bradava diante da enfermaria.

As enfermeiras se apiedaram daquela avó desesperada. Alguém correu umas ruas até a casa do doutor Vergara, que naquele dia estava de folga, e pediu que ele viesse acudir àquela urgência.

Uma hora mais tarde, Rodolfo Francisco de Souza Neto, um bebê tão pequeno que quase tinha posto o pezinho lá do outro lado, estava em um berço recebendo sangue por transfusão. O doutor Vergara salvaria o garotinho ao descobrir que o seu problema era apenas falta de vitamina K. Uma mãe que tinha parido tantos filhos, àquelas alturas já devia andar meio anêmica. Curada a criança, tratariam da mãe a seu tempo.

— A falta de vitamina K não deixa o sangue coagular... Essa vitamina passa para a criança pela placenta, mas às vezes não em quantidades suficientes — explicara o médico. — Então, acontece isso.

Dona Verônica chorara umas lágrimas de alegria ao ver a filha entrar no hospital, pálida e desesperada. O menino no seu bercinho, recebendo sangue de alguma alma caridosa, era o seu troféu. O menininho vivo, inteirinho, lindo feito uma pintura, voltava à vida aos poucos para alívio de toda a família.

Verônica Hess tinha salvado a criança.

A despeito do sapo, que ninguém mais viu, dizia dona Gena para os filhinhos, o menininho tinha sido salvo.

No fim das contas, estava tudo certo, e algum tempo depois o pai do menino poderia em seu caderno escrever:

A mãe quando chegou a Blumenau, com o dr. Leitão foi falar. Ela podia ir até o hospital a criança amamentar? O médico disse: "Vai correndo, santa mulher, que o teu leite o filho vai salvar". E o peito para ele deu. A criança mamou tanto que logo adormeceu... Hoje, tem bastante saúde. É o mais forte de toda a família. Os irmãos dizem que ele tomou sangue de polaco e de italiano. Quando dizem isso, ele fica bravo e enrilha. Recebeu sangue do enfermeiro Fiorrelle e de um polaco de Treze Tílias.

O fio da vida: Átropos

O menino sobreviveu, era a sua sina crescer e ter seus próprios filhos, que a trama de minha irmã Láquesis eu não ouso desfazer.

Mas tenho de cumprir minhas tarefas, arrastando por aí esta tesoura mais pesada do que os séculos. Eu preciso ceifar, pois é da morte que vem a vida, como é da noite que nasce o dia.

Porém, não me culpem por tudo, que nos calabouços da América Latina outras mortes hão de se fazer enquanto Rodolfo e seus irmãos crescem soltos, brincando no rio e correndo no campo. Eu sou apenas o fio que corta a vida nos estertores destes infernos secretos, escondidos das gentes. Eu limpo o trabalho sujo dos outros também. Mas isso ainda está se fazendo, não há pressa diante das tragédias inevitáveis. Afinal, a morte está sempre nascendo.

Vocês viram o presidente Kennedy morrer na televisão? Todo mundo lamentou, tão bonito que ele era! Adelina chorou e Duda abraçou-a, Duda já meio cansado, sentindo-se diferente no fim de um dia de labutas, já no jardim do seu coração nascia a semente da doença que viria a assombrá-lo por tantos anos...

Ninguém sabia disso, é claro, diante das notícias. As rádios davam boletins de urgência, e o luto caiu sobre o mundo. As crianças comentavam o assassinato e Denise foi dormir triste porque morrera um presidente que nunca chegara a saber que, numa cidadezinha do interior de Santa Catarina, havia uma menininha alegre e morena que chorou por ele.

Mas nem tudo é fim, não é mesmo?

Algumas coisas começam e outras terminam para que novas coisas possam brotar. O progresso chegou a Luís Alves, e já as crianças se distraíam com a televisão e a luz elétrica fazia a produção da camisaria aumentar mais e mais. Adelina já vinha sonhando, guardando moedinhas no seu cofre... Um dia, Blumenau. E, embora Anselmo vivesse lhe dizendo que aquilo era apenas sonho, afinal, de onde nasciam os futuros, senão dos sonhos sonhados de olhos abertos?

Eu aprecio os futuros, embora neste palácio, na curva do Tempo onde vivemos, nada nunca mude. Nós três, as Moiras Cegas, somos a própria mudança. E, enquanto Cloto tece o fio de uma nova vida que vai brotar no *ventre de Adelina, e Láquesis desfia os dias nos quais o pequeno Rodolfo vai aprender a engatinhar e depois a andar, ele, a quem os irmãos chamam de Tadinho, porque veio depois dos gêmeos – sempre os gêmeos, que por serem dois chamam tanto a atenção das gentes –, enquanto uma fia e a outra tece, não se ofendam comigo, mas eu corto, eu arranco, eu ceifo.*

É o meu trabalho, entendam.

E assim vos conto que Maricotinha morrerá por esses dias, os primeiros do ano de 1964. A mãezinha amada do Duda, a avozinha carinhosa que Heitor, Vilson, Sérgio, Duca e as meninas adoram visitar, ela está se finando, já não é sem tempo, coitadinha... Esfarela-se o fio da sua vida, frágil linha que a costura neste mundo, e logo serei eu a ir buscá-la. Eu, a última visão, a morte cega que sempre acha o caminho do fim...

Maricotinha que se casou e teve seu primeiro filho, Olíndio, o pai do Fred, aos quatorze anos. Ela, que tanto labutou e tanto amou e tanto sofreu com os dois filhos que eu levei, Heitor e Alice, ela agora está me esperando na sua cama.

Maricotinha está calma, não chorem por ela, posto que ao fim das labutas uma alma também precisa descansar.

Cuidem é do Duda, esse poeta... Cuidem dele, que a morte da sua mãezinha tão querida vai ser o primeiro tropeço, o primeiro soluço do seu coração maior do que o mundo.

Luís Alves, janeiro de 1964

Apesar do denso calor, não havia sol. Ana estava sozinha na casa, cuidando do pequeno Rodolfo e dos gêmeos. Os filhos mais velhos tinham sido avisados da morte de Maricotinha, a avó paterna; mas só poderiam voltar para casa no sábado. No entanto, Adelina e Duda tinham feito questão de levar os pequenos ao enterro da boa mulher, e Ana vira Denise subir no caminhão com os olhos vermelhos de tanto chorar. Aos seis anos, a morte da avó causara uma profunda dor na menina, que era cuidada por Sônia, sempre tão comedida e atenta. Rui e Sérgio também estavam tristes, mas tentavam manter os olhos secos quando Fred ligou o motor e o ronco fundo encheu os ouvidos de todos, varando o dia com a sua premência furiosa: o que importava era o palpável, a raiva da máquina, a potência do seu ronco que, de algum modo, dava a Duda alguns segundos de privacidade na sua dor.

Ana tinha visto Duda chorar lá para os lados do rio. Talvez com a desculpa de recolher os animais que pastavam perto da água, ele deixara seu coração vazar para os olhos. Amara a sua mãe sem vergonhas masculinas; sempre que podia, se tocava para o Escalvadinho levando um filho ou dois, alguns presentes no porta-malas, um corte de tecido, biscoitos e até umas garrafas de Coca-Cola. Voltava sempre ao fim do dia, apaziguado e com a barriga cheia de bijus. Ana sentiu pena dele. Ela, que perdera a mãe tão cedo, obrigada a trabalhar pelo próprio sustento.

Mas a casa vazia era uma bênção rara. Dona Gena terminava a lavação da louça na cozinha, os pequeninos dormiam o soninho da tarde sob os cuidados de dona Júlia. Ela sentia-se livre para relaxar um pouco; Célio e Zacarias estavam na venda e, na camisaria, o horário do almoço ainda não tinha terminado. Era uma vida corrida, mas Ana apreciava aquele não pensar. A casa cheia de vida, contrastando com o vazio que a habitava, aquela morte que era uma presença constante – a saudade de Anselmo.

Nos últimos tempos, sentia-o cada vez mais distante. Falava com ele, mas a voz do moço, sempre tão vívida, vinha-lhe em espasmos, tal e qual uma estação de rádio mal sintonizada. Ela ouvia seus murmúrios entrecortados, respondendo-os com a voz cheia de paixão. Seus encontros eram rápidos, fugidios... No quarto, à noite, antes do sono. Às vezes, perto do rio, pois Anselmo sempre amara a água, o rio e o Salto... Noutros dias, Anselmo lhe surgia em meio à balbúrdia da camisaria e Ana respondia às costureiras as palavras erradas, misturando as conversas com seu amado invisível às ordens e pequenas correções que devia fazer a esta ou àquela moça. As costureiras a olhavam então como se fosse meio doida. Já na casa dos quarenta anos e solteira, elas riam às escondidas. E Maria Hess a interpelava, dizendo que tomasse tino do trabalho. À Maria, nada escapava na fábrica...

Ana não se importava com o que diziam. Pensava nisso enquanto subia ao quarto. Tinha ainda uns vinte minutos até o começo do expediente vespertino. Adelina não voltaria da casa da sogra antes do anoitecer; decerto, viria cansada, grávida mais uma vez, cheia da tristeza do velório e do enterro de Maricotinha.

Era um tempo estranho... Tudo parecia estar mudando, se liquefazendo. O país andava aos solavancos desde que Jânio Quadros renunciara. Depois de um plebiscito, Jango assumira, mas a coisa andava feia para o lado do tal presidente que diziam ser amigo dos comunistas. Ela não entendia nada daquilo. Reforma agrária? Nacionalização de empresas estrangeiras?

O que importava ali, em Luís Alves, na casa dos Hess de Souza, eram as contas pagas, o número de camisas produzidas e vendidas no fim do mês, os colégios quitados lá em Blumenau. Além daquela conversa que, no começo, era quase um zum-zum, mas vinha crescendo, vinha ganhando palavras e suspiros... Aquele sonho de Adelina de se mudar com todos para a cidade grande, em busca de um horizonte, como ela dizia.

Ana entrou no quarto e abriu a janela. Havia um horizonte ali, recortado de morros, verde e úmido, cheio de segredos, de cheiros e perfumes e estrelas que subiam ao anoitecer. Aquilo não era o suficiente para Adelina? Ela sabia que não... Ana não queria partir. No mais profundo da sua alma, Ana sabia que Anselmo jamais deixaria aquela casa, o rio, o Salto, o abrigo dos morros, o horizonte recortado de verde... Havia uma diferença crucial entre ela e Adelina, enquanto Ana olhava para trás, para o passado, Adelina só via o futuro.

Sentou-se na cama, puxando a saia acima dos joelhos, deixando revelar as coxas roliças, pálidas, um pouco gordas. Pernas de matrona, ela sabia bem. Soltou os cabelos, que usava cortados à altura do ombro.

Abriu um sorriso.

— Anselmo... — ela disse baixinho.

Nada aconteceu. Ana pensou que ele deveria estar nervoso. Mesmo morto, era um soldado, um oficial. As Forças Armadas andavam vivendo um momento tenso, rachadas em duas facções, a favor e contra o presidente Jango. De que lado estaria Anselmo? Ela suspirou fundo. Com a mais doce entonação de que era capaz, Ana chamou pelo rapaz morto mais uma vez.

E, como num passe de mágica, um vulto pálido desenhou-se contra a parede de lambris. Ela viu os cabelos escuros, os olhos de azevinho, sentiu o sopro do hálito dele, impregnando o pequeno quarto com os odores de mil bosques, com a calidez de todos os beijos das bocas de todos os amantes que já tinham vivido sob o céu, e um frescor de água tomou-lhe o corpo quando ela abriu um sorriso e disse:

— Pensei que você não vinha.

Ouviu Anselmo responder que ainda viria, a voz máscula entrecortada, subindo e descendo. Ela sentiu o seu coração bater rápido, nervoso. Estendeu a mão para tocá-lo, mas ele enredou-se na cortina azul, fina, parada na tarde sem vento.

— Se eles se mudarem para Blumenau, eu não vou... — ela disse, à guisa de desculpa.

Anselmo sorriu, pacientemente. Um sorriso de mil anos que parecia lhe dizer, é assim que as coisas são. E Ana entendeu que iria... Que Blumenau e a camisaria estavam no seu caminho. E que Anselmo ainda viria algumas vezes, até que, um dia, deixaria de vir, misturando-se ao rio, descendo em cambalhotas no Salto, eternizado naquele verde e no barro vermelho daquele chão.

Um dia, quando ela também morresse, no tempo de todas as coisas, eles finalmente ficariam juntos. Enquanto isso, era seu destino trabalhar ao lado de Adelina, ajudar com as crianças, todas aquelas crianças que ela amava como filhos, os filhos que o seu ventre seco nunca gerara.

— Está bem, Anselmo — concordou ela, com um sorriso triste. — As coisas são como têm de ser.

E levantou-se com cuidado, pois já era hora de atravessar a rua sob o calor mormacento e voltar à camisaria. Era o que Adelina esperava que ela fizesse, e era exatamente o que iria fazer. Se chegasse atrasada, receberia uma admoestação de Maria Hess.

Assim como surgiu, Anselmo Hess desapareceu. Às vezes, deveria ser bom viver como um fantasma, concluiu Ana, preparando-se para descer, não sem antes dar vinte escovadelas nos cabelos escuros, olhando-se no espelho oval da parede sobre a cama.

Ana desceu a escada pulando os degraus de dois em dois. Ao chegar à cozinha, abriu a porta e gritou para as moças. Dona Gena olhou-a de soslaio, meio debochada, mas as costureiras que estavam ali levantaram-se de um pulo e saíram correndo de volta para o trabalho.

Naquela noite, ao voltar do enterro da mãe, Duda sentiu-se mal. E os dias seguintes passaram de igual maneira. A tristeza era como uma espécie de doença, e ele aceitou a oferta de dona Gena, tomando um chá quente para acalmar suas angústias sempre que se preparava para deitar. Ele não sabia, mas seu corpo começava a se rebelar. Aquele coração, famoso pelas suas gentilezas, pelo muito que ofertava aos outros, começava a fraquejar.

Duda atribuía as tonturas que passara a sentir ao luto pela Maricotinha dos seus quereres. Não era todo dia que se perdia a mãe. E, embora Adelina estivesse por parir seu décimo terceiro filho – mais um!, diziam os vizinhos – Duda ainda achava que uma alegria não podia compensar uma dor. A vida não era uma balança.

Deitada em sua cama, inchada dos oito meses de gestação naquele fevereiro inquieto, com o país em polvorosa, rachado em dois, Adelina via os desconfortos do marido. Ele dormia mal, comia pouco, andava estranho. A perda da mãe seria assim tão difícil? Ela pensou em Verônica lutando contra os males da diabetes e entendeu que sim, a morte era mesmo uma montanha. Eles já não eram mais tão jovens. Duda parecia fraco, estava desatento com a serraria, preocupado com os rumos do país, sua única alegria eram os filhos.

Adelina tinha outras coisas com as quais se preocupar. A camisaria, as vendas, o parto iminente. Depois do que acontecera com o pequeno Rodolfo, ela tinha decidido ter seus próximos filhos, aqueles que Deus mandasse, em um hospital. Quase perdera o menininho. Não podia vacilar nos seus cuidados, pois a morte rondava pobres e ricos, brancos e pretos, esperando qualquer descaso para cobrar a conta de viver. Tinha decidido ir para a casa da mãe, em Blumenau, um pouco antes do fim daquela gravidez.

E, numa tarde, num dos últimos dias daquele fevereiro aziago de 1964, acabava de organizar suas coisas, a mala para a viagem e o enxoval do bebê, quando Fred veio ter com ela.

— Tio Duda anda estranho — disse o rapaz.

Adelina concordou:

— Tenho visto que ele dorme mal e come pouco, Fred. Mas, quando pergunto, Duda fala sempre na Maricotinha.

— Não acho que seja só tristeza. Eu conheço o tio. Tem alguma coisa a mais.

Adelina pediu que o sobrinho levasse as duas malas para baixo. Naquela tarde, depois das últimas instruções às funcionárias da casa e da camisaria e de se despedir dos filhos, iria para Blumenau passar os últimos dias de espera pela criança. Estava tudo já organizado. Voltaria de lá com seu bebê nos braços.

— Vou aproveitar a estadia em Blumenau e convencer Duda a visitar um bom médico — ela disse, pensativa. — Se vai ser pai de novo, e com todas estas crianças para criarmos, precisamos dele com saúde.

Fred tocou-lhe o ombro, delicadamente. Já vivia ali havia anos e não era tolo. Sabia que, mais do que os filhos, o elo que ligava Adelina ao seu tio era o amor. Um amor profundo, forte e inquebrantável. Ele via nos olhos dos dois, via aquele amor como se fosse uma chama queimando silenciosamente.

— Tia Adelina — ele disse —, o que vocês dois têm é muito raro.

Adelina não ousou responder. Apenas fitou-o com os olhos enormes, úmidos de emoção. Depois, como que envergonhada, pôs-se de pé, equilibrando a enorme barriga do seu décimo terceiro filho e, desviando do assunto, retrucou:

— Agora, leve estas malas lá para baixo. Ou esta criança acaba nascendo aqui mesmo.

Os dois riram, e Fred fez o que Adelina mandava enquanto ouvia os risos e conversas dos primos na sala, reunidos para o almoço depois dos chamamentos de dona Gena.

Adelina Scheila nasceu na maternidade do Hospital Santa Isabel numa quinta-feira, doze de março de 1964. Bonita e rechonchuda, não teve nenhum problema, e seus pais puderam respirar aliviados quando a menina foi examinada pelo médico, que atestou suas perfeitas condições de saúde.

No sábado pela manhã, quando as freiras do colégio a liberaram para o fim de semana, Tida saiu direto para o hospital, onde iria conhecer a mais nova irmãzinha. Embora tivesse doze anos, ainda acreditava nos sortilégios do açúcar jogado no telhado de casa como Dindinha lhe ensinara, e congratulou-se pelo excelente trabalho que Sônia e Denise haviam feito em Luís Alves na sua ausência – posto que finalmente nascia a quarta menina naquela família de irmãos homens.

No hospital, depois de ver a garotinha e de beijar a mãe, Tida foi até a capela agradecer pelo bom sucesso. A cegonha tinha decidido levar a criança ali, sob o zelo das freiras do Santa Isabel, e à avó Verônica e ao seu pai tinha cabido o papel secundário da espera, rezando na pequena sala de parentes que ficava ao fim de um corredor asséptico. Não era tão divertido como em Luís Alves, com a parteira e as toalhas e os lençóis ensanguentados e o caldo de galinha e o papai fazendo rimas, mas não deixava de ser um bom jeito, pensava Tida. Adelina parecia bem, saudável e feliz.

Porém, ao terminar suas orações, seguindo pelos corredores até o quarto que sua mãe ocupava, Tida sentia-se estranha, inquieta. Talvez alguma coisa estivesse errada, mas ela ainda não descobrira o quê. A mãe iria embora do hospital ainda naquela tarde, seguindo para a casa dos avós onde ficaria uns dias até estar forte o bastante para a viagem de volta a Luís Alves.

E o pai? Tinham-lhe dito que Duda aproveitara o tempo na cidade para fazer alguns exames, decerto eram coisas de rotina na vida de um pai, concluiu Tida, ouvindo seus próprios passos ecoarem pelo corredor, os sapatos negros de verniz do uniforme escolar cantavam naquele chão liso e limpo.

Mas, ao chegar ao quarto onde sua mãe repousava com a pequena Scheila, Tida viu Duda sentado na poltrona perto da janela. Por um segundo, pareceu-lhe que flores lhe subiam pela cintura, as delgadas hastes verdes enrodilhando-se no seu tronco, tentando chegar ao seu rosto como se quisessem cegá-lo com sua beleza mágica. Ela tomou um susto. Seriam as flores as culpadas dos mal-estares do pai?

Piscou repetidamente, como se algo a cegasse. Então, quando mirou Duda outra vez, as flores tinham desaparecido.

— Papai! — ela exclamou, parada na porta do quarto.

Duda pôs-se de pé para abraçar a filha tão bonita, a quem não vira nos últimos dez dias. Ele deu alguns passos em direção à menina, mas cambaleou. Como um barco que encalhasse num banco de areia inesperado, ele não pôde avançar. Tida viu os olhos de poeta do pai nublados, viu quando ele arqueou o corpo num lento espasmo e então caiu no chão, ao lado da cama onde Adelina amamentava a filhinha recém-nascida.

Estrelas fritas com açúcar

Ela era pequena demais para se lembrar. Porém, muito depois, quando tentasse, quando saísse a recolher as memórias dos outros para com elas dar palavras àquela dor sem nome que sempre a agulhara por dentro, Scheila conseguiria reconstruir o começo da sua vida, a conturbada época em que seu pai, seu adorado pai, descobrira ter um coração doente dentro do peito.

Um coração doente?

Aquele coração enorme, cheio de amor, de rimas e de sorrisos?

Mas de fato, depois de uma síncope, Rodolfo de Souza, quarenta e três anos, residente na cidade de Luís Alves, casado, cujo prontuário hospitalar indicava graves problemas cardíacos e pressão alta, foi aconselhado a procurar um especialista na distante cidade de São Paulo. Talvez lá tivessem algum remédio, algum tratamento para que Rodolfo ganhasse uma sobrevida serena, e ele precisava muito de uma sobrevida, isso era inegável. O doutor Arnaldo Braga Tenius cuidaria do pai por muitos anos depois da viagem ao sudeste em busca de tratamento, e esse nome permaneceria na memória da menina que cresceu junto com aquela doença.

Scheila, com duas semanas de existência, foi cuidada por dona Gena, por dona Júlia, Ana e pelos irmãos mais velhos. Fred ficou encarregado da venda e da serraria. Anselmo já tinha se formado e voltara para casa, trabalhando na contabilidade da camisaria. Viajava também como caixeiro – numa dessas viagens, ele conheceria o amor da sua vida, posto que o destino não dá ponto sem nó.

Mas todas essas coisas eram secundárias na vida da menininha. O peito da mãe, cheio de leite, fora tirado da pequena Scheila sem avisos. Duda e Adelina seguiram para São Paulo e depois para o Rio de Janeiro. Em Luís Alves a vida ia avançando aos trancos e barrancos. Faltava o cérebro e o coração da casa, mas cada um cumpria o seu papel e era preciso esperar, era preciso rezar, era preciso acreditar na vontade divina.

Sônia cuidava dos pequenos e o terço continuou a ser dito, noite após noite, no quarto do andar superior. Quando Tida estava no colégio em Blumenau, era Sônia quem assumia as tarefas maternas. Nas rezas as intenções, agora, eram sempre as mesmas. *Nosso papaizinho Duda, nosso querido papai.* Deus haveria de ouvir aquelas vozinhas fervorosas, vindas

das crianças ajoelhadas ao redor da cama de casal vazia, a pequena Scheila em seu bercinho, sem saber rezar, só chorando, chorando, chorando, pois como se explicava a uma menininha de quinze dias que a mamãe fora salvar o papaizinho lá em São Paulo?

E, mais ainda, pasmem, estourou um golpe militar, depuseram o presidente Jango, que queria entregar o país aos comunistas, e agora ninguém sai à noite, ninguém fala alto, ninguém conspira, é preciso todo o cuidado, todo o cuidado do mundo, qualquer um pode ser preso a qualquer momento, dizem que tem muita gente morrendo pelas ruas escuras, nas esquinas, nos porões.

É preciso todo o cuidado do mundo, dizia dona Gena, dando o leite à pequenina. A neném vai ter que mamar o leite da vaca lá do celeiro, o leite que Matias tira e traz, espumoso e quente, duas vezes por dia; mas é preciso todo o cuidado do mundo, pois a menininha vai crescer sem o colostro da mãe, sem o leite forte de dona Adelina, que é feita de ferro, *mulher de ferro*, dizia dona Gena para Ana e para Fred na calada da noite, quando os pequenos todos já dormiram, graças ao bom Deus do céu.

Mulher de ferro, repetia dona Gena, sem saber que ainda agora mesmo Adelina chorava no quarto de hotel, chorava de amor por Duda, chorava de saudades dos filhos, chorava porque não havia amamentado a pequenina, seu peito endurecera, empedrara, seu peito de amamentar secara, pelo amor de Deus salvem o meu Duda, é isso o que diz, o que grita seu peito de mulher que ama,

Salvem o meu Duda, salvem ele.

Adelina nunca se viu tão impotente. Não adianta vender cem camisas, não adianta vender mil camisas, nada disso poderia salvar o Duda agora. Então ela reza, reza por ele, reza por eles, reza pela pequena Scheila lá em Luís Alves, tomando o leite da vaca, embalada por dona Gena.

Não é fácil ser uma mulher de ferro, Adelina pensa.

Não é fácil ser uma mulher de ferro, Scheila concluiu muitos anos depois, muitas décadas depois. Não é fácil ser uma mulher.

Mas, de algum modo, ela conseguiu. Eles conseguiram. Adelina e Duda finalmente voltaram para casa. Havia todo um rol de recomendações. Sem gritos, sem bagunça, sem brigas. *Ele não pode se incomodar, não pode comer sal, não pode beber álcool.*

Era uma vida incolor, mas o pai tinha as próprias cores dentro de si. E não tardou a achar umas felicidades aqui e acolá, junto com os filhos. Foi se afastando do trabalho, começou a criar uns boizinhos, depois uns cavalos, que ele sempre amara, e a vida no campo recuperava-o aos poucos. E logo Adelina estava grávida, e nasceu o Beto, tão moreninho, as cores do papai. Entre sussurros e campeadas, enquanto Anselmo ia assumindo o lugar do pai nos negócios da mãe, a vida ia se costurando, como se costuravam as camisas, mais e mais e mais.

Uns iam e outros vinham. A Dindinha morreu de doença, que estava já tão fraca, pobrezinha. Todo mundo chorou, e como ela tinha ido, estava na hora de alguém vir. Assim, não houve espanto quando Adelina contou aos filhos que estava grávida de novo, e oito meses depois disso nasceu uma menina linda de nome Adriana. A *Nana*, dizia Scheila. O açúcar fora jogado no telhado em homenagem à Dindinha e surtira seu efeito.

A Nana nasceu no mesmo dia do aniversário do Alemão e do papai Duda, então ela era mesmo um presente, porque apesar da doença, apesar do coração, apesar de todos os *não pode*, Duda ainda estava ali, firme, papai de todos eles, marido da Adelina, e agora a vida no campo era o que o fazia feliz, ele tinha uma fazenda, tinha seus boizinhos, seus cavalos, seus entardeceres silenciosos, seu pirãozinho com carne seca. E ele dizia para Scheila, com a menina sentada no colo, rindo, rindo, *Upa, upa, papai*; ele dizia, *Então o que mais um homem pode almejar, minha filha? Eu dei teu nome, Adelina Scheila, em retribuição à tua mãe ter colocado meu nome no teu irmão, o Alemão... Upa, upa, minha filha!*

E assim o tempo passou.

Blumenau, 26 de outubro de 2008

Scheila dirige o carro devagar pelas ruas que conhece tão bem. Não tem pressa de chegar ao hospital, sente medo, medo de ver a mãe naquela cama de UTI, medo do medo que vai sentir.

Durante tantos anos, as coisas tinham sido confusas na sua cabeça. A mãe fora ausente com ela. Tinha nascido poucos dias antes de o pai passar mal, desfiando diante de todos a grande sina da sua vida de homem generoso e alegre, bonachão e trabalhador: vencidos os quarenta anos,

Duda "não podia mais" uma lista de coisas. O grave problema cardíaco tinha sido revelado ao casal em São Paulo. Não havia muito o que fazer, além dos rigorosos cuidados com a alimentação por causa do problema da pressão arterial, e "Duda não podia se incomodar". Aquele tinha sido o mantra da família, repetido cotidianamente por todos os irmãos, por Maria, pela mãe, pelos empregados da casa e dos negócios. Quando uma briga começava, e eram muitas as confusões naquela casa cheia de crianças e adolescentes, logo alguém dizia: *O pai não pode se incomodar*. Era como água no fogo, o pai podia morrer, *silêncio, não discutam, obedeçam, se acalmem*. Scheila tinha crescido assim, e depois dela o Beto – que tinha virado médico, seria alguma coincidência? – e depois Nana e o caçula, Kiko, que já nascera ali em Blumenau.

Ela virou uma rua, aproximando-se do Hospital Santa Catarina, o coração batendo forte dentro do peito. Evitava ver a mãe naquela cama. Tinha dito às irmãs que aquilo lhe fazia mal, destroçava-a por dentro, e havia tanta coisa, tanta coisa que ela passara a vida tentando entender, viajara tanto, Europa, Estados Unidos, trabalhara em diversas áreas, nos negócios da família e fora deles, estudara moda, casara-se e tivera seus filhos, seus três lindos filhos, mas aquilo ainda doía, aquela dor sem nome. Um dia, já mulher, voltara a Luís Alves para visitar dona Gena. A velhinha tinha sido um pouco a sua mãe enquanto Adelina trabalhava na camisaria, naquela empresa que ela começara no quarto dos meninos, e que hoje era a maior camisaria de todo o continente, o sonho da mãe, o seu norte. Quando Duda ficara doente, aos poucos ele fora saindo dos negócios... A serraria silenciara as suas máquinas, Fred partira para tocar a sua vida longe dali, a venda foi perdendo a força, Anselmo, ainda bem jovem, assumia as funções paternas, trabalhando ao lado da mãe, e depois Heitor, Vilson, Sérgio... Todos eles tinham assumido empresas, exportado, viajado para comprar matéria-prima, estudado e labutado no sonho que Adelina criara com duas costureirinhas e uma máquina Singer do seu enxoval de casamento.

Scheila viu o hospital, grande, sisudo, quieto na tarde de domingo ensolarada. Estacionou sem dificuldades na rua ao lado, pois Blumenau aos domingos era como uma cidade do interior, para além da grande festa alemã que incendiava tudo, a Oktoberfest – e como podia aquela gente toda beber chope e rir e dançar enquanto a sua mãe estava morrendo naquele hospital?

De pequena, lembrava-se da casa de praia em Balneário Camboriú, a casa que a mãe construíra às escondidas com a ajuda de Fred, que encomendara a madeira de Duda dizendo ser para um amigo. Adelina construíra a casa às escondidas de todos. E, no Natal de 1964, ela, ao fim da festa, com o enorme pinheiro enfeitado de velas fumegantes espalhando aquele cheiro maravilhoso pela casa, dera aquele presente à família. Quantos verões tinham passado lá? A casa viera bem a calhar, pois o médico informara a Duda que o clima litorâneo era bom para a sua pressão. Duda ficara o primeiro verão inteirinho por lá, mas eram tantos os filhos, Sônia contava os irmãos mergulhando no mar, *um, dois, três, cadê o Duca?* E depois Duca aparecia e quem estava longe era a Nana, era a própria Scheila, eram os gêmeos aprontando alguma pelas dunas ou no fundo do mar. Tantos filhos de férias, a coisa durara pouco.

Scheila desceu do carro e seguiu pela calçada em direção à entrada do prédio. Estava calma, tinha jurado manter-se calma. A mãe morria lá em cima naquela cama de UTI. A mãe que era uma mulher de ferro, que tocara a Dudalina e comprara uma loja na praia, e o pai comprara outra... Ela riu, lembrando-se dos verões de trabalhos sem fim, uma loja para as meninas, outra loja para os meninos, e os meninos eram tantos, eram o dobro delas; pois, por mais que Tida jogasse açúcar no telhado, sempre nasciam meninos... Mesmo assim, a loja das meninas, que Adelina tocava com mão de ferro – ela, que era uma mulher de ferro – sempre vendia mais, sempre fazia o dobro do lucro. Não tinha sábado nem domingo, elas acordavam cedo, cedinho, iam para a loja, os irmãos também. Mas Duda era permissivo, deixava os filhos saírem. O fliperama era tão bom, e Alemão pegava polpudas somas do caixa; no fliperama eles reinavam, não tinha pra ninguém. Mas na loja de dona Adelina não era assim, lá o riscado era outro, preto no branco. Trabalho era trabalho, e Denise não podia sair com as amigas para um sorvete, nem Sônia podia ir ao cinema no fim do dia com o rapaz argentino, imagina? Justo no domingo, a hora de maior movimento?

Scheila entrou no hall temperado, deu seus dados à moça da recepção e recebeu um crachá para subir à UTI. Todos eles, os dezesseis irmãos, todos entravam e saíam, as regras tinham sido dilatadas para aquela família tão grande, tão conhecida de todos. Eles eram "os Dudalina" e, junto com eles, a cidade de Blumenau ansiava, esperava pelo desfecho daquela internação hospitalar. Todos amavam dona Adelina, um exemplo, a grande dama, *gente que faz*. Scheila respirou fundo e chamou o elevador com a mão trêmula.

Talvez quisesse ter tido uma mãe mais frágil. Uma daquelas mães que ficavam no fogão preparando a comida dos filhos. Às vezes, pensava nisso, uma mãe como contavam que era a Maricotinha, sempre tão doce, sempre mexendo um tacho, *senta aqui, quer biju?* Mas Adelina não era nada disso. Ela trabalhava firme, uma mulher num mundo de homens, para ela não havia um não, não havia um depois. *Dê um serviço para a pessoa mais ocupada do lugar e ele será feito na mesma hora.* Ela tinha as suas máximas. *Sou uma mulher cara demais para cozinhar.* Ela criara as filhas assim. Aquele exemplo, tão enorme que às vezes ofuscava. Mas, na fábrica do Bairro Fortaleza, todos os dias, centenas de funcionários perguntavam por ela. Como andava dona Adelina? Ia ficar boa? *Eu acendi uma vela, eu fiz uma novena.*

O elevador parou no andar correto e Scheila saiu, caminhando pelo corredor asséptico, ouvindo o tec-tec dos seus saltos no piso. Quando era criança, lembrava-se do barulho dos sapatos da mãe, que sempre andava bem-vestida, saltos altos, cabelos arrumados, a elegância era dona Adelina. Scheila sentiu os olhos úmidos. Ela carregava o nome da mãe, Adelina Scheila.

Chegou à UTI. A enfermeira conferiu o seu crachá. Ao contrário dos irmãos, tinha ido poucas vezes ao hospital. Não podia, não suportava. O medo crescia dentro dela, a bocarra aberta daquele medo mastigando-a por dentro.

Ela seguiu a enfermeira até o reservado de dona Adelina.

— Aqui — disse a moça.

E deu-lhe espaço para entrar. A mãe estava sozinha. Sônia tinha descido havia poucos minutos para comer alguma coisa em companhia de Beto. Os dois estavam sempre por ali, coordenando tudo. Não haviam combinado nada, simplesmente tinha acontecido, ela chegara naquela janela, naquele instante, a mãe esperando-a sozinha em sua cama.

E então Scheila sentiu um soco na boca do estômago.

Nocauteada pelo medo. *Bong.*

Dona Adelina Hess de Souza deitada naquela cama, inchada, inchadíssima, sem as suas pérolas, sem os seus brilhantes, os pés descalços. Tão sozinha, tão pequena naquela doença. Os olhos de Scheila se encheram de lágrimas. A mãe como se dormisse, os aparelhos todos ligados, fios passando sobre seu corpo deformado. Uma mulher de ferro, ela pensou, sentindo o gosto salgado do próprio choro.

Era domingo, dia de missa. Aproximou-se de Adelina e disse isso, como uma criança perdida:

— Mãe, hoje é domingo... A gente sempre ia na missa com a senhora, lembra?

Adelina ali de olhos fechados. E a única coisa que lhe ocorreu foi tocá-la. Elas que se tinham tocado tão pouco. Scheila começou a massagear a mãe, lenta, suavemente, tentando confortá-la no seu enorme inchaço, aquilo devia doer, os dedos grotescos, os tornozelos quase duplicados, as pernas com as veias saltadas feito rios num mapa em relevo. E ela foi tocando, massageando com cuidado. Sem palavras, apenas pele na pele. A mulher de ferro tinha uma pele, e tinha toda aquela solidão. Tão sozinha depois que Duda morrera, tão corajosa na sua casa com o seu jardim de revista, aquele jardim tão lindo, os tapetes, as empregadas, as mesas com cadeiras marchetadas, tudo como ela gostava, tudo como ela tinha sonhado, os muitos filhos casados, os netos, e Duda não estava mais lá, depois de ela ter tomado tanto cuidado, tanto cuidado com ele.

— Mãe... — chamou Scheila.

E então Adelina abriu os olhos e olhou-a. Fundo, um olhar de tantos anos... Um olhar que vinha lá daquele tempo, da Revolução que ela tinha vivido em São Paulo e no Rio, longe de casa, longe da filha recém-nascida, dos filhos pequenos. Um olhar que não era de ferro. Um olhar de gérberas e de rosas, ela toda macia por dentro como uma flor pronta para ser colhida.

As duas ficaram ali, até que Sônia entrou no reservado e tocou o ombro de Scheila. Sônia, que era tão parecida com Adelina, mulher que fazia, empreendedora de sucesso, presidente da Dudalina. As irmãs beijaram-se de leve, tomadas daquele momento. As filhas e sua mãe... Afinal, a vida tinha um fim e ele chegava de um jeito ou de outro. Beto já vinha avisando, até mesmo uma mulher de ferro, até mesmo dona Adelina... Havia tão pouco a ser dito, no entanto, ela tinha uma coisa, uma coisa dentro dela, uma coisa para dizer. Estava na Bíblia, e a mãe tinha lido tanto a Bíblia, tinha sempre uma bem linda no quarto, a mãe que rezava tanto, acreditava em Deus fervorosamente, a mãe filha de Maria.

Seis dias depois da visita de Scheila, na sexta-feira, dia trinta e um de outubro, Sônia entendeu que havia chegado a hora. Ela estava acompanhando a mãe em todos os momentos, tomando as providências corretas, exigindo, cobrando, pedindo. Tinha mandado colocar um elevador na grande casa materna, perto dali, embora tivesse quase certeza de que Adelina não conseguiria voltar para lá.

Não havia uma mudança efetiva no estado de Adelina, apenas aquela piora constante, como se ela estivesse desistindo de lutar. Aquela luta inglória, pensava Sônia. No dia anterior, Beto ficara muito tempo tentando se decidir se ia até Florianópolis ver a esposa que estava de aniversário. A doce Nana pedira ao irmão que viajasse tranquilo.

— Vai ver a Cátia, mano — ela dissera, piscando um olho.

O irmão merecia, vinha dormindo ali todo o mês, não desgrudava de Adelina. Era apenas um dia, um único dia. Nada iria acontecer. Tida, Sônia e Nana prometeram-lhe que ficariam de olho em tudo. Alemão dissera-lhe que fosse estar com a esposa; afinal, dona Adelina gostava tanto daquela nora, ela iria aprovar a sua escapada. E Beto havia ido.

Sônia acordou no seu quarto do Hotel Himmelblau, a madrugada ia alta. Ela sentou-se na cama, inquieta. Olhou o relógio, mas o despertador não a tinha acordado. Ainda faltava um tempo para o seu turno ao lado da mãe. Tudo parecia sereno; no entanto, ela sentiu.

Como um aviso sem palavras.

Com calma, mas sem perder tempo, Sônia vestiu-se, chamou um táxi e foi para o hospital. Precisava ir. Certas coisas não tinham tempo, começavam a acontecer de mansinho, dentro da gente mesmo.

Ela dispensou a cuidadora e acomodou-se na cadeira. Aquele quarto de UTI tinha virado uma espécie de altar. A mãe ali, definhando. A mãe que lhe ensinara tantas coisas, a força, a coragem, a determinação. Com Adelina, aprendera também o amor. Não o amor óbvio, esse que fenece mas finge estar vivo. O amor de Adelina era outro; profundo, absoluto, sem palavras. As palavras eram para o trabalho, Adelina amava nos gestos. Sempre incentivara os filhos a seguirem os seus caminhos. Quando Sônia tinha ido para a Espanha em 1974, e depois para uma empresa em Minas Gerais, começando o seu caminho fora da Dudalina, caminho que a trouxera de volta anos depois; quando Rui resolvera passar um tempo na Europa; quando Tida mudara-se para Florianópolis para trabalhar como bióloga no Departamento de Saúde Pública e Beto decidira-se a ir para a Índia, trancando a faculdade de Medicina para entender qual era, de fato, o seu destino. Adelina nunca interferira nas decisões deles; opinava apenas, mandava bilhetinhos com conselhos, *cuide da sua esposa, faça aquele negócio, venha comer pizza comigo.*

Sônia olhou a mãe deitada ali. Desde a tarde em que decidira desfazer a camisa de Duda para aproveitar umas peças de tecido encalhadas, desde aquele longínquo dia, cinquenta e dois anos antes, ela tinha feito tantas coisas... Tinha criado um mundo todo seu.

Lá fora, as primeiras luzes da sexta-feira começavam a tingir o mundo devagarzinho, quase com pena. Sônia sabia, decerto o dia sabia também. As coisas estavam escritas mesmo antes de acontecer.

Sônia esperou. Olhava a mãe, despedindo-se dela. Quando se mudara para Minas Gerais, Duda tinha sofrido, escrevia-lhe poemas e cartinhas, mas Adelina a amara em silêncio. Deixara a filha ir, era aquele o seu jeito de querer. Jogava os filhos no mundo, os filhos que ela queria fortes, determinados. Filhos guerreiros. Era preciso enfrentar os reveses acreditando sempre no melhor, ela dizia.

Adelina era uma guerreira, mas até mesmo a mais ferrenha das batalhas acabava um dia. Quando o sol surgiu, tímido, lá fora, Sônia olhou o relógio. Eram seis horas da manhã. A mãe respirava pelas máquinas, os aparelhos faziam os ruídos eternos como se fossem a própria engrenagem da vida. Ainda assim, estava chegando o momento, ela podia sentir.

Saiu do reservado com o celular na mão. Ligou para Adriana, que dormia na casa materna, a casa onde todos eles tinham sido tão felizes. Com a voz exausta, a irmã caçula atendeu.

— Vem, Nana — disse Sônia, mansamente. — Está chegando a hora.

Não fazia muito que Nana tinha ido embora do hospital, mas ela entendeu. Sônia desligou o telefone e começou a chamar os outros irmãos, um a um. Eram muitos.

Ela foi teclando os números com calma, segurando a voz para que soasse macia. Tantas vezes tinham se telefonado, coisas boas e ruins – um sobrinho que nascia, uma novidade da empresa, um noivado, uma febre, a mãe que caíra um tombo, o acidente de Duda...

Tantas vezes tinham se dito coisas boas e ruins, mas chamar os irmãos, naquela sexta-feira, exigia-lhe tudo.

A mãe, seu exemplo. Todos tinham sofrido demais com a perda de Duda, mas era sempre aquele papo, *cuidado, ele não pode se incomodar, a pressão, o coração, falem baixo, não briguem.* Duda fora tratado como um cristal. Mas a mãe era aquela fortaleza... Parecia uma grande mentira, mas havia chegado a vez de Adelina Hess de Souza. A mulher de ferro, a mulher que criara um império, e que, até bem pouco tempo, ainda ia cotidianamente à fábrica, cruzando as divisórias da área administrativa, visitando cada cantinho da produção. *Oi, bom dia, como anda?* Cada funcionário era um pouco seu filho – ela, que tivera tantos filhos. Todos viam nela um exemplo de determinação.

Sônia ligou para Beto.

Sim, disse ela, exatamente naquele dia. Bastava olhar a mãe, mais etérea, mais fraca, como se estivesse se apagando. Beto disse que ia pegar a estrada.

— Vem com calma — pediu Sônia. Mas já sabia que o irmão não conseguiria chegar a tempo.

Seu último telefonema foi para Scheila.

— A mãe está se despedindo — falou com a voz embargada.

Podia sentir o medo da irmã do outro lado da linha. Scheila alegou que não tinha condições físicas nem emocionais, Sônia não discutiu. Cada um que se despedisse do seu jeito. Adelina tinha sido mãe de dezesseis, ela sabia, mais do que ninguém, que seus filhos eram diferentes e faziam as coisas ao seu próprio modo.

Sônia guardou o telefone na bolsa, voltou ao reservado, aproximou-se da mãe e ficou ali, falando com ela. Lembrava histórias, coisas grandes e pequenas. Das conversas com o pai, da cachaça que ele guardava sob a mesinha do quarto e que tomava aos golinhos, escondido de Adelina por causa da pressão arterial. Contou de João, contou das meninas, falou da fábrica, disse dos negócios. Os funcionários iam sentir falta das suas visitas de terça-feira. A voz tremia-lhe um pouco, mas Sônia continuou firme.

A primeira a chegar no hospital foi Nana. Os outros foram chegando aos poucos... Rui, Rodolfo, Tida, Heitor, René, Renato, Denise, Sérgio, Kiko, Vilson, Anselmo, Armando, até que quatorze deles se apertavam ao redor da cama de Adelina.

Tinham nascido daquele ventre, todos eles. Apenas três vieram ao mundo num hospital. Agora estavam ali reunidos.

Rezando por ela, rezando com ela.

Beto viu o sol subir no céu dirigindo pela BR rumo a Blumenau. Ele tinha estado com a mãe em todos os dias daquele último e terrível mês. Achava que Adelina resistia àquele sofrimento todo para lhe dar coragem, a mãe que sempre fora um exemplo. Ele abriu um sorriso triste, os olhos úmidos daquela dor que vinha lhe doendo em silêncio. No fundo do peito, tinha certeza de que Adelina tinha esperado ele ir embora para morrer.

Em seu apartamento, Scheila não conseguiu voltar a dormir. Pegou a Bíblia que mantinha ao lado da cama e, num gesto ágil, procurou a página que queria. Sabia bem onde estava. Provérbios, 31,10-28.

Afinou a voz e começou.

Quem encontrará uma mulher virtuosa? Ela é mais preciosa que rubis. O marido tem plena confiança nela, e ela lhe enriquecerá a vida grandemente.

Ela lhe faz bem, e não mal, todos os dias de sua vida. Ela adquire lã e linho e, com alegria, trabalha os fios com as mãos.

Como navio mercante, traz alimentos de longe. Levanta-se de madrugada para preparar a refeição da família e planeja as tarefas do dia para suas servas. Vai examinar um campo e o compra; com o que ganha, planta um vinhedo.

É cheia de energia, forte e trabalhadora. Certifica-se de que seus negócios sejam lucrativos; sua lâmpada permanece acesa à noite.

Suas mãos operam o tear, e seus dedos manejam a roca. Estende a mão para ajudar os pobres e abre os braços para os necessitados. Quando chega o inverno, não se preocupa, pois todos em sua família têm roupas quentes. Faz suas próprias cobertas e usa vestidos de linho fino e tecido vermelho. Seu marido é respeitado na porta da cidade, onde se senta com as demais autoridades... Veste-se de força e dignidade e ri sem medo do futuro.

Quando ela fala, suas palavras são sábias; quando dá instruções, demonstra bondade. Cuida bem de tudo em sua casa e nunca dá lugar à preguiça. Seus filhos se levantam e a chamam de "abençoada", e seu marido a elogia.

Scheila parou um instante. O último trecho, sabia de cor.

No meio da sala, amanhecendo lá fora, ela viu a mãe na sua cama de UTI. O medo, sim. Mas havia muitas formas de se despedir. Ela entoou a voz e disse as últimas palavras.

Há muitas mulheres virtuosas neste mundo, mas você supera todas elas... Recompensem-na por tudo que ela faz; que suas obras a elogiem publicamente.

Ela fechou a Bíblia com um baque seco. Só então, finalmente, foi que pôde começar a chorar.

O fio da vida: Átropos

Minhas duas irmãs e eu tecemos o fado dos homens desde o limiar do mundo, sentadas à sombra dos séculos numa das curvas do tempo. Dizem que somos donzelas eternas, e já temos vivido tanto quanto este céu e este chão... Longas são as nossas unhas de arranhar, afiados são os nossos dentes de morder. Brancos são os nossos cabelos de trançar...
 Chamam-me destino, mas eu não faço nada sozinha.
 Assim como tu, Adelina, eu tenho a minha sina. A morte dá muito trabalho; mais trabalho ainda dá a vida.
 Hoje, no entanto, a morte parou a vida...
 Na fábrica da Dudalina, na tua fábrica às margens da BR-470, nesta sexta-feira o expediente terminou mais cedo. Não sei se tu gostarias disso, Adelina. Mas a notícia da tua morte provocou lágrimas e muita tristeza em todos, absolutamente todos os teus funcionários.
 As máquinas foram desligadas, uma a uma.
 Tua fábrica quedou-se em silêncio, e esta foi a última homenagem à mulher que tinha sonhado, que construíra tudo aquilo trabalhando mais de doze horas por dia ao longo de sessenta anos.
 Tu, Adelina.
 Mulher incansável.
 Em Luís Alves, dona Filó desligou a televisão e rezou.
 Os funcionários do Hotel Himmelblau fizeram silêncio em teu nome. Carmem, a tua secretária, escolheu o seu melhor vestido para se despedir de ti, pois uma grande dama merece somente o melhor.
 As costureiras pararam com o patchwork, as agulhas descansaram em suas almofadas.
 Tu deixas no mundo a maior fábrica de camisas da América Latina. Tu venceste governos e superaste planos econômicos, lutaste pelejas, pariste teus filhos e preparaste as festas mais lindas...
 Tu soubeste viver, Adelina. E deixas tanto! Dezesseis filhos, um hotel, quarenta e quatro netos, dezesseis bisnetos, mais de mil e trezentos colaboradores espalhados por tantas cidades deste teu país. Teus amigos e admiradores, estes nem eu posso contar... São incontáveis.

Eu cortei o fio da tua vida.

Findou-se o teu trabalho, Adelina, o tecido dos teus dias se acabou.

Quero que tu saibas que a tua morte foi noticiada em muitos jornais. As tuas despedidas pararam a cidade de Blumenau. As flores enviadas por tantas pessoas que te admiravam, mais de mil coroas, Adelina!, encheram de cor o teu jardim amado, redesenhando-o no dia da tua morte como se ele estivesse em festa.

No cortejo fúnebre que te levou até a tua última morada, tua filha Sônia fez o trajeto que tu gostavas de fazer cotidianamente.

Ela passou pela fábrica da Dudalina, pelo Hotel Himmelblau, pelo teu Centro Empresarial. Este caminho último é também a trajetória da tua vida, e Sônia te foi contando cada coisa que ela via, relembrando em voz alta tudo isto que tu construíste.

Ao fim desta tua última viagem, teu marido, o poeta dos teus dias, este Duda que soube te entender e te admirar; ao fim, ele esperava por ti, Adelina, como esperou a vida toda.

3

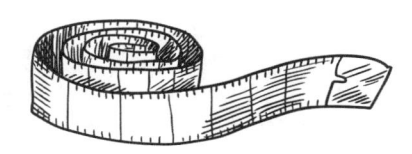

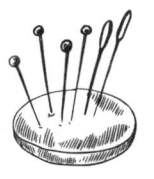

Átropos

Blumenau, 10 de junho de 1969

Uma força, duas forças.

O mundo se rasgando por dentro. Adelina aspirava o ar pelo nariz, soltando-o pela boca numa espécie de gemido. Repetidamente, fazia aquilo como se estivesse em transe. Uma enfermeira falava com ela, mas era impossível para Adelina ouvir o que dizia. Como no cinema de Vilson e Heitor, ela só via as imagens, o médico se movendo, a parteira ali perto, falando, orientando-a numa voz sem som. Tudo mais ficava pequeno, insignificante perto daquela dor. Um sismo interno. Uma revolução. Eram já velhas conhecidas, ela e a dor. Mas a batalha... Sempre a mesma, sempre terrível, violenta. Uma batalha pela vida.

Então, finalmente, como se uma represa se rompesse dentro dela, a criança escorregou-lhe do ventre, expulsa do seu casulo de carne e de sangue. A parteira ajudou-a, puxando o corpinho pelos ombros.

Uáaaaaaaaaaaa, uáaaaaaaa.

O mundo tinha uma nova voz. Era um menino, vinha chorando, marcava seu lugar.

Tinha determinação de viver, ela pensou. *Meu filho.*

A parteira pegou a criança, erguendo-a no alto para examiná-la como se fosse um troféu. Adelina jogou a cabeça para trás, exausta. O menino parecia gordinho, rechonchudo, encolhido diante do tamanhão do mundo fora do útero da mãe. E, embora fosse um bebê grande, exibia-se em pequenez ali naquela sala de parto tão iluminada, as gentes de avental verde, a assepsia necessária à vida, e Adelina só desejava estar em sua casa, só desejava que Verônica pudesse pegar a criança nos braços, como pegara quase todos os seus filhos, e trazê-lo para que ela o visse deitada na mesma cama onde os concebera. *Veja, Deus é bom, é uma criança perfeita, minha filha.*

Mas a mãe não estava mais ali.

Adelina respirou fundo, preparando-se para o momento em que lhe entregariam o filho. Carne da sua carne, já sentindo-se meio vazia agora que o menino tinha sido separado dela.

A parteira, dona Olívia, chegou-se a ela, deitando o menino no seu colo, entre os seios.

— É um bebê saudável, dona Adelina — e havia alívio na sua voz.

O doutor Ademar sorria também, havia tirado aquela máscara cirúrgica do rosto, e Adelina achou que ele estava emocionado, que um brilho diferente nascia nos seus olhos.

De repente, ela já tinha quarenta e três anos. Aquele era seu décimo sexto filho. O doutor, embora soubesse da sua capacidade de gerar e de parir, estava preocupado com o desfecho daquela gestação, havia muitos perigos, muitos perigos para o bebê e para ela. Adelina tinha prometido ao médico que aquele seria o último filho.

Ela olhou o menino, como uma joia, deitado no seu colo, a boquinha redonda, sugando o ar, os cabelinhos loiros, ralinhos, tão delicado quanto uma flor. Cheirou-o, achou mesmo que ele tinha cheiro de flor, cheirava às rosas que ela plantaria no jardim da casa nova quando a reforma tivesse sido terminada. E sentiu uma tristeza por Duda não estar ali, porque ele tinha ficado em Luís Alves para resolver as últimas coisas da mudança. Fechar a venda, deixar Matias tomando conta da casa familiar, trazer os móveis de lá.

— Meu menino — ela disse, acarinhando a cabeça do garotinho.

O doutor Ademar aproximou-se.

— É um lindo garoto, Adelina. Forte como um touro.

Ela olhou-o, enlevada. Tinha feito tantas coisas, mas colocar um filho no mundo era um milagre sem igual. Agradeceu silenciosamente a Deus por ser mulher, por poder viver aquele momento mágico ainda mais uma vez, e depois disse para o médico:

— Ele vai se chamar Marco Aurélio. Como o imperador romano.

Agora, finalmente, Adelina sentia-se instalada na cidade. Com o filho nos braços, o presente de Sérgio. A família mudara-se, e Marco Aurélio era a prova viva daquele recomeço.

Então, depois de alguns procedimentos, ela foi levada para o quarto. O menino passou por um banho, foi medido e pesado, e logo estava de novo ao seu lado, pertinho da cama, dormindo em seu bercinho depois da primeira mamada. Ele sabia sugar, aquilo enchera Adelina de orgulho.

Ao anoitecer, Duda apareceu, trazendo Nana no colo.

Ao ver a esposa com o menininho no colo, o último filho deles, Duda começou a chorar baixinho. Ajoelhou-se ao lado da cama e beijou as mãos de Adelina, aquelas mãos de fazer, aquelas mãos de cuidar, e dos seus olhos lindos, ainda tão vívidos como da primeira vez, quando eles se tinham visto diante da venda lá em Luís Alves, dos seus olhos de fogo saltavam as lágrimas, mornas, gordas, silenciosas.

Havia o coração de Duda, aquele coração que pedia cuidados.

— Não chore — Adelina pediu, a voz macia. — Você não pode se emocionar assim.

Adelina viu Duda secar as lágrimas e erguer-se, como um garotinho esforçado no primeiro dia de aula. Mas luzia em seu rosto uma profunda emoção.

Ela sabia que, mais tarde, quando o marido estivesse sozinho, ele colocaria aquilo tudo, cada imagem, cada pensamento, em palavras. Aquele coração que não podia se emocionar tinha aprendido a destrinchar os sentimentos no papel. *Sentei do lado esquerdo da cama, a mãe com força eu abracei. Sem poder me controlar, soluçando bastante chorei. Sem dizer uma palavra, ela e a criança com carinho eu beijei.*

No colo de Adelina, o pequeno Marco Aurélio dormira. Nana, tão pequena, aproximou-se da mãe e do irmão e, olhando desconfiada para a criancinha recém-nascida, disse numa voz titubeante:

— Kiko...

Marco Aurélio era um nome grande demais para uma menininha de um ano e meio dizer, e Adelina abriu um sorriso. *Kiko...* Os dois até que eram parecidos... A raspa do tacho, diria Maricotinha se estivesse viva. Afinal, Adelina tinha prometido, *sem mais filhos.* Ela não poderia correr riscos àquela altura da vida. Tinha muitas coisas, muitas pessoas que dependiam dela diariamente. Sabia que era o esteio da família.

— Kiko... — Adelina repetiu.

E aquele virou o apelido do caçula.

Blumenau, meados do ano de 1985

Os dias passavam lentamente. Mas isso, pensou Duda, era o que os outros podiam ver. Ele nunca poderia imaginar que ali, na cama que dividia com Adelina, a vida pudesse fluir tão rápida, puro fogo e pura luz.

Ele passava os dias escrevendo.

Rememorando...

Juntava as memórias em palavras, sintetizava-as, tentava dar-lhes um fluxo, um ritmo. E rimas. Palavras que tivessem alguma afinidade sonora e que pudessem, de algum modo, dar conta da enormidade que era viver, dar conta de todas as memórias, as emoções fabulosas, o medo, o amor, a euforia, o gozo, a dor.

Passava os dias com um caderno, escrevendo com seus tocos de lápis. René vinha à noite, e os dois trabalhavam nos poemas, insuflando-lhes ritmo. Era como reconstruir a vida, trazer o passado à tona mais uma vez, dar-lhe a chance de reviver – o passado e todos eles, um a um, tinham a chance de estar outra vez no palco da vida, diante dos seus olhos, feitos de palavras, daquele sopro de emoção que o habitava.

O nascimento de Marco Aurélio, a mudança para Blumenau... Duda não tinha ficado eufórico com a ideia da mudança. Claro que entendia os pontos levantados por Adelina, ela sempre enxergava as coisas lá na frente. Ela se incomodava pelos dois, pois *o Duda não podia se incomodar*. Ele abriu um sorrisinho estranho, meio triste, meio feliz. A doença do seu coração, o seu grave problema de pressão arterial – isso não tinha definido o seu destino; porém, sim, decidira-lhe o futuro. Aos poucos, Duda foi se afastando dos negócios, fazia parte do Conselho da Dudalina, opinava, mediava os temperamentos da família. Mas não decidia mais. Transformara-se numa espécie de negociador em prol da paz, em prol do equilíbrio, um juiz. E a sua palavra era respeitada. Aos poucos, coube a ele equalizar ambições... Era a pedra de lei, era a palavra final.

Nunca tinha procurado por aquilo.

Mas seu jeito manso, a sua serenidade, a sua capacidade empática... Duda era a balança onde os pesos se equilibravam. Ele riu, deitado na cama, escutando o ruído do aspirador de pó no andar de baixo. A casa sempre naquela azáfama, a mesa enorme, a comida em grandes quantidades... Dezesseis filhos, namorados, amigos... Alguns deles já estavam casados, ele tinha netos, a família desdobrava-se.

Lembrou-se de quando vira Adelina pela primeira vez naquela tardezinha nublada em Luís Alves, levando o corpo do jovem Anselmo. O mundo estava em guerra. Mas ao primeiro olhar, Duda tinha entendido que aquela era a mulher da sua vida. Que fosse pros infernos a guerra, Churchill, Stalin, Hitler... Ele ficara obcecado por Adelina Hess e voltara para Balneário Camboriú com a firme intenção de revê-la, de revelar-lhe a sua paixão. Se existisse o Cupido, aquela figura mítica... Duda tinha certeza de que fora flechado ao primeiro olhar.

Ele riu, remexendo-se na cama com cuidado. A perna ainda doía. Estava ficando velho, embora teimasse com os filhos, insistisse em fazer tudo que fazia antes. Cavalgar, domar seus potros, dirigir nas estradas de chão batido. Tinha ensinado os filhos homens a dirigir naquelas estradas de terra... A vida no campo o refazia.

Adelina sabia daquele seu amor. A fazenda era prova disso. Ela reformara o lugar, ampliando a velha casa de modo a abrigar toda a família. Lá, todas as quartas-feiras à noite, os filhos e os amigos se encontravam para comer carreteiro de charque, para cavalgar. Tinham vivido momentos felizes naquelas terras. Depois, prevendo a chance de transformar a enorme propriedade em algo lucrativo, Adelina começara a construir novas instalações. O plano era inaugurar um hotel-fazenda nos próximos tempos.

Assim, Duda comprara outra fazenda, e lá passara a criar seus cavalos, seus bois. Perto de Balneário Camboriú, a Paraíso era um lugar simples, sereno, o seu refúgio. Se não fosse a fazenda, talvez ele já tivesse até mesmo morrido... Teria caído num dia qualquer, em alguma esquina, entre sacas de farinha, máquinas ou caixas de camisas, o coração quieto, finalmente esvaziado de toda emoção.

Assim, enquanto a mulher amava o mundo dos negócios – e que grande comerciante ela era! – Duda queria a paz do campo, a vida sem palavras, o suave entendimento animal. O ar que cheirava a chuva, e a chuva era apenas um signo no céu, um jeito de entender as coisas, o ar, as plantas... A chuva era uma sutileza escondida nos pequenos detalhes do campo, uma promessa que só os entendidos podiam enxergar.

Adelina não era uma mulher de sutilezas. Determinada, tratava de realizar todos os seus planos. Quando enfiara na cabeça que a família deveria deixar Luís Alves lá pelos idos de 1960 e mudar-se para uma cidade maior – essa cidade era Blumenau, onde os filhos mais velhos já estudavam –, pouco coubera a Duda a não ser se emparelhar com ela.

Ele amava Luís Alves, amava o Escalvadinho, os morros, o silêncio das noites cricriladas, a chuva que descia do céu como uma espécie de manto... Ele amava o Salto, amava a terra vermelha, as plantações, a madeira nova cortada tenra... Mas tinha o coração doente, e logo estava proibido de tantas coisas, de se incomodar, de lutar as suas lutas.

Adelina mostrou-lhe que precisavam expandir os negócios, a camisaria estava crescendo, os filhos estavam crescendo... Com quem iriam casar em Luís Alves? Que profissões teriam? Adelina não queria que seus filhos voltassem ao ponto de partida, ao ponto onde os seus avós tinham começado, lavradores pobres. Só havia um caminho, e a vida era andar para a frente. Ela tinha comprado a loja em Blumenau, e as duas lojas em Balneário Camboriú fizeram uma soma enorme de dinheiro em dois ou três verões, e logo o sonho de Adelina parecia passível de ser realizado. Ela chamou por Duda e, sentados na mesma cama onde tinham vivido seus embates amorosos e seus gozos, onde ela parira a maioria dos filhos; ali naquela cama, Adelina mostrou-lhe as contas, mostrou-lhe também a fotografia de uma bela casa em construção em Blumenau. Ela tinha tudo pronto, tudo preparado. A casa seria grande o suficiente para a família. Nana tinha acabado de nascer, e Beto estava dando os seus primeiros passos titubeantes. Sônia precisava cursar o segundo grau e, depois dela, Duca e Denise. Não havia segundo grau em Luís Alves, o colégio interno era caro demais... Adelina desfiara todas as nuances, os prós e os contras – devidamente contornados – e então lhe sorrira, perguntando:

— Vamos mudar para Blumenau?

Duda devolvera-lhe o sorriso, sabendo de antemão que ela já estava decidida. Que a mudança era um fato consumado. E que, se ela tinha analisado a situação em tamanha profundidade, provavelmente estava certa. Adelina vivia o futuro, enquanto ele apreciava o hoje, o prato de pirão, o sol que se punha, o riso da filha pequena com seus cabelos cheios de cachos.

Olhou a esposa longamente e respondeu:

— Se você acha que é o melhor caminho...

— É o único caminho — concluiu Adelina, com aquele seu sorriso doce, um sorriso que era só dele, só do marido.

Logo, eles estavam de mudança. Ela grávida de novo, sob as admoestações do médico. Duda tinha um coração fraco, mas os jogos do amor... Ah, ele estava plenamente apto a esses jogos. Rejuvenescia-se neles.

Assim, os filhos mais velhos foram morar na casa do seu sogro Leopoldo por vários meses. Adelina, Anselmo e Heitor levaram a Dudalina para Blumenau. E Duda ficara resolvendo as coisas em Luís Alves, com as empregadas e os filhinhos menores. Os filhos grandes, então, já trabalhavam na empresa; as moças, cuidavam dos irmãos. Ninguém nunca tinha um sopro de tempo livre, a não ser ele, *pois Duda não podia se incomodar, não podia ficar nervoso....*

Ele sorriu.

Lá fora, a manhã de fim de inverno era azul como se fosse primavera. A janela aberta deixava entrar uma brisa fresca, cheirando às flores do amado jardim de Adelina. Duda pegou seu caderno e escreveu os poemas do nascimento de Beto e de Nana, as últimas crianças a virem ao mundo antes da confusa mudança familiar.

O nome de Roberto Eduardo a mãe há muito tempo havia escolhido.
Ela queria colocar em um filho que com ela fosse parecido...

Recordou o nascimento de Roberto. Ele tinha nascido numa época de enchentes. As estradas eram um mar de lama. Eles estavam na praia, e Adelina queria aproveitar o movimento de verão em Camboriú. Trabalhara até o último momento, até que a bolsa rebentara, deixando escapar o mar do seu útero... Beto nascera em Itajaí, na Maternidade Marieta Bornhausen, pois, depois do susto com Alemão, eles tinham decidido acabar com os partos caseiros.

Nana nascera quase dois anos depois, exatamente no dia do seu aniversário. Duda, Alemão e Nana formavam uma trinca e a festa coletiva era a mais animada da família, depois dos natais de dona Adelina. Tal como na gravidez de Beto, a mulher trabalhara na loja da praia até que as dores do parto se tornassem insuportáveis. Uma mulher de ferro, era o que diziam dela. Duda sabia que Adelina era uma mistura de dureza e de maciez, mas o seu centro, a polpa da sua alma, o sumo da sua doçura era assunto íntimo. Ele conhecia Adelina como ninguém mais. E, quando Adriana nascera, ele sabia que a menininha loira era o seu presente máximo,

Fiquei tempo com a menina no colo, sem uma só palavra poder falar.
A minha emoção era tão grande, que não me controlei e comecei a chorar...

Titubeou ao escrever as últimas palavras, lembrando-se de quando chegara com as meninas na maternidade. Adelina tinha ido ao hospital sem nem sequer avisá-los. Haveria uma festa de aniversário para ele e Alemão, que estava completando cinco anos. Mas a súbita vinda da pequena Nana adiara os planos familiares.

Duda deixou o lápis de lado, fechando os olhos por um instante. Sentia sono, era por causa dos remédios, dos muitos remédios prescritos pelo médico. Ele tinha colocado três malditos pinos na perna. Nos primeiros dias, as dores haviam sido terríveis. Mas, aos poucos, a poesia o arrebatara para aquele mundo paralelo onde ele podia viver tudo de novo, a vida inteira, com suas alegrias e desesperos, passando-a a limpo em seus poemas.

O último dos filhos a chegar tinha sido Marco Aurélio. Ele já nascera em Blumenau, inaugurando uma nova fase da família quando Adelina matriculara todos as crianças em aulas de bons costumes, e ficava proibido andar descalço pela rua, e acabavam-se os banhos de rio no meio da tarde, o pirão com linguiça que Duda fazia e todos comiam no mesmo prato. Agora, eram uma família elegante.

Menos ele.

Aquele era o seu trunfo. Continuava a ser o mesmo Duda com seu cigarro de palha, o jeito manso de falar, sua predileção pelas comidas simples, as comidas de pobre da sua infância, feitas com tanto amor pela Maricotinha, que Deus a tivesse em sua paz. De qualquer modo, os filhos tinham ficado muito felizes com a casa nova e cheia de elegâncias e modernidades que Adelina fizera para eles com tanto afinco.

Os mais velhos tocavam as lojas e ajudavam na fábrica e depois iam estudar à noite. Maria Hess mudara-se com eles, era a chefe das costureiras. Dona Júlia também viera para Blumenau ajudar na casa. Quanto a Ana, que trabalhava com eles desde o começo, ainda era agregada da família. Com os filhos de Adelina crescidos, alugara um pequeno apartamento na cidade e trabalhava na fábrica como ajudante de Maria Hess.

Duda gostava muito de Ana, mas, assim como ele, ela deixara algo para trás em Luís Alves. Algo além da sua juventude. O que seria? Duda não podia entender, Ana era uma mulher discreta, pudica e solitária. Mas ele podia jurar que a mudança para Blumenau fizera algo fenecer na boa Ana.

E, ali, deitado na sua cama, Duda começou a imaginar uma vida para a Ana, uma vida com amor, pois, sem ele, nada valia realmente a pena.

O amor, escreveu Duda, *é a única coisa importante.*

Ele então viu Ana fechando a mala, a mudança para Blumenau já pronta. A amiga dedicada precisava seguir com os Hess de Souza; afinal, eles eram a sua família, e a Dudalina, o seu ganha-pão.

Deitado na sua cama de convalescente, ele quase podia tocá-la. Matrona já, com aquele seu sorriso ainda de moça, um sorriso meio triste que parecia ainda mais desencantado.

E ele enxergou-o também. O fantasma, o cunhado que Duda nem sequer conhecera, mas que guiara, no começo de tudo, ao seu destino final.

Anselmo Hess...

Tão jovem como são os mortos, aqueles colhidos em plena flor pelas lâminas afiadas de Átropos. Sim, ele conhecia as Moiras, tinha lido sobre as três lúgubres irmãs primordiais.

Ali estava o jovem Anselmo, sorrindo, apagado pelos anos. E Ana aproximou-se dele, deixando a mala semiaberta sobre a cama na qual dormira seus sonhos de moça e afogara-se em seus ardores virginais.

— *Vou embora* — ela disse.

— Eu sei — respondeu o fantasma. — Tudo tem o seu tempo na vida.
— E na morte? — indagou Ana, com um fio de voz.
— A morte é a ausência do tempo.

Os dedos de Duda correram pelo papel, pescando as palavras. As palavras que ele ouvia como se fossem também um deus, as palavras que nasciam na sua cabeça.

Ana respirou fundo. Esticou o braço branco, roliço, mas seus dedos acostumados às métricas e aos tecidos tocaram apenas o ar.

Anselmo era um fantasma, um sopro.

O tempo perdido no tempo, ele escreveu.

E então Duda soube por que Ana perdera o brilho nos olhos após a mudança para Blumenau. Para trás, entre os morros verdes de Luís Alves, sob a cantiga do rio mais puro do mundo, escondido entre as águas do Salto, não ficaram para trás apenas as tardes de pasmaceira e pés descalços, a casa de Maricotinha e a infância dos seus filhos, mas o fantasma do jovem Anselmo, o amor secreto de Ana.

De algum modo, amar um morto era ter posse sobre ele.

E Duda tentou mudar o destino...

Escrevendo, era um deus. Podia tudo, resgatar os anos, a juventude, os primeiros passos de Alemão, as primeiras palavras de Sônia. Assim, com um sorriso travesso no rosto, ele fez com que Ana fechasse a mala, levando consigo o espectro do jovem cadete.

Ela tocou na fivela com cuidado, como se tocasse no corpo de um noivo. Sentia que ele estava ali, que se misturava às suas roupas cheirando à lavanda, que deitava entre seus vestidos como um mancebo entre os lençóis da sua jovem amante.

Anselmo iria com ela, e isso a fazia imensamente feliz.

Duda sorriu, escrevendo. Devolvia assim, um pouco do viço à pobre mulher que tanto lavor lhes dedicara, que por anos cuidara das crianças, trabalhara depois na pequena fábrica; a fábrica que tinha crescido tanto, desdobrando-se em várias filiais, em novos negócios, os hotéis, as lojas, o escritório em São Paulo, que fora ideia de Sônia.

Era uma travessura, e ele pensou o que diriam seus sogros, sempre tão severos, das invenções que ele punha no papel com tamanha alegria, ofertando a Ana – e também ao falecido Anselmo – um pouco de felicidade finalmente.

Ana desceu a escada com cuidado.

Sentia-se como uma noiva entrando na igreja, aquele era o seu casamento. Ela não era igual às outras moças, nunca o fora. O seu casamento era diferente.

Deixou a casa sem olhar para trás. Viu Duda e os pequenos no carro, esperando por ela. Respirando fundo, o calor no seu peito como um sol secreto, ela entrou no veículo e pôs a mala aos seus pés, negando a oferta de Duda para acomodar seus pertences num lugar mais confortável.

Nada disso, naquela mala estava o seu amor. Aquela seria a alcova do seu casamento. E, assim, Ana viajou feliz.

Estrelas fritas com açúcar

Nana não se lembrava de antes, da outra casa.

Tudo que cabia na sua cabeça era a casa nova, grande, na cidade com calçadas e ruas e ônibus e gentes que pareciam sempre ocupadas demais, como a sua mamãe.

A sua mamãe, que bonita ela era.

Mas sempre faltava tempo, sempre. A sua mamãe parecia levar o mundo adiante. E o pai, o pai não. O papai não podia se incomodar. E Nana não incomodava o papai, pulava no colo dele, isso sim, a sua crespa, a sua pequena. E o papai fazia cavalinho, *pocotó, pocotó*.

Fazia cavalinho pra ela e pro Kiko.

E assim eles foram crescendo naquela casa nova, grande. Eles cresciam e parecia que a casa crescia com eles. Como se fosse mágica. Os irmãos iam e vinham. Havia aulas e trabalhos e viagens de estudo. E a Tida casou e morava em Florianópolis. E a Denise era uma moça bonita e muito alegre, e os irmãos estudavam e trabalhavam. O Chéu tinha filhos pequenos e uma esposa tão bonita. O Heitor também. E o Vilson também. E todo mundo vinha almoçar aos domingos e a casa se enchia de alegria, a mamãe preparando tudo, a mesa posta, a comida predileta, as sobremesas que Nana queria repetir, mas só um pouquinho, dizia mamãe, porque moça bonita tinha que se cuidar, tinha que comer pouquinho. A mamãe era bonita e Nana queria ser como ela.

A família só fazia crescer. E a Nana cresceu também.

Com o tempo, tudo se misturou na sua cabeça, o bom e o ruim, os sonhos e os pesadelos, as brigas e as brincadeiras, os natais e os castigos severos, os verões na praia e os invernos na escola. Então, um dia, ela também foi para São Paulo. O longe ficava perto quando a gente crescia. Mas todos os irmãos eram muito unidos, isso nenhuma distância separava, a Denise dizia sempre.

E era um por todos e todos por um, que irmão é que nem se fosse um pedaço da gente. O problema de um era o problema de todos, e o coração de um, o coração de todos.

Mas foi só depois que a Adelina fez aquele colar com dezesseis corações, e Nana viu que cada um deles tinha o seu, e que coração era de ouro e andava balançando no pescoço da mãe.

Duda escrevia e escrevia. Febrilmente, o passado brotava dos seus dedos.

Adelina divertia-se com aquelas suas fainas literárias, as páginas acumulando-se ao pé da cama à espera das visitas noturnas de René que, mesmo recém-casado, dedicava parte das suas noites ao trabalho com o pai.

Ninguém mais podia ler seus alfarrábios. Não por enquanto. E quando Adelina chegava exausta do trabalho no hotel e na fábrica, sempre trazendo serviço noturno, com as suas intermináveis listas de tarefas que Carmem, sua secretária, cumpria com fervor, Duda estava ali, na cama que agora era o seu trono, dono do passado, desfiando a vida em frases.

— Você não se cansa? — perguntava Adelina.

Era-lhe incabível ficar tanto tempo em repouso e, embora o marido não tivesse alternativa, aquela alegria inaudita a assombrava.

— Ao contrário — respondia Duda. — Eu não parei um minutinho hoje, meu amor.

Ah, ele tinha feito tantas coisas!

Percorrera os anos como se fossem trilhas. Cavalgara o tempo. Às vezes, uma memória difícil podia ser íngreme, áspera como uma escalada. Ele precisava parar um pouco, respirar. Repensar os fatos; às vezes, dava-lhes algum brilho, como se os polisse, punha neles uma nota mais amena, uma luz diferente...

O fantasma fora a sua libertação, ele entendera que podia, dali em diante, ressonhar o passado como se ele fosse um amálgama macio entre seus dedos curtidos pelo trabalho campeiro.

Desse modo, Duda ia desfiando os anos, um a um.

Em 1972, três anos depois da mudança para Blumenau, Adelina e ele comemoraram as Bodas de Prata, vinte e cinco anos tinham se passado num piscar de olhos.

Com aquele seu coração fraquejado pela doença, mas firme numa paixão que ele sabia ser rara, Duda ainda amava a esposa como no primeiro dia. Às vezes, quando Adelina surgia na sala, elegante em seus vestidos de caimento perfeito, seu velho peito ainda dava um pulo, e ele provava o mesmo queimor de outrora nas entranhas, o antigo fogo se acendia com a força de antes. Na missa que fizeram para as Bodas de Prata, sentira-se como um noivo ao entrar na igreja de braço dado com a esposa; à frente deles, o cortejo dos filhos. Anselmo era já um adulto casado, mas o caçula, Kiko, tinha apenas três anos. Disseram depois que os convidados choravam nos bancos, emocionados com aquela família enorme, pulsante, que parecia se desdobrar como o próprio tempo. A família que ele, um caboclo de Escalvadinho, tinha gerado com Adelina.

Naquelas bodas, fizeram uma festa para mais de duzentos convidados, tudo perfeito, como eram todas as festas organizadas por Adelina.

E assim ele escrevia e escrevia.

Escrever era como correr no seu cavalo, vencendo o campo, os morros, a chuva e o sol. Ele punha nas páginas as cores, os cheiros, o gosto do beijo que Adelina lhe dera na festa, a valsa que dançaram como se fosse a primeira. Os corpos tão conhecidos, colados um ao outro, duas metades de uma mesma inteireza que vinha se completando ano após ano.

Mas nem tudo eram alegrias. Às vezes, o lápis de Duda tinha de marcar no papel a tristeza. Como a tesoura de Átropos tinha de cortar os fios quando a trama de uma vida se acabava. Dois meses depois da festa das Bodas de Prata, Leopoldo, seu sogro, falecera. Tinha sido uma grande tristeza para todos. E os filhos ficaram de olho em Duda, porque seu coração fraco não podia se incomodar. As lágrimas de Duda eram vigiadas e contadas, e o amor dos filhos que o distraíam nas tristezas o emocionava ainda mais do que as próprias infelicidades da vida.

Ele parou um pouco de escrever, lembrando o velho Leopoldo. Como tinha sido bom para eles! Ajudando-os no começo do casamento, sem sequer imaginar que a venda em Luís Alves seria o berço da empresa que eles haveriam de fundar, a camisaria que crescia tanto, desdobrando-se em outros negócios.

A morte de Leopoldo Hess abalara a sua filha. Mas Adelina era determinada e seguira em frente. Era preciso. Havia muito a ser feito. Sempre havia muito. O trabalho no hotel-fazenda, o Himmelblau, a Dudalina, a casa nova na praia, a ideia de construir um prédio em Balneário Camboriú e dar um apartamento para cada um dos filhos. Empilhar a família, brincava Duda. Mas Adelina, quando metia alguma coisa na cabeça...

Com o tempo, a mulher trabalhando mais do que nunca, os filhos que cresciam também iam entrando no negócio. No começo de 1974, Anselmo assumira a presidência da empresa. Sônia tinha ido aprender novas tecnologias na Espanha. Sônia, despachada, uma moça do mundo. Na volta da viagem, a filha reabrira a fábrica da Dudalina em Luís Alves. Tinha sido um grande dia, ver a fábrica funcionando outra vez onde tudo tinha começado, o sonho de Adelina com as suas camisas, a coragem que ela tivera de arriscar tudo naquele negócio.

Ele fechou os olhos por um momento, recordando a mulher naquela tarde em que desfizera uma das suas camisas prediletas, ele ali, sem ter sido consultado, diante do começo de uma trajetória impressionante.

O tecido entre os dedos, no coração aquele seu desejo de mais. Precisava de mais, mais futuro, mais dinheiro, mais filhos, mais trabalho. Era uma mulher de amanhãs.

E a lâmina da tesoura dançando no tecido, entrando e saindo do pano, copulando com o futuro que lhes traria tantas coisas ainda secretas, enquanto Adelina, séria, compenetrada, ainda jovem e exalando coragem, desfazia a camisa do esposo em pedaços, e depois riscava um molde com cuidado, a mesma mão incansável de letra tão elegante passeando pelo papel pardo, e depois o tecido, tectectec, as tesouras que cortavam também uniam, e o tecido em pedaços, a máquina Singer que ela ganhara de uma tia no casamento; a máquina unindo, atando, juntando mangas e meias frentes, costurando os punhos que ela engomaria depois, devagar, com cuidado, trabalhando com perfeição, como se, fazendo aquela camisa, aquela primeira camisa, ela fizesse também a vida...

Duda deixou o lápis de lado. Os dedos moídos do trabalho, aquelas mãos que plantavam e colhiam e tiravam o leite quente e espumoso da teta das vacas, ali, aquelas mãos de sonhar escrevendo, refazendo, como se colhessem o fruto da terra, mas agora era o fruto do tempo.

Os filhos crescendo, crescendo. As lojas em Balneário Camboriú funcionando a toda nas temporadas de verão. Adelina levando as meninas na ponta da régua, que com ela nada estava para brincadeiras. Mas ele? Duda fazia vista grossa às travessuras dos filhos na loja que ele administrava. Quando os moleques teriam treze, quinze, dezessete anos outra vez?

Eles pegavam algum dinheiro do caixa, depois corriam para o fliperama. A loja também era palco de romances fugazes e juvenis. Duda sabia que Alemão levava suas namoradinhas para o depósito, roubando-lhes beijos entre os sacos de edredons. Vilson tinha a chave da loja e sempre que precisava de uma graninha extra, era no caixa que fazia a féria. Depois de grande, confessara a Duda que, certa vez, terminado o dinheiro para os divertimentos, voltara à loja após o expediente, vendera dois pares de chinelos e um guarda-sol e, com esta pequena féria, voltara ao fliperama onde estavam os amigos.

As filhas não tinham a mesma folga. A loja das mulheres fazia o dobro do seu caixa. Ele sorriu, recordando aqueles tempos felizes na praia. Embora nunca fossem à praia de fato.

Era trabalhar e trabalhar.

Ele tinha trabalhado bastante para um homem doente. Fora com alegria que vira o primogênito assumir as suas tarefas até chegar a presidente. Naquele tempo, ainda não sabia, mas vários dos filhos assumiriam a presidência e as diretorias da Dudalina – Duca, René, Sônia, Rui – algumas coisas ele nem veria, era a sina de todos os homens...

Mas tinha visto Sônia morar vários anos em Minas Gerais, trabalhando como instrutora numa fábrica de confecções em Montes Claros. E Rui tinha ido morar na Europa, e Beto deixara a faculdade de Medicina para viver um ano na Índia. Cada filho que estava longe era um aperto na sua alma. Adelina, nesse ponto, era mais maleável. Tinha criado os filhos para o mundo. Ele não... Ele sofria, sentia tristezas que lhe roubavam os sorrisos, ele queria cada uma das crias por perto. E, embora fossem dezesseis, todos lhe faziam falta.

Quando Sônia fora viver longe, ele chamara a filha para um particular e lhe dissera, doído:

— Vai, mas volta. Você é a nossa embaixadora da paz.

Duda remexeu-se na cama, sentindo as costas doloridas sobre as almofadas. Olhou pela janela, a tarde lá fora era azul e dourada. Por alguns momentos, deixou o passado de lado. Sentiu um profundo desejo de estar na fazenda cuidando dos seus cavalos. Queria cavalgar, solto no mundo, o vento na cara outra vez.

Luís Alves, maio de 1986

Adelina desceu do carro com a elegância de sempre, negando com um gesto de cabeça a ajuda que Armando lhe oferecia. Ela piscou por um momento, pois a fulgurante luz do sol a confundiu. A fábrica recém-reformada, grande e moderna, funcionava a todo vapor, e o jardim, onde ela mandara colocar um enorme e elegante chafariz, parecia luzir na bonita manhã outonal. Nenhum vento soprava, e ela olhou os morros verdes, eternos, que conhecia desde menina, cumprimentando-os com um discreto aceno de cabeça como se fossem parentes mais velhos, a quem se devia muito respeito.

Por um instante, Adelina viu-se ainda moça, caminhando por aquele chão de terra ao lado de sua irmã Elvira, suspirando de amores por um jovem das redondezas que ela vira no comício e com o qual trocara algumas palavras. Quantos anos fazia aquilo? Tentou concentrar-se, mas sentiu um aperto na garganta, como se mãos invisíveis segurassem seu pescoço com força. Não podia se emocionar ali, diante da fábrica nova, ela toda elegante no seu *tailleur* perfeitamente cortado, os brincos de brilhante, o cabelo arrumado como se nunca tivesse varado madrugadas fazendo contas a fim de economizar uns trocados. Como se a vida não fosse dura. Uma guerra, dizia seu pai.

A vida, que passava voando.

Quantos anos tinham aquelas lembranças todas? Quase meio século.

— Está tudo bem, mãe? — A voz de Armando, ao seu lado, trouxe-a, como uma âncora, para a realidade.

Ela olhou o filho. Embora tivesse traços de Duda, Armando tinha a sua personalidade. Trabalhador e dedicado, era diretor da empresa, e seu foco era modernizar o negócio. Ele via o futuro, um futuro que, tempos atrás, Adelina jamais teria sonhado.

— Está tudo bem — ela disse, finalmente. — Foi só esse sol forte.

Os dois entraram no jardim e seguiram o caminho entre as sebes que levava ao grande prédio da fábrica. As primeiras flores nasciam nos canteiros e Adelina sentiu a mesma velha alegria de quando olhava as suas rosas e gérberas da janela do quarto, na casa onde vivera sua infância e formara a família.

A pequena empresa que começara no quarto dos seus meninos tinha crescido tanto que era a maior fonte de empregos da cidade de Luís Alves. Adelina sentia um grande orgulho enquanto seus sapatos de salto cantavam pelo caminho de pedras. Quanta labuta, as madrugadas insones, as viagens de caminhão pelo estado inteiro e para mais além. Quantas noites em claro, preocupada com faturas em aberto... Quantas vezes estivera longe dos filhos em momentos importantes? As primeiras palavras de Sônia, os passinhos de Beto, Scheila, uma bebezinha recém-nascida sem o conforto do peito materno... Após a mudança para Blumenau, quase trinta anos antes, a Dudalina quase falira. Eles tiveram de trabalhar muito, jornadas longuíssimas, dedicação total, novos produtos... Os filhos que iam crescendo traziam ideias novas, produtos diferentes, expandiam mercados; eles venciam os obstáculos à medida que se apresentavam. Inaugurar aquela fábrica ali, quase defronte da casa onde ela tinha nascido, casado e tido seus filhos; ali, diante no lugar onde começara o seu sonho, era um grande feito.

Um a um, velhos rostos foram surgindo no jardim. Matias, que ainda cuidava da casa deles, viera vê-los assim que o carro preto com placa de Blumenau estacionara no portão da fábrica. Também a boa Filó, tão mais magra e triste depois da morte temporã de sua filha única, deixara o trabalho na oficina para cumprimentá-la. Houve abraços no meio do corredor que levava aos escritórios. E lágrimas.

— Dona Adelina, esta fábrica vai fazer a cidade crescer muito — dissera Filó, os olhos úmidos.

Adelina queria abraçá-la, não pela fábrica, mas pela perda da filha. Lembrou-se da morte de Anselmo; a sepultura do irmão, que Matias mantinha irretocável, ficava apenas a algumas dezenas de metros da fábrica, no cemitério no alto do morro.

Ah, como ela tinha sofrido... E sua mãe, coitadinha, que agora descansava justamente ao lado do primogênito? Ela mesma tinha jurado não perder nenhum filho para a doença ou o azar. E os dezesseis rebentos da sua carne tinham crescido. A maioria deles trabalhava na Dudalina. Sônia, em São Paulo, tocando o escritório de lá. Duca, ali com ela, seria o próximo presidente da empresa, pois Anselmo tencionava afastar-se para administrar a sua própria rede de lojas. Alemão trabalhava com ela no hotel, Denise, Kiko, Rui, Scheila, todos na fábrica... Ela tinha os filhos ao seu redor como uma velha leoa.

Olhou para Filó, seu rosto parecia mais velho do que de fato era. Segurando o tremor na voz, Adelina disse:

— Você aqui com a gente é muito importante, Filó.

Abraçaram-se, as duas mulheres, ambas tinham labutado lado a lado durante tantos anos. Adelina era a patroa, uma patroa exigente, laboriosa e, às vezes, temperamental. Mas sempre justa, diria Filó aos seus netos, quando, já velhinha, lembrasse as fainas das costuras nos tempos em que pegara no batente ao lado de dona Adelina. Sempre justa.

— Obrigada, Adelina — disse a costureira, com a voz embargada. — Foram bons tempos.

Adelina puxou-a para perto um instante mais.

— Lamento muito pela sua Norma — acrescentou.

E logo Armando a levava pelo braço, e Filó ficava para trás, retorcendo os dedos magros de trabalho, as mãos cansadas, os olhos doídos.

Adelina deixou-se levar, mas anotou mentalmente que pediria a Carmem alguns ajutórios para a boa Filó. Que cuidassem da tumba de Norma, que tratassem de ver que nada faltaria à Filó, pois Ângelo, o marido, morrera, talvez de cirrose – tinha sido sempre um fraco e Filó mantivera a família à custa do seu talento e do seu esforço na fábrica.

Adentraram os corredores que levavam aos escritórios, enquanto o zum-zum das máquinas, das centenas de máquinas, enchia o ambiente. Adelina respirava aquela vida, aquela agitação. Com isso é que tinha sonhado nos seus tempos de moça. Olhou para Armando com um sorriso disfarçado. O filho que, aos quinze anos, pedira-lhe para aprender a costurar, confeccionando as próprias camisas.

— Quando você estava na minha barriga — ela disse — foi que tudo isso começou, Duca.

Ele tocou-lhe a mão com carinho, silenciosamente. A fábrica não era lugar de demonstrações de amor familiar. Ali, todos eram funcionários. Mas Adelina entendeu que ele compartilhava a mesma emoção.

Tinham crescido tanto nos últimos anos, apesar das incertezas do país. A morte inesperada de Tancredo Neves, havia apenas um mês, era um baque. A presidência fora assumida por José Sarney. Adelina tinha crescido em meio à política por conta do seu pai... Duda, depois, fora vereador, mas o coração fraco roubara-lhe o sonho de seguir adiante. No entanto, a fruta não caía longe do pé e Vilson vinha mostrando grande afinidade com o mundo da política. Adelina vira tantos presidentes subirem ao poder... Mas o país seguia, e o trabalho era sempre o mesmo. Árduo, interminável, sedutor.

Entraram num saguão onde o ar-condicionado estava ligado. O mundo agora só tinha cor, perdera a temperatura. Os ruídos das máquinas ficaram para trás quando uma porta foi fechada. Surgiu um homem alto e obsequioso, que estendeu a mão à senhora daquilo tudo. Um dos novos gerentes, concluiu Adelina. Ela parou diante dele, analisando-o friamente. Depois, com um sorriso de aprovação, retribuiu-lhe o cumprimento.

— Seja bem-vinda, dona Adelina. — Ela ouviu-o dizer com voz forte.

E Duca, seu filho querido, levou-a para dentro da grande sala da gerência com seus carpetes altos e quadros nas paredes. Para trás, ficava a azáfama de colmeia que a fábrica mantinha cotidianamente e que, sem que Adelina pudesse explicar, impulsionava o seu sangue como um outro coração.

— Como está o seu Duda? — perguntou o gerente.

— Finalmente voltou a caminhar na semana passada — disse Armando.

Adelina soltou um risinho curto, piscando para o filho.

— Nessa convalescença, seu pai transformou o nosso quarto numa espécie de loucura. Acho que nem Cervantes escreveu tanto para terminar o seu *Dom Quixote*.

Armando olhou para o homem e explicou:

— Meu pai está escrevendo um livro em verso e prosa.

— Sobre o quê? — quis saber o gerente.

— Sobre a vida — disse Adelina. — Como se ela não fosse grande demais.

— Nada é grande demais pro seu Duda, mamãe — Armando corrigiu-a, delicadamente.

De fato, era verdade. Nada tinha sido grande demais para ele, para eles. Nem a família, que tanto espanto causava, nem o trabalho. Nem os sonhos.

— Bem — cortou Adelina. — Viemos aqui falar de trabalho.

E sentou-se à mesa de reuniões, esperando pelos dois homens. Ela era sempre a primeira. Tinha nascido pronta para a vida, dizia o seu pai, entre sorrisos.

Duda não se importava com aquilo que os outros falavam. Ele era ele, e tinha sido assim desde o nascimento. Quando se apaixonara por Adelina, num primeiro café na casa dos futuros sogros, Ade tinha colocado um torresmo sob a sua xícara... Travessuras de menino, era verdade. Mas talvez outro tivesse virado a cara ao garoto levado, até mesmo virado a mesa, e o casamento entre o caboclo e a alemãzinha não teria passado de um sonho sonhado numa quermesse de cidade do interior... Mas Duda apenas soltara uma gargalhada, passara a mão pelos cabelos loiros do menino, e seguira sendo ele mesmo. Caboclo de coração maior do que o mundo, conquistara não apenas Adelina, mas a família toda.

— Vamos, vamos! — disse ele, tocando alguns bois para a sombra da mangueira sob o sol do meio-dia, sentindo o calor como uma espécie de abraço. Novamente no seu chão, na sua fazenda, depois de meses de repouso em casa.

Agora, andava cheio de rememorações... Ainda era o mesmo, exatamente o mesmo caboclo simples da sua juventude. Mas algumas coisas tinham mudado. Levava sempre consigo a sua história, que ia ganhando páginas dia a dia, as resmas de papel sendo consumidas conforme a memória traçava linhas e linhas. Quando escrevia, esvaziando seu coração das memórias, das tristezas e até mesmo do amor, sentia-se mais leve, mais solto. Até a sua pressão arterial parecia baixar, sossegada por milagre, afrouxando generosamente o eterno torniquete que o mantinha preso à rotina de consultas médicas e remédios constantes.

Os bois seguiram para o cocho, obedientes. Duda fechou o portão com um gesto hábil, sem saber que ali, exatamente ali, viveria um dos momentos mais pungentes da sua vida.

Ali, debaixo daquela mangueira... Com os bichos que amava, traçaria seu destino sob o signo do imponderável que rege a vida de todos. Vamos escrevendo nosso futuro sem saber o que fazemos.

Mas ainda não era o tempo dessas consciências. Os bois se acomodaram à sombra. Com um gesto casual, Duda pulou o cercado e tirou do bolso da camisa o cigarro de palha que enrolara havia ainda pouco. Lambeu-o com rapidez, como um felino, e acendeu o fogo, pitando-o com gosto. O fumo desceu pelo seu peito como um bálsamo. Adelina ficaria brava se o visse fumar.

O coração fraco, a saúde frágil...

Aquela era a sua prisão. Mas ali, na fazenda que tanto amava, Duda fazia as coisas do seu jeito, somente do seu jeito.

Ele encaminhou-se para a casa onde os peões começavam o churrasco. Era já uma tradição, os amigos, os filhos homens, todos vinham comer com ele, sentados perto do fogo, nos pratos de folha, iguais na simplicidade do dono. Aquilo era outra coisa que Adelina detestava, a mesa simples, o pirão de pobre, aquela comida que Duda amava servir aos que vinham privar da sua casa. Doutor, rico e peão, todos sentavam juntos na mesa de Duda.

Pitando o cigarro, ele pensou nos seus escritos... Tinha que contar de quando Adelina, querendo fazer-lhe uma surpresa, mandara pôr abaixo a casinha de sapê da Fazenda Paraíso, erguendo no seu lugar, às pressas e com a maestria que somente ela sabia ter, uma outra casa muito mais engalanada – ainda simples para os seus padrões, porém aceitável. Duda ficara furioso com a mulher, mas aquele seu velho coração, *tumtumtum* dentro do peito, acabara relevando o gesto da companheira... Adelina era Adelina, não havia outra como ela.

Ele viu os primeiros carros chegando, estacionavam à sombra das árvores. Notou que Vilson descia com alguns amigos seus, gente da política. Os gêmeos René e Renato também chegaram. Acenou para os filhos, sentindo aquele velho calor aquecer suas carnes, o amor pelos filhos era um sol que ardia dentro dele. Sentiu também um estranho torpor. Parou à sombra por um momento, apagou o cigarro com a bota rústica, suja de barro. Seus ouvidos batucavam como se o sangue lhe tivesse subido à cabeça, a testa pesou-lhe. Devia estar numa daquelas crises de pressão alta. Se contasse aos filhos, decerto lhe proibiriam o churrasco, o sal, a cerveja.

Duda abriu um sorrisinho leve, de quem aprontava uma travessura. Depois respirou fundo. Estava com sessenta e sete anos... Beto tinha ido passar um tempo na Índia, trancando a faculdade de Medicina. Sentia muita falta de Beto, com seu jeito manso, sereno. Ele seria um bom médico, o seu médico. Olhou o campo ao derredor, o céu azul erguendo-se como se nascesse do verde do gramado, a casa recortando-se contra as nuvens. Com alguma concentração, ele até podia pescar o travo salino do oceano naquele ar, não estavam tão longe assim da praia...

O grupo de homens dirigiu-se à varanda, onde dois peões trabalhavam na churrasqueira. Duda respirou fundo, recuperando-se. Depois acelerou o passo em direção aos seus convidados. Tinha orgulho de ver os filhos já homens feitos, todos bonitos. Em breve, os primeiros netos também viriam comer ali na fazenda, e depois todos cavalgariam juntos.

— Ei — ele gritou alto. — Esperem pelo pai de vocês...

Seguiu caminhando em direção aos gêmeos. Seu velho coração lhe dava uma chance, mais uma. E assim eles se entendiam, coração e alma, naquela valsa lenta, naquela corda bamba. Viver era tão bom, pensou Duda, cutucando de leve o peito de pelos brancos sob a camisa xadrez, como se quisesse acordar o coração para a beleza daquilo tudo.

Cada novo dia era um armistício, uma suspensão da bomba-relógio no seu peito, mas ele ainda queria durar muito, muito.

À noite, quando as gentes partiram depois da cavalgada e o sol desceu para além dos morros, depois dos remédios e do chá, Duda puxou seus escritos e acomodou-se na varandinha. As estrelas brilhavam quietas no céu.

Ele respirou o ar fresco da noite que cheirava a capim. Tinha de voltar na manhã seguinte para Blumenau, ainda a tempo do almoço de sábado com Adelina. Domingo, bem cedo, iriam todos à missa. Nana tinha vindo de São Paulo para visitá-los, e ele morria de saudade da sua menina caçula.

Apontou o lápis com cuidado, sentindo a textura da madeira entre seus dedos calejados. Aspirou-lhe o odor, lembrando os tempos em que trabalhava na serraria com Fred. Agora, em vez de toras, lapidava palavras.

E começou a escrever.

As Moiras eram três irmãs, deusas primordiais que decidiam o futuro de homens e deuses. Criaturas lúgubres e cegas, viviam de fiar, tecer e cortar o fio da vida de todas as criaturas sob o céu... A fiação se dava na chamada Roda da Fortuna e, quando o fio estava no topo, a vida era boa sorte; do mesmo modo, quando o fio descia ao fundo da Roda, o azar instalava-se nos dias do homem...

Blumenau, primavera de 1988

O almoço de domingo era uma festa. Adelina preparava ainda no meio da semana o cardápio, pensando cada detalhe com extremo cuidado. *Sou uma mulher cara demais para a cozinha*, era uma brincadeira que gostava de fazer com os filhos. Ela sabia, é claro, que nem sempre tinha sido fácil para as suas crianças ter uma mãe como ela. Uma mãe que trabalhava. Uma mãe com a vida corrida, a agenda cheia.

Mas aquela tinha sido a sua vida. Desde pequena, na venda em Luís Alves, seu dia começava às seis da manhã, terminando só noite fechada. Ela nunca parava. E fora entre mil trabalhos que engendrara as suas gestações. Sabia que alguns filhos entendiam o seu jeito mais do que outros. Mas ela não se desculpava, nem sequer queixava-se da correria. Cada um era do seu jeito, assim era a vida. Tal pragmatismo tinha vindo de berço, aprendera com a mãe.

Adelina olhou os pratos postos na mesa com sua toalha de linho alvíssimo, a louça bonita que mandara trazer de São Paulo, as taças de cristal. Tudo como ela gostava. Para o almoço, viriam os filhos que estavam na cidade, as noras e os genros, os netos. Logo aquela sala ganharia mais mesas, e ela precisaria comprar mais móveis para a família que aumentava sempre.

Satisfeita, foi até a cozinha, onde as duas empregadas terminavam a comida. A campainha tocou, anunciando que os filhos começavam a chegar. Adelina ouviu a voz de Duda dizendo que ele mesmo abriria a porta. O pai babão... Ela sorriu, feliz. Tanto esforço por causa da doença de Duda, mas o marido estava ali entre eles, tinham criado todos os filhos juntos. E Adelina rezava a Deus todas as noites, pedindo que Ele permitisse a Duda ver os netos crescerem, conhecer os primeiros bisnetos que certamente viriam. Se as filhas fossem boas parideiras como ela. Se os filhos fossem férteis como Duda.

Adelina olhou para a cozinheira que mexia uma enorme panela de arroz e disse:

— Rosa, pode aquecer o caldo de galinha.

Começavam os almoços de domingo com aquele caldo, a canja suave que Adelina aprendera a tomar com os pais, a canja que curava todas as doenças, até os mais severos enjoos das suas gravidezes.

— Sim, senhora — respondeu a empregada, atenta.

Adelina examinou o andamento de tudo. A salada pronta, o *boeuf bourguignon* fervendo nas panelas, o seu cheiro forte e apetitoso espalhando-se no ar. Ela mesma decorara as tortas doces, como fazia quando era moça em Luís Alves. Até em seu casamento ela tinha enfeitado as tortas.

— Vou lá receber as crianças — disse, ignorando que "as crianças" já estavam na casa dos trinta anos, e que Kiko, o seu caçula, completara dezenove havia pouco.

Na sala, encontrou Anselmo com a esposa. Marlise, uma das noras que ela mais gostava, vinha de mão com os filhos. Adelina abraçou-a com carinho, depois brincou um pouco com as crianças. Fazia pouco tempo que o filho mais velho tinha deixado a presidência da Dudalina e passara a integrar apenas o Conselho de Administração. Adelina foi até ele, beijando-o de leve na testa. Embora fosse um homem alto e parrudo, o filho parecia-lhe ainda o menininho que ela pegara nos braços pela primeira vez.

— Mãe, temos um assunto pra conversar — disse ele.

Mas Duda logo interveio:

— Hoje é domingo. Aqui nesta casa não se falará de negócios. Eu ainda estou com o gosto da hóstia na boca.

Anselmo olhou para o pai com certa irritação. Mas seu olhar logo amansou-se. Duda sempre dava a palavra final na família. Com seu jeito manso, sem nunca poder se incomodar, com o coração fraco, ainda assim Duda era o esteio de todos eles.

— Amanhã, passe no hotel e fazemos uma reunião — sugeriu Adelina.

E Anselmo teve de concordar.

A campainha tocou outra vez. Era Denise com a família. Adelina sentou-se no sofá e ficou ali, como uma rainha. A campainha tocaria muitas vezes. Até mesmo Sônia tinha vindo de São Paulo com João e se quedara naquele fim de semana para o almoço familiar. Aquele domingo seria como os velhos, os antigos domingos da sua memória, quando todos os filhos acotovelavam-se ao redor da mesa, ainda pequenos, expectantes, dividindo os pedaços do frango dominical feito uns mortos de fome, uns pequenos troglodites que viviam soltos, brincando com os bichos e tomando banho de rio. Agora estavam ali, crescidos. Todos eles... Como ela se tinha prometido na primeira gravidez, não perdera nenhum filho de doença, nem de acidente.

A campainha tocou novamente.

— Desta vez, eu vou atender — falou Adelina, sorrindo.

Ela levantou-se para receber o próximo dos filhos que chegava para comer à sua mesa naquela casa que era deles. Pois tudo ali era deles. Ela tinha trabalhado a vida toda para os filhos, somente por eles, somente para eles. Que grande orgulho ela tinha de vê-los todos juntos; afinal de contas, a família tinha sido o seu maior empreendimento.

O fio da vida: Láquesis

A vida é um eterno tecer.

Eu sei bem o que digo, pois sou a segunda das Moiras, a eterna tecelã. A Moira que trama o tecido da vida de cada mortal.

Eu sou aquela que dá a laçada, desdobrando um ponto em outro, abrindo novas carreiras no tecido do tempo dos mortais. Chulear, alinhavar, tramar, encaixar as peças. Como o fazer de uma camisa, onde o encaixe da gola precisa ser perfeito e o caimento irreparável, assim também é o meu trabalho...

É certo que os humanos não apreciam envelhecer, sentir que seus músculos, outrora vigorosos, já não guardam mais a antiga força, mas o que seria de uma existência se não passasse o tempo? A eterna juventude haveria de transmutar-se num profundo, interminável tédio. Além disso, o que seria de mim se me fosse ordenado tramar sempre o mesmo ponto?

Ah não, a vida é ir em frente, deixando para trás a longa esteira do passado, o pano das coisas já vividas. É claro que semeio alegrias, amores fortuitos ou paixões devastadoras, é preciso dar cor ao meu trabalho. Mas também eu tenho de alinhavar tristezas, pespontar doenças, preparando assim o serviço de minha irmã Átropos.

Afinal, é justo saber que o fio muito tramado vai já ficando fino, esgarçando-se até que a ceifadora finalmente o corte, dando fim ao meu trabalho para que eu possa tecer novas histórias... Assim como Adelina agora pode olhar para trás e ver a esteira do seu passado, tudo que ela fez, seu suor transmutado em carne, em matéria, em gente e em coisas. A fábrica que cresce, finalmente dando-lhe paz – quantas noites insones não fiei para essa mulher? Quantas angústias pespontadas na trama dos seus dias?

Agora não, é passado para ela o tempo dos grandes desesperos, da falta de dinheiro para a escola dos filhos. Ela plantou e colheu. Com seus dedos hábeis, ela vem cuidando de outra trama também, posto que Átropos já afia as suas tesouras esperando a hora de romper o fio de uma vida.

Estamos chegando lá, Átropos e eu.

Mas ainda não é o tempo, ainda não é.

Por agora, deixemos que a família almoce unida, a família tão grande cujos fios eu tramo com a mesma perícia que um equilibrista de circo brinca com as suas muitas bolas no ar. Por agora, que apreciem o goulash, o vinho tinto, as tortas doces confeitadas por Adelina. Porém, lhes aviso que já um fio se afina, fragiliza-se, escapa dos meus dedos hábeis. Estamos chegando lá, Átropos e eu, como numa dança vai girando a minha Roda da Fortuna, espalhando benesses e tristezas, um pouco de cada para todos eles, todos eles...

Somos justas, afinal de contas, não é mesmo?

A casa era bonita, mas Duda ainda preferia o seu antigo barracão com teto de sapê, o lugarzinho que lembrava a sua infância simples. Adelina tinha feito a casa como um presente, mas, sem saber, privara-o daquele prazer secreto, daquela sua pequena bolha de passado... No entanto, ele era feliz ali na Fazenda Paraíso. Criava seu gado, tinha seus cavalos. Ah, como amava os cavalos... Olhou a tardezinha que caía, os animais pastavam sob a luz dourada, tudo era idílio e paz.

Recostou-se na cadeira de balanço da varandinha. Alguns vasos com plantas esparramavam verde pelo piso de lajotas escuras. Ao longe, havia um pequeno jardim, coisas de Adelina, que amava as flores. Não lhe bastava ter feito o enorme jardim da casa de Blumenau, com seus arcos floridos, seus canteiros desenhados, as rosas e as gérberas, os caminhos marcados por pedras perfeitas, polidas com esmero para formar desenhos que encantavam os passantes. Quantas vezes, ao sair de casa, Duda encontrara gentes espiando o jardim de Adelina, assombrados com tamanha beleza calculada? Ele gostava do jardim da casa na cidade, mas preferia a amorosa imperfeição das flores que cresciam livres na sua fazenda. Amava os vasos pequenos, com suas plantinhas teimosas, sedentas da água que vinha do céu ao gosto de Deus, que na fazenda tudo era regido pelas leis maiores, pelo inverno e pelo verão, pelas chuvas e pelo sol que ardia.

Duda respirou fundo e abriu o seu caderno. A história seguia em rimas, atravessando o tempo. Ele vinha escrevendo havia anos, e agora o seu lápis quase encostava no ontem. Os filhos já tinham crescido em rimas, os primeiros netos já existiam.

Ele olhou seus poemas, correndo os olhos pelas páginas. Embora o céu exibisse seu espetáculo de cores, Duda sentia-se triste. Havia poucos dias, Leonardo Martendal morrera. Tinha penado muito nos últimos tempos, Elvira ligava para Adelina, contando do sofrimento do marido, das dores terríveis que a doença lhe impunha, e as duas, que tinham vivido em conflito, uniram-se naquela tristeza. Leonardo deixava cinco filhos já adultos. A filha caçula já estava de casamento marcado, mas ele não pudera vê-la subir ao altar.

A morte agora os rondava.

Vinha perdendo alguns amigos, e parecia-lhe estranho que ele, com seu coração enfraquecido, ainda estivesse ali, na sua fazenda, na sua cadeira predileta escrevendo versos, enquanto Leonardo, que sempre fora um homem forte e parrudo, já não vivia mais.

Mas afinal, o que era um coração?

Com os olhos úmidos, ele começou a escrever, ouvindo o rascar do grafite na folha.

Mas o que é um coração? Um órgão muscular presente nos humanos e em outros animais que bombeia o sangue através dos vasos sanguíneos do sistema circulatório.

Tinha tirado esse conceito de uma das suas *Seleções Reader's Digest*. No entanto, o sentido metafórico daquele órgão absolutamente vital era enorme. No mundo das metáforas, o coração guardava todos os sentimentos, era a morada do amor, o centro vivo da alma de um homem.

Ele tinha um coração doente, alquebrado. E vinha se sentindo pior, mais cansado, mais fraco. Talvez a morte de Leonardo tivesse contribuído para a sua angústia, mas andava um pouco tristonho nos últimos dias, como se pudesse sentir que a areia da sua ampulheta começara a escassear.

Ergueu os olhos do caderno. O céu, antes vermelho como sangue, agora ganhava uma suave tonalidade de azul-escuro, o sol apagava-se para ele, para as gentes do seu hemisfério, e iria acender-se do outro lado do planeta. Duda sorriu de leve, respirando o ar picante do anoitecer. Talvez morrer fosse como o sol... Deixava de brilhar num plano, mas a alma se acenderia em outro.

Duda fechou o caderno, não estava com vontade de escrever. Às vezes, a vida era grande demais para caber em palavras. Sem pressa, ergueu-se e deu as costas para a noitinha onde as primeiras estrelas brilhavam. Anotou mentalmente que precisava conversar com Beto sobre aquele seu constante mal-estar. O filho estava quase se formando médico, e esse tinha sido um dos grandes presentes que a vida lhe dera. Beto é que cuidava da sua saúde, do seu coração fraco, dos seus exames...

Duda entrou na casa escura com um sorriso no rosto. Não era somente a morte que invertia as coisas, a vida também tinha as suas falcatruas. Ele tinha criado dezesseis filhos, tinha ninado e dado as papinhas para Beto quando ele era pequenino, acalmara seus choros quando ele tinha pesadelos, assoprara e pusera mertiolate nos seus joelhos de menino quando caía nas brincadeiras, e agora estava ali, cuidado pelo filho. Beto, um homem feito, e ele, Duda, virando criança outra vez.

Diário de Adelina, 10 de maio de 1991

Tantas coisas acontecendo que já não me sobra tempo de escrever aqui neste diário. Passei vários meses sem uma palavra, tão assombrosa tem sido a vida em todas as suas exigências. E eu que pensava que, mais velha, quando os filhos estiverem criados, teria tempo para mim... Qual nada! Mas aqui eu posso dizer que não aprecio o tempo livre. Gosto de estar sempre fazendo alguma coisa, construindo uma casa, reformando outra, preparando novos canteiros no meu jardim...

E mesmo que os filhos venham se desempenhando tão bem na empresa, ainda assim eu participo de tudo. Agora, o presidente da Dudalina é o Armando; sim, ele sempre teve jeito para o negócio de confecções, e posso dizer que esse filho é mesmo muito parecido comigo. Da manhã à noite, Armando não sossega. Ele vem expandindo a empresa e começou a importar tecidos da Europa. Além disso, está casado e começou a formar família.

A vida não dá repouso mesmo, o único remanso é a morte, essa sombra que não desejamos. Por isso, eu gosto do trabalho. Trabalhar é viver. Afinal, disse Deus a Adão, *Ganharás o pão com o suor do teu rosto*. Vamos nos aventurando, ampliando os sonhos, aumentando os negócios, e quem para, tenho certeza, fenece um pouco.

Mas preciso contar aqui os fatos; um diário é um apanhado da vida, das coisas que aconteceram. Quando eu estiver bem velhinha, abrirei estes cadernos para lembrar o passado, assim como Duda tenta guardar o que foi nos seus poemas.

Fernando Collor de Mello foi eleito presidente do país. Bonitão, o novo presidente. Mas ainda precisamos esperar para ver como será o seu governo tão alardeado. Meu filho Vilson segue o seu mandato de deputado federal depois de ter sido eleito como o segundo mais votado do estado de Santa Catarina – e como todos nós nos esforçamos para que ele se elegesse! Vilson deve ter herdado do meu pai esse seu gosto pela política, pois ainda lembro o meu bom Leopoldo quando era vereador, trabalhando pelo bem das gentes da nossa cidadezinha. O fruto não cai mesmo longe do pé... Vilson agora mora em Brasília, e é mais um filho que está longe, assim como a Scheila, que se mudou para os Estados Unidos e arranjou namorado por lá.

No começo deste ano, tivemos uma festa memorável, os setenta anos do meu Duda. Sim, cada ano que meu marido passa conosco é um presente divino, pois nunca me esquecerei dos terríveis prognósticos da sua doença, e já faz quase trinta anos que meu amor vive equilibrado na corda bamba dos males cardíacos do Duda. Então, seus setenta mereceram uma grande festa – maior ainda porque Adriana, a minha Nana, noivou com Ricardo.

Assim, organizamos uma grande comemoração na nossa casa da praia. Foram todos os filhos e netos, os nossos muitos amigos – eram mais de trezentas pessoas brindando pelo meu marido! Apesar da chuvarada que caiu naquela noite, ninguém deixou de estar lá. Duda recebeu muitas homenagens e, comovido, agradeceu aos convidados, abraçou todos os filhos, brindou, riu e dançou.

Depois da festa, a vida seguiu o seu ritmo. E eu tomei uma decisão nos primeiros dias deste ano: passei o controle do hotel para o meu filho Alemão e resolvi começar um novo negócio. Viajei para Nova York com Sônia e descobri um blazer de patchwork – comprei-o e trouxe-o para casa, pois achei ali uma ideia nova. O embrião de um desejo antigo: reutilizar as muitas sobras de tecido da fábrica da Dudalina. Com eles, comecei a fazer roupas para o comércio, e agora estou estudando a ideia de fazer colchas também. Lindas colchas com retalhos. Criar beleza usando o tecido descartado na Dudalina, isso tem me deixado muito, mas muito feliz.

Além disso, a Dudalina segue crescendo. Estamos construindo uma fábrica em Terra Boa, no Paraná, e já somos a maior exportadora de camisas do Brasil. Escrever isso enche meus olhos de lágrimas, pois só eu sei quanto lutei, o imenso quinhão de trabalho vencido desde que desmontei uma camisa do Duda, lá em Luís Alves, e começamos a costurar no quarto dos meninos, montando as máquinas todo dia pela manhã e desmontando-as à noite para que eles pudessem dormir.

Todos nós estamos muito orgulhosos. E, enfim, com Duda do meu lado e a fábrica crescendo, com os filhos todos sadios e trabalhadores, eu só posso agradecer a Deus tantas benesses. Assim, devagarinho, nossos sonhos vão sendo realizados.

Tique-taque, tique-taque, tique-taque...
Tique-taque, tique-taque...
Tique-taque, tique

Duda tinha aquele relógio dentro do peito. Enquanto, lá fora, o mundo contava o tempo pelos dias e Adelina contava o tempo pelos feitos, pelas novas fábricas, pelo progresso de cada um dos seus filhos, por cada neto que nascia e que ela banhava e enrolava nos primeiros cueiros, ele contava o tempo pelos tique-taques do seu coração.

E o seu coração vinha avisando-o que o fim estava próximo. Ele não sabia explicar... Sentia seu peito pesado como se todo o sentimento do mundo tivesse se enraizado ali, no lado esquerdo do seu tórax, pulsando, pulsando, cada pulsar era um instante a menos que ele tinha neste mundo.

Cavalgar, um dos seus maiores prazeres, custava-lhe muito nos últimos tempos. Era como se o ar não chegasse até o seu nariz, enquanto ele estava lá encarapitado no seu cavalo predileto; ele sofria e arfava nas cavalgadas, resistindo como um castelão acossado pelos inimigos. A sua arma era um sorriso no rosto, era o silêncio doce que entregava à mulher no fim do dia. Deitava-se cedo agora, enquanto Adelina trabalhava até muito tarde, envolvida com os projetos da sua pequena fábrica de colchas, negociando pontos de venda, preparando desenhos e escolhendo combinações de retalhos que depois seriam passadas às costureiras no dia seguinte bem cedo. Ela vinha criando outro negócio com o mesmo amor, com a mesma faina com que criara os filhos.

Duda não conseguia acompanhar o ritmo da mulher, embora a amasse com o mesmo ardor do primeiro dia. Porém ele mantinha segredo daquele sofrimento, ele calava as loucuras do seu coração, a quentura no rosto, a exaustão nos membros, o cansaço que lhe brotava nas entranhas como uma planta venenosa. Vinha piorando semana a semana, e certa vez pegou-se chorando no banho, as lágrimas misturando-se à água morna do chuveiro; chorava porque amava muito a vida, amava-a demais, e sentir que seu tempo estava se esgotando já era uma dor, uma dor a mais latejando no seu peito, brigando por espaço com o seu coração inchado, exausto, resfolegante.

Não seria bom que Adelina soubesse que ele se sentia perto da morte. Para que fazê-la sofrer sem necessidade, antes da hora? Duda não sabia se morrer levava tempo, talvez ainda houvesse muita angústia pela frente. Não, era melhor manter em segredo aquilo tudo... E assim, quando acordava no meio da madrugada com falta de ar ou com arritmia, como se seu coração estivesse dançando como os gregos ou os russos, dando pulos e piruetas no seu tórax, ele simplesmente esperava. Ficava quieto, deitado ao lado da mulher que finalmente deixara de lado suas planilhas e desenhos de patchwork, e aguardava que o mal-estar passasse.

Os mal-estares sempre passavam, embora, ultimamente, levasse cada vez mais tempo. As crises aumentavam, mas Duda não dizia nada aos filhos, não se queixava. E escrevia, escrevia com pressa, com gosto, querendo chegar ao momento presente, correndo pelas linhas até que pudesse alcançar aquela dor, o medo que agora o acompanhava todos os dias, na fazenda, na missa, nas reuniões do Conselho da empresa, nos almoços familiares de domingo.

E foi no fim de um desses almoços que ele tomou coragem. A casa era grande e estava cheia; a família, agora com os maridos, noivos, noivas, esposas e filhos, ocupava as duas enormes salas de estar no fundo da construção. As risadas eram altas, alegres, o vinho tinha sido bebido e a sobremesa já fora servida e recolhida. Colocavam-se os assuntos em dia, as crianças corriam no pátio distraídas nas suas brincadeiras de *pega-pega* e *chefe manda*.

Estranhamente, naquele dia em especial, Duda percebera que Tida, a filha mais velha, observava-o de longe, como se notasse algo no pai. Assim, ele aumentava o sorriso, contava anedotas, bebericava o seu vinho diante dos olhares amorosos de Adelina, que estava sempre de olho no seu comer e beber. Adelina, a mulher que sabia ser empresária, mãe e esposa, e até sua enfermeira mais atenta. Mas se Duda deixasse o vinho de lado exatamente naquele domingo, aí sim Adelina ficaria intrigada... Não, melhor secar a taça. Melhor esperar que Beto se levantasse, talvez para ir ao banheiro, e então, de fininho, Duda iria atrás do filho.

Demorou um bom tempo, mas houve um momento no qual Beto disse que precisava dar um telefonema. Tinha um paciente internado no hospital em Florianópolis. Assim, o filho alto e moreno, parecido com Adelina, mas com a sua cor de caboclo, pediu licença e saiu da grande sala onde os irmãos riam e conversavam.

Duda foi atrás.

Encontrou o filho na cozinha já vazia, sentado ao telefone. Esperou que ele se atualizasse das condições do seu paciente, que desse as devidas ordens, que cumprisse o seu papel. Quando Beto desligou, aproximou-se de mansinho. Dentro dos seus olhos brilhava o medo, mas a sua voz era suave quando ele falou:

— Beto, acho que vou morrer em breve.

O filho olhou-o com espanto. Beto, sabia, é claro, da situação em que ele se encontrava. A doença vinha piorando desde que Duda completara setenta anos. Era como se o aniversário tivesse sido um marco. *Agora sim*, dissera o seu coração. *Agora sim, tique-taque-tique-taque*. Faltava pouco para a sua hora, ele tinha certeza.

Beto levantou-se da cadeira onde tinha se acomodado. Era um médico já experiente, mas ninguém jamais aprenderia a lidar com a doença daqueles a quem amava. As palavras do pai latejavam nos seus ouvidos quando ele se aproximou de Duda. O pai estava abatido, os cabelos mais ralos, os olhos tristes. Beto vinha notando o seu cansaço, os súbitos maus-humores que nada mais eram do que as crises de falta de ar, de pressão alta. Sim, o velho tinha resistido por todos aqueles anos.

Desde que nascera, Beto tinha convivido com a doença do pai, a ponto de ela se transformar num fato tão simples como o sol que se punha ou a chuva que caía. Mas só depois que se diplomara médico, quando começou a acompanhar Duda nos exames de maneira profissional, foi que entendeu quanto o pai era doente, e quanto fora corajoso.

— Não diga isso, pai — ele pediu, tocando o braço macio de Duda.

Os dois homens se olharam por um longo momento. Nada disseram; às vezes, o silêncio guarda todas as palavras. Das salas lá no fundo, vinha o ruído alegre das conversas domingueiras, e a algazarra das crianças no jardim entrava pelas janelas abertas da cozinha.

Duda finalmente sorriu, dando de ombros como se tudo aquilo não passasse de uma galhofa.

— Estou sentindo, meu filho — disse ele. — Os dois ponteiros do meu relógio finalmente vão se encontrar... — Seus olhos encheram-se de lágrimas. — Não comente nada com a sua mãe, mas a minha hora está chegando.

Beto forçou um sorriso. Embora soubesse que o pai vinha piorando, Duda sempre fora um grande contador de causos. As coisas poderiam não ser tão graves. O melhor era reexaminá-lo, pedir novos testes, rever taxas sanguíneas.

— Amanhã vamos refazer os exames. O senhor vai ver que a doença não piorou tanto assim.

Duda aproximou-se do filho:

— Posso fazer quantos exames você quiser... Mas estou sentindo. Quando eu farejo o ar na fazenda, posso dizer se a chuva vem ou não... Quando coloco a mão no peito, já sinto a morte enrodilhada aqui dentro. E isso é tão triste, é triste demais.

Os dois então se abraçaram. Dentro do peito de Duda, o relógio cantava, *tique-taque-tique-taque-tique-taque*. Cada segundo, era um segundo a menos.

Como nos antigos anos do armazém em Luís Alves, quando ao fim do mês os colonos deveriam acertar as contas pendentes, Rodolfo de Souza também estava por passar a régua e pagar pelos anos em que vivera fiado, empurrando para a frente o seu velho coração de poeta.

Duda refez os exames.

Passou algumas manhãs e tardes no hospital onde Beto atendia os seus pacientes. Taxas foram medidas, a dieta foi trocada, imagens misteriosas das entranhas do seu corpo foram colhidas e reveladas, mostrando um coração enorme, descomunal, apertado no seu velho peito de pele enrugada pelos anos.

Beto espantou-se sinceramente com o tamanho do coração do pai. Finalmente a metáfora tornava-se realidade. Todos diziam que o Tio Duda tinha um coração do tamanho do mundo, que ajudava os mais pobres, que distribuía comida aos necessitados, sorrisos aos desanimados, histórias àqueles que precisavam esquecer a dureza da vida... E agora seu pai estava ali, o coração dilatado pelo esforço, cansado de bombear sangue, de empurrar para a frente aquele corpo já envelhecido.

Mas Duda era um bom paciente. No hospital, fez tudo aquilo que lhe pediram. Seu sangue encheu os tubos com as etiquetas marcadas; suas veias foram perfuradas, seu peito auscultado, seus passos medidos numa esteira. Colesterol, triglicerídeos, hemograma. Tudo de novo, ele já conhecia os procedimentos de cor e salteado. Mas Beto pedia, e ele o obedecia.

Todos os dias, ao anoitecer, não importava onde Duda estivesse, o telefone tocava. Era Beto que queria saber se ele tinha comido, se fizera a sesta, se sentira dores no peito, se caminhara. Depois desse amoroso interrogatório, aí sim falavam das coisas boas. Dos netos, dos cavalos na fazenda, dos bois que engordavam. Era um ritual, e isso, de certa forma, aliviava Duda profundamente. Ter um filho médico era o seu luxo. E Beto parecia incansável, atento ao pai e discreto também.

Assim, o estado precário do seu coração foi um segredo que ficou somente entre os dois, e então os meses foram passando, as insônias se multiplicando, mas Duda sofria em silêncio.

Ele partiria antes da mulher, e tudo que desejava era lhe protelar o sofrimento. Seguia fazendo poemas, enchendo cadernos, mandando versos para Tida ajustar, assando churrascos que já quase não podia comer, pois evitava o sal e a gordura, e tudo era medido e contado; e os remédios, coloridos como balas, multiplicavam-se na pequena caixinha que ele mantinha na gaveta da mesinha de cabeceira.

Dezembro chegou naquele ano de 1995, trazendo calor e chuvas. O último mês do calendário era sempre um tempo de agitação para Adelina. Desde moça, ela organizava os natais familiares e suas festas em Luís Alves tinham sido tão comentadas que as gentes se reuniam em frente às janelas da sua sala apenas para ver a árvore enfeitada e a entrega de presentes aos filhos.

Adelina ainda amava o Natal. Mais uma vez, entrou na azáfama de organizar a festa. Entre seus incontáveis compromissos de trabalho, Adelina passava muitas horas comprando presentes para cada um dos filhos, para as noras e os genros, para os netinhos. Sua secretária, Carmem, a ajudava nessas complicadas tarefas, pois a lista de Natal aumentava muito a cada ano. A árvore de quase cinco metros ocupava o seu lugar no centro da sala de pé direito alto, e os enfeites ofuscavam os olhos dos desavisados. A casa foi revestida de guirlandas, enfeitada com luzinhas piscantes, arranjos de flores vermelhas e velas. Cada recanto ganhava um toque para a festa.

Na noite do dia vinte e quatro de dezembro, as mulheres vieram com seus melhores vestidos, os homens, de camisa social, pois Adelina fazia questão desses pequenos protocolos. Ninguém podia estar mal-arrumado nas suas festas. Tida, a filha mais velha, tinha escolhido um vestido azul, que assentava muito bem com a sua pele clara. Chegava à casa dos pais com as filhas e o marido, e entrou na grande sala onde a árvore já parecia soterrada pelos pacotes, o cheiro bom de peru assado pairando no ar feito um perfume. Cumprimentou Nana e seu marido, enchendo de carinhos a irmã caçula, pois recentemente ela sofrera um aborto e aquilo tinha sido muito triste e difícil. Agora, a irmãzinha estava grávida de novo, tomando muitos cuidados com a gestação. Após conversar com Nana, Tida beijou os outros irmãos que já estavam lá – Alemão e sua esposa, René com a família, Renato, Ruy... em algum lugar da casa, ela podia ouvir as risadas dos sobrinhos e a voz de Adelina dando as últimas ordens na cozinha.

E foi então que Tida viu o pai sentado numa cadeira, bebericando um uísque – o Natal permitia-lhe alguns pequenos luxos, que até os adoentados mereciam ser felizes na noite dita feliz. Ela tomou um susto. O pai, com sua camisa impecavelmente passada, um pouco apertada na barriga (ele ganhara uns quilinhos a mais nos últimos anos), as calças de vinco, os sapatos lustrados que incomodavam os seus pés de homem do campo; o pai, em plena sala de estar, parecia cercado de flores.

Tida piscou várias vezes, depois olhou Duda novamente. Mas as flores ainda estavam lá, coloridas e vivas. Dos seus ouvidos, nasciam gavinhas cheias de pequenos botões perfumados – ela podia inclusive sentir o seu odor pungente. Seriam rosas trepadeiras? Tida parou no meio da sala, enquanto todos ao seu redor conversavam animadamente, como se tudo aquilo fosse absolutamente normal, como se um pai que brotasse rosas fosse a coisa mais natural do mundo.

Ela largou as sacolas de presentes aos seus pés, ignorando os queixumes da filha mais nova que lhe chamava atenção para os pacotes que caíam no chão. O que lhe importavam os pacotes? Duda era todo flores... Fazia muito, mas muito tempo que ela não via aquilo.

Então, Tida recordou-se. Lembrou-se da maternidade, lembrou-se de Scheila ainda bebê – finalmente mais uma menininha na casa, o açúcar fizera o seu trabalho direitinho no telhado –, e o pai lá, florido num canto do quarto onde Adelina convalescia do seu décimo terceiro parto. Poucas horas depois daquela estranha visão, Duda tivera uma síncope e nada nunca mais tinha sido igual na vida deles.

Tida sentiu que um garrote invisível lhe apertava o peito, roubando-lhe o ar. As irmãs a chamavam para organizar o amigo-secreto e suas filhas arrumavam diligentemente os presentes da família na bela árvore de Natal enfeitada por Adelina; ela fitou o pai mais uma vez. Como por encanto, as flores tinham sumido. Tinham desaparecido completamente! Lá estava Duda com a sua camisa nova, as calças vincadas, um senhor bem-apessoado de olhos bondosos e sorriso macio, usando sapatos que lhe causavam desgosto apenas porque Adelina os escolhera, Adelina fizera questão. E não havia mais gavinhas, não havia mais botões e pétalas em seus olhos e folhas enrodilhando seu peito.

Tida ficou confusa por alguns instantes. Talvez tivesse sido a taça de champanhe que tomara antes de sair, pensou, respirando aliviada. Um pequeno delírio não haveria de estragar o seu Natal! Então, deixou as filhas arrumando os pacotes e foi ter com as irmãs, pois Sônia a esperava no andar de cima para que organizassem o amigo-secreto. Enquanto ela subia a escada, ainda ouviu o pai contando alguma história divertida para

Kiko, e o som da sua voz acalmou seus últimos temores. Nada havia de errado. Tudo era como sempre tinha sido.

Mas Tida ainda não sabia que os ponteiros corriam furiosos, como cavalos puro-sangue soltos no campo. *Tique-taque-tique-taque.*

As coisas aconteciam silenciosamente, e o fim que se aproximava não viria do modo que todos esperavam... Não, a vida era laboriosa; e a morte, sempre diferente, sempre novo o modo como Átropos passava o fio da sua tesoura sobre a linha da vida de cada um.

O amigo-secreto foi feito, os presentes trocados. Adelina viu com orgulho que mais uma das suas lindas festas natalinas tinha corrido perfeitamente, tudo de acordo com o planejado, com as listas que ela fazia todas as noites, listas cheias de detalhes – cada ingrediente da ceia e o lugar onde deveria ser comprado, e até mesmo as mesas e como seriam postas, o lugar de cada um dos filhos, noras, genros e netos. E a cadeira de Duda na cabeceira da sua mesa, pois ele reinava na mesa da família já havia quarenta e nove anos. E aquele seria o último Natal em que a cadeira de Duda seria usada.

Foi só bem mais tarde, quando os convivas já tinham deixado a grande casa dos Hess de Souza, altos de champanhe, quando as empregadas lavavam as taças de cristal na cozinha, que Kiko, o único filho que ainda vivia com os pais, saiu para fechar o portão de ferro e encontrou Duda sentado entre as roseiras do jardim, chorando feito uma criança. Aos prantos no meio do roseiral, Duda, o mais alegre dos homens deste mundo? Aquilo era muito estranho.

Porém, Kiko era um rapaz discreto e achou por bem não atrapalhar o pai. Duda era dado a certos ataques de emoção e, às vezes, a felicidade podia vir em lágrimas, pensava Kiko, voltando para casa na ponta dos pés.

E foi somente muito mais tarde, já no fim de janeiro do ano seguinte, depois que todos os ventos tinham soprado sobre eles, que Tida e Kiko, os dois irmãos, costurariam as suas impressões daquela noite e entenderiam que tinham vislumbrado aquilo que o velho e bom poeta já sabia.

O fio da vida: Átropos

Eu escolho com parcimônia o fim de cada um.
Fazer morrer é uma arte, afinal de contas. A única arte que venho desenvolvendo há séculos, milênios.
Não creiam que sempre tenho gosto em passar a lâmina da minha tesoura na vida de um mortal. A Ceifadora, me chamam; eu não o faço por malvada, por cruel, é esta apenas a sina que me coube neste grande espetáculo sem fim: criar os pequenos finais, um a um.
Eu desfiei para Duda uma morte diferente... Ele tinha sido um homem diferente e assim mereceu o meu lavor, a elegância da minha arte. Duda, esse homem à frente do seu tempo, que soube dar asas à esposa dos seus amores, deixando que ela fosse mulher num mundo de homens; ele merecia a morte de um poeta.
Ah, sim, é claro, havia o seu coração fraco.
O coração é sempre uma carta que trago na manga, mas eu queria dessa vez uma mesa irretocável. Queria que o meu jogo quebrasse a banca, e então afiei e afiei a minha tesoura, pensando sempre, pensando para dentro da alma, pois não tenho olhos de ver o mundo lá fora.
E, afinal de contas, como morre um poeta?
Morre entre os seus amores, morre no chão que ele ama, cercado de tudo que alimentou as suas rimas e regou o viço da sua poesia. Morre como viveu, assim morre um poeta. Então, deixei de lado o velho coração de Duda, e dei-lhe um último ato inesperado.

Depois do Natal, no fim daquele ano de 1995, como sempre faziam, Adelina e os filhos tiravam alguns dias de férias e a família mudava-se para a casa de praia em Balneário Camboriú. Todos os filhos, com seus próprios filhos.

A casa tinha sido aumentada várias vezes, e o terreno ao lado comprado por Adelina. A família acomodava-se na praia para passar a virada de ano. Eram festas alegres. Eram festas intermináveis, também, que se desdobravam noite após noite. Havia uma tradição: nas primeiras noites do novo ano, cada um dos filhos cozinhava um faustoso jantar. Vinham amigos e vizinhos; às vezes, reuniam-se mais de cem pessoas na casa de Duda e Adelina para os famosos jantares de janeiro.

Naquele ano não foi diferente.

Duda, com seu coração pesado, com as dores no peito e as insônias, acomodou-se no grande quarto de casal em Balneário Camboriú. A casa enchia-se de risos e conversas, era um tempo de confraternização. Duda gostava muito daquilo e, numa dessas noites, pensou como era lindo estar ali, cercado de todos aqueles que amava; pensou também que a doença de tantos anos tinha sido até mesmo um preço pequeno para tamanha felicidade – ter feito com Adelina aquela família enorme e barulhenta, saudável e unida. Ele tinha orgulho da Dudalina, a grande empresa exportadora de camisas, o grupo gigante que a mulher começara do zero, desmontando sua camisa predileta na mesa da cozinha. Tinha orgulho dos hotéis que eles possuíam, tinha orgulho dos sonhos de Adelina, sonhos que nunca paravam – agora ela queria construir um prédio na praia onde pudesse deixar um apartamento para cada filho, pois as famílias cresciam vertiginosamente, e as acomodações estavam sempre apertadas ali na casa de Camboriú.

Mas ele tinha mais orgulho das gentes... A família era a sua grande fortuna. Deitado sob o lençol que cheirava a lavanda, sentindo a fresca brisa marinha que entrava pela porta da sacada, Duda decidiu não pensar na doença por alguns dias. Queria aproveitar a família, queria brincar com os netos, beijar as filhas, caminhar na praia com os filhos, queria escrever o seu livro. A doença que doesse, seu velho coração que se virasse sozinho, que fizesse o seu trabalho – ele queria viver.

Abriu um sorriso satisfeito, a decisão estava tomada. Assim, naquela noite, ele dormiu bem. Quando Adelina deitou-se, bem mais tarde, pois até mesmo na praia ela tinha listas a fazer e decisões a tomar, Duda não precisou fingir que estava dormindo. Ele dormia de verdade, a sono fundo, como dizia Maricotinha, sua mãe.

Acordou bem disposto no dia seguinte. Barbeou-se, vestiu uma camisa leve e bermudas, calçou as sandálias e desceu para o café da manhã. A festa da virada do ano (tinham entrado em 1996) ainda deixava rastros pela casa, uma rolha de champanhe aqui, confetes coloridos acolá... Encontrou Tida entre as empregadas, organizando as mesas do café. Tida tinha aquele jeito de deixar tudo bonito – ela e Nana eram Adelina dentro de casa, enquanto Sônia era a mãe fora de casa.

— Bom dia, filha — ele disse, afagando o cabelo castanho da bonita filha mais velha.

Tida beijou-o com carinho, retribuindo-lhe o cumprimento. Ela já tinha se esquecido da estranha visão das flores... Então, Duda pediu a lista de jantares: queria escolher um dia para o "seu jantar". Queria que Tida fizesse carne seca com pirão, a sua comida predileta, comida de pobre, ele dizia, pois nunca tinha aprendido direito a ser rico.

Assim, a filha puxou de uma gaveta o caderno e mostrou ao pai a lista dos cozinheiros que já tinham marcado suas noites de fogão. Estavam no dia três, e Duda escolheu a noite de onze de janeiro para o seu cardápio. Mas, claro, ele não iria para a cozinha. Quem prepararia o menu era Tida, que tinha a melhor das mãos com as panelas.

Naquela manhã, Duda tomou o seu café com prazer. Sentia até fome, sentia até vontade de caminhar à beira-mar e de jogar bola com os netos. Deu um tapinha discreto no seu velho peito cansado quando ninguém estava olhando, e falou baixinho para o seu coração, *te comporta aí, meu chapa*. Estava tudo em ordem outra vez, os novos remédios que Beto tinha lhe receitado pareciam mesmo ter dado jeito na coisa.

E o dia foi bom como poucos. Duda passeou com os netos, levou-os até a fazenda dos seus amores. Lá, Larissa, Tati, Marcelle, Rafael, Tamille, Ana Carolina, Patrícia, Vilsinho, Daniel, Flávia, Fernanda, Gabi e Rodrigo comeram churrasco e andaram a cavalo. O avô contou-lhes antigas histórias do tempo em que era apenas um soldado vigiando a costa catarinense, quando os submarinos alemães disparavam contra navios cheios de civis, e tudo era medo e precaução. Havia uma guerra enorme no mundo e pessoas morriam por todos os lados, morriam mortes horríveis, catalogadas e planejadas. Duda disse aos netos que, naqueles anos de fogo, até mesmo a Moira da Morte, a Ceifadora, o Anjo do Abismo, perdera sua utilidade, pois os homens encarregavam-se de matarem a si próprios.

— Porém, no meio disso tudo — ele contou, com um sorriso orgulhoso —, eu conheci a avó de vocês.

Os netos sorriam, sentados ao seu redor. A tarde azul brilhava no campo, eles tinham comido carne assada com pirão e pareciam felizes e soltos ali na casa onde o mundo funcionava segundo o ritmo do avô.

— Mas como conheceu ela? — perguntou Gabi, que já conhecia a resposta assim como todos, mas desejava ouvi-la da boca do avô, pois ninguém sabia contar histórias como ele, ainda mais histórias de amor.

— A morte, vejam só, foi boazinha comigo — disse Duda.

E então narrou aos netos a história de uma granada que explodira na mão de um jovem oficial durante um treinamento, e de como esse jovem viajara em seu esquife através das lonjuras brasileiras até chegar à praia onde Duda cumpria a sua missão. E fora ele a levar o corpo do rapaz aos braços da família chorosa. Assim, em meio ao luto, o amor plantara a sua semente.

— O amor é muito esperto — ele explicou. — Acreditem nisso. Quando o amor precisa nascer, ele nasce. Ele é feito as ervas bravas que brotam no chão seco, na terra abandonada. O amor é teimoso. Mas, depois que nasce, o amor é frágil, precisa de muitos cuidados.

E Duda contou de todos os trabalhos que o amor dele e de Adelina tiveram que vencer. A diferença de classe social dos dois, já que ele não passava de um caboclo e Adelina era filha de um comerciante alemão já bastante bem de vida. E depois houvera tanta coisa! A falta de dinheiro, os muitos filhos, os trabalhos sem fim da manhã à noite. E a doença, a labuta, os anos e a vida mesma.

— Mas ainda estamos aqui, não é mesmo? E vocês também.

A noitinha caiu e todos voltaram para casa. Duda guiava com alegria pelas estradinhas que ele conhecia de olhos vendados. Era preciso voltar, à noite, haveria o jantar do Alemão. Os convidados estariam chegando, e todos precisavam tomar banho e se arrumar. Afinal de contas, brincou Duda com os netos, Adelina continuava sendo Adelina. Ela esperava que todos estivessem bonitos, pois à sua mesa tudo tinha de ser perfeito.

— Que mulher — brincou Duda, já virando a curva da rua onde a grande casa iluminada esperava por eles. — Que mulher!

E os netos sorriam no banco traseiro do carro, porque um amor como aquele, um amor de cinquenta anos que ainda era novinho em folha, parecia mesmo uma história inventada, uma história da carochinha, daquelas que a divertida tia Denise costumava contar aos sobrinhos e aos filhos na hora de dormir.

Naqueles dias, Duda escreveu.

Nos seus cadernos, onde a vida desfiava-se em rimas, guardada para sempre como um frágil cristal num armário, todos poderiam ler sobre o passado...

Saberiam de Elvira e de Leonardo. Conheceriam a venda em Luís Alves como ela tinha sido nos velhos tempos, quando ele acordava às cinco da manhã para buscar a mercadoria com os colonos da região. Provariam com a língua da imaginação os bijus de Maricotinha e as estrelas fritas com açúcar de dona Verônica. Andariam de carroça e desceriam o morro em desabalada correria. Tomariam banho no Salto e sonhariam com o fantasma do belo Anselmo.

Nos cadernos de Duda, eles veriam os jacarés do padre Afonso e sonhariam as viagens de ônibus até Blumenau, quando sempre havia um problema e o carro atolava, e era preciso colocar-lhe correntes nas rodas. Sentiriam o cansaço de um dia de trabalho e brincariam com o açúcar da eira como se ele fosse areia doce, que se derrete na boca.

Todas as histórias estavam ali, nos cadernos do Tio Duda... Ele escreveu e escreveu, e numa das últimas páginas se poderia ler:

O meu jantar vai ser amanhã, dia onze de janeiro, e eu estou muito faceiro. Tida vai preparar carne seca com pirão, e todos os filhos que estão por perto jantar nesta noite comigo virão...

Tida estava na cozinha, envolta pelo olor que subia das muitas panelas. Como tudo na família, a cozinha era grande, o fogão, enorme. Cozinhava-se para um batalhão naquela casa, e as duas empregadas que picavam e descascavam legumes pareciam serenas – nada havia de diferente em preparar mais uma refeição para setenta pessoas. Não importava que fossem dois pratos no cardápio, pois dona Adelina tinha chamado Tida na noite anterior e lhe pedira que fizesse também um cozido.

— Mas o papai escolheu carne seca com pirão — dissera Tida à mãe, olhando-a com um pouco de irritação, pois já tinha comprado todos os ingredientes.

Adelina não se deu por vencida:

— Este jantar é meu e do seu pai. Eu quero que tenha um cozido também, minha filha.

Assim, Tida fora obrigada a refazer as compras e, na manhã do dia onze de janeiro, embora o sol brilhasse lá fora e os sobrinhos e as filhas estivessem na praia, ela estava ali, usando o seu antigo avental, os cabelos presos no alto da cabeça, aspirando o cheiro da carne que cozia, enquanto no forno se assavam alguns bolos para a sobremesa.

Naquele dia, Tida estava um pouco cansada. Embora houvesse dezesseis irmãos a escolher o cardápio, ela coordenava as coisas, envolvendo-se o dia todo com as comidas da noite. Tinha boa mão para a cozinha e talento para organizar as festas. Crescera com tanta gente em casa que nunca se lembrava de uma refeição com menos de quinze pessoas na mesa quando estavam na residência dos pais.

Assim, ela gastou o dia na turbulência da cozinha e depois organizou a disposição das mesas, os lugares de cada um, o faqueiro a ser usado, a louça que Adelina pedira.

À hora do jantar, quando o pai desceu com um sorriso estampando seu rosto, a barba aparada, a camisa leve que ele mais gostava, Tida animou-se. Ver a alegria de Duda diante das panelas fumegantes era um presente.

— Vai ser uma noite maravilhosa! — ele exclamou.

E foi uma noite maravilhosa. Todos comeram e beberam e riram e dançaram. Ao fim do jantar, Duda pegou Adelina pela mão e os dois desfiaram um bolero na pista de dança improvisada, como se ainda fossem dois jovens, como se o tempo tivesse se invertido, o ano fosse 1947 e eles estivessem às portas do casamento.

— O que você me diria hoje? — ele perguntou baixinho no ouvido da esposa, sentindo o brinco de pérola encostado ao seu lábio, provando do mesmo perfume que atazanara suas noites antes que tivesse o privilégio de dividir com Adelina a sua cama.

Ela olhou-o com um sorriso coquete, um sorriso que era só dele, que nenhum dos homens com os quais fazia negócios jamais conhecera, e respondeu ao marido:

— Eu diria sim, Duda. Diria sim todos os dias dos últimos cinquenta anos da minha vida.

Tida não ouviu essa conversa, mas, sentada em seu lugar, depois de ter apenas provado da comida que levara o dia inteiro preparando, ela notou que havia uma alegria diferente no ar... Era como se os pinos na perna de Duda não existissem, nem as varizes que machucavam Adelina; os dois pareciam fortes e completamente sãos na pista de dança improvisada. Ela considerou que talvez o amor pudesse reverter os danos do tempo – não havia os anos, somente eles, com aquela bênção.

Depois, aos poucos, os amigos começaram a partir, o jantar terminava e a música acabou. Os adolescentes reuniram-se na sala da televisão, alguns decidiram sair para namorar um pouco; era verão, a noite estava linda. As crianças tinham ido dormir. Tida estava absolutamente exausta. Enquanto as empregadas recolhiam os restos da festa, ela foi até a cozinha, serviu-se de um copo de água e subiu para o quarto sem se despedir.

Ela já tinha colocado a camisola, os olhos pesados, os gestos lentos, quando ouviu a voz de Duda no corredor.

— Tida!

Sentou-se na cama, confusa. Tinha gastado o dia em função do jantar, já passava da meia-noite e ela precisava dormir. O cansaço nublava seus pensamentos quando ela abriu a porta do quarto e viu o pai no corredor, o velho sorriso no rosto.

— Amanhã você vai comigo para a fazenda? — ele perguntou. — Fazer aquela parede de chapéus que você me prometeu?

Tida era a decoradora oficial da família. Sentiu-se confusa com aquilo, mas, na névoa dos seus pensamentos desencontrados, recordou-se que tinham combinado aquela ida à fazenda. Não havia dia marcado, mas o pai parecia tão contente ali, depois do jantar, depois de dançar com a esposa e de brindar com os filhos... Não soube lhe dizer não, mas também não conseguiu responder um sim. Apoiou a cabeça no batente da porta e disse:

— Amanhã vemos, papai. Estou muito cansada hoje.

Duda concordou. Talvez um pouquinho decepcionado, despediu-se da filha com um beijo na testa e depois seguiu para o seu próprio quarto. Tinha comido e bebido bastante. O coração se comportara bem. Era preciso, porém, um pouco de repouso. Ele não podia passar dos limites, Beto chamara-lhe à razão ainda naquela noite, após tantos e tão deliciosos exageros.

Assim, pai e filha dormiram. E, depois, aos poucos, o resto da casa se recolheu também. Era bem tarde quando as empregadas apagaram todas as luzes e fecharam as janelas à brisa noturna.

Na manhã seguinte, Duda pediu que chamassem a filha. Ele ainda era o bom madrugador dos velhos tempos, mas Tida dormia a sono solto. Assim, Duda pegou o carro bem cedo e seguiu sozinho para a fazenda. Tinha vendido alguns animais e precisava organizar as coisas por lá, voltaria à Camboriú ao anoitecer.

(O sonho medicado de Tida guardava muitas imagens confusas, mas, entre elas, havia o pai cercado de flores. Mais do que isso, as flores nasciam-lhe dos olhos e da boca, brotavam da ponta dos seus dedos de acarinhar, saindo das suas unhas amareladas pelo tabaco como por mágica. Flores brancas, alaranjadas e vermelhas. Gérberas e rosas, as preferidas de dona Adelina.)

Adelina estava no jardim quando a empregada veio chamá-la. Ela gostava de podar pessoalmente as suas flores, mas apenas ali em Camboriú é que o tempo lhe sobrava para isso, as pequenas alegrias da vida cotidiana.

Ajoelhada entre as roseiras, usando luvas grossas e segurando a tesoura de poda, ela ouviu a voz da arrumadeira como se viesse de muito longe. Estava concentrada na beleza das flores, na organização do jardim. Ergueu os olhos com um certo desgosto. A arrumadeira era uma moça de Itajaí que já trabalhava com a família havia anos; boazinha e educada, suportava bem as inúmeras tarefas daquela casa cheia de gentes. Assim, quando a garota surgiu entre as flores, seu rosto jovem convulsionado pela angústia, Adelina não entendeu muito bem o motivo daquela desagradável intromissão.

— Telefonema para a senhora, dona Adelina. É muito urgente — disse a garota, os olhos vermelhos.

— Urgente? — ela perguntou, deixando a tesoura cair sobre a terra adubada.

A moça a fitava com olhos súplices.

— Sim, muito urgente. É melhor a senhora atender.

Adelina apressou-se, jogando as luvas de trabalho no meio do quintal, uma coisa inadmissível num dia comum. Mas ela vira nos olhos da menina uma angústia enorme. E sentira um impacto estranho no peito, como se a intuição a tivesse cutucado. *Corre, Adelina, corre.*

E ela correu, pois sabia ser ágil apesar da idade.

Chegou à cozinha esbaforida e, quando levou o fone ao ouvido, uma voz educada e distante disse-lhe aquelas palavras. As palavras que ela nunca esqueceria, depois repetidas por Alemão e, mais tarde ainda, analisadas longamente nas muitas noites de solidão que lhe viriam dali em diante, pois tinham sido aquelas malditas palavras o sortilégio que lhe abrira as portas da viuvez.

— Dona Adelina de Souza Hess? — disse a voz feminina ao telefone.

— O seu esposo sofreu um acidente e acaba de dar entrada aqui no Hospital Marieta Konder Bornhausen.

Seu esposo... Um acidente... Hospital Marieta Konder Bornhausen.
Com o aparelho ao ouvido, Adelina aquiesceu educadamente, como se falasse de trabalho com algum fornecedor ou cliente. Não era uma coisa fácil de assimilar e ela levou alguns momentos para absorver o que ouvira.

Num canto da cozinha, retorcendo o avental xadrez, a empregada a olhava em estado de choque. Mas Adelina colocou o fone no gancho com calma e, ajeitando os cabelos despenteados pela correria no jardim, endireitou as costas e disse:

— Vou acordar a Tida. Prepare um café bem forte para nós duas, por favor.

Todos sabiam que Adelina era uma mulher determinada, mas a moça contaria em casa que nunca vira tamanho sangue-frio. Ela não sabia que, por dentro, Adelina sangrava.

Não foi fácil chegar ao quarto de Tida, Adelina tivera de respirar fundo e contar os degraus. Não cruzara por nenhum neto no caminho, e os outros filhos estavam todos na praia ou já tinham partido para suas rotinas. Ninguém viu os seus olhos marejados, nem o profundo vinco no seu rosto como se o tempo lhe tivesse caído em cima de supetão, inteiro, cobrando-lhe as contas daquele amor tão feliz numa única parcela.

Adelina acordou Tida com custo. Teve forças para acalmá-la. Depois do café, as duas fizeram vários telefonemas. Pouco a pouco, os outros filhos foram avisados do acidente. Sônia, em São Paulo, ficou com a delicada tarefa de dar a notícia à Nana, que estava em repouso devido a pequenas complicações na sua gravidez. Mas Sônia era forte, era parecida com Adelina, e ela fez tudo que precisava ser feito.

No fim daquela manhã, enquanto o motorista levava Adelina e Tida para o hospital, e cada um dos filhos tomava o mesmo rumo partindo de vários lugares diferentes, Sônia e Nana embarcavam num avião rumo ao aeroporto de Navegantes. O estado de Duda era grave, Beto tinha confessado aos irmãos, mas Sônia mantinha-se calma para não apavorar Nana. Ela era boa nessas coisas e, às vezes, a sua capacidade de controlar os próprios sentimentos era útil em circunstâncias afetivas e difíceis como aquela.

Antes do voo decolar, Sônia segurou a mão úmida da irmã mais moça e lhe disse que tudo iria ficar bem. Nana olhou para ela com olhos cheios de lágrimas, pisados de choro. Queria muito acreditar nas palavras de Sônia. Tocou o ventre, onde a semente de um filho pulsava, suas células multiplicando-se furiosamente. Tudo sempre ficava bem, não era mesmo?

Sônia interrompeu-lhe os devaneios dizendo, com voz calma, que Beto tinha buscado um cirurgião de confiança em Florianópolis, pois os problemas cardíacos de Duda e a sua idade avançada exigiam o máximo de cuidados.

— Se o voo não atrasar — falou Sônia —, chegaremos ao hospital logo após o término da cirurgia.

E, como se suas palavras tivessem colocado as coisas em movimento, a voz monótona de um dos tripulantes surgiu no pequeno alto-falante sobre sua cabeça. A aeronave tinha obtido permissão para decolar e começaria o taxiamento.

Marco Aurélio. A mãe sempre dizia que ele tinha nome de imperador. Ele gostava daquilo, um nome forte. Era um homem forte e cedo tivera de aprender a marcar seu espaço, pois, como caçula de dezesseis irmãos, precisara abrir seu espaço no intrincado emaranhado familiar com toda a energia possível.

Aos dezoito anos, ele mostrara aos pais que queria seguir os seus sonhos. Por decisão de Adelina, um ano antes, Kiko – Marco Aurélio era um nome comprido demais para uma casa tão cheia de irmãos – fora enviado a São Paulo a fim de preparar-se para a bem-conceituada Fundação Getúlio Vargas. Sônia achava que o irmão caçula tinha de estar à altura da empresa; afinal, a Dudalina vinha crescendo com vigor. Segundo a irmã, um dia Marco Aurélio seria o presidente do negócio fundado pela mãe. Embora Adelina nunca tivesse estudado para criar a fábrica, foi exigido de Kiko que ele fizesse o oposto.

São Paulo era uma cidade interessante e cheia de vigor, mas o rapaz não queria estudar. Depois de alguns meses de aulas desatentas, Kiko simplesmente deixou de ir ao curso de preparação para a Fundação Getulio Vargas; passava os dias deambulando pela cidade, metido em cinemas por tardes inteiras, vasculhando as avenidas paulistas, enquanto Nana estudava e Sônia, responsável pelos dois, tocava o escritório em São Paulo entre viagens semanais à fábrica-sede da Dudalina em Blumenau.

Depois de meses flanando pelos dias, semeando pequenas desculpas e disfarçando o seu tédio, Kiko decidira-se a abandonar aquela vida de enganos; numa tarde, sem avisos, despedira-se de Nana, pedindo-lhe que mantivesse segredo dos seus planos. Estava decidido a voltar para casa. Chegando lá, ele se entenderia com a mãe.

Assim, Kiko tomou um ônibus para o sul e desembarcou na sua cidade natal sem que ninguém da família desconfiasse. Hospedou-se no Hotel Himmelblau porque não sabia bem qual seria o seu próximo passo. Desafiar os desejos de Adelina não era tarefa fácil para ninguém. Ele tencionava conversar com ela depois de comer alguma coisa e descansar um pouco; mas, já no salão do café, entre dezenas de hóspedes comuns, um Kiko insone vira-se diante da mãe. Eles se olharam por alguns segundos. Adelina estava elegante e usava pérolas. Kiko sentiu um leve orgulho pela mulher que ela era, mas seu coração vibrava de medo do que estava por vir.

Num primeiro momento, Adelina sentou-se alegremente para tomar uma chávena de chá com o caçula. Tinha tempo ainda antes da primeira reunião do dia. Porém, após terminar a primeira xícara, ela deu-se conta de que havia algo errado naquela cena. Era como um daqueles jogos dos sete erros que os filhos mais novos gostavam de fazer quando ela lhes trazia revistas da cidade. Afinal, o que Kiko estava fazendo ali em Blumenau àquela hora da manhã?

Adelina depositou a sua xícara sobre a mesa e, com uma calma só traída pelo brilho frio dos seus olhos, perguntou:

— Você não devia estar em São Paulo? Assistindo às aulas do seu curso? Faltam poucos meses para o vestibular, Kiko.

Ele devolveu à mãe um sorriso vago. O vazio do medo largou-o e Kiko sentiu-se senhor de si novamente. Tinha tomado aquela decisão depois de muito ponderar, e só agira daquele modo porque não havia outra saída a não ser desafiar Adelina. Numa voz baixa, modulada, o rapaz explicou à mãe que a Fundação Getulio Vargas não estava nos seus planos. Ele queria trabalhar, e não passar cinco anos estudando enquanto a vida real corria a passos largos fora da sala de aulas. Adelina olhou-o, impassível. Embora reconhecesse naquela atitude um pouco dela mesma – pois não tinha abandonado o colégio aos treze anos e pedido emprego aos seus pais? – era forçoso agir com disciplina. Como teria criado dezesseis almas se não fosse sob a régua do rigor?

— Se você voltou sem avisar, Kiko, peça guarida a algum dos seus irmãos. Aqui no hotel você não fica, muito menos lá em casa. Não é assim que as coisas funcionam na nossa família.

Adelina disse aquilo com dor. Sua garganta parecia cheia de areia. Tomou, então, o resto já frio do seu chá, olhando o filho sem dizer mais nada.

Kiko respondeu que falaria com os irmãos. Pediu licença e saiu. De fato, enquanto o elevador subia até o seu pequeno quarto ao fim do corredor do décimo andar, ele decidiu que procuraria os irmãos, mas não para pedir guarida. Não queria morar na casa do querido Rui, recém-casado, nem na casa de René ou Renato, ou, ainda, de Sérgio ou Alemão. Ele não tencionava ser um estorvo na rotina de ninguém.

Com a alma por um fio, ligou para Sônia em São Paulo e contou-lhe tudo o que acontecera. A irmã recriminou-o um pouco; depois, com a voz abrandada, disse-lhe que, se quisesse um emprego – e algo ele precisaria fazer da vida se não queria estudar! –, que se apresentasse no dia seguinte bem cedo na fábrica.

No outro dia, antes das sete da manhã, Kiko estava num ônibus a caminho da Dudalina. Ele ainda se lembrava bem daquele começo profissional... O emprego ofertado por Sônia, embora modesto a princípio, abrira-lhe as portas de um futuro promissor. O serviço de revisor no depósito de tecidos fora cumprido com excelência e, poucos meses depois, Marco Aurélio já era o chefe do depósito.

Trabalhava duro e foi crescendo na Dudalina. Sangue não era água, dizia Sônia aos amigos, orgulhosa do irmãozinho. Em pouco tempo, a dedicação do caçula amansara o coração de Adelina e ela ergueu-lhe a bandeira branca: Kiko voltou a viver com os pais. Trabalhou firme sem nunca alegar cansaço e, anos depois, candidatou-se a tocar uma loja da BASE, da Dudalina, que não estava andando muito bem.

Assim, Kiko, ainda muito jovem, dividia o seu tempo entre o trabalho na fábrica e a loja. Nunca parava. Ao contrário dos outros rapazes da sua idade, saía pouco e não era dado a romances malucos e noitadas regadas a álcool. A primeira loja de Kiko multiplicou-se. Ele tinha jeito para a coisa e virou o comprador de tecidos da fábrica inteira. Logo, o rapaz que fugira de São Paulo num ônibus já viajava pelo mundo uma boa parte do ano, comprando matéria-prima na Índia e na China, e a sua rede de lojas continuava sempre crescendo.

Aos vinte e sete anos, Marco Aurélio tinha vinte lojas e um emprego excelente na Dudalina. Estava namorando Bia e acabara de comprar um carro novo, um Kadett GSI conversível. Devia ser invejado pelos amigos, mas era um cara afetivo e tinha pouco tempo livre para os bares, para as noites de farra.

Marco Aurélio estava na empresa, sentado à mesa da sua sala naquela manhã do dia doze de janeiro, terminando algumas pendências. Despachava com a secretária quando o telefone tocou. Atendeu distraidamente, mas, do outro lado da linha, a voz angustiada de seu irmão Renato acendeu um alarme na sua alma.

— Aconteceu alguma coisa, Nato? — perguntou Kiko, dispensando a secretária com um olhar.

Ele ouviu Renato responder pesarosamente:

— O pai sofreu um acidente na fazenda. Vai ser operado no hospital de Itajaí.

— Acidente? — Kiko repetiu.

O irmão devia ter sentido a ansiedade na sua voz e tranquilizou-o:

— Está tudo bem, Kiko... Tudo controlado. Vai pra lá, mas vai com calma.

Porém, ao fundo, abafado pelas palavras de Renato, Kiko pode perceber o choro sentido de uma das suas irmãs. Era mesmo um choro cheio de desespero, e ele podia apostar que era Tida quem chorava.

Pensou que o irmão estava colocando panos quentes na situação e que o problema do pai devia ser grave. Assim, as orientações do irmão mais velho foram vãs. Marco Aurélio era o último dos filhos a seguir morando com os pais. Talvez, por ter nascido temporão naquela casa repleta de gente, restar ali enquanto os outros irmãos iam embora, casados ou não, tenha sido uma saída razoável para que Kiko tivesse o seu quinhão de atenção e amor.

Nos últimos anos, fazia as refeições com os pais, tinha-os para ele. Em largas e agradáveis horas de conversas, ouvia de Duda sobre todo um passado de sacrifícios, de trabalhos exaustivos, de um amor à primeira vista que ainda seguia intenso... Kiko nunca conhecera um homem tão apaixonado por uma mulher como o seu pai era pela sua mãe. Depois de tantas décadas, ainda via Duda deixar poemas pelos caminhos de Adelina para que ela os encontrasse em suas atividades cotidianas; ainda sentia o pai flutuar quando falava da esposa, e via seus olhos se umedecerem nas largas tertúlias nas quais Duda contava ao caçula como tinha conhecido a mulher, e todas as artimanhas que usara para conquistar a garota da sua alma.

Kiko desligou o telefone com um baque seco. O pai numa mesa de cirurgia, ferido, com aquele coração fraco? Sem pensar duas vezes, juntou as chaves do carro e saiu ventando pela fábrica, sem sequer dar alguma explicação à secretária. O Kadett esperava-o no estacionamento, ele deu a partida no carro novo e pisou fundo no acelerador.

Kiko conhecia o caminho até o hospital indicado por Renato. Trilhava aquelas estradas desde que Duda o tinha ensinado a dirigir, muitos anos antes, quando ainda não passava de um guri. Porém, na altura de Gaspar, em frente à fábrica *Linhas e círculos*, uma surpresa esperava por Kiko. Havia alguns dias, uma lombada tinha sido instalada naquele trecho da estrada. O carro, que voava com furiosa segurança, de repente perdeu o controle ao passar pela lombada. Deu um pulo solto no ar, já descolado de toda a elegância, uma caixa de metal que se atrevia a dar um vergonhoso salto de balé...

Foi tudo questão de segundos.

Céu, árvores, chão.

As imagens se misturaram na cabeça confusa de Kiko e ele perdeu os sentidos por alguns instantes. Quando abriu os olhos, o carro tinha se chocado furiosamente contra um poste. A violência da batida fora tal que o poste estava ao seu lado, bastava erguer a mão para tocar o corpo de concreto no banco estropiado do passageiro. Se houvesse um carona com ele, teria sido morte certa.

Não demorou para que dois carros da Polícia Rodoviária chegassem ao local. Kiko sentia-se ainda confuso por causa da colisão, mas a imagem da figura do pai, sobre uma mesa de cirurgia entre a vida e a morte, não lhe saía da cabeça. Era tudo tão estranho... Fazia pouquíssimo tempo, ele despachava em seu escritório, e agora estava ali, o carro destruído, o pai numa mesa de operações, a vida de pernas para o ar.

Um dos policiais aproximou-se de Kiko e, cuidadosamente, ajudou-o a sair das ferragens. Com atenção, examinou-o em busca de ferimentos, mas ele não sofrera nem sequer um arranhão.

O policial sorriu e disse paternalmente:

— Você teve uma sorte danada, rapaz. Podia ter morrido aqui.

Kiko concordou, passando a mão pelos cabelos. Não sabia muito bem o que dizer. O carro novo era uma lataria retorcida e a batida o atrasava. O pai devia estar na mesa de cirurgia, precisava ir para o hospital! Fazia um dia bonito, sem vento, de céu azul límpido. Para a maioria das gentes por ali, uma manhã de verão e de férias.

Kiko sentia um peso na alma, olhando os carros que trafegavam em direção a Itajaí. O policial mirou-o por um momento, como se o reconhecesse.

— Você não é da Dudalina? — ele perguntou.

A família era conhecida na região, a fábrica gerava muitos empregos. Aquela era uma pergunta constante na vida dos filhos de Duda e Adelina.

— Sou — disse Kiko, entregando seus documentos a outro policial que fazia a ocorrência e chamava um guincho.

— Sabe, seu pai é meu pai também... — disse o homem, com um sorriso, olhando-o nos olhos.

Pelas insígnias, Kiko entendeu que ele era o chefe ali. Estava mesmo confuso. Aquelas palavras não lhe diziam nada. Seus ouvidos zumbiam, seu coração batia forte. Olhou o relógio de pulso, mas ele estava parado. Era como se tudo estivesse em suspenso, naquela curva, naquele trecho da estrada, os carros passando mais lentamente para admirar o estrago do carro novo dividido em dois por um poste de iluminação elétrica

Kiko ergueu os olhos para o céu e viu o sol brilhando. O mar ao longe era uma presença apenas adivinhada.

— Como assim? — ele perguntou.

O policial sorriu ao responder:

— Todo fim de ano, seu Duda dá um boi para gente. Fazemos a festa da associação lá na fazenda dele. Não sabia? Todos os nossos policiais vão lá, nos divertimos muito.

Kiko sorriu, triste. O pai era daquele jeito mesmo, sempre ajudando a todos. Mas não contava nada, fazia as coisas por prazer, depois calava. Ele respondeu ao policial que Duda era um cara discreto. O homem, um tenente – finalmente Kiko pôde entender seu posto, os pensamentos desembaralhando-se aos poucos depois do violento choque –, olhava-o com afeto. *O filho do seu Duda*, seus olhos pareciam dizer.

— O pai está sendo operado — contou Kiko. — Eu ia para lá, para Itajaí. Por isso, pisei no acelerador. Ele sofreu um acidente na fazenda hoje cedo...

O policial olhou ao redor. A equipe fazia anotações, esperava o guincho. Ele tocou Kiko no ombro e sua voz, quando foi ouvida, parecia embargada:

— Eu o levo. Vamos lá.

Ele distribuiu mais algumas ordens e chamou Kiko para a viatura. Kiko disse-lhe que o pai estava no hospital Marieta Konder Bornhausen. Eles viajaram com as sirenes ligadas, quietos os dois, dividindo a mesma apreensão. O inusitado daquilo tudo arrancou um sorriso ao rosto triste de Kiko. Só o pai mesmo... Ele tinha amigos por todos os lados.

Em pouco tempo, chegaram ao hospital. O tenente estacionou com facilidade e ambos correram recepção adentro. Um policial sempre impunha respeito, logo estavam no elevador, subindo para o centro cirúrgico. O tenente tocava-lhe o ombro, protetor.

Quando a porta metálica se abriu, a primeira coisa que os olhos de Kiko abarcaram foi a imagem da mãe, sentada numa cadeira chorando.

Chorando!

Ele nunca tinha visto Adelina chorar.

E então Kiko entendeu. Não era preciso dizer mais nada.

Seus olhos atônitos correram pela pequena sala. Rui estava a um canto, abraçado à esposa, os olhos pisados. Renato estava de costas, como se não houvesse mais nada para ver ali. Vilson tomava providências, sempre tão dono de si, mas seus gestos pareciam desgovernados, fora de ritmo. Sérgio o ajudava, enquanto Tida chorava num banco, desolada, sozinha em sua tristeza. Alemão aproximou-se de Adelina e a abraçou. Era tudo tão irreal que Kiko ficou ali parado por segundos tão longos que pareceram uma vida. Viu alguns sobrinhos, cunhadas e cunhados. Marlise chorando abraçada a Anselmo.

Ao lado de Kiko, o tenente também começou a chorar.

Mais irmãos chegavam, atônitos. Em choque. O pai tinha morrido na mesa de cirurgia. Kiko nem sabia direito o que tinha causado o acidente. Como o pai se ferira na fazenda, o lugar que ele mais amava?

De repente, Beto materializou-se à sua frente. Abraçaram-se com força, como se um fosse a tábua de salvação do outro. Kiko perdeu-se no abraço do irmão. O irmão médico, o irmão que cuidava de Duda tão zelosamente.

— Como foi? — Kiko quis saber, a voz trêmula.

— Um boi — disse Beto. — O pai foi prender o boi na mangueira, o bicho se assustou, pulou pra cima dele. Rasgou a traqueia com o corno... Se ele fosse mais jovem, mais saudável... O coração não aguentou a cirurgia.

Ao lado deles, o tenente agora chorava alto. As lágrimas escorriam no rosto de Kiko silenciosamente.

— Quer ver o pai? — Beto perguntou com carinho.

— Quero — ele respondeu.

(Ele tinha morrido como um poeta. No lugar que mais amava, fazendo aquilo que mais gostava. Cuidando dos animais. O boi era um bicho bonito e manso, de pelagem escura e brilhante. Ninguém poderia explicar depois o que tinha assustado o animal daquele jeito para que ele partisse para cima do Tio Duda com tamanha violência, como se houvesse alguma coisa lhe roendo as tripas por dentro, um diabo escondido, insuflando ódio onde antes só havia calma.

A ponta do corno rasgou o pescoço de Duda, incisiva como uma espada. Na hora, ele não sentiu quase nada. Um pequeno ardor, como uma picada de inseto. Caiu para trás com o solavanco, esparramou-se na terra quente de sol, depois o boi recuou, parecia arrependido. O capataz e dois rapazes da fazenda o ajudaram. Se olhassem sem cuidado, era como se nada tivesse sucedido. Mas, quando Duda tentava falar, pequenas gotas de sangue desciam do ferimento aberto na traqueia. Gotas rubras, misteriosas.

O capataz ligou para o Alemão. Os gêmeos foram avisados também e acionaram Beto. O filho médico tomou a estrada de Florianópolis para Itajaí. A grande engrenagem para salvar Duda foi posta em movimento. Mas as coisas têm seu tempo. A grande tesoura de séculos de Átropos estava afiada, tão afiada quanto a ponta do casco do boi, pronta para cortar o fio de prata da vida de Rodolfo Francisco de Souza Filho.)

Kiko entrou na sala de cirurgia, ladeado pelo irmão. Sentia-se num sonho macabro. Era como se um estranho espetáculo tivesse sido interrompido pelo meio.

A luz branca ardeu nos seus olhos cansados, doloridos. Ele segurou firme a mão de Beto, como se os dois fossem meninos outra vez. Deitado na mesa de cirurgia, Duda parecia simplesmente dormir, alheio a toda confusão que causara. Apenas cansado de mais um dia na fazenda.

Kiko aproximou-se e viu o pescoço costurado, viu o longo corte na pele morena. O pai de olhos fechados. Semicoberto por um fino lençol.

E então Kiko desceu os olhos até os pés do pai.

Ainda havia restos de barro naqueles pés nodosos, antigos, escuros de sol. O barro da fazenda, do chão que Duda amara com tanto fervor. Uma enfermeira aproximou-se com um pano úmido e, diligentemente, como se quisesse evitar qualquer dor ao homem deitado na mesa, começou a limpar-lhe os pés. Sem pensar, Kiko estendeu a mão. A mulher olhou-o no fundo dos olhos. Falaram-se sem palavras. Ela lhe entregou o pano e Kiko retomou o trabalho de limpar os pés do pai, contornando com a ponta do pano as suas unhas grossas, amareladas, aparadas com esmero.

E foi então que uma gritaria se ouviu na sala lá fora.

Beto arregalou os olhos feito um animal de tocaia. Era a voz de René. O filho que Duda salvara no nascimento, o gêmeo que tinha nascido roxo, engasgado, e que Duda metera dentro da tina de água fervida, fria; fizera aquilo com o bebezinho sem pensar, num gesto de desespero que devolvera René ao mundo quando já o supunham morto.

Agora, quem tinha morrido era Duda.

Lá fora, René gritava de horror. Ele tinha a voz grossa, masculina. Beto tocou o ombro de Kiko e disse que iria até lá. O irmão precisava de apoio, precisava de um calmante, precisava assentar as ideias.

E, depois disso, Kiko perdeu a memória das horas restantes daquele dia terrível.

Dizem que ele quebrou móveis, que gritou com as pessoas e que amaldiçoou a Deus. Dizem que estava possuído, o gêmeo desesperado. De pequeno, ficava num carrinho junto do irmão Renato, expostos como enfeites muito amados na porta da venda em Luís Alves.

Agora, René estava ali. Gritando. Seu ódio era grande demais, disparava tiros verbais para todos os lados como uma metralhadora descontrolada. Xingou a mãe porque ela segurava a aliança de casamento do pai entre os seus dedos trêmulos. *Já tirou a aliança?*, dissera ele, furioso. Alguém lhe tocou o braço, explicando que aquele era o anel de Duda, Adelina segurava-o... Por causa da operação, disseram. Mas ele não ouvia nada, não conseguia ouvir. Nada cabia dentro de René a não ser o horror daquela perda.

Num canto da sala cheia de gente – e mais gente ia chegando ao saber do acontecido com o Tio Duda, mais gente vinha dar um abraço, ele tinha tantos amigos – Sônia cuidava de Nana, elas tinham chegado tarde demais também.

Ao ver o irmão gritando, Sônia levantou-se e foi falar com Adelina:

— Mãe, não faça caso do que René disser hoje. Ele está fora de si — ela pediu, com carinho.

Adelina agora tinha os olhos secos. Pareciam dois grandes lagos esvaziados de toda água. Tesa, olhava o filho. As coisas que ele dizia. *Vou mandar matar aquele boi, arrancar seus cascos. Já liguei, já mandei dar um tiro no bicho*. As coisas que ele dizia...

— Que tristeza — Adelina gemeu. — O meu marido, o meu Duda. O meu homem... Deus não podia fazer isso comigo. Olha o estado do René...

De repente, Sônia achou a mãe menor. Encolhida. Como se o peso dos anos a esmagasse inteira. Como se a morte de Duda fosse uma doença que a tivesse acometido, um vírus violento, desolador.

Sônia viu Beto entrar na sala, tentando acalmar o irmão surtado. Era tarefa difícil. Vilson foi falar com René também. Mas os gritos continuavam, agora entre jorros de pranto, o pranto de um menino grande demais. Beto chamou René para ajudar nos atavios com o corpo. Aquilo pareceu ser uma ideia redentora, René acalmou-se, esfregou os olhos doloridos e entrou na salinha onde o pai estava, disposto a fazer-lhe a barba para que ficasse digno na sua última despedida.

Havia ainda o velório, o enterro.

Meu Deus, pensou Sônia. Ela também queria gritar, queria esmurrar paredes e chorar como uma carpideira, mas manteve-se calma. Era preciso. Ela era a embaixadora da paz, o pai lhe tinha dito. Sônia tinha cuidado dos irmãos menores em pequena. Ela ajudava Tida, que passava a semana no colégio interno. Sônia contava os irmãos no mar, *um, dois, três, cadê o Nato? Seis, sete, onde a Scheila se meteu?* Sônia buscou Tida com os olhos e a viu, sentada num canto, olhos perdidos. Tida estava medicada e não seria de grande auxílio naquele momento, coitadinha. Mas Sônia estava forte. Ela tocou Adelina no ombro e disse:

— Mãe, é melhor a senhora ir pra casa, descansar um pouco. Vão preparar tudo para o velório... Vai ter muita gente, a senhora sabe.

Adelina aquiesceu sem ressalvas. Disse, num fio de voz:

— Está bem, eu vou. Mas não deixem o pai de vocês sozinho nem um segundo... — A voz dela tremeu: — Nenhum segundo, por favor.

Sônia prometeu.

Depois chamou Alemão e Heitor e pediu que os dois irmãos levassem Adelina para casa. Carmem já tinha providenciado calmantes e uma canja de galinha e a esperava em casa. Adelina precisava descansar um pouco. Seria uma longa noite, uma noite interminável.

René barbeou o pai com esmero. Falava com ele, baixinho. Alguns dos irmãos iam e vinham. Kiko terminou de limpar os pés de Duda, depois deixou a sala em silêncio. A voz de René era uma ladainha, uma cantilena. Tinham almoçado juntos. Os almoços de sexta eram importantes para Duda. Ele gostava que os filhos levassem os amigos também, assim podia avaliar quem eram as companhias com as quais andavam.

Quando a mãe lhe telefonara, René estava na marina. A voz trêmula de Adelina acendeu o sinal vermelho na sua alma. O pai tinha sofrido um acidente. *A coisa é séria*, ela dissera. *Vem pro hospital*. E ele tinha ido.

Deise e as crianças estavam na praia, nem sequer vira a esposa depois daquilo tudo. Tinha ficado louco, louco como um bicho. Ainda estava transtornado... As luzes da sala ofuscavam sua visão, e ele sentia-se leve, incorpóreo. Como se, com a morte do pai, ele tivesse morrido um pouco também... Havia uma enfermeira parada a um canto da sala, de olho nele. Decerto, com medo que René começasse a gritar outra vez, a quebrar as coisas.

Mas não. A dor agora doía para dentro. Ele viu Beto aproximar-se e trocar algumas palavras com um médico. O irmão dizia que o pai precisava ser embalsamado. Scheila e Denise estavam nos Estados Unidos, coitadinhas, só chegariam no dia seguinte.

— Eu fico aqui — disse René. — Quero ver tudo. Não vou deixar o pai sozinho.

Beto olhou-o por um longo momento. Como ele era médico e conhecia aquilo, a rotina da morte e os seus trâmites, parecia que uma pátina de calma o protegia. Mas René podia ver o brilho dentro dos olhos negros do irmão. Um brilho agudo, de dor.

Ainda assim, a voz de Beto era calma quando falou:

— Não é uma coisa agradável, René. Melhor você ir pra casa, ver sua esposa. Cuidar da mãe.

— Eu fico — René insistiu, a voz subindo um tom.

Atrás dele, escutou Rui e Renato falarem que também ficariam. René suspirou aliviado. Nem tinha visto os irmãos ali. Beto deu de ombros, subitamente exausto.

E o procedimento aconteceu.

O pai. O Duda. O *Tio Duda* que encantava toda a gente, conhecido em Blumenau e nas cidadezinhas ao redor. Ele também tinha vísceras. Era carne e sangue e pele. Era aquele coração enorme, tão inchado pelo esforço de viver, dilatado pelo amor, que causara espanto até no médico-legista.

René foi para casa quase ao alvorecer. Precisava de um abraço de Deise, de um banho frio e algumas horas de sono. O velório começaria naquela tarde, e Adelina tinha pedido que todos os filhos usassem terno. Tinha pedido, também, que todos se arrumassem na grande casa da família, juntos uma última vez, para dar adeus a Duda.

Em casa, ele deu alguns telefonemas. Mandou que levassem a Kombi do hotel para a casa dos pais e que ela estivesse cheia de cerveja, de vinho e uísque, gelo e refrigerantes. O pai era um homem alegre, não ia gostar de se despedir em meio à tristeza. Todo mundo deveria beber em sua memória.

Depois, ligou para a fazenda e pediu que encilhassem Cascata, a égua preferida de Duda, e que a levassem para Blumenau. Queria que o cortejo fosse aberto pelo cavalo mais amado do pai, e que Cascata seguisse sozinha, na despedida do seu dono, o homem que mais amava cavalgadas, o grande ginete. Fora montado num cavalo que Duda tinha cruzado, vezes sem conta, os caminhos do Escalvadinho até Luís Alves, onde morava a sua amada, a mulher que ele cortejava e desejava ter em sua cama. Como nas velhas histórias de aventura que Duda contava para os filhos dormirem, ele vencera noites escuras e dias de chuva por amor.

Agora, pensou René, desligando o telefone, Duda iria para a sua última morada com o cavalo que mais gostava. E, assim, ele ficou mais calmo.

Adelina venceu aquelas horas intermináveis até o enterro agarrada num protocolo que era como uma rede de segurança. Ela exigiu que os filhos se arrumassem como para uma festa e fez o mesmo, escolhendo seu traje com o cuidado de uma noiva. O seu vestido de seda negra, os brilhantes. O sapato de salto fino. Penteou-se com esmero para se despedir do único homem que amara em toda a sua vida.

A casa encheu-se de gente. Amigos, funcionários, vizinhos, políticos, médicos, gente que vinha do Escalvadinho apertada em carros antigos, derramando lágrimas coletivas, vizinhos de Luís Alves, parentes, costureiras, peões e conhecidos cujo nome ela tinha esquecido naquele afã de carinho, naquele surto de emoções.

Seus irmãos vieram, todos entristecidos, enlutados. Ade, que tinha posto na xícara de Duda um torresmo, inaugurando com aquela brincadeira de mau gosto o relacionamento familiar, chorou feito o menino que fora naquele tempo ao abraçá-la. Nair segurou sua mão, engolindo as lágrimas. Fred e Ari choraram como bebês. Ana esteve o tempo todo por perto, como um anjo, ajudando, atendendo, amparando. Ela entendia dos sofrimentos da morte. Os filhos comportaram-se bem, as filhas andavam de lá para cá, solícitas, pálidas, funcionais. Nana era cuidada de perto, por conta da sua gestação. Às vezes, alguém tinha uma crise de choro.

A bebida providenciada por René pareceu soltar um pouco os espíritos; às vezes, alguém ria alto lembrando as peripécias e aventuras de Duda. Kiko ficou um longo tempo parado ao lado do caixão do pai, parecendo tão jovem, tão perdido... E, em alguma hora da noite, uma senhora maltrapilha entrou na sala cheia de gente. O velório era aberto ao público.

A mendiga, dona de si, aproximou-se do esquife e disse em voz bem alta, pesarosa: *O rico mais pobre que eu conheci*. Depois virou as costas e saiu, deixando um rastro de silêncio e aquela sentença, aquela definição tão certeira do seu marido. Adelina pensou em ir atrás da mulher e dar-lhe um abraço, mas desistiu no último momento.

Adelina falou com todos, recebeu todos os pêsames, os carinhos, as flores, os apertos de mão. Sentia-se como uma boneca manuseada demais, cuidada pelos filhos; mas, ainda assim, mais solitária do que Vênus quando surgia no céu a cada entardecer. Ela sabia, sentia em cada célula, que agora se abria diante de si a solidão.

A solidão... Tinha ficado para trás o amor.

Tinham ficado para trás as longas horas dançando nas festas, abraçadinhos como noivos. Os filmes tarde da noite aos domingos. As idas à igreja, braços dados, trocando pequenas impressões sobre a semana enquanto venciam as calçadas do bairro. E os conselhos dele, a calma com que Duda a ajudava a voltar ao prumo; ela sempre tão premente, tão faminta de projetos, de sonhos, de futuro. Duda era o seu presente eterno, o seu hoje confiável e amoroso.

Agora, pensou Adelina, olhando as gentes que se movimentavam pela sua sala; agora, tinha diante de si a solidão. Viver de passado, olhar para trás. Logo ela, que nunca olhava para trás, que detestava a mulher de Ló. Não era esse tipo de mulher, não era mesmo. Mas, enfim, o destino feminil a tinha finalmente enlaçado.

Adelina viu Sônia aproximar-se, elegante no seu vestido escuro.

— Mãe — ela disse, delicadamente. — Vamos? Está na hora de ir pro cemitério.

Adelina levantou-se com esforço, estava exausta. Algumas pessoas a olhavam de soslaio, ela podia sentir os olhares cravando-se em seu corpo feito facas.

A viúva. Agora, ela era a viúva... Dentre tantos papéis que tinha cumprido nesta vida, o mais terrível de todos.

— Vamos — ela respondeu, determinada.

Sua voz era límpida e seus gestos controlados. Ninguém poderia imaginar o grande vendaval que assolava a sua alma. E assim ela caminhou, um passo depois do outro, seguindo Sônia pelo trajeto que a filha lhe indicava.

Sônia entrou com a mãe no carro. Nana, Tida, Denise e Scheila acomodaram-se nos bancos negros, cheirando a limpeza. O dia era bonito, e aquela beleza toda parecia um acinte, quase uma ofensa.

O cortejo começou a se formar. Diante da extensa fileira de carros, um grupo de cavaleiros fazia a última cavalgada de Duda. A égua Cascata, que René mandara trazer da fazenda, abria o cortejo, sozinha, marchando à frente de todos – carros, cavalos e homens – elegante e tristemente, sem o seu cavaleiro eterno montado no lombo.

Sônia cuidou da mãe, deixando de lado a tristeza que se enrodilhava em seu peito. Era um bom modo de não desabar, cuidar de Adelina, tão elegante, aqueles olhos arregalados, incrédulos, como se a vida lhe tivesse dado a maior das rasteiras. Segurou-lhe a mão de dedos longos, uma mão já com marcas do tempo. Apertou-a entre seus próprios dedos como fazia quando era pequena e precisava de apoio. Sentiu que o calor de Adelina começou a fluir pelos seus dedos, as duas juntas ali, naquele dia azul e terrível.

Havia tanta gente no cemitério! Diriam, depois, que fora um enterro emocionante. O enterro de um poeta. Um violeiro e um gaiteiro tocavam à beira da cova recém-aberta no mausoléu da família enquanto desciam o caixão do seu pai. Aquele mausoléu que Adelina projetara, sempre tão organizada. Duda o estava inaugurando, pensou Sônia entre o marido e a mãe, sentindo no peito a brasa quente da dor.

E, então, sob choros e exclamações de tristeza, no calor acachapante daquele janeiro, o velho poeta de coração fraco baixou à terra. Jogaram-se flores, Adelina olhou o esquife lá embaixo, no ventre escuro da terra. Olhou-o com os olhos secos, porque a sua dor era tão gigantesca que não se podia deitar fora. Sônia abraçou a mãe. Os irmãos todos ao redor. E depois o barulho rascante das pás na terra, *pac, pac, pac, pac*. E a melodia da viola naquele silêncio assustado de gentes.

O fio da vida: Láquesis

Eu sou Láquesis, a segunda das irmãs. Sou aquela que tece o fio, tramando a história de cada homem e de cada mulher. Meu trabalho nunca acaba, pois o tecido da vida não há de ter a sua última laçada final.
No entanto, o fim de um é o meio do caminho de outro...
E agora, lá está René, o gêmeo desesperado. Ele não se conforma com a morte do pai. Tento chamar René à razão, quero dizer-lhe que o fio da vida de Duda era já tão tênue, mas tão tênue que as minhas agulhas não mais podiam segurá-lo, que a minha Roda não mais o conseguia tramar. Era um fio de sopro, feito somente de vontades.
René não me ouve, posto que a maioria dos mortais são cegos e surdos aos meus apelos. Oh, sina maldita, de tramar e tramar, de antecipar gozos e tragédias! Às vezes, apego-me a uns e outros, é inevitável... Alguns correm tão macios pelos meus dedos; alguns sopram melodias enquanto eu os tramo, contam-me versos, acomodam-se aos pontos com tamanha delicadeza... Sou cega, mas não sou má. Tenho pena da sina dos mortais quando lhes cai sobre as costas um quinhão de sofrimento, a alguns quero proteger e acalentar...
No entanto, não me ouvem.
Não me veem aqui neste Palácio de Cobre no alto do mundo.
Eu chamo René e lhe digo, Não sofras tanto, é a Roda que desce, logo ela subirá. Mas René não me escuta. Está cego e surdo de tristeza.
E, assim, depois do enterro, ele voltou para casa imerso no oceano da sua tragédia. Parece mesmo alheio ao mundo. A mulher chamou-o e ele não ouviu. A dor dele é quase ódio, temo que seja de mim, a lançadeira de destinos.
Mas o que posso eu fazer? Nenhum fio é eterno, um dia acaba-se o novelo e é preciso que Átropos faça o seu trabalho, corte a ponta antes que ela rebente por si mesma. Então, o que me resta é atar-lhe um novo fio e seguir tecendo a coberta dos mortais.
René não me entende...
Anda pela casa feito um bicho engaiolado. Lá fora, o entardecer de verão é belíssimo, mas a luz vermelha, grávida de futuros, não o emociona. Ele abre

gavetas, remexe em armários, busca e encontra poemas do pai; ele os lê aos solavancos, os olhos nublados de lágrimas. Não há consolo nem paradeiro para René e, depois de algumas tentativas infrutíferas de acalmá-lo, a esposa o deixa – é preciso cuidar dos filhos, preparar a janta das crianças, que já estão sem avô, não podem ficar sem comida ainda por cima, seria muita injustiça.

Assim, René se vê sozinho diante do nada. Pois é o nada que se estende à sua frente agora que o pai morreu. Tiraram-lhe o chão e ele está quase louco. Andando pelo quarto que divide com a esposa, têm a nítida certeza de que, se ficar ali, fenecerá. E o pai sozinho lá no cemitério? E o pai sob a relva e o mármore, sozinho, sozinho, sozinho?

Não! Ele não aguenta. Ele decide fazer companhia ao pai. E, como numa peça de Shakespeare reajustada ao mundo moderno, mas pulsante de sua tragédia mais pura, René junta um toca-fitas de uma mesa e recolhe apressadamente algumas fitas, as músicas preferidas de Duda.

Ele desce a escada até a cozinha com seus olhos cegos de dor, abre a geladeira e tira dali uma champanhe bem fria. Para um brinde, ele ri sozinho, sarcástico, destilando o veneno sobre si mesmo. René pensa melhor e pega duas garrafas. Afinal, a dor é muita. A dor é tudo.

Nervoso, decidido, ele sai de casa e bate a porta. Dirige como um doido pela cidade nesse anoitecer incandescente, as primeiras estrelas surgindo no céu olham-no, incrédulas.

René volta ao cemitério. Refaz o caminho que fizera ainda há pouco, agora sozinho, sem aquela turba de gentes, sem os choros, as conversas paralelas, sem o sol.

Ele chega ao túmulo do pai. É proibido ficar ali àquela hora, um servente vem avisá-lo. René explica o motivo da sua presença para o homem incrédulo. Vai passar a noite com Duda. O pai não pode, não deve ficar sozinho no seu túmulo. O servente, nervoso, diz que vai chamar o patrão. René explica que é amigo do dono do cemitério, só quer ficar ali com o pai, colocar para ele as suas músicas prediletas... O homem se afasta, dando de ombros, pasmo e um tanto emocionado.

A noite cai depressa. O silêncio vai descendo do céu, René está rodeado de lápides, no alto, na pequena elevação onde está a sepultura paterna, e ali ele se senta, contemplando ao longe os morros de Blumenau, verdes, a volumetria da cidade onde cresceu, virou homem e virou órfão agora.

E então ele chora.

Duas noites inteiras ele passa ali, deitado sobre a lápide do pai. Num desespero silencioso. Aliás, nem tão silencioso assim. Ele coloca músicas no toca-fitas para Duda. Ele relembra histórias, velhos causos, memórias resgatadas do fundo da sua alma. Ele toma sua champanhe e brinda com o pai. Trocam histórias. René pode ouvir a voz de Duda soprando entre as árvores, entre as outras lápides.

No amanhecer do terceiro dia, Deise, a esposa, vai até o cemitério e encontra René deitado sobre o mármore frio. Seu único travesseiro é a saudade. Ela sente pena do marido, mesmo assim, deixa, sob seu peito, uma cartinha curta. Depois vai embora.

Quando ele acorda, encontra o pequeno envelope. Abre-o com curiosidade, e então vê a letra delicada da mulher:

Sei que o teu mundo maior desapareceu, mas não se esquece dos teus filhos e de mim.

René sente a brasa do seu ódio esfriar um pouco. Ainda existe amor, muito amor ao seu redor. Ele ouve a voz do pai no vento do amanhecer. Adeus, adeus, adeus. As despedidas foram feitas. De algum modo, René entende que o pai se foi, mas que ainda vive dentro dele. Vive em cada um dos seus filhos, seus irmãos e seus sobrinhos.

E então René desfaz seu acampamento afetivo. Recolhe o toca-fitas, as bebidas, as memórias. O mundo o espera de volta, e a vontade de Duda é que ele retorne ao mundo. Que celebre a vida e a alegria, assim como o pai sempre fez.

René volta para casa.

No sétimo dia após aquele em que Átropos cortou o tênue fio da alma de Duda, René manda fazer uma missa na fazenda onde o pai morreu. Há churrasco e risos, como havia outrora. Mais uma vez, a fazenda de Duda enche-se com os seus amigos. O primo Ari lá está, e o bom companheiro Fred, que tanto ajudara Duda e Adelina no começo da vida. Foi uma tarde emocionante.

Aos poucos, René vai se curando. Disseram dele que tinha renascido uma terceira vez.

Ela vai à fábrica, ao hotel, ao terreno onde quer construir o seu prédio comercial – um dos últimos sonhos que criou para sentir-se viva. Ela ainda tem sonhos e eles se multiplicam. O centro comercial e o prédio de apartamentos na praia, onde vai deixar um imóvel para cada filho. Levantou-se todos os dias do último ano por causa disso: seus projetos.

Adelina olha pela janela. Ao seu redor, um silêncio tão grande! Amanheceu faz pouco, Nice deve estar lá embaixo, na cozinha, aquecendo água para o café. No seu quarto, tudo é vazio. A cama fria ao seu lado. Ela toca o travesseiro que foi de Duda, mas sabe que o cheiro do marido já bateu asas. Agora o travesseiro é apenas um objeto, um volume que ela vê no escuro das madrugadas, coisa inerte, desimportante.

Foca seu olhar no mundo lá fora. As flores do seu jardim tão lindo parecem acordar sob os primeiros raios do sol de novembro. Mas qual a beleza do mundo? Tudo parece meio desbotado depois que Duda morreu. Até a missa, às vezes, a exaspera. Ela não diz isso para ninguém. Não confessa tais angústias ao padre. Mas, às vezes, pensa que Deus lhe passou a perna. Como assim levar Duda? Como assim?

Agora, fala sozinha. O tempo todo. Sozinha não, com Duda...

Quando não há ninguém por perto, fala com Duda. Conta-lhe dos negócios, narra acontecimentos prosaicos. O pneu que furou na estrada para Balneário Camboriú, a dor de cabeça que a pôs de cama por um domingo inteiro. Conta a Duda que fizeram um memorial para ele. Os filhos estão todos bem. Armando, Sônia e René cada vez assumem maiores responsabilidades no Grupo Dudalina... Rui e Marco Aurélio também têm cargos fundamentais na empresa, Renato toca o escritório de São Paulo... Sérgio e Vilson são os advogados da Dudalina. Beto segue sua sina de médico, e agora dedica a ela todas as suas atenções. Tida, Denise e Scheila têm seus negócios. Alemão está entrando no ramo imobiliário, Anselmo toca o hotel, Heitor tem uma nova empresa... Nana montou um escritório de vendas em São Paulo.

Não, eles não precisam se preocupar com os filhos. Tão bonzinhos, dedicados. Tinham feito para ela uma festa de setenta anos. Uma festa surpresa! E, depois, todos lá, reunidos, a família enorme que tinham construído juntos... Adelina suspira, enrolada em seus lençóis. A um da momento da festa, ela fugiu para o banheiro a fim de chorar um p Sentia tanta falta do marido, tanta falta!

Afofa o travesseiro frio, com cuidado, e acomoda-o cama. A Dudalina vai muito bem. E a sua fábrica de pa cendo. Ela foi à China e à Índia com Sônia e Rui e conheceu tantas coisas! Andando de riquixá em meio à agitação das ruas orientais, ela pensava em Duda e no quanto ele gostaria de ver aquele outro mundo, tão diferente, tão cheio de poesia... Comprou muito material para os seus patchworks naquela viagem. Agora, explica a Duda, falando baixinho, vendem suas colchas em várias lojas, em cidades distantes. Ela costuma ficar horas montando retalhos, criando desenhos... Há um grande consolo em juntar aqueles pedaços de tecido para formar um todo, uma imagem; é como viver, como costurar os dias ao longo dos meses e dos anos... Ela sente, às vezes, que aqueles retalhos são como cacos da sua vida passada, da sua vida com ele.

Ah, mas Duda não precisa se preocupar. Existe essa saudade imensa, continental, mas os filhos estão sempre por perto. Kiko ainda mora com ela e os outros vêm aos domingos. Fazem almoços como nos velhos tempos, trazem flores, netos, histórias... Nana teve um menininho lindo! Patrícia, a primeira neta, está trabalhando com ela. Marlise anda adoentada, mas Anselmo a cuida com muita atenção. René segue fazendo os almoços de sexta-feira na fazenda em homenagem ao pai. Mesmo assim, a enorme fazenda se ressente do cuidado amoroso do seu dono, e os filhos começam a pensar em vender uma parte do Recanto do Tio Duda...

Não ainda, ela pensa.

Não ainda, ela diz na cama todas as noites.

Às vezes, pode sentir o calor de Duda ao seu lado quando se mexe sob as cobertas. Por um instante, pelo sopro de um momento, ela é feliz outra vez...

Foi ao médico recentemente, e vem tomando alguns remédios para essa angústia que se enrodilhou na sua alma desde que Duda morreu. Porém, não obedece ao médico. Toma os remédios do seu jeito. Duda sabe que ela nunca gostou que a mandassem, Adelina ri, fechando as cortinas.

— Não, eu nunca gostei... Do meu nariz, cuido eu.

A sua voz ecoa no quarto vazio, depois o silêncio vem outra vez.

Ela vai até o closet. Já é tempo de se arrumar para mais um dia de trabalho. Afinal de contas, mesmo que o marido não esteja mais ali, ela ainda é Adelina Hess de Souza.

Fazenda Paraíso, janeiro de 1999

Os cadernos cheios de histórias contadas em prosa e verso estavam guardados numa cômoda na fazenda. Todos conheciam as histórias de Duda, os poemas que ele escrevia em pedaços de papel e que distribuía àqueles que amava. Duda era famoso pela generosidade com que plantava uma semente de poesia no dia a dia das pessoas ao seu redor. Sônia tinha feito um livro para o pai reunindo boa parte das poesias e das cartas que ele lhe mandara quando ela morava fora. René e Tida tinham revisado versos, histórias...

Mas, quando René achou aquela coleção de cadernos, todos ordenados, guardados em pilhas idênticas nas gavetas da cômoda de um quartinho da fazenda do pai, ele tomou um susto. Enquanto o pai se recuperava de uma cirurgia, anos antes, tinha-o ajudado com alguns trechos de narrativas poéticas, mas depois Duda dissera-lhe que havia deixado de lado o projeto, pois voltara a ser engolido pela faina do cotidiano. No entanto, ele vinha escrevendo aquela história às escondidas, no tempo que passava sozinho na Paraíso, entre os animais que tanto amara.

René pegou os cadernos com extremo cuidado, alisou as capas uma a uma, sentindo nelas uma réstia do toque do pai, a marca invisível dos seus dedos, o cheiro de tabaco e colônia da sua pele...

Com cuidado, retirou-os das gavetas.

Eram mais de sete cadernos grandes, cheios de histórias, de poesia. A letra bonita e elegante do pai, que tivera tão pouco estudo, espalhava-se pelas páginas como se tivesse simplesmente escorrido das suas mãos, enchendo as folhas com exuberância.

Ninguém abrira aquela cômoda, escondida numa pecinha dos fundos da casa. A família chamava aquela construção de Recanto do Tio Duda, pois, mais do que qualquer lugar, aquela casinha simples representava o espírito do pai, o seu jeito de viver em equilíbrio com a natureza, na pura simplicidade do campo.

Mas agora a Fazenda Paraíso fora vendida. Adelina nunca mais visitara a fazenda. Não tinha coragem... A mulher de ferro, que brigava com políticos e impunha suas decisões no dia a dia dos negócios, não conseguira voltar ao pequeno paraíso do único homem que ela amara. Duda tinha morrido ali... Era demais para Adelina.

A casinha seria transferida para o hotel-fazenda que a família mantinha, e lá ficaria, intocada, como uma lembrança de Duda. E René comprara uma pequena parte das terras. Não podia admitir que o lugar mais amado pelo pai passasse inteirinho para mãos estranhas. As terras ao lado do rio, portanto, seriam dele. Ali, continuaria a fazer os eternos almoços de sexta-feira, as cavalgadas que ele amava, nas quais reunia filhos, netos e amigos de todos os cantos.

René sentou-se no sofá de retalhos com os cadernos no colo. Tinha muita vontade de ficar ali para sempre, esquecido do mundo lá fora, passeando pelas histórias que o pai diligentemente plantara naquelas páginas. No entanto, sentia um certo prurido. Não sabia explicar o motivo... Era a mãe quem deveria ler aquilo primeiro. A mãe, a mulher que René amava e com a qual brigara por tanto tempo por causa da empresa, os dois numa eterna peleia financeira. E, depois, com a morte de Duda e ele tão perdido na sua própria dor, René tinha-se revoltado com Adelina. Coitada da mãe, como se ela tivesse o poder de mudar o destino...

Ele sabia que Adelina amara Duda com todas as suas forças. Mas naqueles meses de desespero, quando xingava Deus e todos os anjos no céu, a mãe pareceu-lhe a única autoridade ao alcance da sua mágoa, a única válvula de escape possível para a sua própria raiva e dor.

René sentiu a velha brasa revirar-se no seu peito. Ainda doía pensar naqueles dias trágicos... Afagou as capas dos cadernos. Eram simples cadernos escolares, bem ao gosto do seu pai. Na tarde quente de verão, ouvindo os bois mugirem lá fora, recolheu todos os volumes e guardou-os numa sacola. Iria levá-los para Adelina em Blumenau, e aquele seria o seu maior gesto de amor. Queria muito ficar com eles, mas tomaria a atitude correta.

A mãe andava ocupada, às voltas com os últimos retoques do Centro Comercial Dudalina, que logo seria inaugurado. Desde a morte de Duda, Adelina metera-se outra vez de cabeça no trabalho, iniciando também a construção de dois prédios, um em Blumenau, outro em Camboriú, onde tencionava deixar um apartamento para cada filho.

René sabia que trabalhar era a única boia de Adelina, do contrário, ela submergiria na própria tristeza. Andava mais alheia, mais quieta, seus sorrisos eram mais esporádicos, como se ela se perdesse em pensamentos, não totalmente conectada com o mundo ao seu redor depois da partida do marido, que tinha sido a sua âncora.

Ele levou a sacola até o carro. O sol do verão declinava preguiçosamente no céu, espalhando luzes rubras pelo campo. Os quero-queros cantavam alto, vigiando seus ninhos. René guardou os cadernos no banco traseiro, depois fechou a porta da caminhonete.

Passou os olhos pela fazenda que tanto amava. Como tinha sido feliz ali... Ao longe, viu a mangueira onde Duda tinha sido ferido três anos antes. Tudo parecia tão inofensivo e bonito... Mas fora ali, no exato momento em que o boi corneara o pescoço de seu pai, que ele começara a morrer. René desviou os olhos da mangueira, deu a volta no carro, acomodou-se e ligou a ignição.

Adelina acabara de chegar em casa. Tinha sido um dia bom. O enorme prédio comercial que ela sonhara, no centro de Blumenau, estava pronto. A construtora finalizava os últimos acabamentos.

Ela entrou na sala escura e chamou Nice. Queria um chá. Apesar do calor, uma chávena de chá quente sempre lhe devolvia a alma. Nisso, tinha se saído à mãe. Ainda se lembrava de que, quando chegava cansada das viagens de trabalho com o marido, a primeira coisa que Verônica fazia era tomar uma xícara de chá sentada na cozinha, os pés descansando dos sapatos de couro.

Acomodou-se no sofá de veludo, experimentando a paz da sua própria casa, da enorme casa que ela fizera com Duda, agora vazia. Marco Aurélio, o seu caçula, tinha se mudado havia poucas semanas, começando assim uma vida nova. Depois de tudo, tanta labuta, as coisas acabavam como tinham começado: ela estava sozinha.

Adelina riu, de bom humor. A vida era mesmo uma grande colcha de retalhos que se iam costurando em aparente desordem. Só ao fim, como acontecia na sua fábrica de patchwork, é que se podia ver o grande desenho, minuciosamente planejado antes do primeiro ponto.

Ela chamou a empregada mais uma vez. *Nice, Nice.* No entanto, para sua surpresa, quem entrou na sala foi sua filha Sônia.

— Oi, mãe — disse ela, sentando-se calmamente ao seu lado. — Eu pedi para a Nice fazer chá e servir um bolo.

Sônia ia e vinha, semanalmente, de São Paulo a Blumenau. Dentro de alguns anos, ela seria a presidente do Grupo Dudalina – a filha ocuparia o lugar da mãe na empresa criada por ela.

Mas elas ainda estavam ali. O ano de 1999 tinha começado e a Fazenda Paraíso fora vendida, rendendo um bom dinheiro para a família, pois as terras compradas anos antes por Adelina e Duda tinham valorizado muito.

Adelina recostou-se no sofá, olhando a filha. Lembrava-se de Sônia ainda uma menininha, dedicada em ajudá-la com as lides da incipiente camisaria, preparando caixas, atavios, etiquetas, cuidando de Duda, Denise, Rui, dos gêmeos... Ela sempre fora muito trabalhadeira, zelava pelos irmãos com amor; depois, na época das lojas em Blumenau, tinha sido uma excelente vendedora, fazia sempre o maior caixa. O tempo passara e Sônia tinha se transformado numa mulher forte, charmosa.

Nice chegou com o bolo e o chá. Adelina apenas bebeu, era frugal e, mesmo já passada dos setenta anos, cuidava da sua forma física, sempre bem-vestida, magra. Quantas vezes, destroçada de saudades do marido, chorava por dentro, mas os outros apenas viam-lhe os brincos de brilhantes e o coque perfeitamente engendrado?

Sônia interrompeu seus pensamentos, tocando-lhe a perna:

— Mãe... Eu estava com o René na fábrica e ele lhe mandou um presente. Pediu que eu lhe entregasse, estava bastante emocionado.

Adelina ergueu as sobrancelhas. Nos últimos tempos, René estava arisco com ela. Tinha sofrido demais com a perda de Duda, os dois eram muito unidos.

— Um presente? — ela perguntou.

Sônia aquiesceu com um sorriso. Não havia mais sol lá fora, apenas a calmaria da noitinha que descia do céu, enchendo a rua de sombras.

Adelina lembrou-se de René pequenino, do caderno que fizera para ele – para cada um dos seus dezesseis filhos – contando seus progressos, seus talentos, seus pesos e medidas... Em cada caderno, colocara uma mechinha dos cabelos de suas crianças. Tinha dado cada um daqueles álbuns caseiros aos filhos... Quantas noites, madrugada alta, depois de fechar a contabilidade da venda ou da camisaria, sentava-se com os cadernos dos seus filhinhos, anotando ali seus primeiros sorrisos, as palavras que diziam, seus gostos e personalidades?

Sônia pôs-se de pé:

— A senhora quer ver o presente? Vou lá dentro buscar.

— Por favor, minha filha — pediu Adelina, voltando a si.

A velhice seria aquilo? Ficar rememorando o passado como se ele fosse mais forte do que o presente? Ela não queria virar sal. Olhar para trás dava torcicolo, pensou, rindo baixinho. Deixou a xícara sobre a mesa e ficou esperando a volta de Sônia, concentrada no ruído dos seus saltos no corredor. Um telefone tocou lá longe. Depois, o silêncio. Era já noite, e Adelina viu quando acenderam as luzes do jardim.

Sônia voltou com um pacote. Ela parecia emocionada quando sentou-se ao seu lado, estendendo-lhe o volume pesado, que depositou em seu colo.

— O René encontrou isso na Fazenda Paraíso, mãe...

O nome da fazenda amada pelo seu Duda provocou um suave arrepio em Adelina, e ela tocou o embrulho com carinho, sem ao menos saber o seu conteúdo.

— O que tem aqui?

Sônia sorriu:

— Parece que o papai andava bastante ocupado... René disse que ele vinha escrevendo a história de todos nós, a história da família... A história do amor de vocês.

Adelina correu os dedos pelo pacote, sem coragem de abri-lo.

— A história do nosso amor... — ela disse. — Foi uma coisa digna do Cupido. Em plena guerra, em meio à morte...

Sônia deu um beijo na mãe, depois ergueu-se. Queria muito ler os cadernos do pai, mas entendia que aquele era um encontro pessoal, de Adelina com a sua própria história. O pai a narrava, agora, de onde quer que estivesse... E, contada por Duda, a história deles ganhava vida novamente.

— Bom, mãe — ela disse, alisando a saia de linho. — Eu preciso ir. Ainda tenho uma reunião no jantar. E amanhã vou bem cedo para São Paulo.

— Está bem, Sônia — respondeu Adelina, olhando os cadernos cujo invólucro de papel ela acabara de abrir.

— A senhora vai ficar bem?

Adelina sorriu, erguendo o rosto para a filha:

— Vou ficar com as histórias do seu pai.

Sônia deu uma última olhada para Adelina, sentada no sofá, rodeada de cadernos numerados com a letra bonita do pai, o Tio Duda, como todos o chamavam. Então, virou-se e foi embora. Já estava quase atrasada para o seu compromisso noturno.

As histórias de Duda tinham o peso do passado e a leveza do amor. Todas as noites, após o trabalho, Adelina cerrava-se em seu quarto e as lia. Uma a uma, amorosamente. Fez isso por meses, anos... A mágica era que o tempo voltava em si mesmo.

Guiada pelas palavras de Duda, o amor da sua vida, Adelina refazia os anos, um a um. Era um bebê gordinho cuja mão a cigana lera, prometendo um caboclo para o seu futuro; e era a moça teimosa, que não se deixava beijar pelo noivo dos seus amores.

Era também o noivo, nisso consistia a beleza das histórias: ela podia ser outros, meter-se sob a pele de Duda, sentir na boca de Vilson o gosto das laranjas maduras, experimentar o amor malogrado de Ana – aquilo seria sonho ou realidade? Duda gostava tanto de ver o improvável escondido atrás do real... Ela podia ser Tida e enxergar o pai enfeitado de flores, e também era um pouco Anselmo, e Nana, e até mesmo Verônica e seu pai, Leopoldo.

Todas as noites, viajava nas páginas.

Recordou o começo difícil, quando a Dudalina consistia em três máquinas de costura montadas ao alvorecer no quarto dos seus meninos, para serem desmontadas a cada noitinha, como se ela fosse uma espécie de Penélope... Como Penélope esperando o seu Odisseu, ela também tramara e costurara.

A vida era um grande tecido, e só então, já viúva e sentindo a velhice cingindo-a com seus ardis, é que Adelina teve tempo de olhar para trás e entender, de fato, tudo aquilo que tinham feito juntos, Duda e ela. Aquele era o último presente que o marido lhe deixava – depois de anos de poemas em pedacinhos de papel – a história inteira da vida dos dois.

Tantas coisas continuavam acontecendo enquanto ela viajava no tempo, pelas páginas escritas por Duda. Marlise, a esposa de seu primogênito Anselmo, foi ficando cada vez mais doente. Mais netos chegavam e os primeiros bisnetos também. Ela terminou o prédio em Balneário Camboriú e deu um apartamento para cada filho. Todos reunidos ali, o seu sonho. E, nos finais de semana, ela ia para lá e, a um toque de elevador, podia visitar os filhos em seus respectivos andares. Quase como antes, quando moravam todos na mesma casa. Sônia assumiu a presidência da Dudalina com grande sucesso. Inauguraram outra grande fábrica no bairro Fortaleza, ali em Blumenau. Mais de mil pessoas trabalhavam lá, coordenadas por Sônia. Adelina agora ia com frequência a São Paulo, hospedava-se na casa da filha, visitando médicos, comprando materiais para a sua empresa de patchwork, passeava pelas lojas e visitava a Rua Vinte e Cinco de Março para recordar os velhos tempos.

E, então, acabou-se o patchwork para ela.

Sentia-se cansada demais. Arrastava os pés quando ninguém estava mais olhando, como se carregasse o mundo nas costas. Ela, logo ela, depois de tudo que já tinha feito. A única hora do dia que a deixava feliz era a noitinha, quando se deitava com os cadernos de Duda, folheando-os, passeando pelo seu passado como quem anda pelos corredores de um museu.

Cai a noite lá fora.

Uma noite a mais para Adelina, estas noites frescas e luminosas são como pérolas num colar. Ela sempre amou as pérolas. A simplicidade elegante das pérolas.

Aspira fundo o ar pesado de flores. As rosas do seu jardim exalam um perfume denso, como se pranteassem alguém. Quem será? Talvez ela mesma, considera Adelina, subindo a escada para o andar superior. Um degrau depois do outro, cuidadosamente. Dispensou a cuidadora. Amanhã, terá de dar satisfações aos filhos... Ri, um risinho amargo. Ela dando satisfações aos filhos?

São as voltas do tempo...

Depois que caiu, tropeçando num dos seus tapetes persas, Beto andava preocupado. Teve muitos contratempos de saúde por conta daquela distração, foi a vários médicos. E, desde o tombo, uma tosse persistente a persegue. Mas não nesta noite... Hoje, ela sente-se leve e fresca, quase jovem.

Sobe a escada como uma noiva, como a noiva que foi há sessenta e um anos, quando desposou seu querido Duda. Ah, como o tempo pode caminhar tão rápido? Adelina chega ao topo da escada. Lá em cima, o perfume das rosas atenua-se. É um odor quase lúbrico e a faz sentir saudades do marido. Está só e arrasta as chinelas até o seu quarto. Em seu semblante cansado, há ainda uma beleza escondida, palpitante como uma luz trêmula.

A última porta do corredor. A luz amarelada de um abajur de veludo desenha sombras nas paredes. A cama de casal, larga, receptáculo de memórias felizes, parece encalhada no meio da peça feito um barco abandonado.

Adelina encosta-se à parede para respirar um pouco. Depois, vai até a cama, sentando-se na ponta do colchão. Estranho como hoje se sente velha e jovem ao mesmo tempo. Ao lado da cama, o criado-mudo fechado a chave. Nas gavetas, os cadernos de Duda. Os filhos pediram que ela fizesse cópia dos poemas, das histórias. Ela sempre diz, *amanhã, amanhã*.

— Amanhã — ela fala, em voz alta.

Amanhã vai telefonar para Alemão ou René, vai pedir que Sônia ou Denise passe ali e pegue os cadernos. Ficou com eles tempo demais, anos!

Mas tudo passou tão rápido, e hoje ela não quer lamentar. As rosas espalham seu perfume lá embaixo, no jardim da sua alma. A lua é linda, a primavera devolve ao mundo as cores, a tosse deu uma trégua.

Só hoje quer ser feliz. Com cuidado, ela gira a chavezinha dourada e a gaveta se abre como um sorriso. Tira dali um dos cadernos, qualquer um. Todos a levam de volta para um tempo que findou.

Abre o pequeno volume já tão manuseado. Quantas vezes o leu? Isso não importa. Há uma beleza pungente em passear pelas frases escritas por Duda.

Baixa os olhos para a página. As voltas e caminhos da mão de Duda deixaram ali estes signos, e ela começa a lê-los. Aos poucos, suavemente, mergulha no passado como num rio, e é como se ele soprasse nos seus ouvidos estas memórias perdidas no tempo.

E o tempo, então, se mistura...

Não existe mais o tempo. Viver é um imenso agora.

Interminável, absoluto.

A diretora do Colégio Sagrada Família era uma freira magra e alta, lisa como uma hóstia, desprovida de emoções, como se sentir fosse até pecado mortal. A menina que Adelina era, aos treze anos de idade, olhou a mulher cansada e comparou com a boa irmã Clotilde, cuja presença emanava alegria.

Afinal, por que estava ali, na sala da diretora?

Adelina sentia-se angustiada, era sábado, muito cedo, e as outras meninas já saíam do colégio no rumo das suas casas. Mas a diretora a havia chamado, embora Adelina estivesse ansiosa por tomar o ônibus para Luís Alves. Alzira a esperava no corredor.

— A senhora queria falar comigo? — perguntou Adelina, disfarçando o nervosismo na sua voz.

— Sim — respondeu a diretora, sentada atrás de uma mesa enorme, atapetada de papéis. — Seus pais não pagaram a escola — ela disse, séria.

Adelina sentiu um calor desagradável abrasando sua face:

— Não pagaram a escola?

— Estão três dias atrasados no pagamento — a diretora suspirou. — Sendo assim, sou obrigada a reter a sua bagagem até que a conta seja saldada quando você voltar, na segunda-feira.
— Como assim? — quis saber Adelina.
— Você vai para a casa sem as suas coisas, que ficarão como uma garantia para a dívida.
Adelina retesou-se na cadeira. As palavras da diretora estalaram no seu rosto feito um tapa. Ela respirou fundo, tentando pensar. Alguma coisa nela, alguma coisa antiga, hereditária, despertou de um longo sono. Ela sentiu-se forte outra vez, corajosa até. Havia poucos instantes, entrara na sala da diretora como uma menina e, no entanto, olhou-a como uma mulher. Com o orgulho de uma mulher.
Ela se levantou da cadeira com um movimento decidido, único. As pernas em sintonia perfeita com a sua alma. Olhou a diretora, que a fitava com disfarçado espanto. Também a freira lhe tinha notado a súbita mudança.
— Você ouviu o que eu disse, Adelina? — perguntou a diretora, confusa.
Adelina respondeu que sim, que tinha ouvido. E então pensou nos pais, pensou na venda e em toda a vida que pulsava lá fora, em cada árvore, cada cavalo e cada flor, nos desvãos dos morros, no balcão da loja onde o dia se fazia em suas miudezas necessárias.
Ela já tinha aprendido muito ali no colégio, já tinha aprendido o necessário... Prescindiria do resto, pois o que precisava agora estava para além dos muros de pedra do Sagrada Família.
Em pé, os braços cruzados à frente do corpo, perfeitamente respeitosa, Adelina Hess olhou a diretora e abriu um sorriso. De sua boca bonita, rosada dos morangos da juventude, não saiu uma única palavra. Nada... Apenas o mais puro silêncio cheio de certezas.
Tinha treze anos e uma vida pela frente.
Adelina dobrou de leve os joelhos à guisa de cumprimento, ajeitou o casaco de sarja curto, afilado na sua cintura, e deu a volta, deixando a diretora para trás ao abandonar a lúgubre saleta.
Ela que ficasse com a sua mala... Ela que se gastasse atrás dos muros úmidos de pedras seculares. Lá fora, havia tanta, tanta coisa! A venda dos pais, as gentes, os sonhos de ganhar dinheiro e de encontrar o amor, as quermesses, as rezas, os risos infantis e as rendas dos enxovais com as suas promessas de alcova, de filhos e de segredos entre paredes...

Adelina sabia que Alzira esperava por ela no pátio, precisavam se adiantar ou perderiam o ônibus para casa. Andou rápido, vencendo os corredores. A cada passo, elaborava a sua decisão, a sua certeza. Tinha ficado adulta ali naquela sala. Como uma flor que desabrocha de súbito, como um casulo que se rompe no meio da manhã liberando a lagarta finalmente transmutada em borboleta.

Quando Adelina chegou até o local onde a irmã a esperava, Alzira quis saber:

— O que houve?

Adelina sorriu por alguns segundos diante da curiosidade de Alzira. Disse apenas:

— Nada mais que tolices. Vamos embora.

E seguiu andando em direção ao grande portão duplo de ferro, com a irmã no seu encalço carregada de perguntas, arrastando a própria mala não confiscada pela diretora.

Adelina ganhou a rua com Alzira. Lá fora, o sol parecia brilhar mais forte, e era mais quente o toque sobre a sua pele. O verão já espalhava seus sutis encantos, florindo arbustos, alegrando os vestidos das senhoras. Parada na calçada, em Blumenau, sem malas, mas cheia de perspectivas, Adelina sorriu.

Nunca mais voltaria ao colégio interno!

Convenceria os pais de que já estava na hora de trabalhar na venda, de animar os caixeiros preguiçosos, de imprimir agilidade ao serviço cotidiano do armazém. Adelina gostava de gentes, seria boa vendedora. E pediria aos pais uma comissão. Um por cento das vendas, talvez... Pensou na diretora. A mulher tinha-lhe feito um favor. Adelina estava louca pela vida.

E ela tinha muito, muito o que viver.

fim

Este romance é baseado em fatos reais e construído a partir de entrevistas e depoimentos, matérias de revistas e documentos pessoais da família Hess de Souza. No entanto, sendo obra de ficção, guarda suas pequenas fantasias, personagens que criei aqui e ali, com meus arroubos de invenção e de mágica.

Muitas pessoas são responsáveis pela tessitura deste livro. A primeira delas, sem dúvida, é Sônia Hess de Souza, que me mostrou esta história, abrindo seus cadernos, suas gavetas e suas memórias para mim. Agradeço a todos os outros irmãos, os filhos de Duda e Adelina, que me contaram suas lembranças e sentimentos, e com os quais dividi risos e lágrimas. Agradeço à Patrícia, que tão diligentemente me acompanhou em tantas andanças, visitas, entrevistas. Patrícia, a primeira neta de dona Adelina, que segue o seu lavor de patchwork, ensinando – hoje – outras mulheres a ganharem a vida com a costura, o eterno fio do trabalho. Eu não contei muito dos netos neste livro, pois, com dezesseis filhos, a história ficaria interminável. Mas cada um dos netos e bisnetos de Adelina estão aqui, seus futuros nascem deste passado que tentei guardar em palavras...

Eu também sou descendente de imigrantes e sei com quanta labuta eles construíram a sua vida neste nosso país... Assim, sinto que contar a trajetória de Adelina Hess de Souza é fundamental num momento em que a mulher assume o seu lugar no mundo, lugar que não nos será jamais sequestrado novamente. Ela é uma pioneira e um exemplo para todos nós. Assim como Duda, que quebrou os limitados paradigmas do homem da sua época e deixou que a esposa assumisse uma trajetória fora do lar – seu caminho natural –, dando-lhe todo o suporte e apoio.

Foi uma honra dar vida novamente, com as minhas palavras, a tudo e a todos que estão aqui, desenhados com carinho nestas páginas.

Leticia Wierzchowski

**Acreditamos
nos livros**

Este livro foi composto em Electra Lt Std e Bliss
Pro, e impresso pela Gráfica Eskenazi para a
Editora Planeta do Brasil em outubro de 2020.